ANNE GOLON

Angélique

Hochzeit wider Willen

Buch

Frankreich zur Zeit Ludwigs XIV. Angélique, die Tochter des verarmten Barons Armand de Sancé de Monteloup, wird mit dem hinkenden, durch Narben entstellten Joffrey de Peyrac verheiratet. Doch bald weicht ihr anfängliches Entsetzen tiefer Liebe und Bewunderung für den unermesslich reichen, kultivierten und gebildeten Freigeist. Dieser zieht sich mit Vorliebe in sein Laboratorium zurück und pflegt den Austausch mit internationalen Gelehrten. Ihr Glück währt jedoch nicht lange: Der Erzbischof hält Joffrey für einen Alchemisten, der das Geheimnis der Herstellung von Gold kennt. Ein Geheimnis, das er ihm entreißen will ...

Autorin

Anne Golon, geboren 1921 unter dem Namen Simone Changeux, musste, kaum zwanzig Jahre alt, vor der einmarschierenden deutschen Armee aus Paris flüchten. Sie schlug sich bis Spanien durch. Unter Pseudonym schrieb sie nach dem Krieg für verschiedene Zeitschriften. Zu Recherchezwecken reiste sie in den Kongo und lernte dort ihren späteren Mann Serge kennen, einen russischen Aristokraten, der sein Land während der Revolution verlassen musste. Sie kehrten nach Frankreich zurück und begannen gemeinsam Bücher zu verfassen, die jedoch kein Erfolg wurden. Dann reifte in Anne Golon der Gedanke von einem historischen Roman über eine Frau zur Zeit Ludwigs XIV. 1952 entstand die Idee zu *Angélique,* 1956 erschien der erste Band als Weltpremiere in Deutschland bei Blanvalet. Mit einer Gesamtauflage von 150 Millionen Exemplaren wurde die Serie zu einem der größten Bucherfolge des 20. Jahrhunderts. Nach einem jahrzehntelangen Rechtsstreit hat Anne Golon jetzt alle Rechte an ihren Romanen zurückerhalten und veröffentlicht diese nun endlich ungekürzt. Sie lebt heute in Lausanne.

Von Anne Golon bereits erschienen:

Die junge Marquise (37699) · Am Hof des Königs (37701) · Der Gefangene von Notre-Dame (0293)

Anne Golon

Angélique

Hochzeit wider Willen

Aus dem Französischen
von Barbara Röhl

blanvalet

Die Originalausgabe erschien 2006 unter dem Titel
»Angélique. Mariage Toulousain«
bei Éditions du Réfuge, Lausanne.

MIX
Papier aus verantwortungsvollen Quellen
FSC® C014496
FSC
www.fsc.org

Verlagsgruppe Random House FSC-DEU-0100
Das FSC®-zertifizierte Papier *Holmen Book Cream*
für dieses Buch liefert Holmen Paper, Hallstavik, Schweden

1. Auflage
Taschenbuchausgabe Juni 2011 bei Blanvalet, einem Unternehmen
der Verlagsgruppe Random House GmbH, München.

Umschlaggestaltung: bürosüd°, München
Umschlagillustration: bürosüd°, München
Redaktion: Ilse Wagner
ED · Herstellung: sam
Druck und Einband: GGP Media GmbH, Pößneck
Printed in Germany
ISBN: 978-3-442-37700-8

www.blanvalet.de

Erster Teil

Die verkaufte Braut

Kapitel 1

1656

Die Kutsche, in der Angélique zwischen Marguerite, der Kammerfrau, und dem Marquis d'Andijos saß, war mit Kissen und Decken aus edlem Stoff ausgestattet, aber sie vermochte diesen für sie neuen Komfort nicht zu schätzen. Die ganze Nacht hatte sie kein Auge zugetan. Noch lange nach der Szene in der Scheune hatte sie auf ihrem Platz an der Festtafel gesessen und den Gästen, die sich noch rühren konnten und zu ihr kamen, um ihr Komplimente über das gelungene Fest zu machen oder sich von ihr zu verabschieden, Rede und Antwort gestanden. Als sie sich endlich ins Schloss zurückziehen konnte, war nur noch Zeit gewesen, sich umzukleiden, aber keine Möglichkeit mehr, sich auf einem Bett auszustrecken und ein wenig zu ruhen. Die Stunde des Aufbruchs nahte.

Der Brauch gebot, dass Frischvermählte flüchteten, um volkstümlichen Streichen zu entgehen, und die Edelleute aus dem Süden hatten sich heldenhaft aus ihrem trunkenen Schlummer aufgerafft, ihre Reittiere bestiegen und ihre Leute zusammengetrommelt, um die Wagenkolonne für die Rückreise aufzustellen.

Nach dem skandalösen Vorfall mit Nicolas war Angélique noch ganz benommen gewesen, als sie in die Kutsche stieg und sich von den Familienmitgliedern verabschiedete, die im Dunkel an die Wagenschläge gekommen waren.

Schwankend und knarrend hatte die von vier kräftigen Pferden gezogene Karosse die Zugbrücke überquert und in dem flaumigen Nebel, der über der dunklen Landschaft lag, rasch an Geschwindigkeit gewonnen.

Angélique wusste, dass sie Monteloup für immer verließ, aber sie war nicht in der Lage, diesbezüglich einen klaren Gedanken zu fassen. Ab und an schoss ihr bei der Erinnerung heiß das Blut in die Wangen. Tante Jeanne, diese verrückte Alte, war schuld daran, dass Guillaume Lützen gesehen hatte, wie sie, Angélique, sich mit einem Knecht im Heu wälzte. Dieses Bild erfüllte sie mit Scham und Zorn zugleich.

Außerdem empfand sie ein beinahe schmerzliches Gefühl der Enttäuschung und vor allem des Versagens. Sie hatte sich diesem urtümlichen Begehren ergeben wollen, doch sie hatte nicht erreicht, was sie wollte. Nun würde man sie diesem schrecklichen Ehemann, den man ihr aufgezwungen hatte, als Jungfrau überantworten. Immer noch grollte sie ihrer Tante Jeanne.

»Die verrückte, boshafte Alte! Sie hat ihren Schachzug gut geplant!«

Als der Tag anbrach, wurde Angélique erst richtig bewusst, was mit ihr geschah.

Sie ging fort. Sie ging fort! Sie verließ Monteloup für immer.

Aber noch befanden sie sich in ihrem heimischen Landstrich. Vier Kutschen und vier schwere Karren rollten in Richtung Niort. Angélique konnte kaum glauben, dass dieses ganze Aufgebot an Pferden und Kutschern, an Geschrei und knarrenden Rädern zu ihren Ehren veranstaltet wurde. Unvorstellbar, dass so viel Staub um Mademoiselle de Sancé aufgewirbelt wurde, die bis jetzt immer nur einen alten, mit einer Pike bewaffneten Söldner zur Eskorte gehabt hatte.

Die Dienstboten, Lakaien, Kammerdiener, Zofen und Musiker saßen auf den großen Karren zwischen dem Gepäck zusammengedrängt. Auf der sonnenbeschienenen Straße zwischen den blühenden Obstgärten sah man diese gebräunten Gesichter vorbeiziehen. Gelächter, Gesang und Gitarrenklänge wehten hinter ihnen her und verbreiteten zusammen mit dem Geruch der Pferdeäpfel einen Hauch von Unbekümmertheit. Die Kinder des Midi kehrten in ihren leuchtenden Süden zurück, der von dem Duft nach Knoblauch und Wein erfüllt war.

In dieser fröhlichen Gesellschaft legte allein Maître Clément Tonnel eine steife Haltung an den Tag. Er war für die Woche vor der Hochzeit als Aushilfe angestellt worden und hatte darum gebeten, man möge ihn nach Niort mitnehmen, damit er sich keine Eskorte zu mieten brauchte. Doch schon am Abend des ersten Reisetages wurde der Haushofmeister bei Angélique vorstellig. Er erbot sich, in ihren Diensten zu bleiben; entweder als Haushofmeister oder als Kammerdiener, und erklärte, er habe in Paris bei einigen vornehmen Herren gedient, die er auch namentlich bezeichnete. Doch dann sei er nach Niort gereist, woher er stamme, um den Nachlass seines Vaters, eines Fleischers, zu regeln, und ein intriganter Diener habe unterdessen seine Stelle besetzt. Seitdem suche er nach einem ehrlichen Haus von einigem Rang, um dort erneut seine Stellung auszuüben. Mit seiner Diskretion und Erfahrung hatte er sich das Wohlwollen von Marguerite, der Kammerfrau, erworben. Diese erklärte, ein neuer, so gut ausgebildeter Diener werde im Palast in Toulouse gewiss gern aufgenommen. Der Graf de Peyrac umgebe sich nämlich mit allzu unterschiedlichen Menschen aller Hautfarben, die aber ihren Dienst nicht anständig täten. Alle ließen sich bloß die Sonne auf den Bauch scheinen, und der faulste von allen sei der Verwalter, ein gewisser Alfonso, dessen Aufgabe es doch sei, sie zu beaufsichtigen.

Und so stellte Angélique Maître Clément an. Er schüchterte sie ein, obwohl sie nicht hätte sagen können, warum; aber sie war ihm dankbar dafür, dass er so sprach wie alle Leute, das heißt ohne diesen unerträglichen Akzent, der sie inzwischen zur Verzweiflung trieb. Schließlich würde dieser kalte, glatte und in seinem Respekt und seiner Aufmerksamkeit beinahe zu servile Mann, dieser Dienstbote, den sie gestern noch nicht einmal gekannt hatte, für sie in ihrem fernen Exil ihre Heimatprovinz verkörpern.

In Niort machten sie zwei Tage halt, um sich mit allem zu versorgen, was für eine lange Reise notwendig war. Erneut erlebte Angélique, wie eine Ladung Fässer mit ausgesuchten Weinen aus dem viel beschworenen, an den Kais der Sèvre-Niortaise angemieteten Lagerhaus geholt wurden. Man hievte sie auf einen Wagen, der von einem Gespann aus zwei kräftigen Pferden aus der Region gezogen wurde; dieser leicht gefleckten, hellgrauen Rasse, die man Poitevin-Pferde nannte und von deren Vorzügen ihr Molines einst vorgeschwärmt hatte.

Sie sah zu, wie sie in einem schweren, rhythmischen Trab die Straße nahmen, auf der sie am Vortag nach Niort gekommen war.

»Als kleiner Trost für Eure Familie«, erinnerte sie der Marquis d'Andijos aufgekratzter denn je.

Als Angélique klar wurde, dass diese Fässer nach Monteloup zurückkehrten, wo die Gäste des Schlosses und die Nachbarn lachten, plauderten und auf ihre Gesundheit tranken, begriff sie, dass eine weitere Verbindung zu ihrer Familie für immer abgerissen war.

Hatte sie unter den Gestalten, die sich im letzten Moment eingestellt hatten, eigentlich ihren Vater umarmt? Diese schroffe

Trennung schmerzte sie umso mehr, da sie im Streit mit allen geschieden war. Nein, eigentlich war das Gegenteil der Fall. Durch eine unglaubliche Ungerechtigkeit waren alle böse auf sie: die Amme, auf deren finstere Warnungen sie bis zum Schluss nicht hatte hören wollen; der alte Lützen, der noch empörter war, als es ihr eigener Vater gewesen wäre, hätte der von diesem Skandal erfahren, der womöglich all seine Hoffnungen zunichtegemacht hätte! »Dass du aber auch nie auf andere hören kannst, Angélique!«, hätte er gesagt.

Und Pulchérie und die Kinder? Hatte sie ihnen überhaupt einen Kuss gegeben?

Jetzt war sie allein.

Marguerite und die Zofen wichen ihr nicht von der Seite, waren ständig bei ihr und errieten ihren kleinsten Wunsch; und jeder bemühte sich, sie zu zerstreuen und sie über alles zu unterrichten. Aber sie hatte Monteloup verloren.

Der Marquis d'Andijos versuchte stets, ihre Gedanken zu durchschauen. Als er sie bedrückt am Ufer stehen sah, wo sie auf die flachen Boote aus den Sümpfen, die den Fluss hinaufgefahren waren und jetzt hier ankerten, schaute, sprach er sie an. Er meinte, vielleicht hätte es ihr Freude bereitet, auf dem Seewege gen Süden zu reisen, so wie es, erklärte er ihr, üblich sei, wenn man empfindliche Waren transportiere. Und Gott wisse, dass man sich mit allem nur möglichen Komfort umgeben müsse, wenn man sie, die Gräfin de Peyrac, ins ferne Land von Toulouse begleite!

Einer Rückreise über das Meer standen allerdings zwei Hindernisse entgegen.

Zum einen lag vor den Küsten des Poitou und von Bordeaux der Golf von Biskaya, der für seine Stürme bekannt war. Dann war da noch die Gefahr durch die barbarischen Piraten aus Algier oder von der marokkanischen Küste. Zwar reizte eine

Ladung aus Branntwein, Wein oder Alkohol sie kaum, da deren Konsum diesen Menschen durch ihre Religion untersagt war; das galt allerdings nicht für den Raub einer jungen Frau, deren Ruf, eine Schönheit zu sein, ihr bereits mit dem Wind vorauszueilen begann.

Aus diesem Grund hatte der Graf de Peyrac dringend empfohlen, auf dem Landweg zurückzureisen, so unbefahrbar auch die Wege in einem Land sein mochten, in dem die Waffen seit Jahren nicht geschwiegen hatten, auch wenn jetzt nicht mehr gekämpft wurde. Doch die Unruhen durch die Fronde hatten sich gerade erst gelegt.

»Aber wir sind gut bewaffnet und wissen zu kämpfen«, versicherte Andijos, der fürchtete, Angélique beunruhigt zu haben.

Diese geruhte zu lächeln, wenngleich sie seinen Versicherungen nicht allzu viel Glauben schenkte. Sie selbst hätte den anderen Reiseweg vorgezogen. Gern wäre sie »ihren« Fluss hinuntergefahren, durch »ihre« Sümpfe, hätte dann den Ozean entdeckt, den sie noch nie gesehen hatte, und wäre auf ein Schiff gestiegen, dessen Segel sich im Wind blähten. Dieses Bild trug einen Beiklang von Flucht mit sich.

Sie konnte sich des Gedankens nicht erwehren, dass etwas geschehen würde, das ihr erlauben würde, vor ihrer Bestimmung zu fliehen.

Doch der Tag kam, an dem sie wieder in die Kutsche steigen musste und die Kolonne sich in Bewegung setzte, nun verstärkt durch vier mit Lanzen bewaffnete Reiter, die man angeheuert hatte, um möglichen unangenehmen Begegnungen vorzubeugen. Nachdem sie Niort, die Hauptstadt der poitevinischen Sümpfe, und ihre düsteren, eisengrauen Festungstürme hinter sich gelassen hatten, fuhr Madame de Peyracs Reisegesellschaft nach Süden, der Sonne entgegen.

Wie sich herausstellte, waren die Straßen doch nicht so holprig und staubig wie prophezeit.

Die Pferde, die oft gewechselt wurden, legten eine ordentliche Geschwindigkeit an den Tag und schienen es zu genießen, eine Gesellschaft zu befördern, die sich schon von fern durch Hörnerklang ankündigte und unterwegs mit Grüßen und Beifallsbekundungen bedacht wurde. Wenn sie langsamer fuhren oder Halt machten, stimmten die Musiker, die oben auf einem der Wagen saßen, ein kleines Konzert an, und zwischen der Bevölkerung und den Reisenden des Konvois wurde angeregt geplaudert.

Für Angélique gab es kein Entkommen. All das geschah zu einem bestimmten Zweck. Dass sie im Galopp durch Marktflecken und Weiler fuhren, hatte das Ziel, sie zu einem Gatten zu bringen, der Joffrey de Peyrac hieß, hässlich war, hinkte und Zaubertränke herstellte!

Oft schlummerte sie ein, und dann sah sie wieder diesen goldenen Schlüssel. Er passte zu der Tür eines Raums, in dem die Leichen mehrerer Frauen lagen, die vor ihrem Tod durch die Magie des Familiendämons dem Wahnsinn verfallen waren. Wenn sie dann aufwachte, wurde ihr immer klarer, dass sie sich dem Schicksal verweigerte, zu dem man sie gezwungen hatte. Es würde nicht dazu kommen. Etwas würde geschehen.

Eines Tages machte der Konvoi am späten Vormittag an einem Kreuzweg halt, der ausnahmsweise verlassen war. Die Wagen bildeten einen Kreis, und alle Passagiere stiegen aus. Die Landschaft hatte sich verändert. Allenthalben sah man nur noch Reben und Weinstöcke.

»Ein Jammer«, meinte jemand, »dass es die verkehrte Jahreszeit ist, um ein paar schöne, taufeuchte Trauben zu kosten.«

»Nichts da!«, rief Andijos. »Vergiss nicht, dass die Weinrebe in diesem Land heilig ist und jede gestohlene Traube mit einem abgeschnittenen Ohr geahndet wird.«

In der Ferne waren die Türme und Kirchen einer Stadt zu erkennen. Bordeaux!

Ein Lakai brachte einen mit Gobelin bezogenen Klappsessel und stellte ihn unter einem großen Baum auf, der an dem in der Sonne gleißenden Kreuzweg einen wohltuenden Schatten spendete.

»Nehmt Platz, Madame.«

Aber Angélique war der Sinn nicht danach, sich zu setzen. Sie versuchte, die Debatte zwischen Andijos und seinen Freunden zu verfolgen, die unter sich nur die Sprache des Südens gebrauchten.

»Wir müssen uns in die Stadt begeben, Madame«, erklärte Andijos ihr. »Geduld! Möglich, dass unsere Beratungen mit den Honoratioren einige Stunden dauern.«

Sie stellten eine Truppe von Reitern auf, die von zwei oder drei Bogenschützen flankiert wurde, und entfernten sich.

Angélique ging auf und ab. Sie war erleichtert über die Gelegenheit, sich die Beine vertreten, überlegen und auf andere Gedanken kommen zu können. Kurz hatte sie die Idee, auf ein Pferd zu springen und zu fliehen, doch sie verwarf sie. Die Reisegesellschaft bestand aus vielen Menschen, und alle, Diener, Kutscher und Soldaten, behandelten sie aufmerksam und ehrerbietig. Aber die meisten verfügten über Pferde und hätten nicht lange gebraucht, um sie einzuholen. Außerdem hatte sie das Gefühl, keiner von ihnen würde ihr Verhalten verstehen. Sie würden mit Entrüstung und Erschrecken reagieren und sie für verrückt halten. So durfte es sich nicht abspielen. Es musste einfach einen anderen Weg geben.

Sie schritt auf und ab und warf häufig einen Blick in Richtung Stadt.

Bordeaux! Erinnerungen stiegen in ihr auf.

In ihrem Ursulinenkloster empfing die Mutter Oberin im Laufe des Jahres häufig adlige Herren, größtenteils Verwandte von ihr. Sie brachten ihr Nachrichten von hochgestellten Persönlichkeiten und hielten sie auf dem Laufenden über alles, was außerhalb dieser Mauern geschah, hinter denen die Nonnen und ihre jungen Zöglinge fern vom Lärm der Welt und ihren Schlachten ein behütetes Leben führten.

Nach diesen Besuchen pflegte die Oberin die älteren Mädchen zu versammeln. Diese jungen Damen würden sich, falls Gott es ihnen vergönnte, mit den großen Persönlichkeiten Frankreichs vermählen; daher war sie der Meinung, dass sie über Ereignisse Bescheid wissen sollten, in die ihre zukünftigen Ehegatten verwickelt waren. Natürlich träumte man stets von einer Hochzeit, die ohne Hindernisse, finanziell abgesichert und – warum auch nicht? – in Anwesenheit des Königs geschlossen wurde. Doch je höher der Rang des Ehemannes, umso größer war die Gefahr, dass sich diese Ehe vor dem Hintergrund bewaffneter Auseinandersetzungen, aber auch politischer Intrigen oder unverzeihlichen Verrats abspielte. Zur Ehre der Oberin sei gesagt, dass sie die Unruhen der Fronde nicht billigte.

Ein König war der Gesalbte des Herrn. Und dies galt ganz besonders für Ludwig XIV., dieses gekrönte Kind, das von den Völkern seines Reichs so sehnlich erwartet worden war, dass man es »Dieudonné«, also »Gottesgeschenk«, getauft hatte.

Nach Ansicht der Mutter Oberin hatten alle, die ihm seinen Thron hatten streitig machen wollen, ob Prinzen, Parlamentarier – Mitglieder des obersten Gerichtshofs – oder Volk, die Hölle verdient.

Doch man musste der Tatsache ins Auge sehen, dass nach all diesen Kriegen und Massakern einige dieser adligen jungen Mädchen sich mit Männern vermählen würden, die ihre Lorbeeren im gegnerischen Lager gesammelt hatten, sodass ihr zukünftiges Leben von dieser Schande überschattet sein würde. Besser, man war vorgewarnt. Noch war nichts entschieden. So hatten die Schülerinnen des Ursulinenklosters von einer Reihe aufständischer Städte gehört, unter denen sich mehrmals auch Bordeaux befunden hatte. Bordeaux, das lange englisch gewesen war, verstand sich als souveränes Gemeinwesen. Schon oft hatte die Stadt sich der Macht widersetzt, und einige dieser Gelegenheiten lagen kaum ein Jahrzehnt zurück.

Der kleine, zwölfjährige König hatte unter den Festungsmauern von Bordeaux Tränen vergossen, denn dorthin hatten sich Condé und sein Bruder Conti geflüchtet, und von dort prasselte die Kanonade herab. »Eines Tages werden diese Schufte dafür bezahlen!«, hatte er einem seiner »mesnins«, der Freunde aus seiner Kindheit, erklärt, der ihn dabei überraschte, wie er seine Tränen trocknete.

Schließlich setzte Angélique sich doch in den Sessel und nahm ein Zitronengetränk an, das wunderbar kalt war. Doch ihre Blicke hingen an der Silhouette der Stadt, die jenseits der Hügel in dem sirrenden Licht verschwamm.

Nach Bordeaux hatte sich auch Anne-Geneviève de Longueville geflüchtet, die beide Condé-Brüder liebten und die sie zum Aufstand gegen den König, die Königinmutter und Mazarin angestachelt hatte.

Angélique lächelte bei der angenehmen Erinnerung an den Besuch des Marquis du Plessis-Bellière und seine überschäumenden Erzählungen. Er hatte von der Muse der Fronde gesprochen, der Herzogin de Longueville, die sich vom Volk von Paris hatte bejubeln lassen, als sie ihr neugeborenes Kind auf der Vortreppe des Rathauses präsentierte. Sie hatte sich die Ratsherren der Hauptstadt zu seinen Paten erwählt, und daher trug es den Namen Charles-Paris. Als die Prinzessin später ebenfalls nach Bordeaux geflüchtet war, wo sie von Parlamentsmitgliedern, die sie bezaubert haben musste, umgeben war, hatte sie verlangt, dass man ihr den achten Teil der Gewinne aus dem Verkauf des Romans *Polexandre* schicken sollte, von dessen Erscheinen in Paris sie trotz der Wirren des Bürgerkriegs gehört hatte.

Es wäre nicht übel gewesen, einige Zeit als Gefangene bei den Bordelaisern zu bleiben.

Die Stunden vergingen, und ihr wurde das Warten lang. Die Sonne ging unter.

Eine Staubwolke kündigte die Rückkehr der Reiter an. Angélique stand auf, bereit, die Ratsherren der freien Stadt Bordeaux zu begrüßen.

Doch es waren nur Andijos und seine Gefährten. Sie stiegen ab und stießen einander fröhlich in die Rippen. »Wir haben es geschafft!« Kurz darauf tauchten zwei mit Planen abgedeckte Wagen auf, die Weinfässer und Fässchen eines berühmten Branntweins – Armagnac – brachten; ein Geschenk zur Hochzeit des Grafen de Peyrac.

Also wirklich, das konnten diese Leuten doch nicht ernst meinen!

Angélique war bitter enttäuscht. Ihr wurde klar, dass sie während der Stunden des Wartens gehofft hatte, die Bordelaiser würden sie gefangen nehmen. Dann wäre alles in Ordnung gewesen … Zumindest eine Zeit lang! Niemand hätte ihr vorwerfen können, sie hätte das Versprechen, den Grafen de Peyrac zu heiraten, nicht gehalten, das sie dem Verwalter Molines gegeben hatte, um ihre Familie zu retten.

Doch jetzt sah es aus, als könne nichts mehr den Fortgang dieser Reise aufhalten, die sie unentrinnbar auf diesen schrecklichen Mann zuführte und sie seiner Macht ausliefern würde.

Die Übernachtung in einem kleinen Schloss, wo man sie

zwar nicht erwartet hatte, aber zuvorkommend aufnahm, tröstete sie nicht, wenngleich sie sich Mühe gab, freundlich zu ihren Gastgebern zu sein, die sie nach bestem Vermögen empfingen. Bei Tisch erzählten ihre Reisegefährten angeregt und in allen Einzelheiten davon, wie sie es angestellt hatten, den Bordelaisern diese alkoholischen Kostbarkeiten – sechs schöne Fässer Wein und zwei Fässchen Branntwein aus dem Lande Armagnac – zu entlocken, was auch erklärte, warum sie sich zu dieser späten Stunde eingestellt hatten. Denn sie hätten die vorgesehene Strecke nicht zurücklegen können, und Madame de Peyrac sei müde.

Doch der Baron de la Braide und seine Gattin, friedliche Landadlige und anscheinend nicht allzu sehr durch gesellschaftliche Zerstreuungen verwöhnt, freuten sich über ihren Besuch. Das Paar war noch jung und hatte zweifellos einige Kinder, die schon oben in großen Betten schliefen.

Man sprach von Reben und Weinen und kostete Gerichte in Saucen, die mit verschiedenen Kräutern – Bohnenkraut, Thymian und Basilikum – gewürzt waren und zu Hase und Wassergeflügel serviert wurden.

Obwohl das herrschaftliche Paar sich äußerst höflich zeigte und an der allgemeinen Fröhlichkeit Anteil nahm, legten die beiden Angélique gegenüber eine gewisse Zurückhaltung an den Tag, und sie war überzeugt davon, dass sie sie von Zeit zu Zeit verlegen und vielleicht auch voller Mitleid ansahen. Der Marquis d'Andijos hatte dieses Verhalten ebenfalls bemerkt.

»Die Nachricht von der Heirat des Grafen de Peyrac hat die ganze Provinz in Aufruhr versetzt…«, erklärte er ihr vertraulich, als er ihr auf der Schwelle des Zimmers, das man für sie hergerichtet hatte, die Hand küsste. »Denkt doch! Monsieur und Madame de la Braide werden die Ersten sein, die Euch gesehen haben! Eure Schönheit hat sie überwältigt! Und jetzt verstehen sie es auch. Denn niemand hätte erwartet, dass ein solcher Mann... Heiraten! ER! Jeder hat sich gefragt, warum er diesen unwiderruflichen Schritt tut. Aber jetzt ist natürlich alles klar! Eure Schönheit ist der Grund.«

Am liebsten hätte Angélique ihm alles gestanden, ihm von der Mine in Argentières erzählt und ihm erklärt, dass ihre Schönheit mit dem Ganzen nichts zu tun habe. Aber wenn man ihm glauben wollte, entzückte sich bereits eine ganze Provinz an dieser Geschichte, in der sie die Rolle einer Sagengestalt spielte.

Für sie gab es kein Entkommen mehr.

Inzwischen hatte sie geradezu den Eindruck einer Entführung oder einer gewaltsamen Trennung, so als würde sie unentrinnbar davongezerrt, ohne dass sie mit ihrem Willen etwas dagegen tun konnte. Sie fühlte sich schwach, feige und hilflos.

Etwas hatte sich verändert.

Wenn sie Rast machten, bemerkte sie, dass die Menschen kein Französisch mehr sprachen.

»Wir haben ja auch die Grenze überquert«, meinte der Marquis d'Andijos, als wäre das die natürlichste Sache der Welt.

Besorgt sah Angélique ihn an.

Eine Grenze? Brachte man sie etwa nach Spanien? Davon hatte Molines nichts gesagt. Als Andijos ihre Miene bemerkte, beruhigte er sie.

»Keine Angst! Wir befinden uns immer noch im Königreich Frankreich! Aber es ist nicht mehr dasselbe Frankreich.«

»Was meint Ihr damit?«

War das Land, über das König Ludwig XIV. regierte, etwa zweigeteilt?

Andijos stimmte ihr zu. Genau! Es gab eine Grenze! Allerdings, das Land war in zwei Teile gespalten! Und zwar schon seit den ersten Jahrhunderten der christlichen Zeitrechnung.

Angélique erkundigte sich, wo genau die Grenze durch das Königreich verlaufe. Das sei sehr kompliziert, erwiderte der Marquis. Aber Angélique bestand darauf und erklärte ihm, sie habe sich während ihrer Schulzeit bei den Ursulinen durch ihre Neigung für die Wissenschaft der Geografie hervorgetan. Weigerte er sich etwa, ihr Auskunft zu geben, weil er selbst nicht genau wisse, wo sich diese Grenze befand? Zutiefst beleidigt gab der Marquis unter heftigem Gestikulieren ihrer Bitte nach.

Diese Grenze gehe von einem Punkt an der Meeresküste ein wenig südlich von La Rochelle aus, sagte er, verlaufe dann bis hinab ins Limousin, beschreibe eine komplizierte Linie durch das vulkanische Massiv der Auvergne im Zentrum des französischen Königreichs, durchquere im Osten einen Zipfel von Burgund und dann Regionen, die noch kaum erobert seien wie die Teiche und Sumpfgebiete der Dombes und von Bresse und ende dann an der Grenze zu Helvetia, dem Land der Schweizer …

Aber was genau trenne denn nun diese besagte Grenze, die Frankreich teile und die sich, wie er sage, anscheinend in uralter Zeit spontan gebildet habe, wollte Angélique wissen.

Der Marquis holte tief Luft und hob erneut an. Sie bilde die Trennlinie zwischen zwei Sprachen; der »Langue d'oïl« im Norden und der »Langue d'oc« im Süden. Aber sie stelle, so verschlungen und gewunden sie auch sei, ebenfalls eine Grenze zwischen dem Gewohnheitsrecht dar, wie es auf beiden Seiten dieser unsichtbaren Linie herrsche. In den Provinzen des Südens galt das Zivilrecht, das aus dem Recht des römischen Imperiums hervorgegangen war. Das mündlich überlieferte Recht im Norden war dort durch die Invasionen der Barbaren eingeführt worden.

»Wie Ihr schon ahnen könnt, Madame«, schloss der Marquis strahlend, »zieht jeder Prozess zwischen diesen beiden Rechtssystemen des Königreichs einen Krieg nach sich. Zumindest dauern diese Prozeduren Jahre und werden quasi vererbt.«

Er schien das sehr komisch zu finden.

Die Franzosen auf beiden Seiten traten anscheinend leidenschaftlich für ihr jeweiliges Gewohnheitsrecht ein. Er erzählte einige gute Anekdoten über Prozesse, die Generationen gedauert hatten.

Doch für Angélique blieb vor allem der beunruhigende Gedanke bestehen: Es gab eine Grenze.

Und ihre Familie befand sich auf der anderen Seite. Die Kluft wurde immer tiefer.

Die Landschaft veränderte sich.

Nun durchfuhren sie Gegenden, in denen sich Weinberge und Felder abwechselten, die mit dicken, hohen und tiefgrünen Ähren bepflanzt waren. Man hätte meinen können, eine aufmarschierte Armee vor sich zu haben. Die Landschaft wirkte wie ein Streifenmuster aus Weinbergen und Feldern, die mit diesen ordentlich aufgestellten, grünen Stöcken bestellt waren. Unter dem Himmel, der wie ein grellblauer Baldachin über dem Ganzen hing, schien die Sonne wie durch ein Gitter, sodass von den grellen Reflexen die Augen schmerzten.

»Das ist Mais«, erklärte Andijos, der ihr Erstaunen angesichts der ihr unbekannten Nutzpflanze bemerkte.

»Indisches Korn? Wie in der Neuen Welt?«

»Hier nennen wir es grobe Hirse oder auch spanische Hirse.«

Immer noch voller Elan, die Vortrefflichkeit seiner Provinz zu rühmen, teilte er ihr mit, dass man von Bayonne bis Toulouse schon seit mehr als einem halben Jahrhundert Mais anbaue. Die Pflanze komme aus Spanien, wo die Katholischen Könige sie von ihren Konquistadoren aus Amerika erhalten hätten; zusammen mit dem goldenen Apfel, den man seit einiger Zeit auch Tomate nenne, sowie verschiedenen anderen Neuerungen.

»Dieses Getreide ist das schönste Geschenk der Neuen Welt an die Alte Welt. Die Bevölkerung Aquitaniens und des Languedoc hat sie zu ihrem Grundnahrungsmittel gemacht, wodurch die Menschen auch in Krisenzeiten ihr Auskommen sichern können. Und vor allem kann der Bauer seine anderen Feldfrüchte wie Weizen oder Gerste vorteilhafter verkaufen und gewinnt so an Wohlstand.«

Merkwürdigerweise riefen diese Erklärungen über die Ökonomie der Landwirtschaft bei Angélique den Eindruck hervor, sich noch weiter von ihrer Heimat entfernt zu haben. Da hatte sie also, nachdem sie die abweisende Barriere ihres poiteviner Waldes hinter sich gelassen hatte, so viele Grenzen überschritten, dass sie sich jetzt in der Nachbarschaft der Neuen Welt befand und ihre Früchte kosten konnte. Und dazu hatte sie nicht einmal den Ozean zu überqueren brauchen.

Während man »oben« im Poitou noch die Augen aufriss, wenn der Pastor vom »indischen Korn« erzählte, bestand hier die Verbindung zu den fernen Kontinenten Nord- und Südamerikas schon seit langem.

Der Geist der Neuen Welt trug noch zur Anziehung dieser Landstriche bei. Mehr Licht! Mehr Reichtum! Der Süden!

Für Angélique verstärkte sich der Eindruck, dass sie Tag für Tag tiefer ins Innere eines fremden Landes vordrang. Und das lag nicht nur an der *Sprache*! Alles war fremdartig! Die Menschen waren völlig anders! Und sie, sie hatte ihre Heimat verlassen.

Doch sie traf nicht nur auf schattenlose Landschaften aus Wein und Mais... Da waren auch grüne Täler voller Obstbäume, bewacht von Hügeln, die sich ins Unendliche zogen und dort in fernen Nebeln verschwanden. Oder man überquerte ihre sanften Kämme, um sich erneut in einer sonnenberauschten Ebene wiederzufinden, wo die Wagen inmitten einer Staubwolke dahinsausten, um mit einem Mal auf die abweisende Barriere der Vorgebirge der hochmütigen Pyrenäen zu stoßen.

Plötzlich plagten sich die Pferde auf steilen Wegen, die ebenso voller Kiesel waren wie die »gaves« genannten Wildwasserrinnen, die zwischen Kiefern, Buchen, Eichen und Kastanien die Fahrspur kreuzten.

Angélique, die durchgeschüttelt wurde und gern öfter ausstieg, fragte sich, wo Toulouse liegen mochte.

»In dieser Richtung!«, antwortete Andijos und wies gen Osten. »Jenseits der nächsten Grenze.«

»Schon wieder eine Grenze?«

Er lachte und erklärte, dieses Mal spreche er von der noch feineren, unsichtbaren Klimagrenze. Dort treffe der milde, feuchte atlantische Einfluss, der von den Küsten des Golfs von Biskaya im Westen komme, auf den trockenen und oft heißen Hauch des antiken Meeres der Völker – *Nostra Mare, Nostra Madre,* unser Meer, unsere Mutter, das blaue Mittelmeer, das in einen anderen Golf münde, den Golf von Lyon, und dem die ältesten Legenden der Menschheit entstammten.

»Und genau in der Mitte liegt Toulouse und beherrscht alle Himmelsrichtungen. Ihr müsst wissen, Madame, dass Toulouse vor vierhundert Jahren nach Rom und Venedig die drittgrößte Stadt Europas war …«

Der Marquis d'Andijos war glücklich, erzählen zu können, denn schließlich hatte sie ihn ja darum gebeten. Er verbarg sein Erstaunen darüber, dass diese sehr junge und außerordentlich hübsche Frau sich anscheinend noch für etwas anderes interessierte als für ihre eigene Person; etwas, wozu die Natur jedes hübsche weibliche Wesen verlockt.

In der Tat, Angélique ließ sich gegen ihren Willen von all diesem Neuen ablenken; und dann ergriff erneut die Angst sie, ohne dass sie wusste, warum.

In der Umgebung von Béarn wurden die Reisenden im Schloss von Monsieur Antonin de Caumont, Marquis de Péguilin und Graf de Lauzun aufgenommen. Erstaunt und amüsiert zugleich betrachtete Angélique den jungen Mann, dessen Anmut und Geist ihn, wie Andijos versicherte, zum »am meisten vergötterten jungen Mann am französischen Hof« machten. Selbst der König, der Wert auf ein würdevolles Auftreten lege, könne Péguilins Scherzen nicht widerstehen, über die er vor seinen versammelten Ministern schallend lache. Péguilin hielt sich gerade auf seinem Besitz auf, um für einige Dreistigkeiten gegenüber Monsieur de Mazarin, bei denen er zu weit gegangen war, zu büßen. Dies schien ihn allerdings gar nicht zu belasten, und er begann tausend Anekdoten über den Kardinal zu erzählen, von dem jedermann wusste, dass er der Liebhaber der Königin war.

Angélique, die nicht an die an den königlichen Höfen gebrauchte galante Sprache gewöhnt war, verstand nicht die Hälfte von dem, was er sagte, und wunderte sich darüber, dass er so unverfroren über diese hochgestellten Persönlichkeiten herzog.

Man brachte Obst, kühle Getränke und Wein.

Während er sprach, scharwenzelte Péguilin unaufhörlich um Angélique herum und musterte sie mit bewundernder Miene.

»Welch hübsche Marionette!«, rief er schließlich aus.

Sogleich erklärte er, wie er seine Bemerkung meinte.

»Heißt es nicht, für den Grafen de Peyrac seien Frauen nichts als Marionetten, bei denen er nur die Fäden zu ziehen braucht, damit sie tanzen? ... Was sagt Ihr dazu, Madame?«

Zutiefst verletzt konterte sie.

»Wir werden sehen, ob der Ball den Tanz lohnt! Und außerdem tanze ich gern!«

Er brach in ein schrilles Gelächter aus.

»Oh! Die Marionette ist nicht auf den Mund gefallen. Das ist etwas Neues!«

Andijos rief ihn auf seine Weise zur Ordnung, indem er ihm mit seinem Stock einen energischen Schlag auf den Rücken versetzte.

»Genug, Péguilin; dass der König Euch seine Freundschaft schenkt, heißt noch nicht, dass Ihr einer Dame von Stand gegenüber frech werden dürft.«

Péguilin warf sich Angélique zu Füßen und bat sie tausendmal um Verzeihung.

»Wahrlich, wahrlich, so habe ich nur gesprochen, weil ich eifersüchtig bin! Entsetzt! Es ist nicht möglich, dass ein solcher Schatz einem einzigen Mann vorbehalten bleiben soll! Und was für einem Mann! Warum bin ich nicht an seiner Stelle?«

Nachdem man ihn aufgehoben und ihm gut zugeredet hatte, gab er deutlich zu verstehen, dass sein ganzer Überschwang nur Komödie und Prahlerei gewesen sei. Dann wurde er ernst.

In Wahrheit, erklärte er, habe er selbst sein Amt als Knappe des Monarchen aufs Spiel gesetzt, um dessen Dienst verlassen zu können, ohne dass es so aussehe, als nehme er sich Urlaub, denn daran hätte der König Anstoß genommen. Doch als er, Péguilin, die Nachricht von diesem großartigen und erstaunlichen Ereignis, der Heirat des Grafen de Peyrac, des Herrn von Toulouse und diverser Landstriche, erhalten habe, da hätte ihn nichts daran hindern können, dorthin zu reisen.

»Denn ihr müsst wissen, Madame, dass wir in Südfrankreich ein Land sind, das aus hundert kleinen Königreichen besteht, und wir haben auch unsere Könige, denen wir Ehrerbietung schulden.«

»Das habt Ihr mir noch nicht erklärt, Monsieur d'Andijos«, bemerkte Angélique ein wenig spöttisch.

»Diese Gascogner flunkern doch einer schlimmer als der andere. Hört nicht auf seine Worte, Madame! Sie sind sehr gefährlich!«

So verlief diese Etappe fröhlich und lebhaft, und Angélique entspannte sich. Damit sie ihm verzieh, improvisierte Lauzun Verse auf ihre Schönheit, die er mit viel Pathos vortrug. Bei Hof war es Mode, alles und jedes in Versen auszudrücken.

»Ihr kommt doch an den Hof, oder, Madame? Versprecht es mir. Ich setze den König in Kenntnis.«

Dann kam der Abschied.

»Ah!«, rief er noch einmal aus. »Meine Freunde, ich frage mich, ob die Goldene Stimme des Königreichs darüber nicht ihre höchsten Töne einbüßen wird.«

So hörte Angélique zum ersten Mal von der Goldenen Stimme des Königreichs.

»Er ist der bedeutendste Sänger des Languedoc«, erklärte man ihr. »Seit den großen Troubadouren hat das Languedoc keinen solchen Sänger mehr gesehen. Ihr werdet ihn hören, Madame, und unweigerlich seinem Charme verfallen.«

Sie lachten ausgelassen.

Angélique hatte sich die größte Mühe gegeben, die freundliche Gesellschaft nicht durch eine verschlossene Miene zu enttäuschen. Alle waren so nett; ein wenig oberflächlich zuweilen, aber auch sehr liebenswürdig.

Die Reise ging weiter. Die Luft war überhitzt, und die Ziegeldächer und die Blätter der Platanen waren so bleich wie weißer Wein. Die Menschen, denen sie begegneten, waren heiter gestimmt. Aber sie näherten sich ihrem Ziel, und Angélique wurde das Herz immer schwerer.

Am Vorabend ihrer Ankunft in Toulouse logierten sie auf einer der Besitzungen des Grafen de Peyrac, einem aus hellem Stein errichteten Schloss im Renaissance-Stil. Angélique genoss besonders den Komfort eines der Räume, in dem sich ein Badebecken aus Mosaiksteinen befand. Die lange Marguerite eilte geschäftig um sie herum. Sie fürchtete, durch den Staub und die Hitze könnte der Teint ihrer Herrin, dessen kräftige, warme Farbe sie insgeheim missbilligte, noch dunkler geworden sein.

Sie rieb sie mit verschiedenen Salben ein und befahl ihr, auf einem Ruhebett liegen zu bleiben, während sie sie kräftig massierte und ihr anschließend am ganzen Körper das Haar entfernte. Angélique war nicht schockiert über diesen Brauch, der einst, als es noch in allen Städten römische Dampfbäder gegeben hatte, sogar im Volk ausgeübt worden war. Jetzt unterzogen sich nur noch die jungen Mädchen der guten Gesellschaft dieser Prozedur. Es galt als äußerst unschicklich, wenn eine feine Dame auch nur den geringsten überflüssigen Flaum an ihrem Körper duldete. Doch Angélique vermochte angesichts dieser Mühe, die man sich gab, um ihren Körper zu vervollkommnen, eine Art von Entsetzen nicht zu unterdrücken.

Er soll mich nicht anrühren, sagte sie sich immer wieder. Lieber springe ich aus dem Fenster.

Aber nichts hielt die sich überstürzenden Ereignisse auf, diesen Strudel, der sie davonriss.

Am nächsten Morgen stieg sie, ganz krank vor Furcht, zum letzten Mal in die Kutsche, die sie innerhalb der nächsten Stunden nach Toulouse bringen sollte. Der Marquis d'Andijos nahm neben ihr Platz. Sein Schnurrbart wirkte wie mit Tinte gezeichnet, derart eifrig hatte er ihn mit parfümierter Pomade behandelt.

Unvermittelt ergriff Angélique seine Hand.

»Ach, Monsieur d'Andijos, ich wünschte so sehr, Ihr wäret mein richtiger Ehemann. Warum seid Ihr es nur nicht? Euch kenne ich wenigstens, und ich mag Euch gern.«

»Madame«, antwortete der Marquis und küsste ihr galant die Hand, »Ihr lasst mir Ehre angedeihen. Aber macht Euch nur keine Illusionen, weil ich so wohlgenährt bin. Ihr müsst wissen, dass ich ärmer als ein Bettler bin und ohne den Grafen de Peyrac dazu verurteilt wäre, in einem einfachen Hemd in meinem verfallenen Schloss zu leben, neben meinem verlassenen Taubenschlag. Alles, was ich habe, verdanke ich dem Grafen de Peyrac. Das sage ich Euch, damit Ihr nichts bereut. Er ist derjenige, der das Gold und die schönen Diamanten besitzt.«

»Ich kann ohne Gold und Diamanten auskommen. Ach, Ihr versteht nicht! Ich habe Angst!«

»Ihr habt Angst?«, wiederholte er. »Und wovor genau, mein Herz?«

Angélique gab keine Antwort, sondern rückte auf der Bank von ihm ab und ließ den Kopf an die staubige Fensterscheibe sinken. Sie biss sich auf die Lippen, um nicht zu weinen.

Ratlos, aber gutwillig, glaubte er zu begreifen, was sie ängstigte und ihr Schamgefühl belastete.

»Habt keine Angst, mein Vögelchen«, sagte er in jovialem Ton. »Das haben alle Frauen zu allen Zeiten erdulden müssen. Die Geschichte geht nicht ohne einen kleinen Aufschrei ab; aber bald spielt eine andere Melodie. Und der Graf, Euer Gatte, ist ein Meister der Wollust. Glaubt mir, in der Grafschaft Toulouse werden heute viele schöne schwarze Augen weinen, und andere werden Euch mit eifersüchtigen Blicken durchbohren.«

Aber sie hörte ihm schon nicht mehr zu.

Seit einigen Minuten bemerkte sie, dass der Kutscher sein Gespann langsamer laufen ließ. Ein Stück vor dem Wagen versperrten Menschen zu Fuß und zu Pferde die Straße. Als die Kutsche zum Stehen gekommen war, hörte man die Gesänge und Rufe besser, die zum Rhythmus der Tamburine erklangen.

»Beim heiligen Severin«, schrie der Marquis und sprang auf, »ich glaube, Euer Gatte kommt uns entgegen.«

»Jetzt schon?«

Angélique spürte, wie sie erbleichte. Die Pagen rissen die Wagenschläge auf. Sie musste auf den Sand der Straße hinunterklettern, in die unbarmherzige Sonne. Der Himmel war tiefblau. Rechts und links des Wegs stieg von den Maisfeldern ein glühend heißer Hauch auf. In einer schillernden Farandole, einem Volkstanz aus der Provence, kamen die Menschen auf sie zu. Sie trugen eigenartige Kostüme, die mit großen roten und grünen Rauten gemustert waren. Kinder, ebenfalls in extravagante Livreen aus rosafarbenem, mit weißen Federn geschmücktem Satin gekleidet, hüpften nebenher, schlugen schwindelerregende Purzelbäume und polterten dabei gegen die Pferde.

»Die Fürsten der Liebe! Die Komödianten aus Italien!«, jauchzte der Marquis und breitete vor Begeisterung die Arme aus, womit er seine Nachbarn gefährdete. »Ah! Toulouse! Toulouse!«

Die Menge wich auseinander. Angélique erblickte eine große, schlaksige und leicht schwankende Gestalt, die in purpurroten Samt gekleidet war und sich auf einen Stock aus Ebenholz stützte.

Je näher dieser Mann herangehinkt kam, umso deutlicher erkannte man, von einer üppigen schwarzen Perücke umrahmt, ein Antlitz, das ebenso unschön anzusehen war wie sein Gang. Zwei tiefe Narben durchzogen auf der linken Gesichtshälfte

Schläfe und Wange und ließen das Augenlid herunterhängen. Die Lippen waren voll, und er war glatt rasiert, was nicht der Mode entsprach und das Ungewöhnliche seiner Erscheinung noch betonte.

Das ist er nicht, betete Angélique. Lieber Gott, mach, dass er es nicht ist!

»Euer Gatte, der Graf de Peyrac, Madame«, ließ sich neben ihr der Marquis d'Andijos vernehmen.

Kapitel 2

Sie versank in den einstudierten Knicks. In ihrer Bedrängnis fielen ihr lächerliche Einzelheiten auf: die diamantbesetzten Schleifen an den Schuhen des Grafen und auch, dass an einem davon der Absatz etwas erhöht war, um sein Hinken zu kaschieren; die gefältelten Seidenstrümpfe mit den kunstvollen Ziernähten; sein prächtiger Anzug, das Schwert und der gewaltige weiße Spitzenkragen.

Man sprach sie an; sie antwortete aufs Geratewohl. Das Schlagen der Tamburine, in die sich das laute Schmettern von Trompeten mischte, machte sie benommen.

Als sie wieder in der Kutsche Platz nahm, legte ihr jemand ein Rosengebinde und Veilchensträuße in den Schoß.

»Hier nennt man die Blumen die ›größten Freuden‹«, erklärte eine Stimme. »Sie herrschen über Toulouse.«

Angélique wurde klar, dass nicht mehr der Marquis d'Andijos neben ihr saß, sondern der andere Mann. Sie beugte sich über die Blumen, um nicht in sein Gesicht sehen zu müssen.

Kurz darauf tauchte vor ihnen die Stadt mit ihren rosafarbenen Türmen und Kirchen auf. Der Zug drang in die engen Straßen ein; tiefe, schattige Passagen, in denen ein purpurfarbenes Licht stand.

Im Palast des Grafen de Peyrac angekommen, wurde Angélique rasch umgekleidet, und man legte ihr eine herrliche weiße

Samtrobe mit Einsätzen aus weißem Satin an. Die Bänder und Schleifen waren mit Diamanten besetzt. Während die Zofen sie ankleideten, reichten sie ihr kalte Getränke, denn sie kam vor Durst fast um. Zur Mittagsstunde begab sich das ganze Gefolge unter Glockengeläut zur Kathedrale, wo der Erzbischof die Brautleute auf dem Vorplatz erwartete.

Nachdem der Segen erteilt war, schritt Angélique, wie es beim Adel üblich war, allein durch das Kirchenschiff. Der hinkende Edelmann ging vor ihr her, und diese lange, rote, hüpfende Gestalt kam ihr unter den von Weihrauch verhangenen Kuppeldecken mit einem Mal wie der Leibhaftige vor. Draußen hätte man meinen mögen, die Stadt befände sich in einem Festtagstaumel. Angélique vermochte gar nicht zu begreifen, dass dieses ganze Spektakel mit ihrer Hochzeit mit dem Grafen de Peyrac zu tun haben sollte, die doch ein sehr persönlicher Akt war. Unbewusst sah sie sich anderswo nach dem Schauspiel um, das diese Menschen so freudig erregte. Aber die Blicke aller Anwesenden waren auf sie gerichtet, und vor ihr verneigten sich die Edelmänner mit den feurigen Blicken und die prachtvoll aufgeputzten Damen.

Um von der Kathedrale in den Palast zurückzukehren, bestiegen die Frischvermählten zwei mit herrlichen Schabracken geschmückte Pferde. Der Weg entlang dem Ufer der Garonne war mit Blumen übersät, und die Tänzer in den rosafarbenen Gewändern, die der Marquis d'Andijos die »Fürsten der Liebe« genannt hatte, streuten weiter Körbe voller Blütenblätter aus.

Zur Linken glitzerte der goldene Fluss, und die Schiffer auf ihren Booten ließen das Paar hochleben.

Angélique bemerkte, dass ihr Lächeln ein wenig starr geworden war. Von dem strahlend blauend Himmel und dem Duft der zertretenen Blumen war sie wie berauscht. Mit einem Mal unterdrückte sie einen Schrei; sie wurde von kleinen Pagen begleitet, deren Gesichter schwarz wie Lakritz waren. Zuerst hatte sie geglaubt, sie trügen Masken; doch jetzt wurde ihr plötzlich klar, dass ihre Haut tatsächlich schwarz war. Zum ersten Mal sah sie Menschen mit dunkler Hautfarbe. Alles, was sie erlebte, hatte etwas Unwirkliches. Sie fühlte sich vollkommen allein und tief in einem verwirrenden Traum befangen, an den sie sich, wenn sie erwachte, vielleicht vergeblich zu erinnern versuchen würde.

Und immer noch sah sie im Sonnenschein neben sich das entstellte Profil des Mannes, den alle ihren Gatten nannten und dem sie zujubelten.

Kleine Goldmünzen fielen klimpernd auf die Kieselsteine. Die Pagen warfen sie in die Menge, und die Menschen balgten sich im Staub darum.

Im Park des Palasts hatte man im Schatten lange, weiß gedeckte Tische aufgestellt. Vor den Toren rann Wein aus Springbrunnen, von denen die Leute auf der Straße trinken konnten. Ins Innere durften nur Adlige und Großbürger.

Angélique, die zwischen dem Erzbischof und dem roten Mann saß, konnte nicht essen und sah eine nicht enden wollende Abfolge von Gängen und Gerichten an sich vorüberziehen: Rebhuhnpasteten, Entenbrust, Haselhuhn mit Rosinen, im Ofen gebackene Wachteln, Forellen, Kaninchen, Salate, Lammkutteln, Stopfleber. Die Desserts – mit Pfirsichbeignets garnierte gebrannte Creme, alle Arten von Konfitüren, Honiggebäck – waren unzählbar und die Obstpyramiden ebenso groß wie die kleinen Mohren, die sie darboten. Weine in allen Nuancen vom tiefsten, beinahe schwarzem Rot bis zum hellsten Goldton folgen aufeinander.

Neben ihrem Teller bemerkte Angélique eine Art winziger,

aus Gold gefertigter Forke. Als sie sich umsah, stellte sie fest, dass die meisten Gäste dieses Instrument gebrauchten, um ihr Fleisch aufzuspießen und zum Mund zu führen. Sie versuchte, es ihnen gleichzutun, doch nach einigen erfolglosen Versuchen zog sie es vor, wieder zu ihrem Löffel zu greifen, den man ihr gelassen hatte, als offenbar wurde, dass sie sich dieses eigenartigen Instruments, das alle »Gabel« nannten, nicht zu bedienen wusste. Dieser lächerliche Vorfall stürzte sie in noch tiefere Verunsicherung.

Nichts ist schwieriger zu ertragen als Festlichkeiten, an denen man selbst nicht mit dem Herzen beteiligt ist. Wie erstarrt in ihrer Angst und ihrem Groll fühlte sich Angélique von so viel Radau und Überfluss überwältigt. Da sie von Natur aus stolz war, ließ sie sich nichts anmerken, sondern lächelte und fand für jeden ein freundliches Wort. Durch die eiserne Disziplin, die sie im Ursulinenkloster erworben hatte, wahrte sie trotz ihrer Müdigkeit eine aufrechte, tadellose Haltung. Nur war sie nicht in der Lage, sich dem Grafen de Peyrac zuzuwenden; und da sie sich bewusst war, dass dieses Benehmen eigenartig erscheinen musste, widmete sie ihre ganze Aufmerksamkeit ihrem anderen Tischnachbarn, dem Erzbischof. Dieser war ein sehr ansehnlicher Mann in der Blüte seiner Vierziger. Er strahlte eine salbungsvolle Güte aus, war von weltmännischem Auftreten und hatte blaue und sehr kalte Augen.

Als Einziger der Versammlung schien er keinen Anteil an der allgemeinen Munterkeit zu nehmen.

»Welch ein Überfluss! Was für eine Vergeudung!«, sagte er seufzend, als er sich umsah. »Mir zerreißt es das Herz, wenn ich an die vielen Armen denke, die sich jeden Tag vor der Tür des erzbischöflichen Palastes drängen, an die Kranken, die keine Pflege erhalten, an die Kinder in den Ketzerdörfern, die man mangels finanzieller Mittel nicht aus ihrem Irrglauben reißen kann. Seid Ihr frommen Werken zugetan, meine Tochter?«

»Ich habe gerade erst das Kloster verlassen, Monseigneur. Aber ich wäre glücklich, mich unter Eurer Anleitung in meiner Gemeinde zu betätigen.«

Er sah mit seinem klaren Blick auf sie hinunter und lächelte, während er sein etwas fleischiges Kinn reckte.

»Ich danke Euch für Euren guten Willen, meine Tochter. Aber ich weiß, wie sehr das Leben einer jungen Hausherrin von neuen Anforderungen erfüllt ist, die Eure ganze Aufmerksamkeit erfordern. Daher werde ich Euch Euren Pflichten erst entführen, wenn Ihr den Wunsch danach äußert. Ist nicht die größte Aufgabe einer Frau die, der sie ihre ganze Aufmerksamkeit schenken sollte: der segensreiche Einfluss, den sie auf den Geist ihres Gatten nehmen kann? Eine liebende, geschickte Frau kann heutzutage ihren Mann vollkommen lenken.«

Er beugte sich zu ihr herüber, und die rund geschliffenen Edelsteine an seinem Bischofskreuz leuchteten malvenfarben auf.

»Eine Frau vermag alles«, wiederholte er, »aber ganz unter uns, Madame, Ihr habt Euch da einen sehr eigenartigen Gatten ausgesucht…«

Ausgesucht… dachte Angélique ironisch. Hat mein Vater seinen zukünftigen Schwiegersohn auch nur ein Mal gesehen? Ich bezweifle es. Aber er hat mich aufrichtig geliebt. Um nichts auf der Welt hätte er mich unglücklich machen wollen. Doch es war wohl so, dass er mich reich sehen wollte, während ich mir vor allem gewünscht habe, geliebt zu werden. Schwester Sainte-Anne würde mir ein weiteres Mal predigen, ich solle nicht so romantisch sein… Dieser Erzbischof scheint ein netter Mensch zu sein. Ob sich wirklich die Pagen des Grafen von Peyrac in der Kathedrale mit seiner Eskorte geschlagen haben?

Unterdessen wich die drückende Hitze dem Abend. Bald würde man den Ball eröffnen. Angélique seufzte.

Ich werde die ganze Nacht tanzen, sagte sie sich, aber um nichts in der Welt werde ich auch nur einen Moment lang mit ihm allein bleiben …

Nervös warf sie einen Blick zu dem Mann, der jetzt ihr Gatte war. Jedes Mal wurde ihr beim Anblick des von Narben durchzogenen Gesichts, in dem die kohlschwarzen Augen blitzten, unbehaglich zumute. Dadurch, dass das linke Augenlid durch eine wulstige Narbe halb geschlossen war, wirkte der Gesichtsausdruck des Grafen de Peyrac boshaft und ironisch.

Er lehnte sich auf seinem gobelinbezogenen Lehnstuhl zurück und führte eine Art kleines, braunes Stäbchen zum Mund. Ein Diener stürzte herbei und hielt eine glühende Kohle, die er mit einer Zange festhielt, an das Ende des Stöckchens.

»Ah! Da gebt Ihr ein beklagenswertes Beispiel, Graf!«, rief der Erzbischof stirnrunzelnd aus. »Meiner Meinung nach ist der Tabak das Dessert aus der Hölle. Ich kann nicht einmal vollends billigen, wenn jemand auf Rat des Arztes Schnupftabak nimmt, um die überschüssige Gehirnflüssigkeit abzuleiten; denn mir scheint, dass die Schnupfer daran eine ungesunde Freude finden und zu oft ihre Gesundheit nur als Vorwand benutzen, um bei jeder Gelegenheit Tabak einzunehmen. Aber die Pfeifenraucher sind der Abschaum unserer Tavernen, wo sie sich stundenlang mit dieser verfluchten Pflanze berauschen. Doch bis jetzt hatte ich noch nie gehört, dass ein Edelmann diese grobe Form des Tabaks gebraucht.«

»Ich besitze keine Pfeife, und ich schnupfe nicht, sondern ich rauche das gerollte Blatt, wie ich es bei manchen Wilden in Amerika gesehen habe. Niemand kann mir vorwerfen, ich sei so gewöhnlich wie ein Musketier oder so affektiert wie ein kleiner Hofbeamter …«

»Wenn es zwei Arten gibt, etwas zu tun, dann kann man sich stets darauf verlassen, dass Ihr eine dritte Art erfindet«, meinte der Erzbischof verstimmt. »So fällt mir gerade noch eine andere Eigenwilligkeit auf, die Ihr pflegt. Ihr gebt nämlich weder Krötenstein noch ein Stück vom Horn eines Einhorns in Euer Glas. Dabei weiß doch jedermann, dass dies die beiden besten Vorsichtsmaßnahmen gegen Gift sind, das eine feindliche Hand immer in Euren Wein geben kann. Sogar Eure junge Frau trägt diesem klugen Brauch Rechnung. Sowohl Krötenstein als auch Horn vom Einhorn wechseln die Farbe, sobald sie mit gefährlichen Substanzen in Berührung kommen. Und doch gebraucht Ihr sie nie. Haltet Ihr Euch für unverwundbar, oder … glaubt Ihr vielleicht, keine Feinde zu haben?«, fügte der Geistliche mit einem Aufblitzen in seinem Blick, das Angélique erstaunte, hinzu.

»Nein, Monseigneur«, gab der Graf de Peyrac zurück, »ich bin nur der Meinung, dass man sich am besten vor Gift schützt, indem man sein Glas nicht berührt und sich das Gift direkt zuführt.«

»Was meint Ihr damit?«

»Ich meine, dass man an jedem Tag seines Lebens eine winzige Dosis eines gefährlichen Gifts zu sich nehmen sollte.«

»Und das tut Ihr?«, rief der Erzbischof entsetzt aus.

»Schon seit frühester Jugend, Monseigneur. Ihr wisst sicherlich, dass mein Vater einem gewissen florentinischen Trank zum Opfer gefallen ist, und das, obwohl der Krötenstein, den er in sein Glas gab, so groß wie ein Taubenei war. Meine Mutter, die eine Frau ohne Vorurteile war, suchte nach der richtigen Methode, um mich zu schützen. Von einem maurischen Sklaven aus Narbonne hat sie dann gelernt, wie man sich durch Gift vor Gift schützt.«

»Euren Argumenten eignet stets etwas Paradoxes, das mich

beunruhigt«, meinte der Erzbischof besorgt. »Man möchte fast meinen, dass Ihr alles und jedes reformieren wollt; und dabei weiß doch jeder, welche Unruhen das Wort Reform in der Kirche und im Königreich hervorgerufen hat. Noch einmal, warum soll man eine Methode anwenden, über deren Wirksamkeit man sich nicht sicher sein kann, während die anderen doch vielfach bewiesen sind? Natürlich müssen dazu der Krötenstein oder das Horn vom Einhorn echt sein. Viel zu viele Scharlatane treiben Handel mit diesen Substanzen und verkaufen an ihrer Stelle alles Mögliche. Aber es könnte Euch beispielsweise mein Mönch Bécher, ein Rekollekt, der in der Wissenschaft sehr bewandert ist und in meinem Auftrag alchemistische Experimente durchführt, ausgezeichnete Exemplare beschaffen.«

Der Graf de Peyrac beugte sich ein wenig vor, um den Erzbischof anzusehen, und seine üppigen schwarzen Locken streiften Angéliques Hand. Sie zuckte zurück und erkannte in diesem Moment, dass ihr Mann mitnichten eine Perücke trug, sondern dass seine wallende Mähne echt war.

»Da möchte ich zu gern wissen«, erklärte er, »wie er selbst dazu kommt. Denn als Student habe ich mich sehr für das Sezieren interessiert und zahlreiche Kröten aufgeschnitten. Aber niemals habe ich in ihrem Gehirn den berühmten Schutzstein gefunden, den man Krötenstein nennt und der angeblich dort sitzt. Was das Horn vom Einhorn angeht, so kann ich Euch sagen, dass ich die ganze Welt bereist habe und meine Meinung dazu feststeht. Das Einhorn ist ein mythologisches Tier, ein Fabelwesen, kurz gesagt, ein Tier, das nicht existiert.«

»So etwas sagt man nicht, Monsieur. Manchmal soll man ein Rätsel auch auf sich beruhen lassen und nicht behaupten, alles zu wissen.«

»Ein Rätsel ist mir eher«, gab der Graf gedehnt zurück, »wie ein Mann von Eurer Intelligenz ernstlich an solche … Fantastereien glauben kann …«

Herrgott, dachte Angélique, ich habe noch nie gehört, wie jemand einen hohen Kirchenmann derart unverschämt angeht!

Sie schaute zwischen den beiden Männern hin und her, die einander durchdringend anstarrten. Ihr Mann schien ihre Verwirrung als Erster zu bemerken. Er schenkte ihr ein Lächeln, das sein Gesicht in eigentümliche Falten legte, aber strahlend weiße Zähne enthüllte.

»Vergebt uns, Madame, dass wir in Eurer Gegenwart so debattieren. Aber Monseigneur und ich sind Intimfeinde!«

»Kein Mensch ist mein Feind!«, empörte sich der Erzbischof. »Schließlich wohnt im Herzen jedes Gottesdieners christliche Nächstenliebe! Ihr mögt mich hassen, doch ich hasse Euch nicht. Aber ich empfinde Euch gegenüber die Sorge eines Hirten um ein verlorenes Schaf. Und wenn Ihr nicht auf meine Worte hört, werde ich die Spreu schon vom Weizen zu trennen wissen.«

»Ah!«, rief der Graf mit einem furchteinflößenden Lachen aus. »Da spricht aus Euch der Erbe jenes Foulques de Neuilly, Erzbischof und rechte Hand des schrecklichen Simon de Montfort, der die Scheiterhaufen für die Albigenser aufgerichtet hat und die feinsinnige Kultur Aquitaniens in Flammen aufgehen ließ! Nach vierhundert Jahren beweint das Languedoc noch immer die zerstörte Herrlichkeit und zittert angesichts der Erzählungen, die das Entsetzliche beschreiben. Ich, der ich von der ältesten Toulouser Abstammung bin und ligurisches und westgotisches Blut in meinen Adern habe, erschauere, wenn ich in Eure blauen Augen eines Mannes aus dem Norden sehe. Erbe von Foulque, Erbe der ungehobelten Barbaren, die bei uns die Sektiererei und Intoleranz eingeführt haben, ja, das lese ich in Euren Augen!«

»Meine Familie gehört zu den ältesten Familien des Languedoc«, brüllte der Erzbischof und richtete sich halb auf. Sein südfranzösischer Akzent schlug so stark durch, dass Angélique ihn kaum verstehen konnte. »Ihr dreistes Ungeheuer, Ihr wisst ganz genau, dass mir durch mein Erbe die Hälfte von Toulouse gehört. Seit Jahrhunderten liegen unsere Lehnsgüter in Toulouse.«

»Vierhundert Jahre! Gerade einmal vierhundert Jahre, Monsieur«, rief Joffrey de Peyrac, der jetzt ebenfalls aufgesprungen war. »In den Trosswagen des Simon de Montfort seid Ihr hergekommen, zusammen mit den abscheulichen Kreuzfahrern. Ihr seid hier der Usurpator! Nordmann! Nordmann! Was habt Ihr an meiner Tafel zu schaffen?«

Angélique fragte sich entsetzt, ob gleich eine allgemeine Prügelei ausbrechen würde, als die Gäste die letzten Worte des Toulouser Grafen mit lautem Gelächter quittierten. Das Lächeln des Erzbischofs war weniger aufrichtig. Doch als Joffrey de Peyrac jetzt seine mächtige Gestalt beugte und sich zum Zeichen, dass er um Vergebung bat, vor dem Geistlichen verneigte, streckte dieser ihm gutmütig seine Hand hin, damit er den Bischofsring küsste.

Angélique war zu verdutzt, um vorbehaltlos in die allgemeine Heiterkeit einzustimmen. Die Worte, welche die beiden Männer sich soeben an den Kopf geworfen hatten, waren keine Kleinigkeit gewesen; und man wusste ja, dass bei den Menschen aus dem Süden das laute Lachen auch sehr rasch in eine Tragödie umschlagen konnte. Mit einem Mal spürte Angélique wieder den glühenden Überschwang, mit dem Fantine, die Amme, ihre Kindheit erfüllt hatte. Dadurch würde sie sich in dieser impulsiven Gesellschaft nicht fremd fühlen.

»Stört Euch der Tabakrauch, Madame?«, fragte der Graf

unvermittelt, neigte sich zu ihr herüber und versuchte, ihren Blick aufzufangen.

Sie schüttelte den Kopf. Das zarte Aroma des Tabaks verstärkte ihre Melancholie, denn es erinnerte sie daran, wie der alte Guillaume in der großen Küche von Monteloup in der Ecke am Kamin gesessen hatte. Der alte Guillaume, die Amme, all diese vertrauten Menschen waren auf einmal in weiter Ferne.

Hinter den Bäumen begannen Geigen zu spielen. Obwohl Angélique sterbensmüde war, stand sie hastig auf, als der Marquis d'Andijos sie zum Tanz aufforderte. Die Tänzer hatten sich auf einem großen, gepflasterten Hof eingefunden, wo ein Springbrunnen Kühle spendete. Im Kloster hatte Angélique so viele modische Schritte erlernt, dass sie unter den Herren und Damen einer äußerst mondänen Provinz, von denen die meisten sich oft lange in Paris aufhielten, nicht in Verlegenheit geriet. Zum ersten Mal tanzte sie auf einem richtigen Ball, und sie begann gerade Freude daran zu finden, als es zu einer Art Aufruhr kam. Die Paare wurden von einer Menschenmenge beiseitegeschoben, die dorthin lief, wo das Bankett stattgefunden hatte. Die Tänzer protestierten, doch dann wurde ein Ruf laut.

»Er wird singen.«

Andere fielen ein.

»Die Goldene Stimme! Die Goldene Stimme des Königreichs!«

In diesem Moment legte sich eine Hand diskret auf Angéliques bloßen Arm.

»Madame«, flüsterte Marguerite, die Kammerfrau, »dies ist der Moment, in dem Ihr verschwinden solltet. Der Herr Graf hat mich beauftragt, Euch in sein Lustschlösschen an der Garonne zu geleiten, wo Ihr die Nacht verbringen sollt.«

»Aber ich will nicht fort!«, widersprach Angélique. »Ich

möchte diesen Sänger hören, über den man so Großes berichtet und den ich noch nie gesehen habe.«

»Er wird für Euch singen, Madame, er wird eigens für Euch singen, darum hat der Herr Graf sich bereits gekümmert«, versicherte die große, kräftige Frau. »Aber jetzt wartet die Sänfte auf Euch.«

Noch während sie sprach, hatte sie ihrer Herrin einen Kapuzenumhang über die Schultern geworfen und reichte ihr eine Maske aus schwarzem Samt.

»Haltet Euch die vors Gesicht«, flüsterte sie. »So wird man Euch nicht erkennen. Ansonsten ist diese lärmende Bande imstande, Euch bis zum Lustschlösschen nachzulaufen, und die jungen Leute werden Eure Hochzeitsnacht stören, indem sie auf ihren Kochtöpfen trommeln.«

Die Dienerin lachte hinter vorgehaltener Hand.

»So ist das in Toulouse«, fuhr sie fort. »Die Frischvermählten, denen es nicht gelingt, sich wie die Diebe davonzuschleichen, müssen sich mit viel Geld freikaufen oder sich das Spektakel dieser Teufel gefallen lassen. Monseigneur und die Polizei versuchen vergeblich, diesen Brauch zu verbieten … Daher ist es das Beste, die Stadt zu verlassen.«

Sie schob Angélique in eine Sänfte, die zwei kräftige Diener sogleich auf ihre Schultern hoben. Mehrere Reiter kamen aus dem Dunkel hervor und bildeten eine Eskorte. Nachdem die kleine Gruppe das Straßenlabyrinth hinter sich gelassen hatte, erreichte sie das freie Feld.

Das Lustschlösschen war ein bescheidenes Gebäude und von Gärten umgeben, die sich bis zum Fluss hinabzogen. Als Angélique die Sänfte verließ, war sie erstaunt über die Stille, die nur vom Zirpen der Grillen unterbrochen wurde.

Marguerite, die bei einem der Reiter hinten aufgesessen war, glitt zu Boden und führte die junge Braut ins Innere des verlassenen Hauses und in die erste Etage. Die Augen der Kammerfrau strahlten, und auf ihren Lippen lag ein Lächeln: Offenbar kannte sie all diese Geheimnisse der Liebe.

Angélique fand sich in einem Zimmer mit Mosaikboden wieder. Neben dem Alkoven brannte ein Nachtlicht, obwohl sein Schein gar nicht notwendig war, denn das Licht des Mondes fiel so weit in den Raum, dass die Spitzenlaken auf dem großen Bett schneeweiß leuchteten.

Marguerite musterte die junge Frau ein letztes Mal kritisch und suchte dann in ihrer Tasche nach einem Flakon mit Myrtenwasser, um ihre Haut damit abzureiben.

»Lasst mich«, protestierte Angélique ungeduldig.

»Madame, Euer Gatte wird gleich kommen, und Ihr müsst …«

»Ich muss gar nichts. Lasst mich in Ruhe.«

»Sehr wohl, Madame.«

Die Kammerfrau verneigte sich.

»Ich wünsche Madame eine angenehme Nacht.«

»Lasst mich!«, rief Angélique ein drittes Mal.

Als sie allein war, war sie zornig, weil es ihr nicht gelungen war, sich vor einer Dienerin zu beherrschen. Aber über Maguerite ärgerte sie sich häufig. Sie fühlte sich eingeschüchtert von ihrer selbstbewussten, gewandten Art und fürchtete den spöttischen Blick ihrer schwarzen Augen.

So stand sie lange reglos da, bis ihr die tiefe Stille im Raum unerträglich wurde. Erneut erwachte in ihr die Furcht, die durch die laute Betriebsamkeit und die Gespräche in den Hintergrund getreten war. Sie biss die Zähne zusammen.

Ich habe keine Angst. Beinahe hätte sie es laut gesagt. Ich

weiß, was ich zu tun habe. Ehe er mich anrührt, werde ich sterben.

Sie trat auf die Glastür zu, die auf die Terrasse führte. Nur auf Schloss Plessis hatte Angélique bisher diese eleganten Balkone gesehen, die durch die Architektur der Renaissance in Mode gekommen waren.

Ein mit grünem Samt bezogenes Ruhebett lud ein, darauf Platz zu nehmen und die majestätische Landschaft zu betrachten. Von hier aus konnte man Toulouse, das hinter einer Flussbiegung verborgen lag, nicht mehr sehen, nur die Gärten und das glitzernde Wasser, und noch weiter in der Ferne Maisfelder und Weinberge.

Angélique setzte sich auf den Rand des Diwans und drückte die Stirn an die Balustrade. Ihre komplizierte, von zahlreichen diamant- und perlenbesetzten Nadeln zusammengehaltene Frisur störte sie. Nicht ohne Mühe begann sie, ihr Haar zu lösen.

Warum hat diese dumme Person mir nicht das Haar gekämmt und mich ausgekleidet?, dachte sie. Hat sie etwa geglaubt, mein Gatte würde das übernehmen?

Zynisch und betrübt lachte sie auf.

Mutter Sainte-Anne würde mir jetzt gewiss eine kleine Predigt über die Fügsamkeit halten, die man gegenüber allen Wünschen seines Gatten an den Tag zu legen hat. Und wenn sie ›alle‹ sagte, rollte sie die Augen wie Murmeln und wir platzten vor Lachen heraus, weil wir genau wussten, woran sie dachte. Aber ich habe keine Begabung zum Gehorsam. Molines hatte recht, als er sagte, dass ich mich keiner Sache beuge, die ich nicht verstehe. Ich habe gehorcht, um Monteloup zu retten. Was will man jetzt noch von mir? Die Miene in Argentières gehört dem Grafen de Peyrac. Er und Molines können ihren

Schmuggel fortsetzen. Und mein Vater kann weiter Maultiere züchten, damit sie das spanische Gold tragen … Nichts wird sich ändern, wenn ich mich von diesem Balkon stürze und sterbe. Dann hat jeder, was er wollte …

Endlich war es ihr gelungen, ihr Haar zu entwirren. Es fiel auf ihre nackten Schultern, und sie schüttelte es heftig, so wie sie es als Kind getan hatte.

Plötzlich glaubte sie, ein Geräusch zu hören. Sie wandte sich um und unterdrückte einen Entsetzensschrei. Da stand, an den Rahmen der Glastür gelehnt, der Hinkende und sah sie an.

Er trug seinen roten Anzug nicht mehr, sondern er hatte sich in Kniehosen und ein sehr knappes Wams aus schwarzem Samt gekleidet, das die Taille und die Ärmel eines Hemds aus feinem Leinen frei ließ.

Hinkend kam er näher und verneigte sich tief.

»Erlaubt Ihr, dass ich neben Euch Platz nehme, Madame?«

Schweigend nickte sie. Er setzte sich, stützte sich mit dem Ellbogen auf die Steinlehne und sah gelassen vor sich hin.

»Vor mehreren hundert Jahren«, sagte er, »sind unter denselben Sternen Damen und Troubadoure auf die Wehrgänge der Schlösser gestiegen, in denen die Minnehöfe stattfanden. Habt Ihr von den Troubadouren des Languedoc gehört?«

Mit dieser Art von Unterhaltung hatte Angélique nicht gerechnet. Wegen ihrer angespannten Abwehr war sie so verkrampft, dass sie nur mit Mühe eine Antwort stottern konnte.

»Ja, ich glaube … So nannte man im Mittelalter die Dichter.«

»Die Dichter der Liebe. Langue d'oc! Die weiche Sprache, so anders als das raue Idiom des Nordens, die Langue d'oïl.

In Aquitanien erlernte man die Kunst des Liebens, denn wie schon Ovid lange vor den Troubadouren sagte, ist die Liebe eine Kunst, die man lehren und in der man sich vervollkommnen kann, indem man ihre Gesetze studiert. Interessiert Ihr Euch für diese Kunst, Madame?«

Sie wusste nicht, was sie darauf antworten sollte; sie war empfindsam genug, die leise Ironie in seiner Stimme wahrzunehmen. So, wie er die Frage gestellt hatte, wären ein Ja oder ein Nein gleichermaßen albern gewesen. Sie war an solche Wortgeplänkel nicht gewöhnt. Von der Überfülle der Ereignisse war sie wie benommen, und ihre Schlagfertigkeit ließ sie im Stich. Ihr fiel nichts anderes ein, als den Kopf abzuwenden und blicklos über die schlafende Landschaft hinauszusehen.

Obwohl sie bemerkte, dass der Mann näher an sie herangerückt war, rührte sie sich nicht.

»Schaut«, ergriff er wieder das Wort, »dort im Garten, dieser kleine Teich mit dem grünen Wasser, in das der Mond eintaucht wie ein Krötenstein in ein Glas Anis … nun, dieses Wasser hat die gleiche Farbe wie Eure Augen, meine Kleine. Niemals, auf der ganzen Welt nicht, habe ich je so seltsame und so verführerische Augen gesehen. Und seht diese Rosen, die an unserem Balkon ranken. Sie haben den gleichen Ton wie Eure Lippen. Nein, wahrhaftig, noch nie habe ich so rosige … und so verschlossene Lippen gesehen. Was ihre Süße angeht … davon werde ich mich überzeugen.«

Mit einem Mal hatten zwei Hände sie um die Taille gefasst. Angélique fühlte sich von einer Kraft, die sie diesem hoch aufgeschossenen, mageren Mann nicht zugetraut hätte, nach hinten gebeugt. Um ihren Hals schlang sich ein Arm, dessen fester Druck sie lähmte. Das furchterregende Gesicht hing so tief über ihr, dass es sie streifte. Entsetzt schrie sie auf, und von

Abscheu ergriffen zappelte sie. Beinahe sofort war sie frei. Der Graf hatte sie losgelassen und betrachtete sie lachend.

»Genau so etwas hatte ich mir gedacht. Ihr habt schreckliche Angst vor mir, und Ihr würdet Euch lieber von diesem Balkon stürzen, als mir zu gehören. Habe ich recht?«

Klopfenden Herzens sah sie ihn an. Er stand auf, und seine hochgewachsene, heuschreckenartige Gestalt ragte vor dem mondbeschienenen Himmel auf.

»Ich werde Euch zu nichts zwingen, arme kleine Jungfer. Die Gesetze, die uns vereinen, geben mir das Recht dazu, und die barbarischen religiösen Gebote machen es mir sogar zur Pflicht, doch das entspricht nicht meinem Geschmack. Da hat man Euch also ganz und gar unschuldig dem großen, bösen Hinkefuß aus dem Languedoc überantwortet? Wie fürchterlich!«

Er beugte sich zu ihr herunter, und sie fand sein spöttisches Lächeln abscheulich.

»Ihr sollt wissen, dass ich in meinem Leben viele Frauen gehabt habe; weiße, schwarze, gelbe und rote. Aber ich habe noch nie eine mit Gewalt genommen oder mit Geld gelockt. Sie sind alle von ganz allein gekommen, und auch Ihr werdet kommen, eines Tages, eines Nachts …«

»Niemals!«

Heftig hatte sie diese Erwiderung ausgestoßen, aber das Lächeln wich nicht von seinem eigentümlichen Gesicht.

»Ihr seid ja eine richtige kleine Wilde, doch das finde ich gar nicht so übel. Eine leichte Eroberung entwertet die Liebe, während eine schwierige sie umso kostbarer macht. So hat es André de Chapelain gesagt, der Meister in der Kunst des Liebens. Gehabt Euch wohl, meine Hübsche, schlaft gut in Eurem großen Bett, allein mit Euren anmutigen Gliedern und Euren wunderbaren kleinen Brüstchen, die traurig sind, weil sie nicht liebkost werden. Lebt wohl!«

Zweiter Teil

Der geheimnisvolle Palast

Kapitel 3

Als Angélique am nächsten Morgen erwachte, schaute eine Rose sie an. Genauer gesagt stand ihr gegenüber eine langstielige Rose in einer Kristallvase. Das morgendliche Licht unterstrich ihre zarte Farbe, die Farbe einer perfekten Rose.

Da sie ihr zugeneigt und so nahe war, hatte Angélique den Eindruck, dass die Blume sie ansah. Halb geöffnet entfaltete sie ihre Blütenblätter anmutig und harmonisch und schien ihr einen verstohlenen Gruß zu entbieten.

Noch ganz benommen vom Schlaf, kam sie langsam zu sich; doch durch die Gegenwart dieser Rose war ihr Erwachen nicht allzu schmerzlich. Sie hatte sich also doch nicht aus dem Fenster stürzen müssen. Oder in diesem Fall von einer Terrasse.

Der Alptraum, in dem sie seit dem Tag, an dem ihr Vater ihr seine Heiratspläne verkündet hatte, befangen gewesen war, hatte sich aufgelöst, wie ein leichter Dunst, hinter dem sie erneut das Licht des Lebens erblickte.

Dennoch fuhr sie zusammen, als sie entdeckte, dass sie unter den spitzenbesetzten Laken aus feinem Tuch nackt war. Wie war es dazu gekommen? … Angestrengt versuchte sie sich an die letzten Augenblicke dieses lärmenden Tages zu erinnern, als es endlich dunkel und still gewesen war. Es fiel ihr schwer, doch sie erinnerte sich ganz genau, dass sie sich selbst ausgekleidet hatte; allein in diesem Raum, der nur von einem Strahl Mondlicht erleuchtet worden war. Ein schwieriges Unterfangen, bei dem sie sich mehr schlecht als recht geschlagen hatte. Sie hatte sich die Finger an Nadeln gestochen, Teile ihres Mieders heruntergezerrt und bestimmt alles Mögliche zerrissen, so ungeschickt und fieberhaft hatten ihre Hände gearbeitet. Die Kleidungsstücke, die sie kreuz und quer auf dem Mosaikboden verstreut sah, zeugten davon, wie hektisch sie sich ausgezogen hatte. Aber die Erinnerung daran blieb vage. Es war wie ein ungewisser Traum, halb Alptraum, halb Realität, wie eine Pantomime, die sie in einem Zustand geistiger Verwirrung gespielt hatte und zu der sie keine Verbindung fühlte. Heute Morgen hätte sie nicht mehr erklären können, welche Empfindungen sie gestern bewegt hatten: Wut, Verwirrung, Verzweiflung? Sie hatte den Eindruck, eine andere geworden zu sein, und das machte ihr furchtbare Angst.

Völlig aufgelöst hatte sie sich auf das Bett geworfen, dessen mit Wappen bestickte Laken einen leichten Duft ausströmten, und hatte vor Müdigkeit und hilfloser Wut geweint, vielleicht auch vor Einsamkeit ... Erschöpft war sie schließlich, erfrischt durch die kühle Nachtluft, die zu ihr hereinwehte, in einen tiefen Schlummer gesunken.

Und als sie erwachte, schaute ihr eine Rose aus nächster Nähe ins Gesicht. Wer mochte sie dorthin gestellt haben? Sie überlegte, dass sie am Vorabend im Halbdunkel die Vase wohl nicht gesehen hatte, die am Kopfende ihres Betts auf einem kleinen runden Tischchen stand.

Die Stille schien darauf hinzudeuten, dass das Haus so gut wie verlassen war.

Durch die großen, offenen Fenster des Zimmers, in dem sie sich befand, sah sie, dass die Sonne am Himmel aufstieg und triumphierend und rückhaltlos ihr goldenes Licht über die Landschaft ausgoss, die an ihre Herrschaft gewöhnt war.

Angélique wickelte sich in ihr spitzenbesetztes Laken, glitt aus dem Alkoven und trat an die Fensterfront. In der Ferne erblickte sie die Silhouette einer Stadt mit unzähligen Türmen und Kirchen; und alles war rosa, tiefrosa wie die Blume, die sie heute Morgen beim Aufwachen begrüßt hatte; und sie erinnerte sich, dass man Toulouse, das aus Backstein und rosa Marmor erbaut war, die »rosafarbene Stadt« nannte.

Tatsächlich stand die Sonne schon hoch am Himmel, und die Vögel waren, ermattet durch die Wärme, verstummt und hatten sich in den Schatten zurückgezogen. Der Fluss wand sich als goldglitzerndes Band durch die Ebene.

Völlig hingerissen von der märchenhaften Landschaft glaubte Angélique, eine ferne Musik zu hören. Sie fühlte sich ruhig, und ihre Gedanken schienen klarer zu sein. Für den Moment beruhigte sie die Zusicherung ihres seltsamen Gatten, er werde sie nicht anrühren, solange sie selbst es nicht wünsche. Glaubt er denn, dass ich irgendwann sein kurzes Bein und sein entstelltes Gesicht schön finden werde …?

Vorsichtig machte sie sich mit der Aussicht auf ein angenehmes Dasein an der Seite eines Mannes vertraut, mit dem sie in gutem Einvernehmen leben, den sie aber selten sehen würde. Jeder würde seinen eigenen Beschäftigungen nachgehen. Sie würde Freunde besuchen und sich um die wohltätigen Werke des Erzbischofs kümmern.

Die Musik wurde lauter.

Aus den Gärten, die das kleine Gebäude umgaben, vernahm sie Stimmen, die bald im Vestibül im Erdgeschoss zu hören waren; und kurz darauf trat Marguerite ein. Auf ihrer Miene malte sich leise Heiterkeit, und sie wurde von Zofen und zwei Lakaien begleitet, die Becken mit heißem Waschwasser trugen.

Nachdem sie ihr ihren Gruß entboten hatte, richtete Marguerite ihr vom Herrn Grafen aus, wenn die Frau Gräfin sich müde fühle, solle sie sich ruhig den ganzen Tag in dem Lustschlösschen an der Garonne ausruhen. Wenn dem nicht so sei, so wäre er erfreut, sie im Palast der fröhlichen Wissenschaft in Toulouse zu begrüßen, um ihr die Gäste des heutigen Tages vorzustellen; und sie möge ihm die Freude bereiten, zusammen mit ihm den Vorsitz beim Mittagsmahl zu führen, zu dem er sie einlade.

»Halten sich denn immer noch so viele Gäste im Palast der fröhlichen Wissenschaft auf, Marguerite?«

»Wir haben immer viele Gäste im Palast, Madame. Er ist das Herz der Stadt! Das Leben dort ist ein einziges großes Fest, denn so wünscht es unser Herr …«

Marguerite schützte ein wenig ehrerbietige Überraschung vor.

Hatte Angélique nach diesem überwältigenden Empfang, nach dem Regen aus Blumen, Goldstücken und Konfekt, der sie durch die Stadt begleitet hatte, gefolgt von Banketten und Tanz und schließlich – als Krönung – ihrer Hochzeitsnacht noch nicht begriffen, wo sie war? In dieser Stadt liebte man es, Feste zu feiern.

Die Kammerfrau, die am Boden kniete, um den Rock eines Ensembles zuzuhaken, das zwar einfacher als das gestrige war, aber von einem so weichen, leichten Stoff, dass dieser bei der leisesten Bewegung um sie herumschwang, sah mit ihrem kecken, aber wohlwollenden Blick zu Angélique auf und verbesserte sich.

»Unser Herr, der Euch von heute an zu seiner Königin erwählt hat.«

Die jungen Zofen und sogar der Page, der die Schmuckschatulle zu tragen hatte, kicherten entzückt. Marguerite stand auf und warf ihnen einen strengen Blick zu; dann bat sie Angélique, den Schmuck auszuwählen, den sie heute tragen wolle.

Diese Frau ist nicht dumm, dachte Angélique. Sie will mir etwas zu verstehen geben und … außerdem bleibt mir nichts anderes übrig. Ich bin jetzt die Gräfin de Peyrac und die Ehefrau des Mannes, der über Toulouse regiert.

»Welche Lustbarkeiten sind denn vorgesehen, Marguerite? Und wie viele Gäste nehmen an diesem Mittagsmahl teil?«

»Oh, nur ein paar ausgesuchte Freunde, allerhöchstens fünfzehn. Aber es sind noch weitere Gäste aus der Stadt eingeladen, anschließend auf der Terrasse im Park Obst und Sorbets einzunehmen. Vielleicht gibt es heute Abend ein wenig Tanz, vielleicht aber auch nicht …«

Sie ließ durchblicken, dass im Lauf der Stunden zahlreiche Zerstreuungen angeboten würden; und wenn nur die, in Gesellschaft der Ruhe zu pflegen und über Poesie und Liebe zu plaudern.

Die jungen Helferinnen kicherten und warfen einander verschwörerische Blicke zu. Marguerite war nachsichtig und ging nicht auf ihre munteren Anspielungen ein. Heute hatte jeder im ganzen Land das Recht, fröhlich zu sein. Unter dem Himmel von Toulouse hatte eine wunderschöne, glückliche Hochzeit stattgefunden! Was den Schmuck anging, schlug sie etwas Unaufdringliches vor, denn dieser Tag sollte der Erholung dienen; und Angéliques Haar steckte sie nur mit einigen Kämmen fest. In der Sonne breiteten sich ihre herrlichen Haare um sie aus wie ein strahlender Heiligenschein.

Als sie hinunterging, wurde sie von einigen Bediensteten empfangen, die in lange weiße Gewänder gekleidet waren und Turbane auf dem Kopf trugen. Sie brachten ihr Arme voll Blumen, die sie ihr zu Füßen legten. Dann knieten sie nieder und berührten mit der Stirn den Boden.

»Eure Gärtner, Madame«, erklärte Marguerite.

»Es sind Mauren«, fragte sie mit einem Hauch Verachtung ... oder vielleicht auch Mitleid hinzu. »Mauren aus Spanien.«

Um den Gärtnern ihre Dankbarkeit auszudrücken, bat Angélique sie, ihr eine Blume auszusuchen, die sie sich ins Haar stecken wollte.

Im Palast besichtigte sie ihre Gemächer. Haushofmeister Clément Tonnel, den sie aus dem Poitou mitgebracht hatte, kam, um sie zu begrüßen.

Er bestätigte ihr, der Graf de Peyrac habe ihn über seinen Verwalter angestellt und in seinen Aufgaben als Haushofmeister bestätigt. Er war diesbezüglich sehr zuversichtlich. Seine Talente und Fähigkeiten wurden bei der Führung des Haushalts gebraucht. Alfonso d'Alvaro war der Erste, der sich dazu beglückwünschte, einen Helfer bei seinen zahlreichen Aufgaben zu bekommen, die sowohl die Pflichten des Haushofmeisters als auch die Ausrichtung von Festen und großen Essen umfassten. Man war übereingekommen, dass er weiterhin die Empfänge übernehmen würde, die in der Folge der Hochzeit geplant waren, während der aus dem Norden angereister Clément sich mit der ganzen Maschinerie des Hauses, dessen Verantwortung sie teilen würden, vertraut machte. Der Mann erklärte, ihm sei das alles recht. Die Einheimischen hier seien laut und faul, aber herzlich und gutwillig, und er werde sein Bestes tun, um seine neuen Herrschaften zufriedenzustellen.

Angélique hörte sich diese kleine Rede an, in deren unterwürfigem Ton ein wenig Herablassung mitschwang. Sie war es nicht unzufrieden, den jungen Mann bei sich zu behalten, dessen nüchterne Art sich von dem munteren Treiben, ja der ständigen Aufgeregtheit ihrer Umgebung abhob.

Die Mittagsstunde rückte näher.

Kirchenglocken und Glockenspiele begannen zu läuten und erfüllten die Stadt mit ihren Klängen. Die deutlich abgesetzten Töne des Angelus-Läutens erinnerten an die Verkündigung Mariens und die entsprechenden Gebete.

Alfonso, der Angélique zu den Prunkgemächern geleitete, bekreuzigte sich und versicherte vehement, Toulouse sei niemals eine Stadt von Ketzern gewesen. Im Gegenteil. Lange habe hier die Inquisition ihren Sitz gehabt, die unbestechliche, unvergängliche und tugendhafte Inquisition, und wenn sie rot sei wie Blut in der untergehenden Sonne, dann wegen der unzähligen Schlachten, die hier für den Triumph der heiligen katholischen Kirche geschlagen worden seien.

Angélique fragte sich, warum der Toulouser Haushofmeister – Monsieur de Peyracs »bayle«, wie Clément Tonnel ihn genannt hatte – ihr das erzählte, während doch zugleich ein großes Essen, dessen Vorbereitung ihm oblag, bevorstand. Das Glockenläuten draußen verklang und wich dem Stimmengemurmel der versammelten Gäste, die, als sie Angélique erblickten, auf sie zukamen.

Von ihrem Mann, der sich tief vor ihr verneigte, nahm Angélique nur das üppige schwarze Haar wahr, eine mit drei oder vier Ringen geschmückte Hand, die sich der ihrigen bemächtige, sowie die fast unmerkliche Berührung seiner Lippen.

Wieder aufgerichtet, aber halb von ihr abgewandt, stellte er ihr die Freunde vor, die sich heute an ihrer Tafel einfinden würden.

Einige erkannte sie vom Vortag wieder. Alle umringten sie eilfertig. Die Damen und Herren kürzten ihre Begrüßungen, Verneigungen und Knickse ab, um sie anzusprechen, zu beglückwünschen und willkommen zu heißen. Hatte man nicht bereits zu fürchten begonnen, der Auftritt einer solchen Göttin gestern könne nichts als ein vergänglicher Traum gewesen sein? Aber jetzt war sie ja da! Jeder wollte ein Kompliment loswerden oder ihr einen Segenswunsch darbringen. Der Marquis de Sevilla trug ihr sogar ein improvisiertes Gedicht vor. Angélique schaute sich nach Péguilin de Lauzun um. Sie hatte ihn gestern gesehen, und vielleicht hatte er sie zum Tanzen aufgefordert. Aber im Strudel ihrer Ängste war er ihr keine Hilfe gewesen. Der Marquis d'Andijos erklärte ihr, Péguilin sei bereits abgereist. Er war dringend wieder in den Dienst des Königs berufen worden. Aber er, Bernard, war ja da! Ganz für sie da! Er strahlte. Monsieur de Peyrac hatte ihn gebeten, sie weiterhin zu begleiten und in diese neue Welt einzuführen, die jetzt die ihre war; was er sogleich tat, indem er sie zu einem Stuhl mit überaus hoher Lehne führte, auf dem sie allein an einem der Kopfenden der langen Tafel sitzen sollte.

Er musterte sie mit entzückter Miene.

»Ah! Nun macht Ihr schon ein ganz anderes Gesicht. Kein Vergleich zu der Miene, die ich die Ehre – besser gesagt das Unglück – hatte zu betrachten, während ich noch Euer Ehemann war. Wahrlich, es stimmt, dass die Liebe die Schönheit einer Frau steigert und die schüchternste Dame in eine verführerische Königin verwandelt! Habe ich Euch nicht versichert, Euer Gatte sei ein Meister der Wollust? Erzählt mir von Euren Entdeckungen, Eurem Entzücken ... Das seid Ihr mir schuldig für all die Tränen, die ich Euch habe vergießen sehen!«

»Was erzählt Ihr da? ... Ich habe keine Tränen vergossen ...«

»Schlimmer noch! Ich war der Henker, der Euch zur Schlachtbank führen musste ...«

Er nahm zu ihrer Linken Platz.

Mit Vergnügen stellte Angélique fest, dass sich der »kleine« Cerbalaud rechts von ihr setzte. Er war stets weniger redegewandt als d'Andijos gewesen, aber jetzt hob er ebenfalls zu einer Lobrede auf ihre strahlende Miene an, die Veränderung, die sie zu einer Göttin machte, die vom Olymp herabsteigt und – dabei senkte er die Stimme – zur schönsten Frau von Toulouse.

So viele Kompliment für eine junge Braut, das muss hier Brauch sein, sagte sie sich, denn anscheinend ist dies das Land der Dichter …

Doch trotz der Übertreibung, die sie hinter all diesen überschwänglichen Huldigungen und Komplimenten vermutete, konnte sie nicht darüber hinwegsehen, dass sie ein sehr schmeichelhaftes Bild bot, das – wie ein junger und naiver Bewunderer gerufen hatte – »auch aus der Nähe gesehen nicht täuschte«.

Kein Wunder, dass die Menschen sich freuen, wenn eine Frau gekleidet und mit Schmuck behängt ist wie eine Königin und sich draußen die Sonne ergießt wie in anderen Ländern der Regen!

Pulchérie hatte sich bemüht, sie Bescheidenheit zu lehren, das Gegenteil des Lasters der Hoffart. Doch einen Moment lang genoss sie das Vergnügen, im Mittelpunkt so vieler bewundernder Blicke zu stehen, an deren Aufrichtigkeit zu zweifeln sie keinen Anlass hatte.

Die Menschen fanden sie schön.

Das verlieh ihr eine neue und ein wenig berauschende Macht.

Doch dieser Moment der Euphorie, geboren aus der zuvor kaum jemals gekannten Freude, schön zu sein und bewundert zu werden, war kurz und erlosch so rasch wie ein launischer Funke. Ihr Blick glitt über das Geschirr aus Gold und feuervergoldetem Silber, über die Gläser und Karaffen aus Kristall und die Blumendekorationen und fiel auf die Gestalt des Mannes, der ihr gegenüber am anderen Ende des Tisches saß. Dunkel hob er sich von einer strahlend hellen Arkade ab, die am anderen Ende der Galerie, in der das Festessen stattfand, in den Park führte. Obwohl er im Gegenlicht saß und sie seine Züge nicht erkennen konnte, wusste sie, dass er sie ebenfalls ansah, und sie empfand von neuem ein Gefühl von Angst.

Diese dunkle Gestalt besiegelte ihr Schicksal.

Er war ihr Mann. Seine Stimme ließ sich mühelos unter den anderen heraushören. Er schien äußerst gut aufgelegt zu sein.

Er bat um Ruhe und fügte hinzu, das, was er zu sagen habe, sei wichtig.

Anschließend sprach er über Weine. Angélique erriet, dass er lächelte. Ein amüsierter, wohliger Schauer ergriff die Gäste, die seinem Auftakt andächtig gelauscht hatten und sich jetzt entspannten, als sie eines ihrer liebsten Gesprächsthemen erkannten. Während rund um den Tisch die Pagen und Mundschenke kamen und gingen, sprach man zunächst von dem wichtigen, aber zugleich unmöglichen Unterfangen, einen passenden Wein für das Verkosten von Trüffeln auszuwählen. Das seltene Gericht mit dem subtilen Geschmack und seinem ebenso flüchtigen wie durchdringenden und unvergesslichen Duft und seiner Finesse passte nicht recht zu einem zu groben, zu provozierenden Getränk ... Aber halt! Verlangte der dichte und wohlduftende Brodem der gedämpften Périgord-Trüffeln, die er seinen Gästen servieren lassen würde, nicht eher nach einer Verschmelzung mit den kräftigen Aromen eines edlen Gewächses? War das nicht besser, als Gefahr zu laufen, durch eine zu zaghafte Auswahl den Charakter dieses Gerichts zu verwässern?

Schon wieder Trüffeln!, sagte sich Angélique, die nach einem ersten Glas Wein bereits etwas benommen war.

»Ah! Hatte ich es Euch nicht gesagt?«, flüsterte Bernard d'Andijos. »Erinnert Ihr Euch? Bei Eurer Hochzeit – *unserer* Hochzeit – in Eurem ländlichen Poitou habt Ihr dieses raffinierte Gericht verschmäht. Aber dieses Mal werdet Ihr davon essen!«

Einige Gäste taten ihre Meinung kund, um sich dann den Entscheidungen des Hausherrn zu beugen.

Als er erklärte, welchen Wein er bevorzuge, erhob sich ein zufriedenes Stimmengemurmel wie ein Windhauch über einem heiteren Meer. Zustimmung und Kommentare voller Zuneigung, Ehrerbietung und Begeisterung folgten, da es sich um einen Wein aus dem Roussillon handelte, einem befreundeten Nachbarland, der es an Qualität mit den unumgänglichen, unvergleichlichen, aber anmaßenden Weinen aus der Gascogne und dem Burgund aufnehmen konnte. Er stammte aus einem kleinen, schmalen Weinbaugebiet hoch über dem schimmernden, blauen Meer, nicht weit von Port-Vendres gelegen, dem alten »Hafen der Venus«, in den sich die Galeeren vor dem ungestümen kalten Fallwind, der »tramontane« geflüchtet hatten.

Er nannte seinen Namen: Banyuls!

Es handelte sich um einen starken, samtigen Süßwein – »Ein überragender Wein!«, flüsterte man. Und zu diesem »Schmorgericht« musste er beinahe lauwarm und aus dem ersten, einfachsten Glas getrunken werden, denn dieser Wein hatte es nicht nötig, auch nur den winzigsten Teil seines göttlichen Aromas einzusperren, in dem Kennernasen Brombeere und Cassis-Blätter erahnen konnten.

Einer der Gäste in Angéliques Nähe, Berenguer de Mallorca, zeigte sich angesichts dieser Wahl besonders begeistert.

»Er stammt aus meiner Heimat Katalonien. Ich bin Katalane.«

»Vergebt mir meine Unwissenheit, Monsieur«, erwiderte sie freundlich, »aber ... was ist ein Katalane?«

»Weder ein Franzose noch ein Spanier«, antwortete er.

Die Tischnachbarn hießen ihn schweigen, denn die Verkostung des ersten Gangs erforderte eine gewisse Andacht. Die Trüffeln waren im Ganzen in dem Wein selbst gegart.

Für die folgenden Gerichte, Fisch, Geflügel und Fleisch, wurden zwei Weißweine angekündigt, deren einer so blass war wie das Licht eines Sommertags, wenn die Sonne im Zenit steht und kurz hinter Wolken verschwindet; und der andere wies eine so dunkle Farbe auf, dass man ihn in seiner Heimatregion »gelben Wein« nannte; doch dies war das Gelb puren Goldes. Beide musste man aus zwei höheren Gläsern trinken, die lang und schlank waren und sich nach oben hin kaum verjüngten. Dem Roten dagegen, der zum Fleisch gereicht wurde, war das kürzeste, rundeste und geschlossenste unter diesen Wunderwerken aus Glas vorbehalten. Gefertigt wurden sie von genialen Künstlern, die mit dem Schwert an ihrer Seite arbeiteten; denn der Beruf des Glasbläsers war dem Adel vorbehalten. Schließlich empfahl der Graf de Peyrac ihnen noch, den perlenden Wein, den man ihnen bringen werde, erst ganz zuletzt zu trinken, denn dies sei ein Wein aus der Champagne, und man müsse ihm die Ehre angedeihen lassen, nach ihm keinen anderen mehr zu kosten. Er wurde aus Gläsern in Form einer Flöte getrunken.

Völlig versunken betrachtete Angélique die vor ihr aufmarschierten Gläser, fasziniert von der Persönlichkeit, die jedes davon darstellte.

Verschieden und ähnlich zugleich erhoben sich ihre Kelche auf hohen, zerbrechlich wirkenden Stielen und schienen sich in ihrer luftigen Transparenz aufzublähen, zu erblühen und Form anzunehmen, um die Farbe und die verborgene Kraft, den Geschmack und den Duft jedes Weins, den der Mundschenk eingoss, besser einzufangen und zu umschließen. Im Verlauf des Mahls sollte ihr klar werden, wie wichtig diese in ihren Formen beinahe unendlich vielfältigen Nuancen – schmale Gläser, längere oder bauchigere Kelche – waren, um die Botschaft des Weins mit Nase und Zunge zu empfangen. Zwar nahm sie in dem Weißwein, der zur Poularde gereicht wurde, nicht die Aromen von Honig und Vanille – was war eigentlich Vanille? – wahr, doch in dem Schluck von dem Rotwein, den der Graf als »glanzvoll« bezeichnet hatte, erkannte sie, so wie er es erklärt hatte, diesen Ton von Humus aus dem Unterholz, der zu den zum Fleisch gereichten Champignons passte.

Während sie trank, hielt sie die Augen halb geschlossen, amüsierte sich über ihre Entdeckungen und kostete die Enthüllungen aus, welche die Anziehungskraft halb erahnter Geheimnisse besaßen.

Als sie ihr Glas absetzte, spürte sie wieder seinen Blick, und erneut durchfuhr sie die Angst, diesem Einfluss zu unterliegen, und weckte sie wie aus einem Traum. Lebhaft wandte sie ihre Aufmerksamkeit wieder den Unbekannten zu, die sie umgaben; aber keiner von ihnen sah aus, als fürchte er, sich in der Höhle eines Magiers zu befinden; und wenn ja, dann nur, um sich über die Wunder, die er ihnen ankündigte, zu begeistern. Bei den Ursulinen hatte die Oberin zu ihnen über die Kunst gesprochen, gesellschaftliche Konversation zu betreiben, die es je nach der Stellung, die sie einmal einnehmen würden, oft notwendig machen würden, dass sie sich als Frauen von Witz und Entschlossenheit zeigten. In einigen Fällen mochte es sogar vorkommen, dass sie ein Gespräch, das die Moral und den Anstand verletzte, wieder in den Rahmen des Schicklichen zurücklenkten. Mit diesem Ziel hatte man den jungen Damen einige Beispiele für Themen und Entgegnungen unterbreitet, welche die Oberin »Schemata« genannt hatte – einfach und wenig zahlreich, denn nach wie vor galt der Grundsatz, dass es für eine Frau von Vollkommenheit kündet, wenn sie so wenig schwatzhaft wie möglich ist.

Konversation betreiben? Nun gut… Doch zuerst musste sie mehr über die Stellung der Menschen um sie herum herausfinden, die in diesem Moment ehrfürchtig Gerichte und Weine verkosteten.

Sie bemerkte einen Mann von etwa fünfzig Jahren, der in unmittelbarer Nachbarschaft des Grafen de Peyrac saß und im Gespräch mit ihm eine ganz ungewöhnliche Vertrautheit und Lebhaftigkeit an den Tag legte; denn im Allgemeinen, so war Angélique aufgefallen, begegnete man dem Grafen mit jener Art von Zurückhaltung, Respekt oder Furcht, wie sie am Hof eines Königs herrscht. Andijos nannte ihr seinen Namen und erklärte, es handele sich um einen der besten Freunde des Grafen de Peyrac, der Unterpächter beim Finanzpachtamt für die Salzsteuer im Languedoc sei. Ein Steuereintreiber also.

Nie hätte Angélique sich vorstellen können, dass ein Vertreter dieses von ihrem Großvater gehassten Schlages an einer Tafel mit den Fürsten sitzen könnte. Dann meldete sich eine der Damen zu Wort, die zwischen dem Seneschall, einem grauhaarigen Herrn, und einem der Toulouser Ratsherren saß, eine recht hübsche, junge Frau, die auf den Namen Giralda de Lanzac hörte. Sie erklärte, dass ihr Aufenthalt im Palast der fröhlichen Wissenschaft ein Segen des Himmels und seiner Schutzheiligen sei.

»Mein Anwesen liegt so abgeschieden in den Bergen, dass die Nachricht von Eurer Hochzeit, Monsieur de Peyrac, nicht zu mir gedrungen war«, sagte sie, an den Grafen gewandt, mit betrübter Miene. »Da segne ich die Umstände, die mich aus meinem Heim vertrieben haben, da sie mir erlaubten, daran teilzunehmen.«

Sie berichtete, was genau diese »Umstände« gewesen waren. Eine ihrer Nachbarinnen, die Marquise de Couange, die sie selten sah, da die Wege und Brücken meist schadhaft und unpassierbar waren, hatte eines Abends einer Gruppe von Männern geöffnet, die an die Pforte ihres Schlosses hämmerten, und sich Auge in Auge mit drei gedungenen Mördern wiedergefunden.

Nun hagelte es Fragen.

»Aber warum hat sie ihnen die Tür geöffnet?«

»Sie kamen von ihrem Gatten.«

»Und wo befand sich dieser?«

»Bei den Armeen im Norden.«

»Und wieso schickte er ihr drei gedungene Mörder?«

Madame de Lanzac erklärte, dies sei seinem Bemühen um Ritterlichkeit geschuldet gewesen. Er habe so rasch wie möglich das enorme Vermögen an sich bringen wollen, das seine Frau soeben durch den Tod ihrer Eltern – von dem sie noch nichts wusste – geerbt hatte. So habe er ihr ohne Verzug diese Meuchelmörder geschickt, die den Auftrag hatten, sie zu »beseitigen«. Doch da er von edler Gesinnung war und seiner Tat eine gewisse Eleganz verleihen wollte, gewährte er ihr die Gnade, sich unter drei Todesarten diejenige auszuwählen, die sie vorziehe: durch das Eisen, das heißt den Dolch, durch Gift oder noch brutaler und geräuschvoller, aber endgültig, durch die Pistole. Er hatte seine zarte Rücksichtnahme sogar so weit getrieben, dass er den Mördern einen Priester mitschickte, um dem Opfer die Beichte abzunehmen und ihm in den letzten Augenblicken seines Lebens Trost zu spenden.

»Und wofür hat sie sich entschieden?«

»Anscheinend für den Dolch, denn man fand sie von zahlreichen Messerstichen durchbohrt in einiger Entfernung am Wege.«

»Dann hat sie also fliehen wollen…«

»Wer wird in ihrem Namen Klage erheben?«

»Und bei welchem Gericht, dem in Toulouse oder dem in Paris?«

Daraufhin kam es zu einer hitzigen Debatte darüber, ob es vorteilhafter sei, sich an die Justiz des Königs zu wenden. Andere meinten, Madame de Lanzac solle eher auf das geschriebene, römische Recht bauen, das durch den launischen Grenzverlauf noch in einigen Enklaven in der Provinz Auvergne galt.

»Aber nicht ich bin ermordet worden«, protestierte die junge Frau. »Möge Gott mir ein so entsetzliches Erlebnis ersparen!«

»Dennoch ist es gut, dass Ihr, nachdem Ihr von dem Schicksal Eurer Nachbarin erfahren habt, Euer trauriges Schloss in der Auvergne verlassen habt, um bei uns in Toulouse Zuflucht zu suchen.«

Giralda de Lanzac war ebenfalls dieser Meinung. Sie gestand, dass sie tatsächlich kein Auge mehr hatte zutun können, wenn sie in der Einsamkeit ihrer Festung die Eulen rufen hörte. Einst, im finsteren Mittelalter, hatten diese dicken Mauern dazu gedient, die Schlossherren vor Angriffen durch Straßenräuber zu schützen. Heute dagegen beförderten sie die finsteren Pläne eifersüchtiger und habgieriger Ehemänner, die genau wussten, dass im Umkreis von Meilen niemand die Schreie ihrer unglücklichen Ehefrauen hören konnte.

Nun hagelte es zahlreiche boshafte und ein wenig zynische Bemerkungen darüber, dass es anscheinend der Daseinszweck der Provinz Auvergne sei, den Hintergrund für Dramen und Verbrechen abzugeben, von denen eines entsetzlicher als das andere war. Zudem blieben sie oft lange Zeit unerkannt und daher ungeahndet, was noch dadurch begünstigt wurde, dass die Fantasie der Bevölkerung zu Übertreibungen neigte und man sich über die Tatsachen nie gewiss sein konnte. Durch den Schatten der schwarzen, erloschenen Vulkane, in dem die Menschen lebten, neigten sie dazu, auch die unbedeutendsten Gerüchte auf makabere Weise auszulegen.

»Jedenfalls hat die Auvergne einen schlechten Ruf«, warf jemand ein. »Erinnert Euch doch, wie vor dreißig Jahren ein einziges Mal die Generalstände einberufen wurden. Zehn hochgestellte Adlige mussten den Kopf auf den Henkersblock legen, zur Strafe für die Misshandlungen und Morde, deren sie sich auf ihren Gütern schuldig gemacht hatten!«

»Wo befindet sich denn Euer Gatte?«, wollte man von Giralda de Lanzac wissen.

»Bei der Armee in Flandern, genau wie Monsieur de Couange.«

»Dann hoffen wir nur, dass die beiden einander nicht begegnen und sich finstere Ratschläge geben!«

Bei dem angenehmen Lärmen, unter dem die Teller aufgetragen und die Weine eingeschenkt wurden, und den exquisiten Düften der Gerichte, denen ein ausgezeichneter Koch seine ganze Aufmerksamkeit gewidmet hatte, nahm die traurige Begebenheit die Leichtigkeit einer bedeutungslosen Anekdote an; makaber, aber unterhaltsam.

Da konnte Angélique ihr angeblich gutes, ja sogar sehr gutes Gedächtnis anstrengen, wie sie wollte, sie konnte sich nicht darauf besinnen, dass unter den »Schemata« der Nonnen jemals ein Muster für eine so weltgewandte, komplizierte Konversation voller derart exzentrischer und grausamer Themen gewesen wäre. Am besten, sie dachte nicht allzu viel nach und ließ sich treiben.

Und da der Graf empfohlen hatte, den berauschendsten Wein zuletzt zu genießen, trank sie begierig von dem frischen, perlenden Getränk, dessen Bläschen in dem höchsten der Gläser tanzten, dem von der Form einer kaum geöffneten Krokusblüte. Einer von Alfonsos Helfern beugte sich über ihre Schulter und teilte ihr halblaut mit, gleich würden auf der Terrasse die Desserts gereicht.

Instinktiv warf Angélique einen Blick zu der Silhouette, die sich im Gegenlicht abzeichnete, und begriff, dass es ihre Aufgabe war, das Zeichen zum Ende der Mahlzeit zu geben.

Sie stand auf, und die Versammlung tat es ihr nach. Lächelnd wollte sie Bernard d'Andijos' allzu eilfertigem Arm ausweichen und lachte dann laut heraus, als sie feststellte, dass sie froh über seine tatkräftige Unterstützung sein musste. Der starke Wein drohte deutliche Auswirkungen auf ihren Gang zu haben. Im Übrigen lachten und scherzten alle, und die Gäste fanden sich zu Grüppchen zusammen und begaben sich Arm in Arm zum anderen Ende der Galerie.

»Seht Ihr, habe ich es Euch nicht gesagt?«, fuhr ihr eifriger Ritter fort. »Alles hier ist dazu angetan, glücklich zu sein und sich in Gesellschaft zu vergnügen, und eine Zerstreuung folgt auf die andere.«

Während er sie stützte, überhäufte er sie mit Fragen.

»Erzählt mir von Euren amourösen Entdeckungen ... Euren Verzückungen! Das Strahlen Eurer Augen heute verrät alles!«

Mit dem Blick folgte Angélique der Gestalt des Grafen de Peyrac, der vor ihnen ging. Er hatte Madame de Lanzac einen Arm um die Taille gelegt und zog sie zu dem lichtdurchfluteten Areal, wo Obst und Sorbets serviert werden sollten. Sie sah die beiden von hinten; und merkwürdigerweise vermittelte bei dieser Beleuchtung und dem Stimmengewirr, das die melodischen Töne eines kleinen, hinter dem Laubengang verborgenen Orchesters beinahe übertönte, die Haltung des Edelmanns, der sich halb zu seiner Dame hinuntergebeugt hatte, den Eindruck, er führe sie zum Tanz. Auf jeden Fall lachten die beiden und schienen sich ausgezeichnet zu verstehen; und Angélique sah immer wieder, wie sich das Profil der hübschen Frau mit einem hingerissenen Lächeln zu dem Mann hob, der sie im Arm hielt. Sie kam sich vor wie eine Zuschauerin bei einem Theaterstück, das ihr vollkommen unverständlich war. Ein kleiner Page, über dessen rundem, schwarzem Gesicht ein Turban mit einer Federkrone saß, trat zu dem Paar. Er trug ein Kissen in den Händen, auf dem ein Kästchen lag.

Andijos, der Angéliques Interesse bemerkt hatte, hielt sie zurück, damit sie besser beobachten konnte, was jetzt geschah.

Joffrey de Peyrac blieb stehen, öffnete das Kästchen und nahm ein Schmuckstück heraus. Er hob Madame de Lanzacs Hand, küsste ihr galant die Fingerspitzen und steckte ihr einen Ring an den Finger. Giralda sah aus, als stünde sie kurz vor einer Ohnmacht; doch dann kehrten ihre Kräfte zurück, und ihre begeisterten Dankesbekundungen mischten sich mit den Ausrufen der Damen und Herren, die sich um sie versammelten, um an ihrer Freude und Bewunderung teilzuhaben.

»Sieh an!«, meinte d'Andijos fröhlich. »Madame de Lanzac hat ihr Trostgeschenk erhalten. Das Geschenk soll sie die Foppereien vergessen machen, die sie sich über ihre ungeschliffene, trübsinnige Auvergne anhören musste ... Sollte einer von Madame de Peyracs Freunden bei Tisch Gegenstand von Spott werden, versucht er stets, die Wunde, die ihm im Feuer der Debatte zugefügt wurde, durch eine persönliche Aufmerksamkeit zu lindern ... Und diese ist immer äußerst kostspielig, besonders bei den Damen! Ein Privileg, für das man sich beinahe selbst verspotten lassen möchte, um seiner zartfühlenden Freundschaft teilhaftig zu werden ... Ah! Er ist ein Meister der Verführung! Habe ich Euch das nicht gleich gesagt?«

Während der folgenden Tage wurde Angélique klar, dass der Palast des Grafen de Peyrac der meistbesuchte Ort der ganzen Stadt sein musste. Er selbst nahm tätigen Anteil an allen Lustbarkeiten. Seine hochgewachsene, schlaksige Gestalt bewegte sich von einer Gruppe zur anderen, und Angélique war erstaunt darüber, wie anregend seine bloße Gegenwart wirkte.

Sie gewöhnte sich an sein Äußeres, und der Widerwille, den sie zuerst empfunden hatte, verschwand nach und nach. Zweifellos hatten die Vorstellung, dass sie ihm körperliche Unterwerfung schuldete, und die Angst, die er ihr einflößte, stark dazu beigetragen, dass sie eine so heftige Ablehnung spürte. Nun, da sie diesbezüglich beruhigt war, musste sie sich eingestehen, dass dieser Mann von leidenschaftlicher Rede und heiterem, allem aufgeschlossenen Wesen Sympathie erweckte. Ihr gegenüber legte er allerdings eine große Gleichgültigkeit an den Tag. Obwohl er ihr alle Aufmerksamkeit erwies, die ihrer Stellung zustand, schien er sie kaum wahrzunehmen. Er begrüßte sie jeden Morgen, und bei den Mahlzeiten, an denen immer mindestens ein Dutzend Menschen teilnahmen, saß sie ihm gegenüber an ihrem Kopfende des Tisches. So waren sie nie allein miteinander; eine Begegnung, die sie fürchtete.

Aber sie sah, wie wohlüberlegt er den Menschen, denen er Ehre erweisen wollte, seine Aufmerksamkeit schenkte.

Wenn die Gesellschaft sich auf die Terrasse begab, um die Desserts oder einen Imbiss einzunehmen, oder in den Eingangshof, um noch ein paar Worte zu wechseln oder Abschiedsgrüße auszutauschen, hielt er oft jemanden auf, um ihm einige persönliche Worte zu sagen. Er zog die Person näher an sich heran, indem er einem Mann den Arm um die Schultern legte oder eine Dame um die Taille fasste. Und sogar der Trübsinnigste wurde heiter, wenn er so seiner Anerkennung teilhaftig wurde.

Joffrey de Peyrac übte eine große Anziehung auf die Frauen aus.

Langsam wurde Angélique dieser nicht zu leugnende Umstand, der sie während der ersten Tage verblüfft hatte, begreiflich. Ihr war nicht entgangen, dass die schönen Freundinnen des Hauses ins Stammeln gerieten oder erschauerten, wenn sich auf den Gängen der zögerliche Schritt des hinkenden Edelmanns näherte. Wo er erschien, verbreitete sich unter den Damen fieberhafte Aufregung. Er wusste, wie man mit Frauen sprach. Er konnte bissig oder sanft sein und wusste genau, was er zu sagen hatte, damit die Angesprochene das Gefühl hatte, unter allen anderen bemerkt zu werden. Innerlich bäumte Angélique sich auf wie ein widerspenstiges Pferd, wenn seine schmeichlerische Stimme zu ihr drang. Ihr schwindelte bei der Erinnerung an die beunruhigenden Warnungen, die sie erhalten hatte: »Er lockt die Frauen mit seltsamen Zaubern zu sich.«

Diese Damen stürzten sich oft als Erste mit Bravour in eine Diskussion. Wenn diese dann ein wenig scharf verlief, sodass es fast an Unhöflichkeit grenzte, hielt Angélique unwillkürlich Ausschau, ob auf diese Debatte das »Trostgeschenk« folgen würde. Und meist ließ es nicht lange auf sich warten. Und sie musste – nicht ohne einen insgeheimen Verdruss zu unterdrücken – weiterhin feststellen, dass diese gezierten Damen nicht die geringste Angst vor dem von Narben gezeichneten Gesicht zu haben schienen, das sich zu ihnen herabbeugte. Jetzt war sie sich ganz sicher: Bestimmt verzauberte er sie mit seinem feurigen Blick, seinem strahlenden Lächeln und seinen leisen, auserlesenen Komplimenten, die jede von ihnen annahm wie ein Bouquet kostbarer Blumen, die ihnen Stoff für ihre Träume schenkten.

Doch auch Angélique konnte sich nicht darüber beklagen, vernachlässigt zu werden.

Kein Tag verging, an dem sie nicht in ihren Räumen ein Geschenk vorfand; Nippes oder ein Schmuckstück, ein neues Kleid, Möbel oder sogar Konfekt oder Blumen. Alles zeugte von perfektem Geschmack und von einem Luxus, der sie blendete, entzückte … und auch in Verlegenheit brachte. Sie wusste nicht recht, wie sie dem Grafen die Freude, die seine Geschenke ihr bereiteten, zeigen sollte. Jedes Mal, wenn sie gezwungen war, direkt das Wort an ihn zu richten, konnte sie sich nicht durchringen, den Blick zu seinem narbigen Gesicht zu heben, und wurde nervös und stotterte.

Eines Tages fand sie in der Nähe des Fensters der großen Galerie, an das sie sich zu setzen pflegte, eine mit rotem, goldpunziertem Saffianleder bezogene Schatulle; und als sie diese öffnete, sah sie das herrlichste Diamantgeschmeide vor sich, das sie sich je hatte vorstellen können.

Zitternd betrachtete sie den Schmuck und sagte sich, dass gewiss die Königin nichts dergleichen besaß, als sie die unverwechselbaren Schritte ihres Gatten vernahm.

Spontan lief sie strahlend auf ihn zu.

»Wie prächtig! Wie soll ich Euch nur danken, Monsieur?«

In ihrer Begeisterung war sie zu rasch auf ihn zugestürzt und stieß beinahe mit ihm zusammen. Ihre Wange streifte den Samt seines Wamses; während ein eiserner Arm sie plötzlich festhielt. Das Gesicht, das ihr solche Angst machte, befand sich so nahe vor ihrem, dass ihr Lächeln verlosch und sie mit einem unbezähmbaren Entsetzensschauer zurückwich. Sogleich ließ Joffrey de Peyrac den Arm sinken.

»Mir danken? Warum?«, fragte er gelassen und ein wenig überheblich. »Vergesst nicht, meine Teure, dass Ihr die Frau des Grafen de Peyrac seid, des letzten Abkömmlings der berühmten Grafen von Toulouse. In dieser Stellung müsst Ihr die schönste Frau mit dem herrlichsten Schmuck sein. Fühlt Euch in Zukunft nicht mehr verpflichtet, mir zu danken.«

Nach diesem Zwischenfall war sie noch den ganzen Tag über aufgewühlt und ängstlich.

Der feste Griff des Grafen hatte sie an ihr Entsetzen am ersten Abend erinnert, als er sie gepackt, festgehalten und wie ein Schilfrohr nach hinten gebogen hatte. Nie hätte sie gedacht, dass die Arme eines Mannes eine so besitzergreifende Kraft haben könnten. Hatte er ihr begreiflich machen wollen, dass er der Stärkere war und sie besiegen konnte, wenn er nur wollte? In diesem Moment hatte sie erkannt, dass jeder Versuch ihrerseits, sich zu wehren, vergeblich war. Sie war ihm hilflos ausgeliefert. Wie sie geschrien hatte!

Sofort hatte er sie losgelassen; so abrupt, dass sie beim Aufrichten beinahe gestürzt wäre. Er hatte gelacht, und er hatte geredet. Sie erinnerte sich nicht mehr genau an seine Worte; unbarmherzige Worte voller Ironie. Sie hatte nur noch sein verächtliches Versprechen in Erinnerung: »Ich werde Euch nicht zwingen…« Und dann hatte er mit einer verabscheuungswürdigen Sicherheit noch etwas gesagt.

»Aber Ihr werdet kommen… Sie kommen alle!«

Niemals!, sagte sich Angélique noch einmal. Es erstaunte sie, dass sie ihre eigenen trotzigen Worte so rasch vergessen hatte.

Wenn sie ganz ehrlich war, hatte sie es allein sich selbst zuzuschreiben, wenn Joffrey de Peyrac anderen Frauen mehr Aufmerksamkeit und Komplimente zukommen ließ als seiner Gattin.

Seine Galanterie war spontan, heiter, raffiniert, und es war keine Einbildung, dass die Damen sie mit offensichtlichem Vergnügen suchten.

Letztere gaben sich geziert, wie es unter den »Preziösen« in Paris Mode war.

»Wir sind hier im Palast der fröhlichen Wissenschaft«, sagte der Graf eines Tages zu ihr, indem er sie mitten im Trubel eines Empfangs überraschend zur Seite nahm. »Alles, was den Reiz des aquitanischen und somit auch des französischen höfischen Lebens ausmacht, findet sich zwangsläufig auch in diesen Mauern wieder. So hat Toulouse soeben die berühmten Blumenspiele begangen. Das goldene Veilchen hat ein junger Dichter aus dem Roussillon errungen. Aus allen Winkeln Frankreichs, ja, aus der ganzen Welt kommen die Verfasser von Rondeaus nach Toulouse, um sich dem Urteil der Gesellschaft zu stellen, die einst von der außerordentlichen Clémence Isaure, die in alten Zeiten die Troubadoure inspirierte, begründet wurde. Also fürchtet Euch nicht vor all den fremden Gesichtern, die in meinem Palast ein und aus gehen, Angélique. Wenn sie Euch stören und Ihr das Bedürfnis spürt, Euch ein wenig zurückzuziehen und auszuruhen, könnt Ihr Euch ganz nach Eurem Belieben in das Lustschlösschen an der Garonne begeben.«

Doch Angélique musste sich eingestehen, dass sie nicht den Wunsch hegte, sich abzusondern. Nach und nach ließ sie sich vom Zauber dieses beschwingten Lebens mitreißen.

Nachdem sie Angélique zunächst von oben herab behandelt hatten, entdeckten einige Damen doch ihren sprühenden Geist und nahmen sie in ihre Kreise auf.

Von diesem Gebäude gingen je nach der Tages- oder Nachtzeit so viele verschiedene Stimmungen aus, die zauberhaft, anziehend und manchmal ein wenig unheimlich waren, dass sie den Eindruck hatte, ständig einem Theaterstück beizuwohnen, das einzig dazu inszeniert war, sie zu faszinieren und auch glücklich zu machen. Und dennoch fühlte sie sich frei und fand immer wieder Gelegenheiten, zu sich selbst zu finden und sich zu entfalten.

Angélique schwankte zwischen Furcht und Vertrauen. Sie war sich sicher, dass er sein Wort nicht brechen würde; doch manchmal konnte sie ein ängstliches Erschauern nicht unterdrücken.

Sie war die Gefangene des Hausherrn.

Oft setzte sie sich während der Stunden der Mittagsruhe in die Höhlung eines der großen Fenster der riesigen Galerie, die entlang einer ganzen Fassade des Palasts verlief und sich, wenn die Fenster offen waren, in eine Terrasse verwandelte, auf der ein angenehmer Lufthauch wehte.

In dieser Galerie wurde der Tisch gedeckt, wenn man im kleinen Freundeskreis speiste. Sie bot sich ebenfalls an, um einen Imbiss einzunehmen und, wenn es abends dämmerte und frisch wurde, einen kleinen Ball zu veranstalten.

Die großen, offiziellen Räume, in denen an ihrem Hochzeitstag der Empfang und das Festmahl stattgefunden hatten, gingen auf den Ehrenhof hinaus, in den die Kutschen mit den Gästen einfuhren, und lagen damit zur Stadt hin. In der Galerie dagegen konnte man leicht vergessen, wie nahe das lebhafte Treiben und der Lärm von Toulouse waren.

Auf der Rückseite des Palastes vergaß man die Stadt, da er von Gärten umgeben war; und sowohl von der Galerie als auch von ihren Räumen aus brauchte man nur drei oder vier Stufen hinabzugehen und fand sich schon unter Bäumen wieder.

Angélique hatte es sich zur Gewohnheit gemacht, morgens ein paar Schritte auf den schmalen Wegen zu gehen – Pfade, die geradezu geschaffen waren, zu zweit darauf zu spazieren, dachte sie –, die zwischen Blumenbeeten und Buchen schattenspendende Laubengänge bildeten und dazu verlockten, ihrem verschlungenen Lauf zu folgen, bis man dichtere Gehölze erreichte. Je weiter man ging, umso mehr vergaß man, dass man sich mitten in der Stadt befand. Und dieser Park hatte etwas Geheimnisvolles, denn er vermittelte den Eindruck, als habe er keine Grenzen; genau wie der Rand des großen Waldes, wo sie lange das Gefühl gehabt hatte, es sei verboten, weiter vorzudringen.

Angélique ging zum Haus zurück.

Im Grünen nahm sie die weißen Gestalten der Gärtner wahr, die sich geschmeidig und eifrig, aber lautlos bewegten, was noch zu dem Eindruck beitrug, sich am Saum eines verwunschenen, von Gespenstern bevölkerten Reichs zu befinden. Gelegentlich kam einer von ihnen auf sie zu, kniete nieder und stellte einen Korb mit herrlichen Blumen, die frisch geschnitten und geschmackvoll zu einem Gebinde arrangiert waren, vor sie hin. Anschließend begleitete er sie und übergab sie einem Pagen oder einer Dienerin. Hier und dort hatte Angélique einiges über die Mauren mit ihrer dunklen Haut, die hellbraun oder von der Farbe gerösteten Brots war, und ihren Samtaugen aufgeschnappt.

Sie waren die letzten Überlebenden des Königreichs Granada, eines der großen muslimischen Staaten, die Spanien seit der arabischen Invasion zu Beginn des achten Jahrhunderts beherrscht hatten. Neunhundert Jahre später hatte unter der Herrschaft des düsteren und frommen Philipp II., des Sohns Karls V., die letzte Episode der christlichen »Reconquista« stattgefunden. Da man die »Mudéjares«, was so viel hieß wie »diejenigen, die bleiben dürfen«, im Verdacht hatte, nicht wirklich konvertiert zu sein und insgeheim die islamische Religion auszuüben, waren sie nach erneuten Verfolgungen, auf die Jahre blutiger Aufstände folgten, zur Deportation verurteilt und aus Andalusien verbannt worden. In Gruppen von fünftausend Menschen hatte man sie, eskortiert von je zweihundert Soldaten, fortgebracht und dann in den nördlichen und westlichen Regionen über die kargen, windigen Hochebenen von Kastilien oder die eisigen, unbebauten Sierras verteilt...

Die »Mudéjares« waren friedliche und arbeitsame Ackerbauern gewesen, hatte Berenguer de Mallorca erklärt, und als man sie aus ihrer Heimat Andalusien vertrieb, waren Obstpflanzungen, Gärten und schöne Fluren verfallen und lagen brach.

In der Folge hatten die »Altchristen« im spanischen Kernland diesen Zustrom von unzureichend konvertierten Ungläubigen heftig abgelehnt und ihre vollständige Vertreibung verlangt. Wem es gelang, den Autodafés, den Scheiterhaufen, welche die Inquisition für die Renegaten bereit hielt, und dem Tod durch Auszehrung und Krankheit auf den Wegen des Exils zu entrinnen, der fand Asyl auf der anderen Seite der Pyrenäen. Schon seit langer Zeit spielten Juden und Mohamedaner eine Rolle in der Kultur des Languedoc.

Der katalanische Edelmann hatte diese düstere Geschichte gerade deswegen so energisch angeprangert, weil er Katalane war und damit ein eingeschworener Feind der spanischen Monarchen. Denn die Grafschaft Barcelona hatte sich in ferner Zeit, als Karl der Große seine »Spanische Mark« besaß und sein Neffe Roland den Olifant blies, um in den Engpässen der Berge um Hilfe zu rufen, auf die Seite des Kaisers geschlagen.

Angélique freute sich über diese Gemeinsamkeit. Kaiser Karl der Große, sein Neffe Roland und dessen Verlobte, die schöne Aude, die bei der Nachricht von seinem Tod stirbt – das war etwas, das sie aus der guten alten Zeit der »kleinen blauen Büchlein« kannte.

Viele dieser Gespräche fanden bei den Ausritten statt, die sie mit einer kleinen Gruppe von Freunden unternahm, kaum dass die Sonne aufgegangen war. So lernte sie ihre Umgebung besser kennen, während sie zugleich verblüfften Blickes den Horizont betrachtete, denn die Landschaft, die vor ihren Augen lag, unterschied sich doch sehr von ihrer Heimat. Aber sie saß gern zu Pferde. Seit sie in den Süden gekommen war, konnte sie auf diese Weise am besten wieder zu sich selbst finden und sich frei mit den Damen und Herren, die sie begleiteten, unterhalten.

Andijos berichtete ihr mehr über den Steuereinnehmer, dessen enge Freundschaft zu Monsieur de Peyrac sie so verwundert hatte. So recht begriff Andijos ihre Vorbehalte nicht; wahrscheinlich hatte er noch nie Probleme mit einem Steuereintreiber gehabt. Doch der Freund von Monsieur de Peyrac übte nicht nur das Amt, das er erworben hatte, ausgezeichnet aus; denn er war einigermaßen begütert. Vor allem war er ein begabter Konstrukteur, der gemeinsam mit dem Grafen einen grandiosen Plan verfolgte. Andijos erinnerte Angélique an ihre Reise und an seine Erläuterungen bezüglich der Klimaeinflüsse, die im Herzen verschiedener »kleiner Königreiche« in der Gegend von Toulouse zusammentrafen; milde, feuchte Einflüsse aus dem Westen, vom Golf von Biskaya, der in den Atlantik münde, und trockenere und oft glühend heiße Winde aus dem Osten, vom Mittelmeer. Dieser Konstrukteur besaß ein besonderes Gespür für Wasser: Ob Quellen, Flüsse, die »Gaves« in den Bergen, ob Wildwasser oder Bach, er berechnete ihren Lauf und erriet ihren möglichen Weg durch die umgebenden Gegenden. Er war in Béziers geboren, stammte also aus dem »Land der Wasser« und träumte davon, von der Garonne aus, die bis Toulouse schiffbar war, einen Kanal auszuheben, der die beiden Meere verbinden sollte.

Eine Utopie, ein nicht durchführbarer Plan, von dem vor ihm schon viele andere geträumt hatten. Monsieur de Peyrac unterstützte ihn mit seinem Vermögen und seinen Kräften. Was für Kräfte?, hätte Angélique beinahe gefragt.

Sie erlegte sich die Pflicht auf, über alles, was ihr ein wenig seltsam vorkam, Aufklärung zu suchen. Die zahlreichen düsteren Warnungen, die sie von Monteloup mitgenommen hatte, kamen ihr viel zu oft in den Sinn und erschienen ihr manchmal sogar im Traum. Unschlüssig wachte sie dann auf. Fasziniert von allem, was sie umgab, fragte sie sich, ob und wie sie jemals Gewissheit darüber erlangen würde, dass sie sich nicht auf dem Schloss von Gilles de Retz befand.

Die Zeit verging, und der Nachhall dieser beunruhigenden Enthüllungen verblasste. Sie war von so viel Licht und Fröhlichkeit umgeben, dass sie davon verschlungen wurde wie von einem unsichtbaren Wasserfall.

Überall war hier Musik.

Oft erklang sie, diskret nur, aus der Ferne. Oder die Musiker versteckten sich hinter den schattigen Laubengängen und begleiteten die Stunden der Mittagsruhe mit kleinen, schmachtenden Motetten. Wenn es dämmerte, wurde zum Abschluss des Essens häufig ein kleiner Ball abgehalten. Die Mahlzeit wurde entweder an dem langen Tisch aufgetragen oder, was häufiger vorkam, der abwechslungsreiche Imbiss aus Früchten, Konfekt und Gebäck wurde auf kleinen Tischen angerichtet, an denen je nach Herzensneigung oder Freundschaft zwei, drei oder vier Personen Platz nehmen konnten.

Jedem stand vollständig frei, wie er über diese Stunden verfügte, die dem Zauber der zwischenmenschlichen Begegnung gewidmet waren. Man kam und ging ganz nach Belieben, und gerade dadurch gewannen diese schönen Empfänge im Palast der fröhlichen Wissenschaft ihren besonderen, unnachahmlichen Reiz.

Angélique verwirrte diese Lebensweise ganz und gar nicht.

Auch in Monteloup stand stets jedem, der vorüberkam, die Tür offen; auch wenn sich dort die Gastfreundschaft in einem raueren Klima und vor einem ländlichen Hintergrund abspielte.

Wer dem Großvater einen Gruß entbieten, Schutz vor dem Regen suchen oder sich nach dem Befinden der Familie de Sancé erkundigen wollte, überschritt die Zugbrücke, stieg die Treppe hinauf und machte sich an der Tür bemerkbar. Angélique hatte diese Überraschungsbesuche immer geliebt, die ihr Gelegenheit gaben, ihre Handarbeiten bei Pulchérie im Stich zu lassen, die Treppe hinunterzueilen und entweder neue Gesichter kennenzulernen oder andere wiederzusehen, die zu vergessen jammerschade gewesen wäre.

In den großen Prunkgemächern, die zur Stadt hin lagen, fand eine große Zahl von Gästen Platz. Viele blieben, ein Glas in der Hand, stehen. Gruppen fanden sich zusammen, lösten sich wieder auf, und alle gingen umher, um das Vergnügen zu genießen, sich wiederzusehen oder aufeinander zuzugehen, sich vorzustellen und Bekanntschaft zu schließen. Die Gespräche, der Austausch von Neuigkeiten aus dem Krieg oder über den Kurs des Färberwaids, der durch das Indigo aus Amerika verdrängt wurde, die mit pikanten Anspielungen unterlegten Scherze oder die galant gehauchten Wortgeplänkel sprudelten nur so.

Angélique gab acht darauf, dass jeder seinen Durst stillen konnte, und ließ Tabletts mit leichtem Gebäck herumreichen.

Dieses ständige Kommen und Gehen sagte ihrem Wesen zu. So hatte sie kaum Verpflichtungen zu erfüllen und hätte fast glauben können, zu den Gästen des Palasts zu gehören; ja, sie verfügte noch über größere Freiheit bei der Gestaltung ihrer

Zeit als die anderen. Joffrey de Peyrac erinnerte sie nur sehr selten daran, dass sie mit ihm verheiratet war; beispielsweise wenn ein Ball beim Seneschall oder einem der hohen Beamten der Stadt stattfand und Madame de Peyrac als schönste Frau der Stadt mit dem kostbarsten Geschmeide auftreten musste.

Dann tauchte er ohne Vorankündigung in ihren Räumen auf, setzte sich in die Nähe des Frisiertisches und überwachte aufmerksam die Toilette der jungen Frau. Mit knappen Anweisungen lenkte er die geschickten Hände Marguerites und ihrer Kammerzofen. Keine Einzelheit entging ihm. Weiblicher Putz war ihm kein Geheimnis. Angélique staunte über die Genauigkeit seiner Beobachtungen und seine sorgfältigen Nachforschungen. Da sie guten Willens war, zu einer großen Dame von Stand zu werden, ließ sie sich kein Wort der Lektionen entgehen. In diesen Augenblicken vergaß sie ihren Groll und ihre Furcht.

Doch eines Abends, als sie sich – strahlend in einer Robe aus elfenbeinfarbener Seide mit einer hohen Halskrause aus mit Perlen bestickter Spitze – im großen Spiegel betrachtete, erblickte sie neben sich die dunkle Silhouette des Grafen de Peyrac, und mit einem Mal spürte sie die Verzweiflung auf ihren Schultern wie eine bleierne Last.

Was sollen mir Reichtum und Luxus, dachte sie, wenn mir dafür das schreckliche Schicksal beschieden ist, mein ganzes Leben an einen hinkenden, abscheulichen Ehemann gebunden zu sein!

Plötzlich bemerkte er, dass sie ihn im Spiegel ansah, und trat abrupt zur Seite.

»Was habt Ihr? Findet Ihr Euch nicht schön?«

Sie schenkte ihrem Spiegelblick einen trübsinnigen Blick.

»Doch, Monsieur«, antwortete sie unterwürfig.

»Und? Ihr könntet wenigstens lächeln.«

Da meinte sie, ihn ganz leise seufzen zu hören.

Kapitel 4

An diesem Tag hatte Angélique beschlossen, die Treppe, die in die erste Etage führte, hinaufzusteigen.

Jeden Morgen, wenn sie ihre Wohnräume verließ und sich in die offiziellen Galerien, Säle und Zimmer begab, in denen sie Empfänge abhielten oder Bälle und Festessen gaben, war ihr, als schicke ihr diese Treppe, die sie zur Linken erahnte, so etwas wie einen Lockruf, eine Aufforderung, sie leichten Schrittes zu erklimmen.

Die Treppe war breit, großzügig, mit langen, flachen Stufen und bestand aus einem hellen Marmor, den das Licht, das von oben einfiel, zu manchen Tageszeiten mit einem warmen, goldenen Schimmer übergoss.

Eine solche Treppe hatte sie noch nie gesehen.

Kein Vergleich mit der Wendeltreppe im Turm von Monteloup, die grau und rissig war und deren störrische Stufen Madelon mit ihren kleinen Beinchen nur schwer hatte bewältigen können.

Da sie auf dem Heimweg – sonntags, wenn sie aus der Kathedrale kam, oder bei der Rückkehr von einem Spaziergang – ihr Wohnhaus schon öfter von außen gesehen hatte, war Angélique sich darüber klar, dass der Palast drei Etagen hatte; vier eigentlich, wenn man als erste Etage das Untergeschoss aus Lagerräumen, Kellern, Vorratskammern, Küchen und diversen Wohnungen rechnete, deren Öffnungen, Türen und Fenster, zum Innenhof hinausführten. Wenn man dann noch das hohe vorspringende Gesims aus behauenem Stein zählte, von dem das Gebäude gekrönt wurde, kam man zusammen mit dem Dachgeschoss auf fünf Stockwerke.

Ihre Begleiter versäumten niemals, die wunderbare Terrasse zu erwähnen, die dort oben lag und wo in Sommernächten schöne Konzerte stattfanden. Viele bedauerten, dass der Graf de Peyrac nicht, wie in anderen Stadthäusern, noch einen Turm mit einer Kuppel und einer Aussichtsplattform hatte errichten lassen. Manche verglichen den Palast der fröhlichen Wissenschaft auch mit den Palästen Italiens, genauer gesagt, mit denen der Toskana, wie es hieß…

Doch alle waren sich einig darüber, dass der Palast unvergleichlich und von einer inspirierten Anmut war, die ihresgleichen suchte.

Angélique wurde bewusst, dass sie nur das Erdgeschoss und die Nebengebäude kannte. Ohnehin kam ihr der ganze Komplex riesig vor, und sie hätte nicht behaupten können, bereits jeden Winkel und jeden verschlungenen Weg erkundet zu haben. Aber da war diese Treppe, die sie im Vorübergehen lockte. Am oberen Ende dieser Folge flacher Stufen war ein Absatz zu erkennen, und sie konnte erahnen, dass auf ihn eine weitere Treppe folgte. Was würde sie entdecken, wenn sie nach oben ging? Das Licht fiel von dort aus herein; also war der obere Teil des Hauses wohl kein abgeschlossener, düsterer Bereich.

Aber die obere Etage machte ihr auch einen unbewohnten Eindruck; und die Treppe forderte sie auf, sie zu erforschen.

Heute hatte sie beschlossen, dass die Zeit gekommen war, sich ins Abenteuer zu stürzen. Sie würde die Mittagsstunden nutzen, um die zweite Etage zu erkunden; denn sie sagte sich, dass ihr bisher niemand außer ihr selbst den Zutritt verwehrt hatte.

Seit zwei Tagen war im Palast der fröhlichen Wissenschaft ein Gelehrter zu Gast, zu dessen Gunsten Joffrey de Peyrac es vorgezogen hatte, die Zahl seiner Gäste zu beschränken, denn dieser noch junge Mann wirkte sehr erschöpft.

Bei den Mahlzeiten ermunterte Angélique ihn, gut zu essen, denn er kam ihr mager vor wie ein Mensch, der sich ganz dem Studium der Wissenschaften widmet, sich in weitschweifigen Diskussionen aufreibt und keine behagliche Wohnung sein Eigen nennt, in der er sich zwischen zwei stürmischen Akademiesitzungen ausruhen kann. Er drückte sich sehr gewandt aus, erzählte seine kleinen Anekdoten gut und brachte sie mit humorvollen Schilderungen der Misslichkeiten seiner Existenz zum Lachen. Obwohl die Fragen, die er aufwarf, bedeutsam waren und aufrichtige und überzeugte Freunde sich für ihn einsetzten, hatten seine Aufenthalte in Rom, Padua und Lyon jedes Mal damit geendet, dass er sich vor den Stadttoren wiederfand; zusammen mit seinem gesamten, aus einem Kaplan, einem Koch, zwei Lakaien für die Pferde und dem Maultier, das Gepäck und Truhen voller Bücher trug, bestehenden Haushalt.

Sein Name war Fabricius Contarini.

Erstaunt erfuhr Angélique, dass er Venezianer war, denn er sprach das Französische ohne Akzent. Aber er hatte seine Heimatstadt auch bereits in jungen Jahren verlassen.

»Nun fragt Ihr Euch sicher, Madame, ob ich schon damals eine Missetat begangen habe, die mich für lange Zeit zu einer unerwünschten Person gemacht hat. Nein, da könnt Ihr beruhigt sein.«

Nachdem er Venedig verlassen hatte, war er zum Studium nach Montpellier gegangen, der altehrwürdigen französischen Universitätsstadt; ein glücklicher Umstand, denn dadurch war er unter seinen Kommilitonen Joffrey de Peyrac begegnet. In der Folge hatten die Wechselfälle des Lebens die beiden getrennt, doch sie hatten versucht, einander wiederzusehen. Fabricius war nicht zum ersten Mal Gast im Palast der fröhlichen Wissenschaft.

Auf Zehenspitzen setzte Angélique einen Fuß nach dem anderen auf die Treppenstufen. Ihre unbestimmte Unruhe verflog.

Schließlich ist das auch mein Palast!

Mühelos ging sie hinauf. Ähnliches hatte sie schon beim Betrachten mancher religiöser Gemälde gespürt, die einen zu einem azurblauen Firmament, wo Engel warten, hochzuziehen scheinen.

Oben angekommen, entdeckte sie eine lange, offene Galerie, die an der ganzen Fassade entlang verlief und auf den Park hinausführte. Hinter dem wellenförmigen Grün konnte man in der Ferne ein Stück Landschaft erkennen, das verschwommen unter dem für diese Gegend so eigentümlichen blau-rosigen Dunst lag. Genau wie in der unteren Etage führten auf der gesamten Länge Türen in Salons oder Zimmer.

Angélique hörte Stimmen.

Sie blieb stehen und spitzte die Ohren.

Die Stimmen kamen aus einem Raum auf halber Höhe der Galerie, dessen Tür offen stand. Es schienen nicht viele Personen zu sein.

Nachdem Angélique zunächst gezögert hatte, schlich sie leise an der Wand entlang darauf zu. Um sie herum herrschte tiefe Stille. Jemand deklamierte etwas und wurde ab und an von einer anderen Stimme unterbrochen. Jetzt war sie sich sicher, dass es sich nur um zwei Personen handelte.

Die Stimme war schön.

»Verehrter gelehrter Freund,

bisher habe ich nur das Vorwort deines Buches gelesen, was mir zumindest gestattet hat, einen Teil dessen zu erkennen, auf das du abzielst. Nichts, wirklich nichts ist mir angenehmer, als auf der Suche nach der Wahrheit einen Verbündeten zu finden, der so sehr wie du ein Freund der Tatsachen ist. In der Tat, es ist ein Jammer, dass es so wenige Menschen gibt, die der Wahrheit anhängen und sich nicht auf die Wege einer widersinnigen Philosophie begeben …«

»Ist das nicht zu stark?«, unterbrach die andere Stimme. »Der Adressat könnte sich möglicherweise durch das Wort ›widersinnig‹ angegriffen fühlen.«

Das darauf folgende Gelächter bestätigte, was Angélique seit einigen Augenblicken klar war: Die Stimmen gehörten Joffrey und ihrem derzeitigen Gast Fabricius Contarini.

Da sie gesehen oder zumindest zu sehen geglaubt hatte, wie die beiden sich in Richtung des Laboratoriums entfernten, hatte sie die Stimmen der Unsichtbaren, die dazu noch durch ein leichtes Echo verzerrt wurden, nicht gleich erkannt. Um die Wahrheit zu sagen, war es seit ihrer Hochzeit selten vorgekommen, dass sie sich außerhalb des üblichen Stimmengewirrs der Gespräche mit ihrem Mann unterhielt; und bei diesen Gelegenheiten waren stets andere in ihrer Nähe gewesen, wenn auch nur Diener und Zofen.

Zu dieser Tageszeit, da sich selbst die Vögel benommen fühlten und im Laubwerk verstummt waren, hatte seine Stimme eine seltsame Klangfarbe, sodass sie Schwierigkeiten gehabt hatte, sie zu erkennen, und mit einem Mal sicher gewesen war, bei einem Fremden eingedrungen zu sein. Doch dieses schallende Lachen hatte alle Zweifel ausgeräumt: Es war in der Tat Joffrey de Peyrac.

Warum sollte sie sich darüber verwundern? Sie hatte zwar ziemlich rasch entdeckt, wo sich sein Laboratorium befand, sich aber nie gefragt, wo seine Privatgemächer liegen mochten. Sie befanden sich also in den oberen Geschossen, ebenso wie die Arbeitszimmer, die Buchhaltung und die Schreibstuben. Ohne es wirklich zu hören, vernahm sie, was ihr Gatte zu dem vorgelesenen Brief erklärte.

Er erläuterte, es handele sich um ein Schreiben, das der große Astronom Galileo im August 1597, also vor etwa fünfzig Jahren, an seinen deutschen Kollegen Johannes Kepler verfasst habe.

»Die Begriffe, die er verwendet, sind in unserer Zeit kaum weniger gefährlich als damals«, bemerkte der venezianische Gast.

»Da pflichte ich Euch bei.«

»Wie konnte Galileo sich nur mit einer derartigen Gewissheit zu diesen brisanten Themen äußern?«

»Er war überzeugt davon, die Wahrheit entdeckt zu haben; die Wirklichkeit der Dinge, den Mechanismus des Universums.«

»Ah! Doch welcher Leichtsinn, dies so unverblümt auszudrücken. Ich sehe richtig vor mir, wie kurz darauf der Greis in seinem weißen Gewand auf Knien vor diesen bärtigen Kardinälen liegt und die entsetzlichen Worte ausspricht, mit denen er abschwört:

Ich, Galileo Galilei, schwöre vor diesem Tribunal und auf Knien vor Euch ab und verfluche und verwünsche mit aufrichtigem Herzen und ungeheucheltem Glauben besagte Irrtümer und Ketzereien und überhaupt allen und jeden anderen der besagten heiligen Kirche widersprechenden Irrtum und Sektiererglauben.«

Mir bricht das Herz, wenn ich mir die Demütigung vorstelle, die ihm zugefügt wurde.«

Gelegentlich sprachen die Männer italienisch, um etwas zu zitieren, oder auch lateinisch. Angélique bedauerte das, denn auf Französisch sprach Fabricius Contarini auf eine sehr lebhafte Art über Themen, für die er sich begeisterte.

»Dieser Brief war eine Tollheit! ... Drei Jahre weiter, und Giordano Bruno sollte in Rom bei lebendigem Leibe verbrannt werden, weil er dasselbe wie Galileo beteuert hatte, nämlich, dass er die Theorien des Kopernikus teile und Aristoteles misstraue. Es stimmt schon, dass er sein Schicksal geradezu herausgefordert hat. Aber kann man in ständigem Misstrauen gegenüber jedermann leben, wenn es um die Wahrheit geht, um das, was wirklich ist?«

Angélique schnappte eine auf Französisch gestellte Frage auf, die Joffrey seinem liebenswürdigen Gast im Plauderton stellte.

»Werdet Ihr denn heute Abend mit mir nach oben kommen, um Galileos Geist nachzuspüren?«

Schweigen trat ein, in dem die aufgewühlten Gefühle des Venezianers sich zu beruhigen schienen. Was er dann sagte, verstörte Angélique derart, dass sie einige Minuten lang nicht einmal sicher war, ob sie es gehört hatte oder überhaupt an dieser Tür stand. Vielleicht war sie ja eingeschlafen und träumte.

»Ah ja ... Die Kammer mit dem goldenen Schlüssel«, murmelte er.

Es war sehr heiß. Entweder sie ging jetzt, oder sie nahm sich zusammen, damit sie dem Faden des Gesprächs, das sie belauschte, nicht verlor. Wieder vernahm sie das Wort »Gold«, jetzt jedoch in einem anderen Zusammenhang.

»Das Gold von Toulouse«, meinte Contarini. »Man weiß, dass es verflucht ist, und doch fasziniert es nach wie vor! Niemand, der diese Stadt kennengelernt hat, kann sie vergessen oder ihr deswegen grollen. Sie ist wie ein Götterbild und gehört niemandem als sich selbst. Und sie ist eine harte Stadt. Hinter ihrem heiteren Äußeren ist doch gerade hier die Inquisition entstanden, um Eure Ketzer zu vernichten. Sie hat sich mit ihrer flammenden Unnachgiebigkeit geschmückt … Was sage ich da, flammend! … So viele Scheiterhaufen. Eben haben wir von Bruno in Rom gesprochen. Doch ist es noch keine vierzig Jahre her, seit man den berühmten Gino Cesare Vanini verbrannt hat.«

»Dass er aber auch darauf beharren musste, die Unsterblichkeit der Seele zu bestreiten!«, wandte Joffrey ein.

»Man vermag eben nicht zu schweigen, wenn eine Wahrheit einem allzu grell ins Gesicht scheint!«

Verblüfft hörte Angélique, wie die beiden unbeschwert lachten, als hätten ihre Worte sie erfreut und enthüllt, dass sie in heimlichem Einvernehmen standen.

»Ich würde Euch jedenfalls zur Vorsicht raten, Fabricius«, meinte Joffrey. »Vanini war, nachdem er sein *Amphiteatrum Aeternae Providentiae* geschrieben hatte, so naiv, dass er den Versuch unternommen hat, seine Richter beim Tribunal der Inquisition zu überzeugen, doch Ihr solltet vielleicht nicht so laut kundgeben, dass Ihr ihm zustimmt.«

»Bah! Hier, unter Eurem Dach, habe ich nicht das Gefühl, in Gefahr zu sein.«

»Neugierige Ohren gibt es in jedem Palast.«

Als Angélique diese Worte aus dem Mund ihres Mannes hörte, begann ihr Herz heftig zu pochen. Argwöhnte er, dass sie lauschte? Mit einem Mal wagte sie nicht mehr sich zu rühren. Die kleinste Bewegung, das Rascheln ihres Kleids an der Wand konnte sie verraten, denn es war vollkommen still … Sie hatte plötzlich den Eindruck, auf magische Weise in ein anderes, unbekanntes Gebäude versetzt worden zu sein, das von gesprächigen Geistern bewohnt und bevölkert war.

Langsam beruhigte sie sich wieder.

Die beiden Männer plauderten weiter.

Joffreys Überlegung schien auch sein Gegenüber aufgewühlt zu haben, denn dieser erging sich jetzt in Klagen, die von Beteuerungen unterbrochen wurden.

»Meine Lage wird immer unerträglicher«, erklärte er. »Wohin ich auch gehe, habe ich inzwischen das Gefühl, in Gefahr zu schweben; ich fürchte, dass man mich anzeigt und zum Scheiterhaufen verurteilt; und ich habe noch keine Zeit gehabt, mir eine Zuflucht zu suchen, wo ich in Frieden meine Werke vollenden könnte... Die ich brauche, um mich verteidigen zu können, und auch, damit man mich um meines gerechten menschlichen Wertes willen schätzt!

Ich weiß, Ihr habt mich früher optimistischer gekannt; da war ich jemand, der über die Hindernisse gelacht hat, wenn das Leben sich meinen romantischen Erwartungen entgegenstellte. Doch je älter ich werde, umso melancholischer werde ich. Wird mein Missgeschick denn nie ein Ende nehmen? Man beginnt an seinen treuen Freunden zu zweifeln und fragt sich, ob man jemals solche gehabt hat. Seht doch den großen Galileo, der zu seiner Zeit mit Ehren überhäuft wurde. Er war der größte Gelehrte und wurde von allen anerkannt. Und dann, mit einem Mal, kam sein Sturz, und alle ließen ihn im Stich.

Ich frage mich, ob nicht der Verlust seiner treuen Freunde am grausamsten für ihn gewesen ist; schlimmer, als zum Abschwören gezwungen zu werden. Nehmt zum Beispiel diesen Kardinal Barberini. War er nicht ein begeisterter Anhänger von Galileos Entdeckungen, und hat er ihn nicht überall empfohlen und ihn ermuntert, nach Rom zu kommen? Und dann hat er ihn vollständig fallen lassen.«

»Man muss aber zugestehen, dass Galileo ein etwas besonderer Fall war... Nicht alle unsere treuen Freunde werden Papst wie Kardinal Maffeo Barberini, der fast ohne eigenes Zutun nach dem Tod von Gregor XV. die Tiara empfangen hat und sich Urban VIII. nannte.

Wie hätte er, nachdem er einmal auf Petri Stuhl saß, sämtliche Fundamente der apostolischen Lehre erschüttern und dafür eintreten können, die Sonne bewege sich nicht? Eine unhaltbare Wahrheit! Und wie erklären, dass er das erfahren habe, indem er die Phasen eines Planeten namens Venus studierte? Sogar Päpste... nein, besonders Päpste haben das Recht, feige zu sein!«

Erneut brachen die beiden in einmütiges Gelächter aus.

Fabricius schien auf und ab zu gehen, denn immer wieder entgingen ihr rasch gesprochene Worte. Angélique überlegte, sich vorsichtig zurückzuziehen, doch die Sätze, die jetzt zu ihr drangen, ließen sie erneut innehalten.

»Ihr... Ihr hättet diese Macht«, meinte der Venezianer mit begeisterter, ohne Angst laut erhobener Stimme. »Ihr könntet die Massen erobern... und das Universum. Als ich in Lyon war, habe ich eine Wahrsagerin konsultiert, die mir völlig unerwartet enthüllt hat, dass Ihr unter dem starken Schutz von Hermes Trismegistos steht. Ihr wisst ebenso gut wie ich, dass die Römer ihn als Merkur übernommen haben; aber in Hermes Trismegistos, der dreimal Größte, haben sie vor allem den ägyptischen Gott Thot gesehen, den sie als Ursprung allen menschlichen Wissens, als Gott der Schrift und Gelehrsamkeit, betrachteten. Und die Alchemisten sehen in ihm den Begründer ihrer Kunst... Lachen wir nicht über den Schutz der Götter.«

»Ich werde mich hüten.«

»Also hört mich an... Ihr... Ihr! Ihr könntet die Massen erobern... und das Universum.«

»Lasst die Schmeicheleien, Fabricius, mein Freund. Schreibt Ihr mir etwa die Eigenschaften zu, die Machiavelli für seinen ›Fürsten‹ fordert? Sein und Schein. Tugend und Staatsräson. Ehrliche Propaganda und notwendige Grausamkeit.«

Sein Gesprächspartner stieß einen Protestschrei aus.

»Großer Gott, nein! Ich verabscheue diesen zynischen Florentiner, und im Gegensatz zu vielen Meinungen, die in diesen Zeiten der Rebellion vorgebracht werden, finde ich in seiner Analyse des Mächtigen viele Fehler… Ich wollte nur auf Euren Aszendenten anspielen, der Euch beeinflusst.«

»Ja, ich weiß…«

Joffreys Stimme klang sanft und jovial, aber ziemlich gleichmütig, und Angélique hörte ihn lachen.

»Aber ich wollte auf Eure Arbeiten hinaus, von denen Ihr mir nicht erzählt, und mich meinerseits erkundigen, ob Ihr Euch dadurch nicht in Gefahr bringt… in größere Gefahr, als Ihr es durch das Leben, das Ihr Euch erwählt habt, ohnehin seid… Machiavelli ist doch, wenn ich mich nicht irre, der Mann, den Ihr als zentralen Helden Eurer philosophischen Studie über die Mächtigen ausgesucht habt.«

»Ich gestehe ein, dass dies mehr als eine Provokation ist, nämlich leichtsinnig. Doch er ist der Einzige, der tausend Facetten des menschlichen Wesens vorführt. Nun, was ich an ihm verabscheue, ist vor allem die Geringschätzung, die er dem Volk, der Masse, entgegenbringt. Er spricht sich für dessen Unterjochung aus und vergleicht es mit einer Frau und den Methoden, um sie wirksam zu unterdrücken: ein Gefühl der Demütigung zu erzeugen, um sein Ziel zu erreichen und sie letztlich um den Verstand zu bringen…«

Mit einem Mal verfielen sie erneut ins Lateinische, und Angélique begriff, dass sie darüber disputierten, ob Machiavelli dies über die Masse oder über den Ehrgeiz des Fürsten gesagt habe. Der Ton veränderte sich.

»Aber er hat mir auch den Weg gezeigt. Vor Machiavelli hat niemand gewagt, den Menschen über seine Schurkerei zu definieren, seine Feigheit, seine Eitelkeiten. Die Schöngeister müssen sich endlich entschließen, sich nicht mehr um falsche Probleme zu kümmern, zum Beispiel um das ewige Seelenheil.«

»Genau das dachte ich mir«, meinte Joffrey. »Ihr habt Euch da auf ein gefährliches Abenteuer eingelassen. Da seht Ihr, wie recht ich daran tue, wenn ich mich weigere, über meine wissenschaftlichen Experimente oder meine persönlichen Ansichten zu schreiben.«

»Aber ich kann nicht schweigen«, widersprach Fabricius. »Jedes Mal, wenn ich in dem Gedanken, mich von diesem allzu starken Druck zu befreien, versuche, diese Studien beiseitezuschieben, die ich begonnen habe, dann erhebt sich aus der Menge meiner Schriften irgendeine Einzelheit und zischt wie eine abscheuliche Schlange: ›Und das! Und dies hier?‹, faucht sie. ›Kannst du, nachdem du dies entdeckt hast, noch ruhig schlafen?‹ Nein! Unmöglich, denn die Schlange hat ihr Haupt gereckt, und ich muss sie anklagen … Oh, ich verstehe, was mir Eure Miene sagen will … Die Welt wird trotzdem nicht untergehen, und die Erde dreht sich weiter … Dieser Wein ist übrigens gut!«

An seinem veränderten Ton erkannte Angélique, dass er trank, und bedauerte mit einem Mal, dass sie nicht mit den beiden zusammensaß und in aller Freundschaft den Wein, den sie sich eingeschenkt hatten, mit ihnen teilte.

»Wohin soll ich mich wenden?«, fuhr Fabricius fort. »Vielleicht nach Avignon, in die Grafschaft Venaissin. Dort habe ich einen jüdischen Freund, dessen wissenschaftliche Arbeit ich sehr schätze. Er lebt in der Stadt, da er Ratgeber des Legaten ist. Von seinem Fenster aus sehe ich die Prozessionen der Büßer, die sich geißeln, die Schwarzen Büßer, die Blauen Büßer. Man muss nach Avignon gehen, um sich an den Manifestationen dieser schrecklichen römischen Religion zu berauschen, die uns zugleich quält und unsere Seele bezaubert und der ich für immer treu bleiben werde.«

Angélique spürte, dass er in seiner schwärmerischen Stimmung erneut aufgestanden war und durch den Raum schritt. Trotz ihrer Angst, ertappt zu werden, konnte Angélique sich nicht zum Gehen entschließen. Einiges von den Worten, die nun gewechselt wurden, entging ihr.

Schließlich nahm der Italiener wieder Platz, und Joffreys klare und keineswegs ungeduldige Stimme drang zu ihr.

»Dann bleibt doch im Palast der fröhlichen Wissenschaft … Lasst Euch hier nieder. Ihr könntet Eure Arbeiten vorantreiben und brauchtet nicht zu befürchten, wegen Eurer Theorien angegriffen zu werden, noch ehe sie das Licht der Welt erblicken. Die Schlachten finden jetzt im Norden statt. Die Toleranz, die Ihr vielleicht in den Niederlanden antreffen würdet, ist durch neue Konflikte gefährdet, denn Philipp IV. und Spanien haben sich nicht wirklich mit dem Verlust ihrer reichen niederländischen Provinzen abgefunden. Hier hättet Ihr Euren Frieden.«

Das Schweigen zog sich in die Länge.

»Der Palast der fröhlichen Wissenschaft!«, stieß Fabricius Contarini in träumerischem Tonfall aus. »Ihr führt mich in Versuchung. Wahrhaftig! Hier atmet man eine Luft der Freiheit, die mir das Herz erleichtert, und doch … ich zögere.«

Eine Pause trat ein.

»Was hindert Euch?«, verlangte Joffrey de Peyrac ein wenig spöttisch zu wissen.

»Hier bestimmen mir die Frauen zu sehr … Und der Hausherr ist zu … faszinierend. Das wäre schlecht für meine innere Ruhe.«

»Und doch habt Ihr, Fabricius, mir bereits die Ehre und das Vergnügen mehrerer langer Aufenthalte erwiesen, ohne dass Eure innere Ruhe gestört worden wäre.«

Lange herrschte Stille.

Angélique lehnte sich an die Wand und wäre am liebsten mit ihr verschmolzen. Sie hielt den Atem an. Die Sonne rückte weiter, und ein Lichtstrahl glitt über sie hinweg und rief in ihr das Gefühl hervor, sich in einem Tempel zu befinden, in dem ein antikes Mysterium aufgeführt wird. Der Dialog der beiden Stimmen schläferte sie ein; und zugleich harrte sie angespannt auf weitere beunruhigende und aufregende Enthüllungen.

»Ich meine … dieses Mal …«

»Dieses Mal?«

»Ich habe eine neue Nuance entdeckt … Etwas noch nie Dagewesenes, ja, Ungewöhnliches! Diese Leichtigkeit, mit der Ihr alles hier zu durchweben wisst, um die unerträglichen Zwänge der Gesetze zu vergessen. Kurz gesagt … ich meine, im Geist des Palasts der fröhlichen Wissenschaft … gerade weil ich hier schon logiert habe …bedeutsame Neuerungen entdeckt zu haben.«

»Ach! Tatsächlich?«

Joffreys Stimme klang erstaunt, doch er wirkte eher amüsiert.

»Erklärt Euch.«

Er musste seinen Stuhl zurückgeschoben haben, und an dem Geräusch, das darauf folgte, erriet Angélique, dass er seine Haltung veränderte und die gekreuzten Füße auf den Tischrand legte; etwas, das er häufig tat. Bis jetzt hatte sie immer gefunden, dies sei zu militärisch und ungezwungen für einen Edelmann. Zum ersten Mal fragte sie sich, ob er damit nicht sein schlimmes Bein entlastete, während er sich anschickte, eine etwas langatmige Rede anzuhören.

Sie selbst durfte sich auf keinen Fall bewegen und begann, sich ein wenig steif zu fühlen.

»Das Ereignis war auf jeden Fall bedeutsam«, erklärte Fabricius, der sich Zeit ließ. »Doch ich habe – da ich Euch kenne oder zumindest zu kennen glaube – nicht daran gezweifelt, dass diese Entscheidung Eure zutiefst begründete Ansicht, dass die Institution der Ehe am besten geeignet ist, um die Liebe zu töten, in keiner Weise beeinflusst hat; und keinen Augenblick habe ich angenommen, Ihr hättet eine so schwerwiegende Entscheidung, die nicht nur in unserer Provinz, sondern sogar darüber hinaus Wellen geschlagen hat, getroffen, wenn das der Grund ist... zumindest hoffe ich das.«

Zögernd hielt Fabricius inne, und Angélique stellte sich die Miene vor, mit der Joffrey ihn ermunterte, entweder fortzufahren oder, im Gegenteil, noch zu überlegen, um das richtige Wort zu finden, das seinen Gedanken am besten zum Ausdruck brachte.

»Vergebt mir«, hob der Venezianer erneut an, »wenn ich mich auf jenes geheime Gebiet der Leidenschaft vorwage. Natürlich hat jedes menschliche Wesen, wenn es ihr begegnet, die Freiheit... das Recht... es sind so viele Bande, die uns fesseln...«

»Worauf wollt Ihr hinaus?«, fragte Joffreys Stimme.

»Ich meine, dass sich niemand über Eure Heirat getäuscht

hat, was viele Herzen beruhigt und viele Eifersüchtige getröstet hat. Ganz offensichtlich war diese Ehe von Eurer Seite aus ja nichts weiter als gleichsam die Allianz eines Monarchen mit einer ausländischen Prinzessin, um sein Herrschaftsgebiet zu vergrößern.«

»In der Tat! Und zwar noch weitaus mehr, als Ihr ahnt! Ein exzellentes Geschäft!«

»Joffrey, mein Freund, ich höre Zynismus aus Eurer Zustimmung heraus.«

»Findet Ihr? Ihr seid zu scharfsinnig und ein viel zu alter Freund, als dass ich bezüglich dieses Themas etwas vor Euch verbergen wollte, da es nun einmal Euer Interesse erweckt. Aber all das erklärt mir noch nicht, in welcher Hinsicht meine Heirat etwas Neues in den Palast der fröhlichen Wissenschaft getragen hat, das Euch Sorgen bereitet, und zwar so sehr, dass es Euch von meiner Wohnstätte fernhält.«

»Es ist eben der Gegenstand dieses Ereignisses. So bezaubernd die junge Dame auch sein mag. Und es will mir scheinen, dass etwas vorgefallen ist, das dazu geführt hat, dass sich dieser Gegenstand nicht an dem Platz befindet, der ihm bestimmt ist… zumindest durch den Brauch.«

»Oh! Aber selbstverständlich befindet er sich dort«, rief der Graf mit einem Auflachen aus, das ein wenig sardonisch klang.

In diesem Moment begriff Angélique mit Entsetzen, dass die beiden, diese Männer, vorhatten, in der Ruhe dieses müßigen Tages intime Meinungen und Geständnisse auszutauschen und nicht ahnten, dass sie belauscht wurden; dass sie VON IHR SPRECHEN WÜRDEN!

Sie fand sich im kühlen Halbdunkel ihres Zimmers wieder, ohne dass sie richtig bemerkt hatte, mit welcher Geschwindigkeit sie davongestoben und die Treppe hinuntergeeilt war.

Nein, so geht das einfach nicht, dachte sie und betrachtete ihre Hände, die sie vor sich ausstreckte, als stünde dort ein unwiderrufliches Urteil geschrieben.

Wenn sie nicht in der Lage war zu hören, was ihr Mann, der nichts von ihrer Anwesenheit ahnte, über sie sagen würde, was hatte das zu bedeuten?

Was genau fürchtete sie?

War er dieser Gilles de Retz, der in seinem Schloss lauerte und auf den richtigen Zeitpunkt wartete, sie als fügsame, willige Beute zu fangen?

Kurz bevor sie es erfahren hätte, war sie geflohen.

Nein! Sie wollte es nicht wissen. Noch nicht. Welche Wahrheit oder welche Lügen hätte sie gehört, wenn sie den Mut gehabt hätte, zu bleiben und dem Wortwechsel der beiden Männer zu lauschen? Ihr Herz pochte heftig. Wenn sie nicht die Kraft gehabt hatte, die Worte zu erfahren, die ihr die Wahrheit über diesen Mann sagen könnten, hieß das, dass sie bereits unter seinen Einfluss geraten, ihr Wille unter seiner Herrschaft zunichtegemacht worden war?

Das wird dich lehren, an Türen zu lauschen!, sagte sie sich düster.

Eines in den Überlegungen der Männer hatte sie ganz und gar scheußlich gefunden; nämlich die Stelle, an der einer von ihnen oder beide die Ratschläge dieses Machiavelli bezüglich des Zufalls beziehungsweise des Glücks zitiert hatten. Sie hatten gesagt, man müsse es mit einer Frau vergleichen und, um es zu erobern, erprobte Methoden einsetzen, es beispielsweise zunächst umschmeicheln und dann prügeln … Sie fühlte sich verletzt und verärgert; mochte es sich auch nur um eine gelehrte Diskussion über einen dieser unsäglichen Philosophen aus dem vergangenen Jahrhundert gehandelt haben.

Das hast du nun davon!, sagte sie sich tief gekränkt.

Nicht zum ersten Mal spürte sie den Drang, von hier zu fliehen.

Oft, wenn sie von unerträglicher Bangigkeit gepackt wurde, hatte sie schon daran gedacht, sich zu dem Lustschlösschen an der Garonne bringen zu lassen, in dem sie ihre erste Nacht hier verbracht hatte; als wolle sie die Endgültigkeit ihrer ausweglosen Lage nicht hinnehmen.

Doch heute fühlte sie sich nach dem Gespräch, das sie belauscht hatte, auf paradoxe Weise zurückgehalten, und zwar durch ihre Verpflichtung gegenüber diesem angenehmen Menschen, dem unglücklichen Fabricius Contarini, dem entweder durch seine Arbeit oder aus anderen Gründen überall der Tod drohte, die Gefahr, bei lebendigem Leibe verbrannt zu werden. Als Hausherrin konnte sie ihn, obwohl er ihr gegenüber einen Argwohn hegte, nicht ohne einsichtigen Grund strafen, indem sie einfach verschwand und flüchtete. Inzwischen bedauerte sie, dass sie nicht mehr über seine Vorbehalte erfahren hatte.

Ein Ruf aus dem Park ließ sie nach draußen treten.

Einer der maurischen Gärtner hatte soeben wie jeden Tag ein frisch geschnittenes Blumengebinde auf die Brüstung gelegt. Er erklärte ihr, im Palast seien Besucher eingetroffen. Sie hätte nicht sagen können, in welcher Sprache sie mit den Gärtnern redete, ob Arabisch oder Spanisch, aber sie verstanden sich.

Sie lief zum Ende der Terrasse. Auf dem Vorplatz trafen lärmend Kutschen und Reiter ein, und sie erkannte das Gefolge des Bischofs, der in seiner violetten Robe soeben mit zwei schwungvollen Schritten die große Treppe hinaufgeeilt war. Ein bedeutsamer Besuch also, der den Palast der fröhlichen Wissenschaft aus seinem mittäglichen Dämmerschlaf riss.

Sie beschleunigte ihren Schritt, ging zurück, um ihre Blumen zu holen, und eilte dann ins Eingangsvestibül.

Der Graf de Peyrac, den sein Haushofmeister benachrichtigt hatte, war dort; und der wie immer imposante Bischof musterte die beiden Personen, die der Graf ihm vorstellte – Fabricius Contarini und dessen Kaplan – mit düsterer Miene.

Trotz seiner nordischen Wurzeln, die man ihm vorwarf, war Monseigneur de Fontenac doch Südländer und als solcher nicht in der Lage, seine erste Reaktion zu verhehlen. Dabei hätte ihm eigentlich klar sein können, dass man im Palast der fröhlichen Wissenschaft auf die verblüffendsten Gäste traf; aber, wie er später in seinen Memoiren bekennen sollte, wurden seine Erwartungen oft, ja beinahe immer »übertroffen«.

Der Anblick Angéliques, die mit den Armen voll herrlicher Blumen herbeeilte und das lebende Bild von Schönheit, Jugend und wenn schon nicht Unschuld, dann doch zumindest der arglosen, weiblichen Einfachheit abgab – Monseigneur war bekannt dafür, dass er diese Nuancen wunderbar zu unterscheiden wusste –, heiterte ihn auf. Mit einem resignierten Seufzer ließ er sich herab, dem jungen Kaplan, der sich auf die Knie geworfen hatte, den Ring zum Kuss hinzustrecken und den Venezianer, der ihm nicht unbekannt war, mit einem hochfahrenden Nicken zu grüßen.

»Vergebt mir, Monseigneur«, rief Angélique. »Ich befand mich im Park und habe eben erst von Eurer Ankunft erfahren.«

Auch sie kniete jetzt nieder, um den Ring zu küssen, den er ihr hinstreckte.

Was mochte hinter diesem Überraschungsbesuch stecken? Diese Frage stellten sich alle, nachdem der Kirchenmann sich nach kurzer Zeit wieder verabschiedet hatte.

»Er wollte sich davon überzeugen, ob ich tatsächlich bei Euch zu Gast bin«, bemerkte Fabricius in verbittertem Ton.

»Und erfahren, ob Madame de Peyrac ihre Seele noch nicht an den Teufel verkauft hat«, meinte der Graf lachend.

Im Vorübergehen ergriff er Angéliques Hand und drückte einen leichten Kuss darauf.

Ein Paar, das in der Nachbarschaft lebte, hatte sich eingestellt; und der Abend ging so zu Ende, wie es häufig der Fall war: Man saß am Saum des Parks, genoss Getränke und Sorbets und plauderte über die verschiedenen Neuigkeiten, die in der Stadt zu hören waren.

Angélique hätte gern mehr über die Geschichte dieses berühmten alten Mannes gehört, des Astronomen, der »in seinem weißen Gewand auf Knien vor diesen bärtigen Kardinälen« gelegen hatte und dessen Bild sie verfolgte. Doch die Gelegenheit ergab sich nicht, und nach und nach vergaß sie die Einzelheiten des Gesprächs, das sie belauscht hatte.

Nachdem sie spät am Abend in ihre Räume zurückgekehrt war, saß sie noch lange auf der Brüstung ihrer Terrasse.

Unaufhörlich stiegen Fragen in ihr auf; die Fragen, die Fabricius über die Veränderungen, die ihm im Palast der fröhlichen Wissenschaft aufgefallen waren, gestellt hatte.

Welche Erklärung mochte der Graf de Peyrac über die »Neuigkeit« in der Stimmung abgegeben haben, die im Palast herrschte und die nichts mit seiner Ehe zu tun hatte – jener »Institution, welche die Liebe tötet« –, sondern mit einer Veränderung, welche die allgemeine Gemütslage beeinflusste?

Und schuld daran war der »Gegenstand des Ereignisses«.

Kurz gesagt, was hatte der Hausherr über sie verlauten lassen? Sie würde es nie erfahren, weil sie sich gefürchtet hatte, aus seinem eigenen Mund zu vernehmen, wie weit sein Zynismus reichte.

Plötzlich kam ihr die Idee, dass er mit dieser infernalischen Intuition, die man bei ihm spürte, vielleicht die Anwesenheit der naseweisen Person erraten hatte, die nur ein paar Schritte entfernt lauschte.

Das würde den Handkuss erklären, der den Hexenbann gebrochen hatte. Dieser Gedanke heiterte sie auf, und sie hörte auf, sich ihre Flucht, ihren Rückzug vorzuhalten.

Sie warf sich auf ihr Bett und sank mit dem Entschluss in den Schlaf, diese Augenblicke, die sie den stillen, unbekannten Etagen »ihres« Palasts geraubt hatte, zu vergessen.

Sie hatte einen verworrenen Traum.

Darin war sie in einem Bergfried gefangen, doch dieser war nicht düster, sondern von genau dem Licht erfüllt, das über die Treppe, die in die erste Etage führte, gefallen war. Menschen, deren Züge sie nicht erkennen konnte, kamen und gingen, und wohlriechende Düfte umwehten sie.

Sie erwachte im ersten Morgenlicht, als aus dem Park die Nachtkühle aufstieg.

Ihr fiel wieder ein, dass während ihrer gestrigen Erkundung ihr Blick auf weitere Stufen aus hellem Marmor gefallen war, die sich ins Halbdunkel hinein fortsetzten. Zweifellos führten sie nach »oben«, an den Ort, an dem Galileos Geist schwebte.

Ah ja … Die Kammer mit dem goldenen Schlüssel.

Bei den vielen Worten, die ihr durch den Kopf schwirrten, fragte sie sich, ob sie diese letzten nicht vielleicht geträumt hatte.

Kapitel 5

Sehr oft, fast täglich, kam das Gespräch auf die Kreuzzüge gegen die Albigenser und die Ketzerei, die, wie es der Bischof ausdrückte, im zwölften Jahrhundert die südlichen Provinzen besudelt hatte.

Angélique hatte einige Schwierigkeiten, diese bitteren geschichtlichen Erinnerungen mit dem in Übereinstimmung zu bringen, was sie aus den kleinen blauen Büchlein, aus ihren lateinischen Lektionen oder dem im Refektorium auf Französisch gehörten Geschichten wusste.

Von den Kreuzrittern kannte sie nur ihren Vorfahren Gottfried von Bouillon und seine Gefährten, die Jerusalem und das Grab Christi von den Ungläubigen, den Mohamedanern, zurückerobert hatten. Ketzer kannte sie nur aus ihrer eigenen Erfahrung, nämlich ihre hugenottischen Nachbarn, die mehr schlecht als recht in ihren durch das Edikt von Nantes geschützten Dörfern lebten, aufsässig und unheimlich. Nach deren Kindern hatten Nicolas und sie, um sie zu erschrecken, Rosenkränze geworfen, Symbole der Jungfrau Maria, die angeblich für die Reformierten weder eine Heilige noch Jungfrau war, obschon sie von ihnen als Mutter Christi anerkannt wurde … Und diese Kinder hatten Angélique in einer denkwürdigen Nacht derart an den Haaren gezogen, dass sie ihr fast den Kopf abgerissen hätten. Wie auch immer, dieser lange zurückliegende Kreuzzug gegen die Albigenser im Süden Frankreichs war ein heikles Thema, bei dem innerhalb von Sekunden der Zorn der Gesprächspartner aufflammen konnte, als hätte man Öl ins Feuer gegossen.

Sie gab sich die allergrößte Mühe, den Grundgedanken des Konflikts zu erfassen, denn sie wollte ihre Gäste auf keinen Fall durch ihre Gleichgültigkeit und ihr Unwissen vor den Kopf stoßen. Das wäre zu verletzend gewesen.

Die Priester der häretischen Religion nannten sich Perfecti oder auch Gute Männer. Sie waren stets zu zweit unterwegs, gingen schwarz gekleidet und führten ein asketisches Leben. An Nahrung nahmen sie nur Hülsenfrüchte, ein wenig Brot und ein wenig Fisch zu sich, kein Fleisch oder sonst ein Erzeugnis tierischer Herkunft; und sie arbeiteten, um sich ihr bescheidenes Leben zu verdienen. Natürlich war ihnen jegliche Fleischeslust verboten, da ihrer Meinung nach die Materie eine Schöpfung des Teufels war. Für ein so asketisches Leben wurden sie durch eine mystische Kraft belohnt, die es ihnen erlaubte, Menschen, die sie in den letzten Momenten ihres Lebens segneten, durch Handauflegen einen guten Tod zu ermöglichen; was heißt, sie würden nicht im sündigen Fleisch wiedergeboren werden.

Das barbarische Gesicht der Soldaten, die in weniger als einem Tag die gesamte Bevölkerung von Béziers getötet hatten, ehe sie die Stadt in Brand steckten, symbolisierten die Kreuzritter und ihr Anführer Simon de Montfort, die auf Weisung der römischen Päpste aus dem Norden gekommen waren, um diese anscheinend harmlosen Ketzer in den südlichen Provinzen auszurotten. Doch Béziers war nur der Anfang gewesen. Die Auseinandersetzungen sollten noch ein halbes Jahrhundert währen. Auf beiden Seiten kam es zu so vielen Ausschreitungen, dass noch sechs- oder achthundert Jahre später – die Zahl war unterschiedlich, je nachdem, wo man die Wurzeln des Übels oder den Beginn seiner Bekämpfung sah – keine Vergebung möglich war.

Angélique fiel auf, dass der Hausherr nicht einschritt, wenn manchmal die Dispute über die Vergangenheit des Languedoc hochkochten. Bei einigen Gelegenheiten hatte sie gemeint, anhand seiner Silhouette, die sich dunkel vor dem Licht der Terrasse und dem Hintergrund der Stadt abzeichnete, eine zufriedene Haltung zu erkennen. Schilderten nicht manche Erzählungen, wie der Teufel sich, oft am Rand einer Tischgesellschaft, still zurückhielt und zusah, wie die Menschen einander mit Hass überschütteten und sich um ihr ewiges Seelenheil redeten?

An diesem Tag meldete sie sich zum ersten Mal zu Wort.

Bei den Mahlzeiten, zu denen sich stets wenigstens ein Dutzend Gäste einfanden, sprach Angélique selten und gab sich damit zufrieden, aufmerksam zu lauschen. Interessiert, oft amüsiert, hörte sie zu, begierig, aus dem zu lernen, was dieser oder jener unbedingt mitteilen und den Ohren seiner Freunde zu Gehör bringen wollte, um eine Meinung oder eine Zustimmung einzuholen. Oder der Sprecher wollte ganz einfach nur teilen und gemeinsam über eine originelle Anekdote oder ein Ereignis lachen, die der Erzähler kolportierte oder selbst erlebt hatte. Wenngleich sich alle der Disziplin beugten, die ihre adlige Erziehung ihnen eingeflößt hatte, so besaß nicht jeder einen edlen Charakter; insbesondere dann nicht, wenn sich die Unterhaltung um politische Ereignisse drehte. Und wie sie hatte feststellen können, wurde der Ton rasch umso lauter, je weiter man in die Vergangenheit zurückging. Das betraf insbesondere diesen lange zurückliegenden Kreuzzug gegen die Albigenser, der die Barbaren aus dem Norden in diese Provinz geführt hatte. Angélique begann gewisse Herren wiederzuerkennen und zu fürchten, die ihrem Gegenüber vorwarfen, ihnen ihr Land geraubt zu haben, als wäre es gestern geschehen, und mit dem Schwert gestikulierend lautstark Verrat schrien.

Oder sie zogen die Legitimität eines Besitzes in Zweifel, auf dem schon viele Generationen gelebt hatten.

»Er hat Euch zum Herrn über diese Ländereien gemacht!«, warf ein solcher Mensch dann seinem Gegner vor. »Ihr werdet immer ein Usurpator bleiben!«

»Er«, das war Simon de Montfort, der an der Spitze der Kreuzfahrer gekommen war, um die feinsinnige Kultur des Südens zu zerstören, und der immer noch die Rolle eines Schreckgespensts für unartige Kinder zu spielen schien.

»Pass nur auf! Simon de Montfort wird kommen und dich in die Hölle schleppen«, drohten Mütter ihren kleinen Schreihälsen.

Angélique sah zu Joffrey de Peyrac, der am anderen Ende des Tisches saß, doch der schien nicht den Wunsch zu hegen, sich einzumischen.

An diesem Tag erhob sie die Hand.

»Monsieur«, sprach sie Monsieur de l'Isle-Olmès an, »mir wäre es doch lieber, Ihr würdet von Euren Troubadouren sprechen.«

Die Wirkung, die sie erzielte, verblüffte sie.

Der junge Raimond de l'Isle-Olmès warf sich praktisch vor ihr in den Staub, um sich zu entschuldigen. Sie sprach sich mit ihm und ihren Nachbarn aus und erklärte ihnen, wie sehr sie sich wünsche, so viel wie möglich über ihre neue Heimat zu lernen. Nach und nach erfasste das Gespräch die gesamte Tischrunde, und man ging von den Troubadouren auf die Liebe zur Poesie über, die sich in allerjüngster Zeit in Paris auszubreiten schien.

Als Angélique zu dem Grafen, ihrem Mann, hinsah, glaubte sie, ihn lächeln zu sehen. Aber sein Lächeln war sehr schwierig zu deuten, weil es sich vorzugsweise als sarkastische Grimasse äußerte. Nahm er ihr übel, dass sie eingeschritten war? Doch in der Folge hatte sie den Eindruck, dass er im Gegenteil zufrieden war zu sehen, wie sie manchmal das Spiel führte und vor allem den Überschwang allzu eifriger Disputanten bremste. Das entsprach ja auch ihrer Rolle als Hausherrin, die sie wie selbstverständlich übernahm, denn all das war sehr angenehm. Mehr und mehr vergaß sie, warum sie sich hier befand, und den Umstand, dass sie auf ewig an den Mann gefesselt war, der bei diesen Festen den Vorsitz führte.

Ab und an brachte er ihr auf subtile Weise seine Existenz in Erinnerung.

Eines Tages begegnete sie während eines Empfangs, bei dem es lebhaft zuging, seinem Blick, und er zwinkerte ihr verschwörerisch zu. Dann stand er mit einem Mal an ihrer Seite und ergriff zum ersten Mal ihr Handgelenk, um sie zurückzuhalten.

»Eure Miene verrät mir, dass Ihr eine Frage habt, kleine Dame. Worum geht es?«

Sie konnte sich ihm nicht entziehen.

»Diese Inseln, von denen Ihr spracht … Wo mögen sie wohl liegen?«

»Die Kassiteriden oder Zinninseln? … Vor der englischen Küste. Doch sie sind sehr klein, und ich würde wetten, dass der Lord Protector, Oliver Cromwell, selbst nichts von ihnen weiß. In der Antike brachten kühne Seefahrer das Zinn hierher, und die Einwohner, die damals Iberer hießen, fertigten in ihren unterirdischen Schmieden Waffen daraus an. Ich liebe solche versteckten Orte voller verborgener Schätze. Die Inseln sind winzig, doch groß genug für mich, und sie verfügen über viele Reichtümer.«

Er senkte die Stimme.

»Eine ausgezeichnete Ladung für unsere kleinen Maultiere,

die auf den Kais von Saint-Malo warten... Das ist ein Geheimnis!«, fügte er hinzu, als er sah, wie vor ihrem inneren Auge Bilder aufblitzten.

»Aber Ihr verratet es mir!«

»Weil Ihr selbst mein Geheimnis seid.«

Damit wandte er sich ab und widmete sich erneut ihren Gästen.

Eines Tages begab sich Angélique in die Galerie, die üblicherweise als Esszimmer diente, und stellte erstaunt fest, dass dort Stille herrschte und sie niemanden antraf.

Am Kopfende des Tisches war ein einziges Gedeck aufgelegt.

Clément Tonnel, der Haushofmeister, kam und erklärte ihr, der Herr Graf habe ihm aufgetragen, der Frau Gräfin mitzuteilen, er arbeite in seinem Laboratorium. Sie solle mit dem Mittagessen nicht auf ihn warten. Sie fühlte sich erleichtert, denn sie hatte sich daran gewöhnt, ihm nur in Anwesenheit zahlreicher Gäste zu begegnen.

Der Umstand, dass sie allein am Ende dieses riesigen Tisches saß, hinderte sie nicht daran, mit gutem Appetit zu essen. Clément Tonnel trug ihr auf, unterstützt von zwei jungen Burschen.

Als Angélique vom Tisch aufgestanden war, setzte sie sich an ihren Lieblinsplatz an einem der großen Fenster, die auf den Park hinausführten, und ließ sich ihren Handarbeitskorb bringen. Schon in ihren ersten Tagen hier hatte Angélique in ihren Räumen Nadeln, Woll- und Seidengarn, Stoffe und kostbare Gewebe vorgefunden, die ihr zur Verfügung standen, damit sie jede gewünschte Handarbeit anfertigen konnte. Sie hatte sich dafür entschieden, eine Schärpe zu sticken, wie man sie für einen Edelmann, der in den Krieg zieht, fertigt, damit sie ihm Glück bringt.

Während sie an diesem Tag die Nadel führte, kreisten Angéliques Gedanken um die Worte, die der Haushofmeister gebraucht hatte, um ihr die Nachricht zu überbringen. Genau genommen hatte er gesagt, Monsieur le Comte habe sich zusammen mit dem Mauren Kouassi-Ba in den Räumen im rechten Gebäudeflügel eingeschlossen; dort, wo Monsieur seinen alchemistischen Forschungen nachzugehen pflege.

Ob ihr Eindruck nun richtig oder falsch war, sie meinte, aus der Art, wie der Haushofmeister das Wort »alchemistisch« ausgesprochen hatte, einen leisen Vorwurf herausgehört zu haben. Vielleicht auch einen an sie gerichteten verschwörerischen Unterton, der zu bedeuten schien: *Wir aus dem Poitou glauben nicht an solche Hexereien …*

Das war sehr ungehörig von ihm!

Kaum war ihr dieser Gedanke gekommen, glaubte sie, dass sie sich etwas einbildete. Der Haushofmeister benahm sich nur ein wenig steif, wie es gewöhnlich seine Art war.

Sie zog weiter die Nadel durch den Stoff und unterhielt sich damit, sich den Edelmann vorzustellen, der in den Krieg zog und dem sie diese Schärpe schenken würde. Blond und lächelnd sah sie ihn vor sich, den armen Kerl, der drauf und dran war, sich zu Hackfleisch verarbeiten zu lassen, denn so hieß es in den Geschichten, wenn ein schöner Kampf beschrieben wurde.

Durch die erfolgreichen Empfänge, die der Graf im Palast der fröhlichen Wissenschaft veranstaltete, hatte die junge Frau Gefallen daran gefunden, sich um deren Ausrichtung zu kümmern. Man sah sie von den Küchen in die Bedienstetenräume laufen, wo die Schalen mit Obst und Desserts standen, vom Keller, wo sie die Weine auswählte, in die Fest- und Ballsäle und auf die Terrassen, und stets folgten ihr ihre drei kleinen Mohren auf dem Fuße.

Sie hatte sich an ihre freundlichen, runden schwarzen Gesichter gewöhnt.

In Toulouse gab es viele maurische Sklaven, denn die Häfen Aigues-Mortes und Narbonne lagen am Mittelmeer, das ein Tummelplatz für Piraten war. So war es eine regelrechte Expedition, auf dem Seeweg von Narbonne nach Marseille zu reisen.

In Toulouse lachte man noch immer über das Missgeschick eines adligen Gascogners aus der Grafschaft Foix, der auf einer Schiffsreise auf den arabischen Galeeren in Gefangenschaft geraten war. Der König von Frankreich hatte ihn sogleich von dem Berber-Sultan, der in Algier herrschte, zurückgekauft. Doch bei seiner Rückkehr war er sehr abgemagert gewesen und hatte beklagt, dass es ihm bei den Mauren sehr heiß geworden sei, während er das Wasserschöpfrad drehen musste …

Einzig Kouassi-Ba beeindruckte Angélique ein wenig. Wenn sie den gewaltigen Koloss, in dessen Augen das Weiß wie Emaille blitzte, vor sich erblickte, musste sie sich zusammennehmen, um nicht vor Angst zurückzuschrecken. Doch er schien von sanftem Charakter zu sein. Er wich dem Grafen de Peyrac nicht von der Seite; und er war es auch, der tief im Palast die Tür zu jenen geheimnisvollen Räumen bewachte, in die sich der Graf jeden Abend und gelegentlich, wenn auch selten, auch bei Tag zurückzog. Angélique bezweifelte nicht, dass dieser abgeschlossene Bereich die Retorten und Phiolen barg, von denen Henrico der Amme erzählt hatte. Sie wäre nur allzu gern einmal dort hineingegangen, doch das wagte sie nicht.

Doch dann bekam sie durch einen der Besucher des Palasts der fröhlichen Wissenschaft die Gelegenheit, diese ihr noch unbekannte Seite der ungewöhnlichen Persönlichkeit ihres Gatten kennenzulernen.

Kapitel 6

Der Gast war mit Staub bedeckt. Er war zu Pferd über Nîmes aus Lyon gekommen; ein recht großer Mann von ungefähr dreißig Jahren. Er sprach zunächst Italienisch, ging zum Lateinischen über, das Angélique nicht gut verstand, und verfiel dann ins Deutsche. In dieser Sprache, die Angélique vertraut war, stellte der Graf den Reisenden dann schließlich vor.

»Professor Bernalli aus Genf erweist mir die große Ehre seines Besuchs, um mit mir wissenschaftliche Probleme zu erörtern, über die wir bereits seit vielen Jahren ausführlich korrespondieren.«

Der Fremde verneigte sich mit überaus italienischer Galanterie und erging sich in Beteuerungen. Ganz gewiss werde er mit seinen abstrakten Reden und seinen Formeln dieser bezaubernden Dame zur Last fallen, die sicherlich beschwingtere Gedanken pflege. Bestürzt sehe er, dass sie bereits Anweisung gegeben habe, ihm Erfrischungen zu bringen. Wenn er sie jetzt auch noch langweile, werde er untröstlich sein.

Halb zum Trotz, doch auch aus echter Neugierde, bat Angélique, an dem Gespräch teilnehmen zu dürfen. Um nicht aufdringlich zu wirken, setzte sie sich allerdings in eine hohe Fensternische, die zum Innenhof führte.

Inzwischen war es Winter geworden; doch die Kälte, die herrschte, war trocken, und nach wie vor schien die Sonne.

Vom Hof stieg der Geruch der Kohlepfannen auf, an denen sich die Dienstboten wärmten.

Ihre Stickarbeit in der Hand, spitzte Angélique die Ohren und versuchte, die Worte der beiden Männer zu verstehen, die einander gegenüber Platz genommen hatten. Bernalli schien darauf zu brennen, ihr Gespräch zu beginnen. Zunächst sprachen sie von Personen, die ihr vollkommen unbekannt waren: dem englischen Philosophen Bacon, dem Franzosen Descartes, dem französischen Konstrukteur Blondel, über den die Männer sich heftig empörten, da dieser, wie sie meinten, die Theorien des Galilei für fruchtlose Paradoxa hielte.

Aus dem Gehörten schloss Angélique, dass der Neuankömmling ein leidenschaftlicher Anhänger dieses Descartes war, den ihr Mann allerdings bekämpfte.

Joffrey de Peyrac saß, bequem in einem Sessel mit besticktem Bezug, in einer dieser lässigen Haltungen, die er bevorzugte, und hatte die ausgestreckten Beine auf den Rand eines kleinen Tisches gelegt. Er wirkte kaum ernster, als hätte er mit den Damen über die Reime eines Sonetts diskutiert. Seine lockere Haltung bildete einen starken Gegensatz zu der seines Gesprächspartners, der, angespannt von den Gefühlsaufwallungen, die ihr Dialog in ihm hervorrief, starr auf dem Rand seines Schemels hockte.

»Euer Descartes ist sicherlich ein Genie«, meinte der Graf, »doch das bedeutet noch lange nicht, dass er in allem und jedem recht hat.«

Der Italiener war außer sich.

»Da bin ich aber neugierig darauf, welchen Fehler Ihr ihm nachweisen wollt! Nicht zu fassen! Hier ist ein Mann, der der Scholastik und den abstrakten religiösen Vorstellungen als Erster seine experimentelle Methode entgegengestellt hat. Von nun an wird man, statt die Dinge nach absoluten Prinzipien zu beurteilen wie früher, sich ein Urteil darüber bilden, indem man sie misst und Experimente dazu anstellt, um daraus anschließend mathematische Gesetze abzuleiten. Dafür sind wir Descartes zu Dank verpflichtet. Wie ist es möglich, dass Ihr, der Ihr vorgebt, den Sinn für die Realität zu besitzen, der den Menschen der Renaissance so teuer war, nicht für dieses System eintretet?«

»Doch, das tue ich, glaubt mir, mein Freund. Ich bin davon überzeugt, dass die Wissenschaft ohne Descartes niemals in der Lage gewesen wäre, sich aus dem Sumpf der Torheiten zu erheben, unter dem sie während der letzten Jahrhunderte begraben gelegen hat. Aber ich werfe ihm vor, sich selbst gegenüber nicht kritisch genug gewesen zu sein. Seine Theorien stecken voller eklatanter Irrtümer. Da Ihr so davon überzeugt seid, will ich Euch jedoch nicht verstimmen.«

»Ich bin aus Genf gekommen und habe verschneite Landschaften durchquert, um Eure Herausforderung bezüglich Descartes' anzunehmen. Ich höre.«

»Nehmen wir, wenn Ihr wollt, das Prinzip der Gravitation, das heißt der Anziehungskraft der Körper gegeneinander und, davon ausgehend, dem Fall eines Gegenstands zu Boden. Descartes behauptet, wenn ein Körper gegen einen anderen stoße, könne er diesem seine Bewegungsenergie nur mitteilen, wenn er eine größere Masse besitze als dieser. Demnach dürfte eine Kugel aus Kork, die gegen eine aus Gusseisen prallt, diese nicht verrücken können.«

»Das ist doch offensichtlich. Und gestattet mir, Descartes' Formel wiederzugeben: ›Die arithmetische Summe der in Bewegung befindlichen Teile des Universums bleibt stets konstant.‹«

»Nein«, rief Joffrey de Peyrac aus und sprang so abrupt auf, dass Angélique zusammenschreckte. »Nein, das ist ein Fehlschluss, und Descartes hat kein Experiment dazu durchgeführt. Um seinen Irrtum zu erkennen, hätte er nur mit einer Pistole eine Bleikugel auf einen festen Stoffball schießen müssen, die zwei Pfund mehr Gewicht als diese gehabt hätte. Die Stoffkugel wäre bewegt worden.«

Bernalli sah den Grafen wie vom Donner gerührt an.

»Ich gestehe, dass Ihr mich verwirrt. Aber ist Euer Beispiel auch gut gewählt? In diesem Experiment mit dem Pistolenschuss tritt vielleicht ein neues Element hinzu … Wie soll ich es nennen? Die Kraft, der Aufschlag …«

»Ganz einfach das Moment der Geschwindigkeit, das aber nicht speziell auf das Schießen beschränkt ist. Dieses Element kommt jedes Mal ins Spiel, wenn ein Körper seine Position verändert. Das, was Descartes die Quantität der Bewegung nennt, ist in Wirklichkeit das Gesetz der Geschwindigkeit und keine arithmetische Addition der Dinge.«

»Wenn nun aber Descartes' Gesetz nicht stimmt, welches andere haltet Ihr für gültig?«

»Das des Kopernikus, in dem er von der wechselseitigen Anziehung der Gegenstände spricht, jener unsichtbaren Kraft, die der des Magneten ähnelt und die man nicht messen, deren Existenz man aber auch nicht abstreiten kann.«

Bernalli hatte eine Faust an den Mund gepresst und überlegte.

»Ich habe darüber schon ein wenig nachgedacht und sogar mit Descartes darüber diskutiert, als ich ihm in Den Haag begegnet bin; vor seiner Abreise nach Schweden, wo er dann ja leider verstorben ist. Und wisst Ihr, was er mir geantwortet hat? Er hat mir erklärt, dieses Gesetz der Anziehung sei abzulehnen, denn es beinhalte ›etwas Okkultes‹ und erscheine daher a priori ketzerisch und suspekt.«

Der Graf de Peyrac krümmte sich vor Lachen.

»Descartes war ein Feigling und wollte in erster Linie die Pension von tausend Écus nicht gefährden, die Monsieur de Mazarin ihm ausgesetzt hatte. Er wird an den bedauernswerten Galileo gedacht haben, der, um der Folter und dem Scheiterhaufen der Inquisition zu entrinnen, seinen unbestreitbar wahren Entdeckungen abschwor, darunter seiner ›ketzerischen Aussage über die Bewegung der Erde‹. Es heißt, er habe sich, als er sich nach seinem demütigenden Widerruf erhob, nicht enthalten können, leise zu murmeln: ›Und sie bewegt sich doch!‹

Und als Descartes in seiner *Abhandlung über die Welt* die Theorie des Polen Kopernikus *De Revolutionibus Orbium Coelestium* wieder aufnahm, hat er sich wohlweislich gehütet, zu behaupten, dass sich die Erde drehe, sondern er hat sich darauf beschränkt zu erklären: ›*Die Erde bewegt sich nicht, sondern wird von einem Wirbel davongetragen.*‹ Ist das nicht eine charmante Umschreibung?«

»Ich sehe schon, dass Ihr gegen den armen Descartes eingenommen seid«, meinte der Genfer, »und doch betrachtet Ihr ihn als Genie.«

»Großen Geistern verüble ich es doppelt, wenn sie sich schäbig verhalten. Descartes hat sich leider vor allem darum gesorgt, sein Leben zu retten und sein täglich Brot zu sichern, was ihm nur dank der Freigebigkeit der Mächtigen gelingen konnte. Meiner Meinung nach war er ein Genie der reinen Mathematik; doch dies gilt nicht unbedingt für die Gebiete der Dynamik und der allgemeinen Physik.«

Bernalli starrte ihn verzückt an.

»Dynamikos! Dynamikos«, wiederholte er mehrmals. »Vom griechischen Wort für ›Kraft‹. Das Griechische … Es gibt keine bessere Sprache als das Griechische, um für alles einen Ausdruck zu finden.«

Der Graf de Peyrac betrachtete ihn lächelnd.

»Kommen wir wieder auf unseren Descartes zurück. Ich wollte sagen, dass seine Experimente im Zusammenhang mit dem Fallgesetz der Körper doch sehr einfach sind, obschon er auch dazu tatsächlich Versuche angestellt hat. Um sie zu komplettieren, hätte er einen außerordentlichen Umstand berücksichtigen müssen, der für mich jedoch nicht unvorstellbar ist: Die Luft ist nämlich keineswegs leer.«

»Was wollt Ihr damit sagen? Eure Paradoxa verwirren mich.«

»Ich behaupte, dass die Luft um uns herum in Wahrheit ein Element von eigener Dichte ist; ganz ähnlich wie das Wasser, das die Fische atmen, und eine gewisse Elastizität und einen gewissen Widerstand besitzt. Kurz gesagt, sie ist ein Stoff, der zwar für unsere Augen unsichtbar, aber dennoch real ist.«

»Ihr verwirrt mich«, sagte der Italiener noch einmal.

Er stand auf und ging erregt einige Schritte durch den Raum. Dann blieb er stehen, klappte mehrmals den Mund auf und zu wie ein Fisch auf dem Trockenen, schüttelte den Kopf und nahm wieder Platz.

»Ich fühle mich beinahe versucht, Euch für verrückt zu halten; und dennoch pflichtet ein Teil von mir Euch bei. Eure Theorie könnte meine Studie über die beweglichen Flüssigkeiten vollenden. Ah, ich bedaure nicht, diese gefährliche Reise unternommen zu haben, denn sie hat mir die ganz besondere Freude verschafft, mit einem großen Gelehrten sprechen zu können. Aber seid auf der Hut, mein Freund: Selbst mich schimpft man einen Ketzer, und ich war gezwungen, nach Genf ins Exil zu gehen, obwohl meine Worte nie so wagemutig waren wie Eure. Was wird dann erst Euch widerfahren?«

»Pah!«, stieß der Graf aus, »ich versuche ja nicht, jemanden zu überzeugen; höchstens Menschen, die mit den Wissenschaften vertraut sind und mich verstehen. Ich hege ja nicht einmal den Ehrgeiz, zu schreiben und das Ergebnis meiner Forschungen zu veröffentlichen. Nein, ich widme mich ihnen zu meinem Vergnügen, ebenso, wie ich Freude daran finde, mit liebenswürdigen Damen ein paar Lieder zu dichten. Ich lebe ganz friedlich in meinem Palast in Toulouse; wer sollte versuchen, mir zu schaden?«

»Das Auge der Macht ist überall«, meinte Bernalli und warf desillusioniert einen Blick in die Runde.

In diesem Moment hörte Angélique ein kaum hörbares Geräusch in ihrer Nähe, und ihr war, als hätte sich ein Türvorhang bewegt. Beklemmung stieg in ihr auf. Von diesem Augenblick an folgte sie dem Gespräch der beiden Männer nur noch mit halbem Ohr. Unwillkürlich richtete sie den Blick auf Joffrey de Peyracs Gesicht. Das abendliche Halbdunkel, das sich im Raum ausbreitete, kaschierte die entstellten Züge des Edelmanns, und sie sah nur noch seine schwarzen, leidenschaftlich blitzenden Augen und die weißen Zähne, die sein ungezwungenes Lächeln, das auch seine ernsten Worte begleitete, enthüllte. Angéliques Herz geriet in Aufruhr.

Als Bernalli sich zurückgezogen hatte, um sich vor dem Essen frisch zu machen, schloss Angélique das Fenster.

Diener stellten Kerzenleuchter auf die Tische, und eine Magd schürte das Feuer.

Joffrey de Peyrac erhob sich und trat auf die Fensternische zu, in der seine Frau stand.

»Ihr seid sehr schweigsam, meine Kleine. Freilich scheint das Eure Art zu sein. Seid Ihr etwa eingeschlafen, während Ihr unserem Gespräch gelauscht habt?«

»Nein, im Gegenteil, es hat mich lebhaft interessiert«, erwiderte Angélique nachdenklich und wich zum ersten Mal dem Blick ihres Mannes nicht aus. »Ich will gar nicht so tun, als hätte ich alles begriffen; aber ich gestehe Euch, dass ich mehr Gefallen an solchen Diskussionen finde als an der Poesie dieser Damen oder ihrer Pagen.«

Joffrey de Peyrac setzte einen Fuß auf die Stufe, die zur Fensternische führte, und beugte sich herab, um Angélique aufmerksam zu mustern.

»Ihr seid eine seltsame kleine Frau. Ich glaube, allmählich habt Ihr keine so große Scheu mehr vor mir, doch Ihr verblüfft mich immer wieder. Ich habe schon viele Arten der Verführung angewandt, um eine Frau, die ich begehrte, zu erobern; aber nie wäre ich darauf gekommen, mich der Mathematik zu bedienen.«

Angélique konnte nicht anders und musste lachen, während ihre Wangen erröteten. Ein wenig beschämt senkte sie den Blick auf ihre Handarbeit.

»Dann führt Ihr also in Eurem geheimnisvollen Laboratorium, das Kouassi-Ba so scharf bewacht, physikalische Experimente durch?«, fragte sie, um das Thema zu wechseln.

»Ja und nein. Ich besitze einige Messapparaturen; doch vor allem führe ich chemische Untersuchungen an Metallen durch, beispielsweise an Gold oder Silber.«

»Alchemie«, wiederholte Angélique aufgewühlt, und vor ihrem inneren Auge stieg ein Bild vom Schloss des Gilles de Retz auf. »Aber warum wollt Ihr immer noch mehr Gold und Silber?«, verlangte sie mit einem Mal ungestüm zu wissen. »Man möchte meinen, dass Ihr überall auf der Suche danach seid; nicht nur in Eurem Laboratorium, sondern auch in Spanien, in England und sogar in dieser kleinen Bleimine meiner Familie im Poitou … Und Molines hat mir verraten, dass Ihr auch noch eine Goldmine in den Pyrenäen Euer Eigen nennt. Wieso strebt Ihr nach so viel Gold?«

»Es braucht sehr viel Gold und Silber, um seine Freiheit zu wahren, Madame. ›Wenn man sich der Liebe hingeben will, darf man keine materiellen Sorgen haben‹, sagt ja auch Maître André de Chapelain zu Beginn seiner Schrift über die Kunst der Liebe.«

»Glaubt nur nicht, dass Ihr mich mit Geschenken und Reichtümern gewinnen könnt«, erwiderte Angélique heftig.

»Ich glaube gar nichts, meine Teure. Ich warte auf Euch, und ich seufze. Ein Liebender muss in Gegenwart seiner Geliebten erbleichen, heißt es. Ich erbleiche. Findet Ihr, dass ich nicht blass genug geworden bin? Sicher, ich weiß, dass man den Troubadouren empfiehlt, sich vor ihrer Dame auf die Knie zu werfen; aber da sträubt sich mein Bein. Ich bitte Euch, mich deswegen zu entschuldigen. Oh, seid versichert, dass ich wie Bernard de Ventadour, der göttliche Poet, sagen kann: ›Die Liebesqualen, denen mich diese schöne Frau, deren Sklave ich bin, aussetzt, werden mein Tod sein!‹ Ich sterbe, Madame!«

Lachend schüttelte Angélique den Kopf.

»Ich glaube Euch nicht. Ihr seht nicht aus, als würdet Ihr sterben … Ihr sperrt Euch entweder in Eurem Laboratorium ein, oder Ihr besucht die Stadthäuser der teuren Toulouser Damen, um ihnen bei ihren Dichtungen zu helfen.«

»Habe ich Euch etwa gefehlt, Madame?«

Ein Lächeln auf den Lippen, zögerte sie, denn sie wollte den leichten Plauderton wahren.

»Ich vermisse die Zerstreuungen, und Ihr seid die Zerstreuung und die Abwechslung in Person.«

Sie nahm ihre Handarbeit wieder auf.

Sie wusste nicht mehr, ob sie die Miene, mit der Joffrey de Peyrac sie betrachtete, liebte oder fürchtete, wenngleich solche Wortgeplänkel durch die gemeinsamen gesellschaftlichen

Auftritte und das Zusammenleben zwischen ihnen häufiger geworden waren. Seine Stimme verlor dann ihren ironischen Unterton, und sie hatte den Eindruck, dass die seltsame Macht, die ihn umgab, sie versengte. Sie fühlte sich nackt, und unter der Spitze ihres Mieders strafften sich ihre kleinen Brüste. Am liebsten hätte sie die Augen geschlossen.

Er nützt den Umstand aus, dass mein Argwohn nachgelassen hat, um einen Zauber über mich zu werfen, sagte sie sich an diesem Abend mit einem leisen Schauer aus Entsetzen und Lust.

Unter seiner einschmeichelnden Stimme bäumte sich Angélique auf wie ein bockiges Pferd. Schwindel erfasste sie, als sie sich daran erinnerte, was die Amme ihr im Vertrauen gesagt hatte: »Er zieht die jungen Frauen durch absonderliche Lieder an…«

Als Bernalli zurückkehrte, stand Angélique auf, um ihm entgegenzugehen. Dabei streifte sie den Grafen de Peyrac, und mit einem Mal bedauerte sie, dass er nicht die Hand ausstreckte, um sie um die Taille zu fassen.

Kapitel 7

An diesem Tag wurden die ersten Liköre der Saison in Flaschen gefüllt. Doch kaum hatte Angélique die Küche betreten, die von einem Duft nach Orangen, Anis und aromatischen Gewürzen erfüllt war, als ein atemloser kleiner Mohr ihr mitteilte, Baron Benoît de Fontenac wolle sie und ihren Gatten begrüßen.

Der Erzbischof!

Seit dem Kurzbesuch, den er ihnen abgestattet hatte, als Fabricius Contarini bei ihnen zu Gast gewesen war, hatte er sich nicht mehr blicken lassen; und Fabricius' Abreise lag schon lange zurück. Angélique hatte keine Ahnung, wohin er sich begeben hatte, um seine These über diesen abscheulichen Machiavelli weiterzuverfolgen. Nach Avignon, der Stadt der Flagellanten? Oder nach Utrecht? Denn diese kalvinistische Stadt in den Niederlanden hatte sich ihren katholischen Geist bewahrt, wodurch sich dort alle möglichen Ausgestoßenen wie zu Hause fühlten.

Viel Zeit war vergangen. Andere Gäste waren gekommen, darunter Bernalli, der sich kurz bei ihnen aufgehalten hatte, und es hatte eine ganze Reihe von Festen stattgefunden, wie man sie in den ersten Monaten des Jahres zu geben pflegte.

Der Vormittag war nicht die übliche Zeit für Besuche, da man diese eher in die kühlen Abendstunden verlegte. Seit dem Tag, an dem der Bischof gekommen war, um Fabricius missbilligend anzusehen, hatten sie ihn nicht mehr zu Gesicht bekommen.

Neugierig und vage besorgt nahm Angélique das Tuch ab, das

sie sich über ihr Kleid gebunden hatte, und eilte zurück, wobei sie sich das Haar aufschüttelte. Sie trug es der Mode entsprechend ziemlich lang, sodass die Locken auf ihren Spitzenkragen fielen.

Als sie die Eingangshalle erreichte, erblickte sie oben auf der Treppe die hochgewachsene Gestalt des Barons und Erzbischofs mit seiner violetten Robe und dem weißen Kragen.

Weiter unten, im Park, eilte lärmend Monseigneurs Eskorte umher – Lakaien mit dem Schwert an der Seite, seine Pagen und seine berittenen Edelleute –, um seine von sechs Braunen gezogene Karosse herum.

Wie es üblich war, sank Angélique auf die Knie, um seinen Hirtenring zu küssen; doch der Erzbischof zog sie hoch und küsste ihr seinerseits die Hand, um ihr durch diese weltliche Geste zu bedeuten, dass sein Besuch nicht offiziell war.

»Ich bitte Euch, Madame, macht mir durch Eure Ehrbezeugungen nicht allzu deutlich klar, welch alter Mann ich verglichen mit Eurer Jugend bin.«

»Monseigneur, ich wollte Euch nur den Respekt bezeugen, den ich gegenüber einem erlauchten Mann empfinde, der seine priesterliche Würde aus den Händen Seiner Heiligkeit des Papstes und Gottes selbst empfangen hat…«

Jedes Mal, wenn Angélique derartige Worte aussprach, sah sie unwillkürlich Mutter Sainte-Anne vor sich, die im Kloster gutes Benehmen unterrichtet hatte. Mutter Sainte-Anne wäre mit ihrer Schülerin zufrieden gewesen, obwohl diese damals ziemlich widerspenstig gewesen war.

Unterdessen nahm der Erzbischof Hut und Handschuhe ab und reichte sie einem jungen Geistlichen aus seinem Gefolge, den er dann mit einer Geste entließ.

»Meine Leute werden draußen auf mich warten. Ich würde mich gern ohne leichtfertige Ohren mit Euch unterhalten, Madame.«

Angélique warf dem jungen Mann, den er quasi der Neugier beschuldigt hatte, einen spöttischen Blick zu, woraufhin dieser errötete.

Im Salon ließ die junge Frau zunächst Erfrischungen kommen und bat den Bischof dann, ihren Gatten zu entschuldigen. Sie werde ihm Bescheid geben lassen. Ihr Gespräch verlief nach dem üblichen Höflichkeitsritual.

»Ich bedaure ebenfalls, Euch warten gelassen zu haben; ich befand mich in den Arbeitsräumen, wo ich die Herstellung unserer Liköre beaufsichtigt habe. Doch ich vergeude Eure Zeit, Monseigneur, indem ich Euch von solch unbedeutenden Dingen erzähle.«

»Nichts ist in den Augen unseres Herrn unbedeutend. Denkt nur an Martha, die Sorgende. Heutzutage erlebt man viel zu selten, dass eine adlige Dame sich um die Angelegenheiten ihres Haushalts kümmert. Und doch ist es die Hausherrin, die ihrer Dienerschaft Würde und fleißiges Tun vorlebt. Und wenn dann noch wie bei Euch, Gräfin, die Anmut der Maria Magdalena und die Verständigkeit der Martha zusammentreffen...«

Doch der Erzbischof wirkte zerstreut, und gesellschaftliches Geplauder schien nicht eine Kunstfertigkeit zu sein, an der er Gefallen fand. Trotz seines weltmännischen Auftretens und des offenen Blicks seiner blauen Augen, strahlte er etwas Argwöhnisches aus, das seine Gesprächspartner spürten. Joffrey hatte einmal angemerkt, der Erzbischof sei ein Mensch, der sich ausgezeichnet darauf verstehe, andere ins Unrecht zu setzen und, was noch bemerkenswerter sei, sie dazu bringe, auch noch selbst daran zu glauben.

Nachdem er sich nachdenklich die Hände gerieben hatte, erklärte er noch einmal, es sei ihm ein großes Vergnügen, die junge Frau wiederzusehen, die sich seit dem Tag, an dem er sie in der Kathedrale getraut habe, im erzbischöflichen Palast nicht oft blicken lasse.

»Ich sehe Euch bei der Messe, und ich kann Euren Eifer nur loben. Doch ich gestehe, meine Tochter, dass ich ein wenig enttäuscht war, Euch nicht in meinem Beichtstuhl anzutreffen.«

»Mein Beichtvater ist der Kaplan der Salesianerinnen, Monseigneur.«

»Ein sehr ehrenwerter Kirchenmann, gewiss; doch angesichts Eurer Lage, Madame, will mir scheinen …«

»Vergebt mir, Monseigneur«, rief Angélique und brach in Gelächter aus, »aber ich will Euch meine Ansicht dazu erklären: Meine Sünden sind viel zu geringfügig, um sie einem Mann von Eurer Bedeutung zu gestehen; das würde mich in Verlegenheit bringen.«

»Mir scheint, mein Kind, dass Ihr Euch im Irrtum über den Charakter des Beichtsakraments befindet. Dem Sünder steht es nicht zu, selbst über das Ausmaß seiner Fehler zu befinden. Und wenn ich aus dem Stadtgespräch von den Zügellosigkeiten erfahre, deren Schauplatz dieses Haus ist, bezweifle ich stark, dass eine so hübsche und anmutige junge Frau, die dort lebt, noch so unschuldig ist wie am Tag ihrer Taufe.«

»Das behaupte ich auch nicht, Monseigneur«, murmelte Angélique und schlug die Augen nieder, »aber ich glaube, dass die Gerüchte übertreiben. Es stimmt, dass hier fröhliche Feste gefeiert werden. Man dichtet, man singt, man trinkt, man spricht über die Liebe und lacht viel. Aber ich bin noch nie Zeugin von Ausschweifungen geworden, an denen mein Gewissen Anstoß hätte nehmen müssen …«

»Lasst mir den Glauben, dass Ihr eher naiv denn eine Heuchlerin seid, mein Kind. Man hat Euch viel zu jung in die Hände eines Gatten überantwortet, dessen Worte mehr als einmal ins Ketzerische abgleiten und dessen Geschick und Erfahrung beim weiblichen Geschlecht ihn in die Lage versetzt, Euren noch formbaren Geist mühelos zu verbiegen. Ich brauche nur an diese berüchtigten Minnehöfe zu denken, die er jedes Jahr in seinem Palast veranstaltet und zu denen nicht nur die Edelleute aus Toulouse geladen sind, sondern auch die bürgerlichen Damen aus der Stadt und dazu noch alle jungen Adligen aus der Provinz. Mich schaudert angesichts des wachsenden Einflusses, den er durch sein Vermögen auf die Stadt nimmt. Es ist ja schon so weit gekommen, dass die großen ›Capitouls‹, denn so heißen, wie Ihr wisst, in unseren Provinzen die Ratsherren, nüchterne und ehrenhafte Staatsbeamte, sich beunruhigen, weil ihre Gattinnen im Palast der fröhlichen Wissenschaft ein und aus gehen.«

»Also, die Menschen sind wirklich kompliziert«, meinte Angélique und setzte eine leicht pikierte Miene auf. »Ich habe immer gehört, dass es gerade der Ehrgeiz der Großbürger sei, vom Hochadel empfangen zu werden und dadurch hoffentlich eines Tages durch die Gunst des Königs ebenfalls geadelt zu werden. Mein Gatte ist nicht engstirnig, weder was das Wappen noch was das Alter einer Familie angeht. Er empfängt Männer und Frauen von Esprit. Es verwundert mich, dass diese Ratsherren darüber die Nase rümpfen.«

»Die Seele kommt an erster Stelle!«, donnerte der Bischof, als stünde er auf der Kanzel. »Die Seele zuerst, Madame, und dann erst die gesellschaftlichen Pflichten.«

»Glaubt Ihr wirklich, dass meine Seele und die meines Mannes in großer Gefahr sind, Monseigneur?«, fragte Angélique und riss ihre wasserklaren Augen weit auf.

Angélique beugte sich den üblichen Formen der Frömmigkeit, die alle Mädchen und Frauen ihres Standes wahrten: Sie ging zur Messe, hielt die Fastengebote ein, legte die Beichte ab und empfing die Kommunion. Doch wenn jemand so übertrieb, dass es gegen ihren angeborenen gesunden Menschenverstand verstieß, regte sich ihr Widerspruchsgeist. Ohne recht zu wissen, warum, hatte sie das Gefühl, dass der Erzbischof nicht offen zu ihr war.

Dieser hatte die Augen niedergeschlagen, die Hand auf sein mit Diamanten und Amethysten besetztes Kreuz gelegt, und schien sich zu sammeln und im tiefsten Inneren seines Herzens auf die göttliche Antwort zu lauschen.

»Was soll ich darauf sagen?«, sagte er schließlich seufzend. »Ich weiß ja nichts. Das, was in diesem Palast vor sich geht, ist mir schon lange ein Rätsel und beunruhigt mich jeden Tag stärker …

Seid Ihr«, fragte er unvermittelt, »im Bilde über die alchemistischen Forschungen Eures Gatten, Madame?«

»Nicht wirklich«, erwiderte Angélique ungerührt. »Der Graf de Peyrac hegt großes Interesse für die Wissenschaft …«

»Es heißt sogar, er sei ein bedeutender Gelehrter.«

»Das glaube ich auch. Er verbringt viele Stunden in seinem Laboratorium, aber er hat mich noch nie eingeladen, ihn zu begleiten. Wahrscheinlich glaubt er, Frauen hätten keinen Sinn für solche Dinge.«

Sie schlug ihren Fächer auf, um dahinter ihr Lächeln zu verbergen und vielleicht auch eine leichte Verlegenheit, die der durchdringende Blick des Bischofs bei ihr hervorrief.

»Es ist mein Beruf, die Herzen der Menschen zu erforschen«, erklärte dieser, als hätte er ihre Unsicherheit wahrgenommen. »Aber macht Euch keine Sorgen, meine Tochter. An Eurem Blick erkenne ich, dass Ihr rechtschaffen und trotz Eurer Jugend eine außergewöhnliche Persönlichkeit seid. Und für Euren Gatten ist es vielleicht noch nicht zu spät, seine Fehler zu bereuen und seiner Ketzerei abzuschwören.«

Angélique stieß einen leisen Aufschrei aus.

»Ich schwöre, dass Ihr Euch im Irrtum befindet, Monseigneur! Mein Mann verhält sich vielleicht nicht wie ein musterhafter Katholik, aber er hat nicht das Geringste mit der Reformation oder anderen hugenottischen Glaubensrichtungen zu tun. Ich habe sogar schon gehört, wie er über die ›trübsinnigen Bärtigen von Genf‹ spottete, die nach seinen Worten wohl mit der himmlischen Mission betraut sind, dem ganzen Rest der Menschheit das Lachen zu verleiden.«

»Trügerische Worte«, sagte der Geistliche mit düsterer Miene. »Sieht man nicht bei Euch ständig notorische Protestanten ein und aus gehen, Madame?«

»Gelehrte, mit denen er sich über wissenschaftliche und nicht über religiöse Fragen austauscht.«

»Wissenschaft und Religion sind untrennbar miteinander verknüpft. Meine Leute haben mir kürzlich zugetragen, dass der berühmte Italiener Bernalli ihn aufgesucht hat. Wisst Ihr, dass sich dieser Mann, nachdem er wegen seiner gottlosen Schriften mit Rom in Konflikt geraten ist, nach Genf geflüchtet hat, wo er zum Protestantismus übergetreten ist? Aber halten wir uns nicht bei diesen aufschlussreichen Anzeichen für eine beklagenswerte Geistesverfassung auf. Eine Frage jedoch fasziniert mich seit vielen Jahren: Der Graf de Peyrac ist sehr reich und scheint immer reicher zu werden. Woher nimmt er diesen Überfluss an Gold?«

»Aber Monseigneur, gehört er nicht einer der ältesten Familien des Languedoc an? Über sie ist er sogar aus alter Zeit mit den Grafen von Toulouse verwandt, die einst in Aquitanien so viel Macht hatten wie heute die Könige der Île-de-France.«

Der Geistliche lachte verächtlich auf.

»Das ist wohl wahr. Doch eine adlige Abkunft bedeutet noch keinen Reichtum. Die Eltern Eures Gatten waren sogar so arm, dass dieses herrliche Stadthaus, in dem Ihr heute residiert, vor kaum fünfzehn Jahren völlig verfallen war. Hat Monsieur de Peyrac Euch denn nie von seiner Jugend erzählt?«

»N… nein«, murmelte Angélique und war selbst erstaunt, dass sie so gar nichts darüber wusste.

»Er war der jüngste Sohn seiner Familie und, ich kann es nur wieder betonen, so arm, dass er sich mit sechzehn Jahren in ferne Lande eingeschifft hat. Viele Jahre hat man ihn nicht gesehen und glaubte ihn schon tot, als er zurückkehrte. Seine Eltern und sein älterer Bruder waren verstorben, und Gläubiger hatten ihr Land unter sich aufgeteilt. Er hat alles zurückgekauft, und seither wächst sein Vermögen unaufhörlich. Dabei gehört er zu den Edelmännern, die man niemals bei Hofe sieht, ja die sich sogar rühmen, ihm fernzubleiben; und er verfügt über keinerlei königliche Pension.«

»Aber er besitzt Ländereien«, warf Angélique ein, die sich bedrängt fühlte, »Schafherden in den Bergen, die ihm Wolle liefern, und eine große Tuchweberei, in der sie verarbeitet wird; außerdem Olivenhaine, Seidenraupenzüchtereien, Gold- und Silberbergwerke…«

»Sagtet Ihr Gold und Silber?«

»Ja, der Graf de Peyrac besitzt zahlreiche Minen in Frankreich, aus denen er anscheinend große Mengen an Gold und Silber gewinnt.«

»Wie treffend Ihr Euch ausgedrückt habt, Madame!«, meinte der Geistliche mit honigsüßer Stimme. »*Anscheinend*… Genau das wollte ich hören. Der furchtbare Verdacht erhärtet sich.«

»Was wollt Ihr damit sagen, Monseigneur? Ihr erschreckt mich.«

Der Erzbischof von Toulouse richtete von neuem seinen unangenehm durchdringenden Blick, der manchmal hart wie Stahl sein konnte, auf sie. Gemessen fuhr er fort.

»Ich zweifle nicht daran, dass Euer Gatte einer der größten Gelehrten unserer Zeit ist, und aus diesem Grunde glaube ich, Madame, dass er tatsächlich den Stein der Weisen entdeckt hat; also das Geheimnis, auf magische Weise Gold zu erzeugen, das einst Salomo kannte. Doch welchen Weg hat er eingeschlagen, um dies zu erreichen? Ich fürchte sehr, dass er diese Macht nur durch einen Handel mit dem Teufel erlangen konnte!«

Einmal mehr hielt sich Angélique den Fächer vor die Lippen, um nicht loszukichern. Sie hatte mit einer Anspielung auf den vom Grafen betriebenen Handel gerechnet, in den sie durch Molines und ihren Vater einigen Einblick bekommen hatte; und deswegen war sie ein wenig besorgt gewesen, denn sie wusste, dass solche Tätigkeiten für einen Edelmann einen Makel darstellten und möglicherweise sein Haus in Misskredit bringen konnten. Daher kam ihr der bizarre Vorwurf des Erzbischofs, von dem es hieß, er sei ein äußerst intelligenter Mann, außerordentlich komisch vor. War das wirklich sein Ernst?

Doch mit einem Mal schoss ihr der Gedanke durch den Kopf, dass Toulouse ja immer noch die französische Stadt war, die das Hauptquartier der Inquisition beherbergte. Die schreckliche Institution der Ketzertribunale, die im Mittelalter dazu geschaffen worden war, gegen die Albigenser oder Katharer zu kämpfen, die eine neue Religion propagierten, hatte in Toulouse noch immer eine Vorrangstellung, die nicht einmal der König anzutasten wagte.

Das heitere Toulouse war zugleich die rote Stadt, in der in den letzten hundert Jahren die meisten Hugenotten massakriert worden waren. Lange Zeit vor Paris hatte sie ihre eigene blutige Bartholomäusnacht erlebt. Hier gab es mehr religiöse Zeremonien als anderswo. Mit ihren Kirchenglocken, welche die Gläubigen ständig zur Messe riefen, war sie eine wahrhafte klingende Insel; eine Stadt, die ebenso unter Kruzifixen, Heiligenbildern und Reliquien versank wie unter Blumen. Hier erstickte das spanische Feuer die pure Reinheit des lateinischen Geistes, welche die einstigen Sieger aus Rom eingeführt hatten. Neben Bruderschaften des Vergnügens wie den »Fürsten der Liebe« und den »Äbten der Jugend«, die für ihre Possen berühmt waren, traf man in den Straßen auf Prozessionen von Flagellanten, die sich, die Augen glühend vor mystischer Leidenschaft, derart mit Ruten und Stacheln geißelten, dass sie blutige Fußabdrücke auf den Pflastersteinen zurückließen.

Angélique hatte sich, davongerissen von dem Strudel eines unbeschwerten Lebens, nicht mit dieser Seite von Toulouse beschäftigt. Doch sie wusste natürlich, dass der Erzbischof selbst, dieser Mann, der in dem hohen Sessel vor ihr saß und ein Glas Limonade an die Lippen führte, der Großmeister der Inquisition war.

»Monseigneur«, murmelte sie daher aufrichtig bestürzt, »es ist doch nicht möglich, dass Ihr meinen Mann der Hexerei bezichtigt? Gold zu machen ist doch in diesem Land, über das Gott seine Gaben im Überfluss ausgegossen hat und wo er sogar pures Gold in die Erde gelegt hat, gar nicht nötig!

Ich habe mir sagen lassen«, fügte sie scharfsinnig hinzu, »sogar Ihr selbst hättet Goldwäscher angestellt, die den Sand der Garonne in Körben auswaschen und eine Ausbeute an Goldsand und Körnchen einbringen, mit der Ihr vielerlei Not lindert.«

»Euren Einwand kann ich nicht gelten lassen, meine Tochter. Gerade weil ich weiß, was die Goldsuche im Boden einbringt, kann ich Euch Folgendes versichern: Wollte man den Sand aller Flüsse und Bäche des Languedoc waschen, würde man wohl nicht die Hälfte dessen zusammenbringen, was der Graf de Peyrac zu besitzen scheint. Glaubt mir, damit kenne ich mich aus.«

Das bezweifle ich nicht, dachte Angélique, schließlich geht dieser Schmuggel mit dem spanischen Gold und den Maultieren schon lange…

Der Erzbischof hatte bemerkt, dass sie zögerte, und sah sie aus seinen blauen Augen an. Ein wenig nervös klappte sie ihren Fächer zu.

»Ein Gelehrter ist nicht unbedingt ein Gefolgsmann des Teufels. Erzählt man sich nicht, dass es am Hofe Wissenschaftler gibt, die ein Fernrohr aufgestellt haben, um die Gestirne und die Gebirge auf dem Mond anzusehen, und dass sich Monsieur Gaston d'Orléans, der Onkel des Königs, unter der Anleitung des Abbé Picard solchen Beobachtungen widmet?«

»In der Tat, und ich kenne im Übrigen den Abbé Picard. Er ist nicht nur Astronom, sondern auch der oberste Geometer des Königs.«

»Da seht Ihr also…«

»Die Kirche, Madame, ist großherzig. Sie gestattet alle möglichen Forschungen, sogar sehr gewagte wie die des Abbé Pierre, den Ihr anführt. Ich selbst gehe noch weiter. Ich habe im erzbischöflichen Palast einen sehr gelehrten Geistlichen in meinen Diensten, den Rekollekten-Mönch Bécher. Seit Jahren stellt er Forschungen über die Transmutation des Goldes an; allerdings mit meinem sowie Roms Einverständnis. Ich gestehe, dass mich das bisher sehr teuer zu stehen kommt, insbesondere die speziellen Zutaten, die ich aus Spanien und Italien kommen lassen muss. Dieser Mann nun, der die ältesten Überlieferungen seiner Kunst kennt, versichert, um Erfolg zu haben, bedürfe es einer höheren Eingebung, die nur von Gott oder von Satan kommen könne.«

»Und, hat er schon Erfolg gehabt?«

»Bis jetzt noch nicht.«

»Der Arme! Dann ist er also sowohl bei Gott als auch beim Teufel schlecht angeschrieben, und das trotz Eurer hohen Protektion.«

Angélique biss sich auf die Lippen und bedauerte ihre spitze Bemerkung sofort. Sie hatte das Gefühl, zu ersticken und dummes Zeug reden zu müssen, um sich dieses Drucks zu entledigen. Das Gespräch kam ihr ebenso eigenartig wie gefährlich vor. In der Hoffnung, den holprigen Schritt ihres Mannes in der Galerie zu vernehmen, wandte sie sich zur Tür und fuhr zusammen.

»Oh! Habt Ihr schon die ganze Zeit dort gestanden?«

»Ich bin gerade gekommen«, erklärte der Graf. »Es ist unverzeihlich, dass ich Euch so lange warten ließ, Monsieur. Ich gestehe, dass man mich schon vor fast einer Stunde über Euren Besuch unterrichtet hat, aber ich konnte einen sehr delikaten Vorgang in einer Retorte nicht allein lassen.«

Er war noch in seinen bodenlangen Alchemistenkittel gekleidet; eine Art weites Hemd, auf dem sich gestickte Tierkreiszeichen und vielfarbige Flecken von den Flüssigkeiten, mit denen er arbeitete, mischten. Angélique zweifelte nicht daran, dass er das Kleidungsstück nicht abgelegt hatte, um den Erzbischof von Toulouse zu provozieren, so wie er ihn bewusst mit »Monsieur« ansprach und damit als Baron Benoît de Fontenac von Gleich zu Gleich behandelte.

Der Graf de Peyrac gab einem Diener, der sich im Vorzimmer aufhielt, ein Zeichen, woraufhin dieser ihm sein Gewand abnahm.

Dann trat er vor und verneigte sich. Ein Sonnenstrahl ließ

sein dunkles, schimmerndes Lockenhaar aufleuchten, auf dessen Pflege er große Sorgfalt verwendete und das es in seiner Fülle mit den modischen Perücken aufnehmen konnte, die in letzter Zeit in Paris aufgekommen waren.

Er hat das schönste Haar der Welt, dachte Angélique.

Unterdessen ließ sich der Graf de Peyrac einen hohen Schemel heranrücken und nahm ein Stück hinter Angélique Platz.

Auf diese Weise konnte sie ihn zwar nicht sehen, doch sein Atem mit dem charakteristischen Tabakduft streifte sie und versicherte sie seiner Anwesenheit.

Außerdem war ihr bewusst, dass Joffrey de Peyrac es sich, während er nichtssagende Worte mit dem Erzbischof wechselte, angelegen sein ließ, den Nacken und die Schultern seiner jungen Frau mit Blicken zu liebkosen, die er sogar in die weichen Schatten ihres Mieders gleiten ließ.

Dem Geistlichen gegenüber, dessen Tugend allgemein als unerschütterlich galt, war diese demonstrative Musterung beinahe ein Affront.

Tatsächlich hatte der Erzbischof von Toulouse zwar dieses Amt von einem Onkel geerbt, doch er hatte Wert darauf gelegt, die Priesterweihe abzulegen und nicht nur seine Pflichten als Verwalter einer der bedeutendsten Diözesen Frankreichs zu übernehmen, sondern auch die Aufgabe als Seelsorger. Sein beispielhafter Lebenswandel, der keinerlei Anlass zu Kritik bot, ließ ihn nur noch furchteinflößender erscheinen.

Am liebsten hätte Angélique sich zu ihrem Gatten umgedreht und ihm zugeflüstert: »Ich bitte Euch inständig, seid vorsichtig!«

Zugleich genoss sie seine stumme Huldigung. Ihre unschuldige Haut, die lange keine Zärtlichkeiten mehr empfangen hatte, sehnte sich nach einer richtigen Berührung, nach erfahrenen Lippen, die in ihr die Wollust erweckt hätten. Sie hielt sich sehr gerade, ja beinahe starr, und spürte, wie ihr die Hitze in die Wangen stieg. Dabei sagte sie sich, dass sie albern war und der Bischof nicht den geringsten Grund hatte, verärgert zu sein, denn schließlich war sie die Ehefrau dieses Mannes, sein Eigentum. In ihr stieg die Sehnsucht auf, sein Spielzeug zu sein und sich ernst und mit geschlossenen Augen seiner Umarmung zu ergeben. Gewiss nahm Joffrey de Peyrac ihren inneren Aufruhr wahr, und er amüsierte sich darüber. Er spielt mit mir wie die Katze mit der Maus und rächt sich für meine anfängliche Abneigung, dachte sie verwirrt.

Um ihre Verlegenheit zu überspielen, rief sie schließlich einen der kleinen Mohren, der in einer Ecke des Raums auf einem Kissen schlummerte, und befahl ihm, ihr die Konfektschachtel zu bringen. Bis der Kleine ihr die mit Perlmutt eingelegte Ebenholzschatulle präsentierte, in der sich Nüsse und kandierte Früchte, Gewürzpastillen und Rosenzucker befanden, hatte Angélique ihre Fassung zurückgewonnen und konnte dem Gespräch der beiden Männer wieder aufmerksamer folgen.

»Nein, Monsieur«, sagte der Graf de Peyrac und knabberte gelassen einige Veilchenpastillen, »glaubt bitte nicht, ich hätte mich den Wissenschaften mit dem Ziel gewidmet, die Geheimnisse von Macht und Einfluss zu ergründen. Ich habe mich schon immer und von Natur aus von diesen Dingen angezogen gefühlt. Wenn ich zum Beispiel arm geblieben wäre, hätte ich versucht, mich zum königlichen Wasserbaumeister berufen zu lassen. Ihr habt ja keine Ahnung, wie rückständig wir in Frankreich in den Fragen der Bewässerung, der Wasserpumpen und vielem anderen sind. Die Römer wussten darüber zehn Mal besser Bescheid als wir, und als ich Ägypten und China bereist habe …«

»Ich weiß ja, dass Ihr außerordentlich weit herumgekommen seid, Graf. Seid Ihr nicht auch in diesen Ländern des Orients gewesen, wo man noch die magischen Geheimnisse der Heiligen Drei Könige, der ›rois mages‹, kennt?«

Joffrey begann zu lachen.

»Ich war dort, aber den magischen Heiligen Drei Königen bin ich nicht begegnet. Magie ist nicht meine Sache. Die überlasse ich Eurem braven, treuherzigen Bécher.«

»Bécher erkundigt sich ständig danach, wann er das Vergnügen haben wird, einem Eurer Experimente beiwohnen und Euer Schüler der Chemie werden zu dürfen.«

»Ich bin kein Schulmeister, Monsieur. Und selbst wenn ich es wäre, weiß ich, dass ich bornierte Menschen nicht unterrichten würde.«

»Dieser Mönch gilt aber als scharfsinniger Geist.«

»Zweifellos, was die Scholastik angeht; doch seine wissenschaftliche Beobachtungsgabe ist miserabel: Er sieht die Dinge nicht so, wie sie sind, sondern wie er sie gern sehen möchte. Ich nenne so etwas einen unintelligenten und beschränkten Menschen.«

»Nun gut, das ist Euer Standpunkt; und ich kenne mich in der profanen Wissenschaft zu wenig aus, um mir ein Urteil darüber bilden zu können, ob Eure Abneigung begründet ist. Aber vergesst nicht, dass Abbé Bécher, den Ihr als unwissend bezeichnet, vor einigen Jahren ein bemerkenswertes Buch über die Alchemie herausgebracht hat, für das ich im Übrigen einige Schwierigkeiten hatte, das Imprimatur aus Rom zu erhalten.«

»Eine wissenschaftliche Schrift braucht weder die Billigung noch die Missbilligung der Kirche«, meinte der Graf ein wenig trocken.

»Gestattet mir, eine andere Meinung zu vertreten. Umfasst

der Geist der Kirche nicht die Gesamtheit der Natur und der materiellen Phänomene?«

»Ich sehe nicht ein, warum. Denkt an das Wort unseres Herrn, Monseigneur, der sagte: ›Gebt dem Kaiser, was des Kaisers ist.‹ Der Kaiser steht für die äußerliche Macht der Menschen, aber auch der Dinge. Mit diesen Worten wollte Gottes Sohn die Unabhängigkeit des Geistes von der Religion und der Materie betonen, und ich bezweifle nicht, dass er damit auch die abstrakte Wissenschaft gemeint hat.«

Der Geistliche schüttelte mehrmals den Kopf, während sich seine schmalen Lippen zu einem Lächeln verzogen.

»Ich bewundere Eure Dialektik. Sie ist ihrer großen Tradition würdig und zeigt, dass Ihr die theologischen Lehren, die Ihr an der Universität unserer Stadt genossen habt, verinnerlicht habt. Indes schreitet an dieser Stelle der hohe Klerus ein, um die Debatten zu beenden, denn nichts ähnelt der Vernunft mehr als die Unvernunft.«

»Dies ist nun einmal ein Satz von Euch, der mich entzückt, Monseigneur. Denn in der Tat bin ich der Ansicht, dass ich – außer, es geht ausgesprochen um Angelegenheiten der Kirche, das heißt des Dogmas und der Moral – in der Wissenschaft meine einzigen Argumente aus den durch Beobachtung gewonnenen Fakten beziehe und nicht aus logischen Spitzfindigkeiten. Mit anderen Worten, ich muss auf die Methode der Beobachtung bauen, wie sie Francis Bacon in seinem 1620 erschienenen *Novum Organum* darlegt, ebenso wie auf die Handreichungen des Mathematikers Descartes, dessen Abhandlung über die Methode immer eines der Monumente der Philosophie und der Mathematik bleiben wird …«

Angélique sah genau, dass die Namen dieser beiden Gelehrten dem Geistlichen fast gar nichts sagten; und dabei galt er doch als so gebildet! Sie fürchtete, die Diskussion könne einen unangenehmen Verlauf nehmen, und hoffte, Joffrey werde versuchen, sein Gegenüber versöhnlich zu stimmen.

Warum müssen die Männer nur immer solche Haarspaltereien betreiben?, fragte sie sich. Aber vor allem fürchtete sie, die geschickten Abschweifungen des Erzbischofs könnten zum Ziel haben, Joffrey de Peyrac in eine Falle zu locken.

Dieses Mal schien die Leidensfähigkeit des Kirchenmannes an ihre Grenzen gelangt zu sein. Seine sorgsam rasierten, blassen Wangen röteten sich, und als er die Augen schloss, nahm seine Miene einen solchen Ausdruck hochfahrender Verschlagenheit an, sodass der jungen Frau angst und bange wurde.

»Monsieur de Peyrac«, sagte er, »Ihr sprecht über die Macht. Macht über Menschen, Macht über Dinge. Habt Ihr jemals darüber nachgedacht, dass der außerordentliche Erfolg Eures Lebens vielen suspekt erscheinen mag, und zwar besonders dem stets wachsamen Auge der Kirche? Euer Reichtum, der täglich wächst, Eure wissenschaftlichen Arbeit, die in Ehren ergraute Gelehrte zu Euch führt? Im letzten Jahr habe ich mit einem von ihnen gesprochen, dem deutschen Mathematiker, der einige Eurer Arbeiten gelesen hatte. Er konnte gar nicht fassen, dass Ihr wie im Spiel Probleme gelöst habt, an denen sich die größten Geister dieser Zeit vergeblich abgemüht haben. Ihr sprecht zwölf Sprachen …«

»Picco della Mirandola im vergangenen Jahrhundert sprach deren achtzehn.«

»Ihr besitzt mannigfache Begabungen, dichtet wunderbar und versteht Euch – verzeiht mir, Madame – im allerhöchsten Maß auf die Kunst, Frauen zu verführen …«

»Und das hier?«

Angélique zog sich das Herz zusammen, denn sie erriet, dass Joffrey de Peyrac die Hand an seine entstellte Wange geführt hatte. Vielleicht wies er auch auf sein lahmes Bein.

Um seine Verlegenheit zu überspielen, verzog der Erzbischof gereizt das Gesicht.

»Ach, das! Ich weiß nicht, wie Ihr das anstellt, doch Ihr bringt es fertig, Eure Behinderung vergessen zu machen. Glaubt mir, Ihr habt zu viele Talente.«

»Euer Vorwurf erstaunt mich und bringt mich in Verlegenheit«, erwiderte der Graf nachdenklich. »Mir war nicht klar, dass ich ein solches Maß an Neid auf mich ziehe. Ich selbst hatte im Gegenteil den Eindruck, dass ich eine schwere Last trage.«

Er beugte sich vor, und seine Augen blitzten, als hätte er eine Gelegenheit entdeckt, einen guten Scherz anzubringen.

»Wusstet Ihr eigentlich, Monseigneur, dass ich in gewisser Weise ein hugenottischer Märtyrer bin?«

»Hugenotte, Ihr?«, schrie der Geistliche.

»Ich sagte, in gewisser Weise. Denn dies ist meine Geschichte: Nach meiner Geburt vertraute meine Mutter mich einer Amme an, die sie nicht nach ihrer Religion, sondern nach dem Umfang ihrer Brüste ausgesucht hatte. Diese Amme aber war Hugenottin. Sie nahm mich mit in ihr Dorf in den Cevennen, wo auf seinem Schloss ein kleiner Grundherr reformierten Glaubens regierte. Nicht weit entfernt gab es, wie es sich gehört, einen anderen kleinen Grundherrn und katholische Dörfer. Keine Ahnung, wie es dazu kam, aber als ich drei Jahre alt war, fielen Katholiken und Hugenotten übereinander her. Meine Amme und die Frauen aus ihrem Dorf hatten sich in das Schloss des reformierten Edelmanns geflüchtet. Mitten in der Nacht wurde es von den Katholiken gestürmt. Alle wurden getötet, und das Schloss ging in Flammen auf.

Was mich angeht, so hat man mir zuerst das Gesicht mit drei Säbelhieben zerschlagen und mich dann durch ein Fenster geworfen, und ich fiel zwei Etagen tief in einen verschneiten Hof. Der Schnee hat die Wucht des Aufpralls gemindert und mich vor den glühenden Trümmern geschützt, die um mich herum niedergingen. Am Morgen hat mich dann einer der Katholiken gefunden, der zurückgekommen war, um zu plündern, und der wusste, dass ich das Kind toulousanischer Adliger war. Er hat mich mitgenommen und zusammen mit meiner Milchschwester Marguerite, die außer mir als Einzige das Gemetzel überlebt hatte, in seine Kiepe gesteckt. Der Mann musste mehrere Schneestürme überwinden, bis er die Ebene erreichte. Als er nach Toulouse kam, lebte ich noch. Meine Mutter brachte mich auf eine sonnenbeschienene Terrasse, entkleidete mich und verbot den Ärzten, in meine Nähe zu kommen, denn sie behauptete, die würden mich endgültig umbringen. So habe ich gleichsam Jahre in der Sonne liegend zugebracht. Erst mit zwölf Jahren habe ich wieder laufen gelernt. Mit sechzehn habe ich mich eingeschifft. Dies also ist der Grund, weshalb ich Zeit hatte, so viel zu studieren. Zuerst dank meiner Verletzung und der erzwungenen Untätigkeit, und anschließend durch meine Reisen. Daran ist nichts Verdächtiges.«

Der Erzbischof schwieg einen Moment lang. »Eure Erzählung erhellt vieles«, meinte er dann nachdenklich. »Da erstaunt es mich nicht, dass Ihr Sympathien für die Protestanten hegt.«

»Ich hege keine Sympathien für die Protestanten.«

»Dann sagen wir, eine Abneigung gegen die Katholiken.«

»Auch Abneigung gegen die Katholiken hege ich nicht. Ich bin, Monsieur, ein Mann der Vergangenheit und fühle mich in unserer engstirnigen Zeit nicht wohl. Ich hätte ein- oder zweihundert Jahre früher zur Welt kommen sollen, in der Zeit der Renaissance – ein Name, der süßer klingt als der der Reformation –, als die französischen Barone Italien entdeckten und darüber das leuchtende Erbe der Antike: Rom, Griechenland, Ägypten, die Lande der Bibel …«

Eine fast unmerkliche Regung, die Angélique nicht entging, überlief Monseigneur de Fontenac.

Jetzt hat er ihn dort, wo er ihn haben wollte, dachte Angélique.

»Sprechen wir von den biblischen Landen«, tastete sich der Erzbischof vor. »Heißt es nicht in der Heiligen Schrift, König Salomo sei einer der ersten Magier gewesen und habe Schiffe nach Ophir geschickt, wo er, geschützt vor neugierigen Blicken, unedles Metall durch Transmutation in edles verwandelt habe? Die Bibel erzählt, er sei mit goldbeladenen Schiffen zurückgekehrt.«

»Die Geschichte berichtet auch, Salomo habe bei seiner Rückkehr die Steuern verdoppelt, was beweist, dass er nicht sonderlich viel Gold mit zurückgebracht haben kann, und außerdem, dass er sich nicht sicher war, wann er an neues Geld herankommen würde. Wenn er tatsächlich das Geheimnis des Goldmachens entdeckt hätte, dann hätte er weder die Steuern erhöht noch sich die Mühe gemacht, seine Schiffe nach Ophir zu schicken.«

»Möglicherweise wollte er in seiner Weisheit seine Untertanen nicht in Geheimnisse einweihen, die sie hätten missbrauchen können.«

»Ich sage Euch noch mehr: Salomo konnte die Transmutation von Metallen zu Gold gar nicht beherrschen, weil diese Transmutation physikalisch unmöglich ist. Die Alchemie ist eine Kunst, die nicht existiert, sie ist nur eine düstere Farce, die aus dem Mittelalter stammt und bald der Lächerlichkeit anheimfallen wird, denn niemand wird diese Transmutation jemals zustande bringen.«

»Und ich sage Euch«, rief der Erzbischof aus und erbleichte,

»dass ich mit meinen eigenen Augen gesehen habe, wie Bécher einen Zinnlöffel in eine von ihm ersonnene Flüssigkeit tauchte und ihn, in Gold verwandelt, wieder herauszog.«

»Er ist nicht in Gold verwandelt, sondern nur damit überzogen worden. Hätte der brave Mann sich die Mühe gemacht, diese äußere Haut mit einem Stichel abzukratzen, hätte er sogleich das Zinn darunter entdeckt.«

»Das ist richtig; aber Bécher versichert, dies sei nur der Beginn der Transmutation, das erste Stadium des Phänomens.«

Schweigen trat ein. Joffrey de Peyracs Hand glitt über die Armlehne von Angéliques Sessel und streifte das Handgelenk der jungen Frau.

»Wenn Ihr so überzeugt davon seid, dass Euer Mönch die magische Formel entdeckt hat«, meldete sich der Graf gelassen zu Wort, »was wollt Ihr dann heute Morgen von mir?«

Der Erzbischof zuckte nicht mit der Wimper.

»Bécher ist überzeugt davon, dass Ihr das letzte Geheimnis kennt, durch das die Transmutation vollendet wird.«

Der Graf de Peyrac brach in schallendes Gelächter aus.

»Noch nie habe ich etwas Komischeres gehört. Ich soll mich mit so kindlichen Versuchen abgeben? Armer Bécher! Ich überlasse ihm gern alle Aufregungen und Hoffnungen dieser falschen Wissenschaft, die er ausübt, und …«

Ein fürchterlicher Knall, der wie ein Donnerschlag oder Kanonenschuss klang, unterbrach ihn.

Joffrey war blass geworden und sprang auf.

»Das … das war im Laboratorium. Mein Gott, wenn nur Kouassi-Ba nicht getötet worden ist!«

Eilig lief er zur Tür.

Der Erzbischof hatte sich aufgerichtet und stand wie ein Racheengel da. Er starrte Angélique wortlos an.

»Ich gehe, Madame«, erklärte er schließlich. »Mir scheint, in diesem Hause tut Satan bereits seinen Zorn über meine Anwesenheit kund. Gestattet mir, mich zurückzuziehen.«

Mit großen Schritten entfernte er sich. Man hörte das Knallen der Peitschen und das Geschrei der Kutscher, während die Kutsche des Bischofs den Vorplatz überquerte.

Angélique blieb allein zurück und tupfte sich mit ihrem kleinen Taschentuch verwirrt die Stirn ab. Nach diesem Gespräch, dem sie gespannt gelauscht hatte, fühlte sie sich verunsichert. Sie dachte, dass sie genug hatte von diesen Geschichten über Gott, Salomo, Ketzerei und Magie. Doch sofort schämte sie sich ihrer respektlosen Gedanken. Schließlich kam sie zu dem Schluss, dass die Männer und ihre Spitzfindigkeiten unerträglich waren und dass sich wahrscheinlich sogar Gott selbst darüber ärgerte.

Angélique war unentschlossen und wusste nicht, was sie tun sollte.

Sie brannte darauf, in den Flügel des Schlosses zu eilen, in dem dieser Donnerschlag zu hören war. Joffrey hatte aufrichtig besorgt gewirkt. Ob es Verletzte gegeben hatte? … Doch sie rührte sich nicht. Die geheimnisvolle Aura, mit welcher der Graf seine Arbeit umgab, hatte ihr mehr als einmal klargemacht, dass dies das einzige Gebiet war, auf dem er von neugierigen Laien nichts wissen wollte. Die Erklärungen, die er gegenüber dem Erzbischof abgegeben hatte, hatte er sich offenbar angesichts der Person seines Besuchers geradezu abgerungen. Doch sie hatten nicht ausgereicht, um den Argwohn des Geistlichen zu besänftigen.

Angélique erschauerte. *Hexerei!* Sie sah sich um. In dieser bezaubernden Umgebung wirkte das Wort wie ein makaberer Scherz. Aber es gab noch zu vieles, das Angélique nicht wusste.

Ich gehe hinüber, entschied sie. Und wenn er mir dann zürnt, dann soll es eben so sein …

Doch da hörte sie schon den Schritt ihres Mannes, und kurz darauf trat er in den Salon. Seine Hände waren rußverschmiert, aber er lächelte.

»Gott sei Dank nichts Schlimmes. Kouassi-Ba hat nur ein paar Kratzer abbekommen; allerdings hatte er sich so gut unter einem Tisch versteckt, dass ich einen Moment lang dachte, die Explosion habe ihn in Stücke gerissen. Doch die materiellen Schäden sind beträchtlich. Meine kostbarsten Retorten aus speziellem böhmischem Glas sind in tausend Stücke geborsten; nicht eine ist mehr übrig!«

Auf ein Zeichen von ihm traten zwei Pagen mit einer goldenen Schüssel und einer Kanne heran. Er wusch sich die Hände und schüttelte dann seine Spitzenmanschetten aus.

Angélique nahm ihren ganzen Mut zusammen.

»Ist es wirklich notwendig, dass Ihr so viel Zeit mit diesen gefährlichen Arbeiten verbringt, Joffrey?«

»Es ist notwendig, Gold zum Leben zu haben«, erwiderte der Graf und wies mit einer Handbewegung in den herrlichen Salon, dessen Holzdecke er kürzlich hatte neu vergolden lassen. »Aber das ist nicht der Grund. Ich finde bei dieser Arbeit ein Vergnügen, das mir keine andere Tätigkeit schenken kann. Sie gibt meinem Leben einen Sinn.«

Angélique spürte einen Stich im Herzen, als würden seine Worte sie eines kostbaren Gutes berauben; doch da sie bemerkte, dass ihr Gatte sie aufmerksam beobachtete, zwang sie sich, eine gleichmütige Miene zur Schau zu tragen. Er lächelte und sprach weiter.

»Den einzigen Sinn meines Lebens … abgesehen von dem, Euch zu erobern«, endete er mit einer formvollendeten höfischen Verbeugung.

»Ich will nicht in Rivalität zu Euren Phiolen und Retorten treten«, erwiderte Angélique ein wenig zu lebhaft. »Doch ich gestehe, dass die Worte des Bischofs mich in Sorge versetzt haben.«

»Tatsächlich?«

»Habt Ihr denn nicht diese verhüllte Drohung wahrgenommen?«

Er antwortete nicht gleich. Ans Fenster gelehnt schaute er nachdenklich über die flachen Dächer der Stadt hinaus, die sich so eng aneinanderdrängten, dass sie mit ihren tönernen Dachpfannen einen gewaltigen Teppich aus kleegrünen und mohnroten Farbtönen bildeten.

Zur Linken kündete der hohe Turm des Assézat-Hauses mit seiner Laterne vom Ruhm der Waid-Händler, deren Felder sich noch in der Umgegend erstreckten. Der Färberwaid, eine in großen Mengen angebaute Pflanze, war jahrhundertelang der einzige Naturstoff gewesen, mit dem man blaue und grüne Farbtöne erzielen konnte, und hatte die Bürger und Kaufleute von Toulouse wohlhabend gemacht.

Als Angélique sah, dass er schwieg, setzte sie sich wieder in ihren Sessel, und ein kleiner Mohr stellte den Weidenkorb in ihre Nähe, in dem sich die leuchtend bunten Seidenfäden ihrer Stickarbeit schlängelten.

Im Palast war es ruhig, denn es war der Morgen nach einem Fest. Angélique ging der Gedanke durch den Kopf, dass sie heute beim Mittagsmahl ihrem Mann allein gegenübersitzen würde; jedenfalls, wenn sich der unvermeidliche Bernard d'Andijos nicht selbst einlud …

»Habt Ihr die geschickte Taktik des Herrn Großinquisitors bemerkt?«, sagte der Graf unvermittelt. »Zuerst ergeht er sich über die Moral, streift im Vorübergehen die ›Ausschweifungen‹

im Palast der fröhlichen Wissenschaft, spielt auf meine Reisen an und kommt von dort ganz zwanglos auf Salomo. Kurz gesagt, die ganze Geschichte läuft darauf hinaus, dass Baron Benoît de Fontenac, Erzbischof von Toulouse, mich auffordert, mein Geheimnis der Goldfabrikation mit ihm zu teilen, andernfalls wird er mich auf der Place des Salins als Hexer verbrennen lassen.«

»Ebendiese Drohung glaubte ich herauszuhören«, erwiderte Angélique erschrocken. »Glaubt Ihr, er bildet sich wirklich ein, Ihr wäret mit dem Teufel im Bunde?«

»Er? Nein. Das überlässt er dem einfältigen Bécher. Der Erzbischof besitzt eine zu nüchterne Intelligenz und kennt mich zu gut. Aber er ist überzeugt davon, dass ich das Geheimnis der wissenschaftlichen Vermehrung von Gold und Silber kenne. Er will es erfahren, damit er es selbst einsetzen kann.«

»Er ist ein widerlicher Mensch!«, rief die junge Frau aus. »Und dabei wirkt er so würdevoll, so voll des Glaubens, so großmütig.«

»Das ist er auch. Er steckt sein ganzes Vermögen in wohltätige Werke. Jeden Tag hält er Freitisch für arme Kirchenbeamte ab. Er kümmert sich um die Brandopfer, das Heim für Findelkinder und was weiß ich sonst noch. Er ist voll des Seelenheils und der Größe Gottes. Sein ganz persönlicher Dämon allerdings ist die Herrschsucht. Er trauert der Zeit nach, als der Bischof der alleinige Herr einer Stadt oder sogar einer Provinz war und mit dem Krummstab in der Hand Recht sprach und Strafen und Belohnungen austeilte. Als er also bemerkt, wie gegenüber seiner Kathedrale der Einfluss aus dem Palast der fröhlichen Wissenschaft wächst, begehrt er auf. Wenn es so weitergeht, wird in einigen Jahren der Graf de Peyrac – Euer Gatte, meine teure Angélique – Toulouse beherrschen. Gold und Silber schenken Macht, und siehe da, die Macht fällt in die Hände eines Gehilfen des Satans! Da zögert Monseigneur nicht. Entweder wir beide teilen die Macht, oder …«

»Was wird geschehen?«

»Keine Angst, meine Kleine. Gewiss, die Intrigen eines Erzbischofs von Toulouse könnten verhängnisvoll für uns werden, aber ich sehe nicht, warum es so weit kommen muss. Er hat seine Karten aufgedeckt. Er will das Geheimnis der Goldherstellung erfahren, und ich gebe es ihm gern.«

»Dann besitzt Ihr es tatsächlich?«, fragte Angélique mit weit aufgerissenen Augen.

»Wir wollen jetzt nichts durcheinanderbringen. Ich kenne keinerlei Zauberformel, mit der man Gold erschaffen könnte. Mein Ziel ist nicht so sehr, Reichtümer zu erschaffen, sondern vielmehr, die Kräfte der Natur walten zu lassen.«

»Aber ist das nicht bereits ein wenig ketzerisch, wie Monseigneur sagen würde?«

Joffrey lachte laut auf.

»Ich sehe, dass Ihr Euren Katechismus gut gelernt habt. Ihr beginnt Euch im Spinnennetz seiner Scheinargumente zu verwickeln. O weh, ich begreife, dass es schwierig ist, in dieser Sache klar zu sehen. Die Kirche im Mittelalter hat schließlich auch nicht die Müller exkommuniziert, obwohl der Wind oder das Wasser ihre Mühlräder gedreht haben. Aber heute gäbe es einen Aufschrei, wenn ich versuchen würde, in der Umgebung von Toulouse auf einer Anhöhe die gleiche Dampfpumpe zu errichten, wie ich sie in Eurem Bergwerk in Argentières habe bauen lassen! Nur weil ich einen Behälter aus Glas oder Steinzeug auf ein Schmiedefeuer setze, heißt das noch lange nicht, dass dort mit einem Mal Luzifer hineinschlüpft …«

»Ihr müsst aber zugeben, dass die Explosion eben sehr eindrucksvoll war. Monseigneur war höchst erschrocken darüber, und ich glaube, in diesem Punkt hat er sich nicht verstellt. Habt Ihr das mit Absicht getan, um ihn aus der Ruhe zu bringen?«

»Nein, das war pure Nachlässigkeit. Ich habe Knallgold, das ich mit Hilfe von Königswasser aus Blattgold gewonnen und danach mit Ammoniak ausgefällt hatte, zu stark austrocknen lassen. Das hatte aber nicht das Geringste mit einer Urzeugung zu tun.«

»Was ist eigentlich dieser Stoff, den Ihr Ammoniak nennt?«

»Eine Substanz, welche man in Spanien ›álcali volátil‹ nennt. Ein gelehrter spanischer Mönch, einer meiner Freunde, hat mir kürzlich eine Korbflasche voll davon geschickt. Notfalls könnte ich es sogar selbst herstellen; doch das dauert lange, und um meine Forschungen voranzutreiben, ziehe ich es vor, meine Grundstoffe fertig zubereitet einzukaufen, falls ich sie auftreiben kann. Diese Zubereitung reiner Substanzen hält das Fortschreiten der Wissenschaft nur auf, die Schwachköpfe wie dieser Mönch Bécher im Gegensatz zur Alchemie mit dem Namen Chemie bezeichnen; wobei Erstere für sie die Königin der Wissenschaften ist, das heißt eine obskure Mischung aus Vitalfluida, religiösen Formeln und was weiß ich noch. Aber ich langweile Euch …«

»Nein, gewiss nicht«, entgegnete Angélique mit leuchtenden Augen. »Ich könnte Euch stundenlang zuhören.«

Er lächelte, wobei die Narben auf seiner linken Wange seiner Miene etwas Ironisches verliehen.

»Was für ein seltsames kleines Köpfchen Ihr da habt! Also, ich wäre nie auf die Idee gekommen, eine Frau könnte diese Dinge unterhaltsam finden. Auch ich spreche gern mit Euch, denn ich habe den Eindruck, dass Ihr in der Lage seid, alles zu verstehen. Aber … wart Ihr nicht nahe daran, mir dunkle Kräfte zuzuschreiben, als Ihr ins Languedoc gekommen seid? Habt Ihr denn jetzt immer noch so große Angst vor mir?«

Angélique spürte, wie sie errötete, doch sie hielt seinem Blick tapfer stand.

»Nein! Ihr seid immer noch ein Fremder für mich, und ich glaube, das liegt daran, dass ich noch nie jemandem wie Euch begegnet bin. Aber Angst macht Ihr mir keine mehr.«

Er humpelte näher heran und nahm hinter ihr auf dem Stuhl Platz, auf dem er während des Besuchs des Erzbischofs gesessen hatte. Während er manchmal in einer Art trotziger Provokation nicht davor zurückscheute, sein entstelltes Gesicht ins helle Licht zu halten, suchte er bei anderen Gelegenheiten den Schatten und die Dunkelheit. Dann nahm seine Stimme einen ganz anderen Klang an, als sei die Seele Joffrey de Peyracs von ihrer fleischlichen Hülle befreit und könne sich endlich frei äußern.

Angélique spürte hinter sich die unsichtbare Gegenwart des »roten Mannes«, der sie so geängstigt hatte. Gewiss, er war noch derselbe Mensch, aber sie sah ihn jetzt ganz anders. Beinahe hätte sie die ewige, ängstliche Frage aller Frauen gestellt: Liebt Ihr mich?

Doch mit einem Mal meldete sich ihr Stolz, denn ihr fiel wieder ein, was er zu ihr gesagt hatte. »Ihr werdet kommen ... Sie sind alle von ganz allein gekommen.«

Um ihre Verwirrung zu zerstreuen, lenkte sie das Gespräch wieder auf die Wissenschaft; ein Gebiet, auf dem sie einander merkwürdigerweise begegnet waren und ihre Freundschaft sich gefestigt hatte.

»Offenbar macht es Euch ja nichts aus, Euer Geheimnis preiszugeben. Warum weigert Ihr Euch dann, diesen Mönch Bécher zu empfangen, auf den Monseigneur so große Stücke zu halten scheint?«

»Pah! Natürlich könnte ich versuchen, ihm in dieser Sache entgegenzukommen. Mein Geheimnis aufzudecken bereitet mir keine Sorge, sondern nur, ob ich es ihm verständlich machen kann. Wahrscheinlich werde ich mich vergeblich mühen, ihm zu beweisen, dass man die Materie zwar transformieren, aber nicht transmutieren kann. Die Geister, die uns umgeben, sind noch nicht reif für diese Erkenntnisse. Und der Stolz dieser falschen Gelehrten ist so groß, dass sie Zeter und Mordio schreien werden, wenn ich ihnen erkläre, dass meine beiden wichtigsten Helfer bei meinen Forschungen ein Mohr mit schwarzer Haut und ein grober Klotz von einem sächsischen Bergmann gewesen sind.«

»Ihr meint Kouassi-Ba und den buckligen Alten aus Argentières, Fritz Hauer?«

»Ja. Kouassi-Ba hat mir erzählt, dass er als Kind gesehen hat, wie man das Gold nach den alten Methoden der Ägypter bearbeitete. Das ist gewesen, als er noch frei war, irgendwo tief im Inneren seines wilden Afrika nahe der Gewürzinsel Sansibar. Die Pharaonen und König Salomo unterhielten dort sogar ihre Goldminen; aber ich frage Euch, meine Teuerste, was würde Monseigneur wohl sagen, wenn ich ihm anvertraute, dass es mein schwarzer Diener Kouassi-Ba ist, der König Salomos Geheimnis hütet? Dabei hat tatsächlich er mich bei meinen Forschungen im Laboratorium beraten und mich auf den Gedanken gebracht, mich mit gewissen Gesteinen zu befassen, die Gold in unsichtbarer Form enthalten. Und Fritz Hauer ist das Urbild eines Bergmanns, ein Mann der Gänge und Stollen, ein Maulwurf, der nur tief unter der Erde atmen kann. Diese sächsischen Bergleute geben ihre Verfahren vom Vater auf den Sohn weiter. Ihnen habe ich es zu danken, dass ich mich endlich auf den verschlungenen Wegen der Natur zurechtgefunden habe und mit meinen verschiedenen Ingredienzien ins Reine kam; Blei, Gold, Silber, Vitriol, Quecksilbersublimat und andere.«

»Ihr konntet Quecksilbersublimat und Vitriol herstellen?«,

fragte Angélique, der diese Worte zumindest vage bekannt waren.

»Genau, und dadurch konnte ich beweisen, dass alle Alchemie nichtig ist; denn aus dem Quecksilbersublimat kann ich nach Belieben entweder das Quecksilber herauslösen oder gelben und roten Merkur erzeugen, und die beiden Letzteren kann ich wieder in Quecksilber zurückverwandeln. Dabei steigt nicht etwa das Anfangsgewicht in Quecksilber, sondern im Gegenteil, es vermindert sich, da ein Teil davon verdampft. Ebenso kann ich durch gewisse Verfahren Silber aus Blei ziehen und Gold aus anscheinend taubem Gestein. Doch wenn ich über die Tür meines Laboratoriums die Worte ›Nichts geht verloren, nichts wird neu geschaffen‹ einhauen ließe, würde meine Philosophie sehr gewagt erscheinen, ja, sogar im Widerspruch zum Geist der Genesis.«

»Ist es nicht ein ähnliches Verfahren, durch das Ihr die mexikanischen Goldbarren, die Ihr in London kauft, nach Argentières bringen lasst?«

»Ihr seid ein kluges Köpfchen, und ich finde, dass dieser Molines zu geschwätzig ist. Nun gut, egal! Wenn er geredet hat, dann wohl, weil er sich ein zutreffendes Urteil über Euch gebildet hat. Ja, man kann die spanischen Barren in einem Schmelzofen mit Pyrit oder Bleiglanz umschmelzen. Dadurch nehmen sie das Aussehen von grauschwarzer, körniger Schlacke an, die selbst bei den pedantischsten Zöllnern nicht den geringsten Argwohn erweckt. Und diesen ›Rohstein‹ tragen dann die guten kleinen Maultiere Eures Vaters von England bis ins Poitou oder von Spanien nach Toulouse, wo er dann durch meine Kunst oder die meines Sachsen Hauer wieder in schönes, glänzendes Gold verwandelt wird.«

»Das ist aber Betrug an der Steuer«, merkte Angélique ein wenig streng an.

»Ihr seid anbetungswürdig, wenn Ihr so redet. Dieser Betrug schadet weder dem Königreich noch Seiner Majestät und macht mich reich. Im Übrigen werde ich Fritz in Kürze kommen lassen, um die Goldader, die ich in einer Gegend namens Salsigne, in der Nähe von Narbonne, entdeckt habe, für den Abbau vorzubereiten. Mit dem Gold aus diesem Bergwerk und dem Silber aus dem Poitou brauchen wir das Edelmetall aus Amerika nicht mehr, und dann ist auch dieser Betrug, wie Ihr ihn nennt, nicht mehr notwendig.«

»Warum habt Ihr denn nicht versucht, dem König Eure Entdeckungen nahezubringen? Vielleicht gibt es in Frankreich ja noch andere Gebiete, in denen man durch Eure Methoden Edelmetall abbauen könnte, und der König wäre Euch gewiss dankbar.«

»Der König ist weit weg, meine Schönste, und ich bin nicht zum Höfling geschaffen. Nur Menschen von dieser Sorte sind in der Lage, einen gewissen Einfluss auf das Geschick des Königreichs zu nehmen. Beispielsweise will ich gar nicht leugnen, dass Monsieur de Mazarin der Krone ergeben ist, doch vor allem ist er ein Intrigant, der sich auf internationaler Ebene betätigt.«

Er verstummte. Offenbar interessierte ihn dieses Thema nicht, oder er zog es vor, sich darüber nicht weiter auszulassen.

Die Hitze wurde drückender, und mit einem Mal begann die Stadt unter dem Läuten von tausend Glocken, die zum Angelus-Gebet riefen, zu beben. Die junge Frau bekreuzigte sich fromm und murmelte das entsprechende Gebet an die Jungfrau Maria. Die klingende Flut, die von draußen hereindrang, rollte über sie hinweg, und etliche Minuten lang vermochten Angélique und ihr Mann, die am offenen Fenster saßen, kein Wort zu wechseln. Also schwiegen sie, und diese stille Vertrautheit, die inzwischen öfter zwischen ihnen entstand, wühlte Angélique auf.

Nicht nur, dass seine Gegenwart mir nicht missfällt; nein, ich fühle mich sogar beinahe glücklich, sagte sie sich erstaunt.

Genau wie eben während des Besuchs des Erzbischofs war sie sich bewusst, dass Joffreys Blick auf ihrem weißen Hals ruhte.

»Nein, meine Liebste, ich bin kein Zauberer«, murmelte er. »Vielleicht hat die Natur mir ja gewisse Begabungen geschenkt, doch vor allem hat es mich stets zum Lernen gedrängt. Verstehst du das?«, fragte er in einem zärtlichen Ton, der sie bezauberte. »Mich dürstete danach, alle schwierigen Gegenstände zu erforschen: die Wissenschaften, die Künste und auch das Herz der Frauen. Diesem letzteren, charmanten Mysterium habe ich mich mit Genuss gewidmet. Es heißt, hinter den Augen einer Frau befinde sich nichts, und dann entdeckt man dort eine ganze Welt. Oder man bildet sich ein, dort läge die Welt, und man entdeckt nichts … nur eine kleine Narrenschelle. Was wohl hinter deinen Augen stecken mag, die an unberührte Prärien und aufgewühlte Ozeane erinnern …?«

Sie hörte, wie er sich bewegte, und dann glitt sein üppiges schwarzes Haar über ihre Schulter wie ein warmer, seidiger Pelz. Als seine Lippen die Haut an ihrem Hals, die unbewusst darauf gewartet hatte, berührten, erschauerte sie. Mit geschlossenen Augen genoss Angélique den langen, glühenden Kuss und spürte die Stunde ihrer Niederlage nahen. Dann würde sie genau wie die anderen Frauen zitternd, widerstrebend noch, aber unterworfen, zu ihm kommen und sich der Umarmung dieses geheimnisvollen Mannes darbieten.

Kapitel 8

Hysterisches Gelächter hallte durch die verlassene Galerie. Angélique blieb stehen und sah sich um. Das Lachen setzte sich fort und wurde immer schriller, ging dann in einem Schluchzen unter, um erneut anzuheben. Eine Frau, doch Angélique konnte sie nicht entdecken.

In diesem Flügel des Palasts war es zur heißen Mittagszeit sehr ruhig. Die große Wärme versetzte den Palast der fröhlichen Wissenschaft in einen Dämmerschlaf. Auf den Treppenstufen schlummerten die Pagen.

Heute Abend sollte im Park ein großes Bankett stattfinden.

Alles war vorbereitet. Aber man hätte meinen können, das Haus habe das Bedürfnis, sich zu sammeln und in diesen Stunden noch einmal auszuruhen.

Angélique, die nicht gern Mittagsruhe hielt, hatte sich einmal mehr zu einem Rundgang durch ihr Haus aufgemacht.

Heute würde sie sich von der Treppe fernhalten, auf der die Pagen schliefen. Nach ihrem Ausflug in die oberen Etagen hatte sie immer noch das Gefühl, etwas Verbotenes getan zu haben. Der Tag würde schon noch kommen, an dem sie versuchen würde, sich diesem Mysterium zu stellen und nach oben zu gehen. Sie kannte ja noch nicht einmal alle verborgenen Winkel des Erdgeschosses.

Es gab unzählige Räume und Flure, die durch offene Loggien aufgelockert wurden. Durch große und kleine Fenster erblickte man die Stadt mit den hohen Kirchtürmen, deren Öffnungen von Himmelblau erfüllt waren, und ihren breiten, roten Kai am Ufer der Garonne.

Alles schlief. Angéliques langes Kleid schleifte mit einem Geräusch, das an Blätterrauschen erinnerte, über die Bodenfliesen.

Dieses durchdringende Lachen war urplötzlich erklungen, und sie war erstarrt. Es stammte eindeutig von einer Frau. Doch die Stimme war ihr unbekannt und erweckte ihre Neugier. Das Lachen setzte sich grell und krampfartig fort. Am Ende der Galerie entdeckte sie eine angelehnte Tür.

Sie hörte ein Klatschen wie von einem Wasserschwall, und das Lachen verstummte abrupt.

»Nun, da Ihr Euch beruhigt habt, will ich Euch anhören«, sagte eine Männerstimme.

Es war Joffrey de Peyracs Stimme, genau wie bei der anderen Gelegenheit, als sie in der ersten Etage gelauscht hatte.

Angélique näherte sich auf leisen Sohlen und spähte durch den Türspalt. Ihr Mann saß in einem Sessel. Sie sah nur die Rückenlehne und eine seiner Hände, die auf einer Armlehne lag.

Vor ihm kniete in einer Wasserlache eine Dame auf dem Steinboden; eine sehr schöne Frau, die Angélique nicht kannte. Sie war prachtvoll in Schwarz gekleidet, aber anscheinend bis aufs Hemd durchnässt. In ihrer Nähe stand ein leerer Bronzekübel, der normalerweise dazu diente, Flaschen mit edlem Wein zu kühlen; doch nun hatte das Wasser, das er enthalten hatte, offenbar eine andere Anwendung erfahren.

Die Frau, der das lange schwarze Haar an den Schläfen klebte, starrte erschrocken auf ihre zerknitterten Spitzenmanschetten hinunter.

»Mir das!«, schrie sie mit erstickter Stimme. »Mir tust du so etwas an?!«

»Es musste sein, meine Wunderschöne«, erwiderte Joffrey in einem Tonfall sanften Tadels. »Ich konnte nicht zulassen, dass Ihr Euch noch länger vor mir erniedrigt. Das hättet Ihr mir niemals vergeben. Kommt, erhebt Euch, Carmencita. In dieser Gluthitze werden Eure Kleider bald wieder trocken sein. Setzt Euch doch vor mich in diesen Sessel.«

Mühsam stand sie auf. Sie war hochgewachsen, eine jener üppigen Schönheiten, wie sie die Maler Rembrandt und Rubens verherrlichten.

Sie nahm in dem Sessel, den er ihr angewiesen hatte, Platz. Aus ihren weit aufgerissenen schwarzen Augen starrte sie verstört vor sich hin.

»Was ist denn nun?«, ließ sich der Graf erneut vernehmen. Angélique erschauerte, denn diese von seiner Person losgelöste Stimme übte einen großen Zauber auf sie aus. »Schaut, Carmencita, es ist jetzt mehr als ein Jahr her, dass Ihr Toulouse verlassen habt. Ihr seid mit Eurem Mann, dessen hohe Stellung Euch ein glänzendes Leben garantierte, nach Paris gegangen. So weit habt Ihr die Undankbarkeit gegenüber unserer kleinen Provinzgesellschaft getrieben, dass Ihr nie ein Lebenszeichen geschickt habt. Und jetzt werft Ihr Euch mit einem Mal im Palast der fröhlichen Wissenschaft vor mir nieder, schreit und verlangt … ja, was eigentlich?«

»Liebe!«, erwiderte sie keuchend und mit heiserer Stimme. »Ich kann nicht ohne dich leben. Ach, unterbrich mich nicht. Du hast ja keine Ahnung, wie ich während dieses langen Jahres gelitten habe. Ja, ich habe geglaubt, in Paris könne ich meinen Hunger nach Vergnügungen und Lustbarkeiten stillen. Doch mitten in den schönsten Festen bei Hofe fühlte ich mich übersättigt und musste an Toulouse und an den rosafarbenen Palast der fröhlichen Wissenschaft denken. Ich überraschte mich dabei, wie ich mit leuchtenden Augen davon erzählte, und die Leute spotteten über mich. Ich hatte Liebhaber, aber ihre Grobheit hat mich abgestoßen. Da habe ich begriffen: Du warst es, der mir fehlte. Nachts lag ich mit offenen Augen da und sah dich vor mir. Ich sah deine Augen, in denen das Feuer deiner Schmelzöfen brannte, so heiß, dass ich fast verging. Deine erfahrenen Hände.«

»Und meinen anmutigen Gang!«, fügte er mit einem Auflachen hinzu.

Er stand auf und trat auf sie zu, wobei er sein Hinken mit Absicht betonte.

»Versuch nicht, mich fortzustoßen, indem du mich dazu bringst, dich zu verachten«, sagte sie. »Dein Hinken, deine Verletzungen ... was zählt das schon in den Augen der Frauen, die du geliebt hast, verglichen mit dem Geschenk, das du ihnen machst?«

Sie streckte ihm die Hände entgegen.

»Du, du schenkst ihnen Lust«, flüsterte sie. »Ehe ich dir begegnet bin, war ich kalt. Du hast ein Feuer in mir entzündet, das mich verzehrt.«

Angéliques Herz klopfte zum Zerspringen. Sie hatte Angst, wenngleich sie nicht wusste, wovor. Vielleicht davor, dass die Hand ihres Mannes sich auf diese schöne, golden schimmernde Schulter legen würde, die sich ihm so schamlos darbot.

Doch der Graf lehnte sich an einen Tisch und rauchte mit gleichmütiger Miene. Er wandte ihr sein Profil zu, und zwar so, dass die entstellte Seite seines Gesichts unsichtbar blieb. Mit einem Mal sah sie einen ganz anderen Mann vor sich, dessen Züge unter der Fülle des dichten schwarzen Haars ziseliert wie eine Medaille wirkten.

»Wer sich der Wollust zu sehr ergibt, weiß nicht wahrhaft zu lieben«, erklärte er, während er gelassen eine blaue Rauchwolke ausstieß. »Erinnere dich an die Leitsätze der höfischen Liebe, die du im Palast der fröhlichen Wissenschaft gelernt hast. Kehre nach Paris zurück, Carmencita, das ist der geeignete Ort für Menschen wie dich.«

»Wenn du mich fortjagst, gehe ich ins Kloster. Mein Mann will mich ohnehin dorthin schicken.«

»Eine ausgezeichnete Idee, meine Teure. Wie ich höre, gründet man in Paris derzeit eine große Anzahl gottesfürchtiger Zufluchtsstätten, wo die Frömmigkeit Mode ist. Hat Königin Anna von Österreich für die Benediktinerinnen nicht soeben das wunderschöne Kloster Val-de-Grâce erbauen lassen? Auch das Haus der Heimsuchung Mariens in Chaillot ist sehr beliebt.«

Carmencitas Augen sprühten Blitze.

»Das ist also der Eindruck, den ich auf dich mache? Ich bin bereit, den Schleier zu nehmen und mich im Kloster zu begraben, und du hast nicht einmal ein Wort des Bedauerns für mich?«

»Ich bringe nur ein begrenztes Maß an Mitleid auf. Wenn in dieser ganzen Geschichte überhaupt jemand zu bedauern ist, dann wohl der Herzog de Mérecourt, dein Gatte, der so unklug war, dich in einem der Gepäckwagen aus Madrid mitzunehmen. Und gib endlich den Versuch auf, mich mit deinen glühenden Tiraden zu erweichen. Ich erinnere dich noch einmal an eines der Gesetze der höfischen Liebe: ›*Ein Liebhaber soll nicht mehr als eine Geliebte zugleich haben.*‹ Und es heißt auch: ›*Eine neue Liebe verjagt die alte.*‹«

»Sprichst du von mir oder von dir?«, verlangte sie zu wissen.

Ihr Gesicht war erbleicht und wirkte unter dem schwarzen Haar und vor ihrer schwarzen Kleidung weiß wie Marmor.

»Ist diese Frau, deine Gattin, der Grund, weshalb du so sprichst? Ich dachte, du hättest sie aus reiner Geldgier geheiratet. Eine Sache wegen eines Stücks Land, hast du zu mir gesagt. Hast du sie jetzt etwa auch zu deiner Geliebten gemacht? Ach, ich bezweifle nicht, dass sie in deinen Händen zu einer bemerkenswerten Schülerin wird! Genau wie mich wirst du sie glauben machen, sie sei einzigartig unter den Frauen. Aber ich kenne dich. Ich habe deine Grausamkeit durchschaut…

Die Zeit wird kommen, da wirst du dein Spielzeug wegwerfen, weil es dich nicht mehr zerstreut. Ha, ha! Lange wird das nicht auf sich warten lassen… Wie konntest ausgerechnet du dich hinreißen lassen, ein Mädchen aus dem Norden zu lieben…«

»Sie stammt nicht aus dem Norden, sondern ist Poitevinerin. Ich kenne das Poitou und habe dieses Land schon bereist; es ist ein liebliches Land, das einst zum Königreich Aquitanien gehört hat. Im Dialekt der Bauern hört man noch die Langue d'oc, und Angélique hat die gleiche Hautfarbe wie die Mädchen bei uns.«

»Ich sehe doch ganz genau, dass du sie nicht liebst«, rief die Frau unter beinahe unheimlichem Triumphgelächter aus. »Ah, ich kenne dich besser, als du glaubst… Sie ist dir gar nicht gewachsen! Du brauchst leidenschaftliche Frauen, und das bin ich. Dazu hast du mich gemacht!«

Sie fiel auf die Knie und klammerte sich an Joffreys Wams fest.

»Noch ist es nicht zu spät. Liebe mich. Nimm mich. Nimm mich jetzt!«

Angélique konnte es nicht länger mitanhören und flüchtete.

Sie rannte die Galerie entlang und fand sich in dem Gebäudeteil, in dem die Empfangsräume lagen, wieder.

Der Palast erwachte zum Leben. Im großen Saal saßen bereits einige Damen zusammen und reimten. Sie hielten Schreibtäfelchen und Griffel in der Hand und schlürften kühle Getränke. Eine von ihnen rief nach ihr.

»Angélique, Liebste, holt uns doch Euren Gatten. Bei dieser Hitze ermattet unser Erfindungsgeist, und wir möchten lieber plaudern …«

Angélique blieb nicht stehen, nahm sich aber so weit zusammen, den schwatzhaften Damen ein Lächeln zuzuwerfen.

»Plaudert nur, plaudert! Ich bin gleich zurück.«

Endlich erreichte sie ihr Zimmer und warf sich auf ihr Bett. Dann sprang sie wieder auf und lief in ihren Räumen auf und ab. Das geht zu weit, sagte sie sich immer wieder. Doch nach und nach musste sie sich wie beim letzten Mal eingestehen, dass sie nicht recht wusste, was sie derart aufwühlte. Jedenfalls war es unerträglich und konnte so nicht weitergehen. Wütend biss Angélique in ihr Spitzentaschentuch und warf düstere Blicke um sich. Zu viel Liebe, das war es, was ihr zusetzte. In diesem Palast, in dieser Stadt sprach jedermann über die Liebe, diskutierte über die Liebe, und das, obwohl der Erzbischof von seiner Kanzel aus Donner und Blitz regnen ließ und den Wüstlingen, den Freigeistern und ihren Mätressen, wenn er sie schon nicht auf den Scheiterhaufen bringen konnte, wenigstens das Höllenfeuer in Aussicht stellte. Reden, die ganz besonders gegen den Palast der fröhlichen Wissenschaft gerichtet waren.

Fröhliche Wissenschaft! Was sollte das überhaupt heißen? Fröhliche Wissenschaft! Liebliche Wissenschaft, deren Geheimnis schöne Augen zum Strahlen und schöne Kehlen zum Gurren brachte, Dichter inspirierte und Musiker mit sich riss. Und der

Meister dieses zärtlichen, verrückten Balletts war dieser Krüppel, der sich einmal spöttisch und dann wieder lyrisch gab; dieser Magier, der sich Toulouse durch Reichtum und Genuss untertan gemacht hatte! Seit der Zeit der Troubadoure hatte Toulouse keinen solchen Aufschwung, keinen solchen Triumph erlebt. Toulouse schüttelte das Joch des Nordens ab und fand seine wahre Bestimmung wieder…

»Oh! Ich hasse ihn, ich verabscheue ihn«, rief Angélique und stampfte mit dem Fuß auf.

Heftig zog sie an einem Glöckchen aus Silbergold, und als Marguerite herbeieilte, befahl sie ihr, eine Sänfte und eine Eskorte antreten zu lassen, denn sie wollte sich unverzüglich in das Lustschlösschen an der Garonne begeben.

»Das könnt Ihr nicht machen, Madame«, rief Marguerite beinahe verzweifelt aus. »Habt Ihr vergessen, dass heute Abend ein Bankett stattfindet? Wir erwarten mindestens hundert Gäste.«

»Genau! Alle diese vielen Menschen können ganz ausgezeichnet ohne mich auskommen. Ich habe mich gestern mit Maître Clément Tonnel beraten, und alles ist bereits abgesprochen, das Aufstellen der Tische im Park, die Bedienung, die Weine, die Desserts… Alles ist auf das Beste vorbereitet. Ich habe starke Kopfschmerzen und muss mich ausruhen.«

Doch Marguerite war untröstlich.

»Ach, welch ein Jammer, Madame!… Ausgerechnet!… Wo doch endlich, heute Abend… Ihr hättet ihn endlich hören können.«

»Wen denn?«

»Den Sänger, den man die ›Goldene Stimme des Königreichs‹

nennt … Wisst Ihr noch, am Abend Eurer Hochzeit? Es hat Euch leidgetan, dass Ihr den Palast verlassen musstet, gerade als sein Auftritt angekündigt wurde! … Nun, und heute Abend … wird er hier sein! Im Palast der fröhlichen Wissenschaft.«

Angélique hasste die schelmische Miene, mit der Marguerite dies verkündete und sie zum Bleiben zu bewegen versuchte; genau wie einst die Amme, wenn sie ihr eine Leckerei versprochen hatte, damit sie brav war.

»Ich werde Monsieur de Peyrac eine Nachricht schreiben. Wenn er sich nach meinem Befinden erkundigt, sagt ihm, dass es mir besser geht, ich aber zu müde bin, um einem Bankett vorzusitzen. Ich würde unsere Freunde nur enttäuschen.«

Marguerite presste die Lippen zusammen. Sie hatte eine recht zutreffende Vorstellung von der Beziehung des Paares, dem sie so hingebungsvoll diente, als wären sie ihre eigenen Verwandten gewesen, und hegte einen gewissen Verdacht und große Hoffnungen. Doch eines schien ihr zwischen den beiden bereits ausgemacht zu sein, nämlich dass »er« sich ständig Angéliques Launen beugte!

Allerdings musste man zugeben, dass diese junge Herrin, die immer noch über den Palast der fröhlichen Wissenschaft herrschte wie eine Fee, die nur zu Besuch ist, selten Launen zeigte …

Marguerite seufzte.

Es sei lange her, sagte sie noch einmal, dass sich die »Goldene Stimme des Königreichs« habe hören lassen, und wenn Madame de Peyrac sich diese Gelegenheit entgehen lasse …

»Nein, ich sagte es doch bereits. Ich habe heute Abend keinen Sinn für Musik und Lieder.«

»Eine einzigartige Stimme …«

»Nein, nein und nochmals nein.«

»Nun gut! … Aber eines Tages werdet Ihr ihn hören müssen«, erklärte Marguerite streng.

Aber sie drang nicht weiter in ihre Herrin, sondern gab Befehl, Pferde zu holen und die beiden jungen Zofen, die in Angéliques Diensten standen, Männer für die Eskorte sowie die Sänfte, die für solche Ausflüge in die nähere Umgebung bestimmt war.

»Da draußen sind allerhand Landstreicher unterwegs«, murmelte sie, enttäuscht darüber, dass sie die lebhafte Stadt verlassen musste und das Fest nicht besuchen konnte.

Die Sänfte war eher ein Tragestuhl mit einer Sitzbank und Vorhängen, der von zwei Maultieren, einem vorn und einem hinten, in einem leichten, gleichmäßigen Trab getragen wurde. Angélique erinnerte sich daran, wie Marguerite sie in ihrer Hochzeitsnacht zum ersten Mal auf diese Weise fortgebracht hatte. Seitdem war sie noch einige Male in dem Lustschlösschen an der Garonne gewesen; aber nur bei Tag und zu einem Imbiss im Schatten der Bäume.

Da sie sich bewusst war, dass Marguerite und die jungen Mädchen enttäuscht waren, schickte sie sie zurück, nachdem sie sich eingerichtet und ein leichtes Abendessen zu sich genommen hatte. Die bewaffneten Wachen würden rings um das Haus kampieren. Sobald sie allein war, trat sie auf den Balkon ihres Zimmers.

Sie war nicht müde. Hier, auf diesem Balkon, hatte sie sich umbringen wollen, um ihm zu entrinnen … Die Erinnerung an diesen schrecklichen Abend, der ihr inzwischen wie ein schlechtes Theaterstück vorkam, deprimierte sie.

Was ihr beinahe Übelkeit bereitete, war nicht die Aussicht

gewesen, eine goldene Stimme hören zu müssen, sondern das Lachen dieser anmaßenden Carmencita; zuzusehen, wie sie vor Joffrey de Peyrac ihre Possen trieb. Angélique spürte, wie ihr Ärger wuchs, und fürchtete sogar, sie hätte sich womöglich trotz ihrer guten Erziehung zu einem öffentlichen Ausbruch hinreißen lassen und ihr einige unangenehme Worte gesagt. Da war es besser, dass sie sich zurückgezogen hatte, um in Ruhe wieder zu sich zu kommen. Die Stille in den Gärten, die das Lustschlösschen an der Garonne umgaben, würde das beste Heilmittel sein.

Als es dunkel geworden war, blieb Angélique noch lange auf der Terrasse ihres Zimmers sitzen. Nach und nach besänftigte die ruhige Flusslandschaft ihre Nerven.

An diesem Abend wäre sie nicht in der Lage gewesen, in Toulouse zu bleiben, in der Kutsche über die Feria spazieren zu fahren, um den Sängern zu lauschen, die an diesem Abend dort auftraten, und dann anschließend den Vorsitz bei dem großen Bankett zu führen, das der Graf de Peyrac im Schein venezianischer Laternen in seinem Park gab. Sie hatte fast damit gerechnet, dass ihr Mann sie zwingen würde umzukehren, um ihre Gäste zu empfangen; doch kein Bote war aus der Stadt gekommen, um die Flüchtige zurückzuholen. Da hatte sie ihren Beweis: Er brauchte sie nicht. Niemand hier brauchte sie. Sie war immer noch eine Fremde.

In ihrer Einsamkeit versuchte Angélique, wieder zu sich zu kommen und sich über ihre Gefühle klar zu werden.

Ihr Vater hatte sie unzählige Male ermahnt, eines Tages werde sie noch bitter für ihre Neugier büßen. Doch Angélique bereute nichts und hegte keinerlei Skrupel bezüglich ihrer Handlungsweise. War es ihre Schuld, dass sie ständig über Dinge stolperte, die nicht wirklich für sie bestimmt waren? Dass ihr Schritt so leicht war, dass die Bauern auf Monteloup behauptet hatten, sie besäße die Gabe, sich unsichtbar zu machen?

Auf jeden Fall zog sie es vor, gewarnt zu sein.

Aber wovor? Sie musste zugestehen, dass Joffrey sie bei diesem Gespräch nicht hintergangen hatte. Warum nur fühlte sie sich dennoch zu Tränen gedemütigt? Sie war nicht so naiv, zu glauben, dass der Graf de Peyrac sich nicht anderweitig suchte, was sie ihm verweigerte. Im Übrigen war in Toulouse der eheliche Betrug an der Tagesordnung; mit dem einzigen Unterschied zwischen Herren und Damen, dass man die Ersteren verlachte und Letztere bedauerte. Doch ganz wie in Paris oder bei Hofe gehörte es nicht zum guten Ton, eine exemplarische Treue zur Schau zu stellen. Das wäre zu kleingeistig gewesen.

Angélique lehnte den Kopf an die Balustrade. Ich werde wohl niemals die Liebe kennenlernen, dachte sie melancholisch.

Als sie sich endlich matt und müßig in ihr Zimmer zurückziehen wollte, waren unter ihren Fenstern die Klänge einer Gitarre zu hören. Sie beugte sich hinaus, konnte zwischen den dunklen Schatten der Bäume jedoch niemanden erkennen.

Sollte Henrico zu mir herausgekommen sein? Der Kleine ist sehr freundlich und möchte mich zerstreuen …

Doch dann begann der unsichtbare Musikant zu singen, und seine tiefe, männliche Stimme gehörte eindeutig nicht dem Pagen.

Schon die ersten Takte berührten die junge Frau tief im Herzen. Diese einmal samtige und dann wieder volltönende Klangfarbe, diese perfekt modulierten Töne waren von einer seltenen Vollkommenheit, wie sie von den galanten Amateuren, von denen es in Toulouse bei Nacht wimmelte, nicht immer erreicht wurde. Im Languedoc waren schöne Stimmen nicht selten;

diesem Menschenschlag, der gern lachte und schwadronierte, perlten auch Melodien leicht von den Lippen. Doch dies war ein wahrer Künstler. Er besaß einen außerordentlich kraftvollen Atem. Es war, als erfülle seine Stimme den ganzen Park aus und bringe sogar noch den Mond zum Beben. Er sang ein traditionelles Klagelied in der alten Langue d'oc, jener Sprache, deren Eleganz der Graf de Peyrac so oft rühmte. Er betonte jede Nuance. Angélique verstand nicht den ganzen Text, doch ein Wort kehrte ständig wieder: *Amore! Amore!*

Die Liebe!

Da wusste sie es ohne jeden Zweifel. Das ist er, der letzte Troubadour, die »Goldene Stimme des Königreichs«!

Noch nie hatte sie einen Menschen so singen hören. Oft schon hatte jemand zu ihr gesagt: »Ach, wenn Ihr nur die ›Goldene Stimme des Königreichs‹ hören könntet! Doch er singt nicht mehr. Wann wird er wohl wieder singen?«

Und man warf ihr einen boshaften Blick zu und bedauerte sie, weil sie die Berühmtheit dieser Provinz nicht kannte.

»Ihn ein Mal hören und sterben!«, pflegte Madame Aubertré zu schwärmen, die Frau des Obersten Magistrats der Stadt, die schon weit in den Fünfzigern war.

Er ist es! Er ist es, sagte Angélique sich ein ums andere Mal. Wie kann es sein, dass er hier ist? Etwa um meinetwillen?

Sie erblickte sich in dem großen Spiegel ihres Zimmers, eine Hand auf die Brust gelegt und die Augen weit aufgerissen.

Wie albern ich bin!, spottete sie über sich selbst. Wahrscheinlich hat mir nur Andijos oder ein anderer Verehrer einen bezahlten Musiker geschickt, um mir ein Ständchen zu bringen!

Trotzdem öffnete sie die Tür. Die Hände vor ihrem Mieder gefaltet, um ihr wild pochendes Herz zu beruhigen, huschte sie durch die Vorzimmer, stieg die Treppe aus weißem Marmor hinab und trat in den Garten hinaus. Sollte für Angélique de

Sancé de Monteloup, Gräfin de Peyrac, doch noch das Leben beginnen? Denn die Liebe war das Leben!

Die Stimme kam von einer Laube am Flussufer, die eine Statue der Göttin Pomona beherbergte. Als die junge Frau sich näherte, verstummte der Sänger, zupfte jedoch weiter leise an den Saiten seiner Gitarre.

Der Mond war an diesem Abend nicht ganz voll, sondern von der Form einer Mandel. Doch sein Schein reichte aus, um den Garten einigermaßen zu beleuchten, und Angélique erahnte im Inneren der Laube eine dunkle Silhouette, die auf dem Sockel der Statue saß.

Der Unbekannte regte sich nicht, als er sie sah.

Ein Mohr, dachte Angélique enttäuscht.

Doch sie sollte ihren Irrtum bald erkennen. Der Mann trug eine Samtmaske, aber seine Hände, die auf seinem Instrument lagen, ließen keine Zweifel daran, dass er hellhäutig war. Ein schwarzes Seidentuch, das er auf italienische Weise im Nacken zusammengebunden hatte, verbarg sein Haar. So weit man in der dunklen Laube erkennen konnte, war seine etwas abgetragene Kleidung eine seltsame Mischung zwischen der eines Dieners und eines Komödianten. Er trug grobe Schuhe aus Biberfell wie Menschen, die viel unterwegs sein müssen, fahrende Händler oder Hausierer, aber aus seinen Jackenärmeln schauten Spitzenmanschetten heraus.

»Ihr singt wunderbar«, sagte Angélique, als sie sah, dass er sich nicht rührte, »aber ich wüsste gern, wer Euch geschickt hat.«

»Niemand, Madame. Ich bin hergekommen, weil ich wusste, dass dieses Schlösschen eine der schönsten Frauen von Toulouse beherbergt.«

Der Mann sprach leise und sehr verhalten, als fürchte er, man könne ihn hören.

»Ich bin heute Abend in Toulouse eingetroffen und habe mich in den Palast der fröhlichen Wissenschaft begeben, wo sich eine fröhliche Gesellschaft zusammengefunden hatte, der ich meine Lieder vortragen wollte. Doch als ich hörte, dass Ihr nicht dort wart, bin ich zu Euch gekommen, denn der Ruhm Eurer Schönheit ist in unserer Provinz so groß, dass ich schon lange den Wunsch hege, Euch zu begegnen.«

»Ihr seid ebenfalls berühmt. Seid Ihr nicht der Mann, den man die ›Goldene Stimme des Königreichs‹ nennt?«

»Der bin ich, Madame, und Euer ergebener Diener.«

Angélique setzte sich auf die Marmorbank, die innen um die Laube herum verlief. Der Duft des rankenden Geißblatts war berauschend.

»Singt noch etwas«, bat sie.

Erneut ließ sich die volltönende Stimme vernehmen, doch weicher jetzt und wie gedämpft. Kein Lied, um auf sich aufmerksam zu machen, sondern ein zärtlicher Gesang, ein Geständnis, eine Beichte.

»Madame«, sagte der Musikant und unterbrach sich, »vergebt mir meine Kühnheit, aber ich würde Euch gern einen Vers ins Französische übersetzen, zu dem mich Eure bezaubernden Augen inspirieren.«

Angélique nickte.

Sie wusste schon nicht mehr, wie lange sie dort war. Nichts anderes war mehr wichtig. Die Nacht gehörte ihnen beiden.

Er spielte eine ziemlich lange Eröffnung, als suche er nach seiner Melodie, stieß dann einen langen Seufzer aus und begann.

»Diese grünen Augen haben die Farbe des Ozeans
Seine Fluten sind über mir zusammengeschlagen
Und als Schiffbrüchiger der Liebe
Irre ich durch den tiefen Ozean
Ihres Herzens.«

Angélique hatte die Augen geschlossen. Mehr noch als die leidenschaftlichen Worte erfüllte seine Stimme sie mit einer nie zuvor empfundenen Wonne.

»Wenn sie die grünen Augen aufschlägt
Spiegeln sich darin die Sterne
Wie auf dem Grund eines Teichs im Frühling.«

Jetzt muss es geschehen, dachte Angélique, denn ein solcher Augenblick kehrt nicht wieder. So etwas erlebt man nicht zweimal. Dies ist genau so wie in den Liebesgeschichten, die wir uns damals im Kloster erzählt haben.

Die Stimme verstummte. Der Fremde glitt auf die Bank. An dem festen Arm, der sie umfasste, an der Hand, die zärtlich und doch gebieterisch ihr Kinn hob, erkannte Angélique instinktiv einen Meister, der gewiss schon mehr als eine amouröse Eroberung gemacht hatte. Sie zögerte ein wenig, doch als die Lippen des Sängers ihren Mund streiften, wurde sie von einem Schwindel ergriffen. Nie hätte sie gedacht, dass Männerlippen so zart wie ein Blütenblatt und so schmelzend sanft sein könnten. Ein muskulöser Arm zerdrückte sie fast, aber der bebende Mund flüsterte immer noch Koseworte, und der Zauber dieser Macht riss Angélique in einen Strudel, in dem sie vergeblich versuchte, einen Gedanken zu fassen.

Ich darf das nicht tun … Das ist nicht richtig … Wenn Joffrey uns ertappt …

Dann schmolz sie dahin. Die Lippen des Mannes drängten die ihren auseinander. Sein heißer Atem erfüllte ihren Mund und ließ ein köstliches Behagen durch ihren Körper strömen. Mit geschlossenen Augen gab sie sich dem nicht enden wollenden Kuss hin, dieser wollüstigen Eroberung, die bereits eine andere Inbesitznahme vorausahnen ließ und nach ihr verlangte. Wogen der Lust überliefen sie; eine Erregung, die noch zu neu für ihren jungfräulichen Körper war, denn mit einem Mal spürte sie eine Art Überreizung und Schmerz, sodass sie heftig zusammenfuhr und sich zurückzog.

Ihr war, als müsse sie in Ohnmacht fallen oder in Tränen ausbrechen. Sie sah, wie die Finger des Mannes ihre nackte Brust liebkosten, die er verstohlen aus ihrem Mieder befreit hatte, während er sie küsste.

Sie rückte ein Stück von ihm ab und ordnete ihre Kleidung.

»Verzeiht mir«, stammelte sie, »Ihr müsst mich für sehr schreckhaft halten, aber ich wusste nicht… ich wusste nicht…«

»Was wusstet Ihr nicht, mein Herz?«

Sie schwieg.

»Dass ein Kuss so süß sein kann?«, flüsterte er.

Angélique stand auf und lehnte sich an den Eingang der Laube. Draußen ging bereits der Mond unter und färbte sich golden, während er auf den Fluss zusank. Angélique musste schon seit Stunden in diesem Garten sein. Sie fühlte sich glücklich, unbeschreiblich glücklich. Nichts war mehr wichtig, nur die Aussicht, solche Stunden noch einmal erleben zu können.

»Ihr seid wie für die Liebe geschaffen«, wisperte der Troubadour. »Das spürt man, wenn man Eure Haut berührt. Der Mann, der Euren wunderbaren Körper zu erwecken versteht, wird Euch zum Gipfel der Lüste führen.«

»Schweigt! So dürft Ihr nicht reden. Ihr wisst doch, dass ich verheiratet bin. So etwas ist eine Sünde.«

»Eine viel größere Sünde ist es, wenn eine so schöne Frau sich einen Hinkefuß zum Gatten erwählt.«

»Ich habe ihn mir nicht ausgesucht; er hat mich gekauft.«

Sofort bedauerte sie ihre Worte, die diese heitere Stunde trübten.

»Singt noch einmal«, bat sie. »Noch ein einziges Mal, und dann müssen wir auseinandergehen.«

Er stand auf, um nach seiner Gitarre zu greifen, doch in seiner Bewegung lag etwas Eigentümliches, das Angélique erschreckte. Sie schaute genauer hin. Mit einem Mal war ihr bange zumute, obwohl sie nicht hätte sagen können, warum.

Während er ganz leise und mit einer seltsamen Nostalgie einen Refrain sang, musterte sie ihn aufmerksam. Vorhin, als er sie küsste, hatte sie einen winzigen Moment lang den Eindruck von Vertrautheit gehabt; und jetzt erinnerte sie sich: Im Atem des Sängers mischten sich Veilchenduft und der unverkennbare Geruch nach Tabak... Der Graf de Peyrac kaute ebenfalls oft Veilchenpastillen... Und er rauchte. Ein schrecklicher Verdacht beschlich Angélique... Als er sich gerade eben erhoben hatte, um seine Gitarre zu nehmen, hatte er eigenartig geschwankt...

Angélique stieß einen Entsetzensschrei aus, der von einem zornigen Ausruf gefolgt wurde, und begann unter wütendem Aufstampfen die Geißblattranken der Laube abzureißen.

»Oh! Das ist zu viel, das geht zu weit... Ungeheuerlich... Nehmt Eure Maske ab, Joffrey de Peyrac... Schluss mit diesem Mummenschanz, sonst kratze ich Euch die Augen aus, ich erwürge Euch, ich...«

Sein Lied war unterbrochen, und er hielt inne. Von der Gitarre stieg ein schauriges Crescendo auf. Unter der Samtmaske entblößte ein breites Lächeln die weißen Zähne des Grafen de Peyrac.

Mit seinem ungleichmäßigen Schritt kam er auf sie zu. Angélique hatte furchtbare Angst, aber vor allem war sie völlig außer sich.

»Ich kratze Euch die Augen aus«, stieß sie noch einmal zwischen zusammengebissenen Zähnen hervor.

Immer noch lachend, umfasste er ihre Handgelenke.

»Was bleibt dann von dem hässlichen Hinkefuß übrig, wenn Ihr ihm auch noch die Augen auskratzt?«

»Ihr habt mich auf unglaublich dreiste Art hintergangen und mir weisgemacht, Ihr wäret… die ›Goldene Stimme des Königreichs‹.«

»Aber ich bin die ›Goldene Stimme‹.«

Sie starrte ihn fassungslos an.

»Ist das denn so ungewöhnlich?«, fuhr er fort. »Ich habe einiges Talent und außerdem bei den größten Maestri Italiens studiert. Der Gesang ist eine in der Gesellschaft geschätzte Kunst, die heutzutage häufig geübt wird. Ganz ehrlich, meine Teure, gefällt Euch meine Stimme vielleicht nicht?«

Angélique wandte sich ab und wischte sich mit einer heftigen Bewegung die Zornestränen vom Gesicht.

»Wie kann es sein, dass ich nichts von Eurer Begabung wusste und bisher nicht den geringsten Verdacht hegte?«

»Ich hatte darum gebeten, Euch nichts zu sagen. Und vielleicht habt Ihr Euch auch keine allzu große Mühe gegeben, meine Talente zu erkunden?«

»Oh! Das ist zu viel!«, stieß Angélique noch einmal hervor.

Doch nachdem ihr erster Zorn verflogen war, musste sie beinahe lachen.

Da hatte er doch tatsächlich seinen Zynismus so weit getrieben, dass er sie verlockte, ihn mit sich selbst zu betrügen! Er hatte wirklich den Teufel im Leib! Nein, er war der Teufel in Person.

»Diese abscheuliche Komödie werde ich Euch nie verzeihen«, erklärte sie, presste die Lippen zusammen und versuchte, so würdevoll wie möglich auszusehen.

»Ich liebe es, Theater zu spielen. Seht Ihr, meine Liebe, das Leben ist nicht immer sanft mit mir umgesprungen, und ich habe wegen meines Gangs so viel Spott über mich ergehen lassen, dass ich meinerseits unerschöpfliche Freude daran finde, andere zum Narren zu halten.«

Ganz gegen ihren Willen sah sie ernsten Blickes zu dem maskierten Gesicht auf.

»Dann war alles nur erlogen?«

»Nicht ganz, das wisst Ihr genau«, antwortete er.

Ohne ein Abschiedswort wandte Angélique sich ab und ging davon.

»Angélique! Angélique!«

Leise rief er sie zurück.

Geheimnisvoll wie ein italienischer Harlekin stand er auf der Schwelle der Laube und legte einen Finger an die Lippen.

»Seid so gut, Madame, und erzählt diese Geschichte niemandem, nicht einmal Eurer Lieblingszofe. Wenn man hört, dass ich meine Gäste allein lasse, mich verkleide und eine Maske aufsetze, um meiner eigenen Frau einen Kuss zu stehlen, werde ich das Gespött der Leute sein.«

»Ihr seid wirklich unmöglich!«, rief sie.

Sie raffte ihre Röcke und rannte den sandbestreuten Weg entlang. Auf der Treppe fiel ihr auf, dass sie lachte. Wie damals in jener ersten Nacht zog sie sich allein aus und riss vor lauter Ärger Häkchenverschlüsse ab und stach sich an den Nadeln. Aber die heutige Nacht war anders. Wie im Fieber warf sie sich hin und her und vermochte keinen Schlaf zu finden. Sein maskiertes Gesicht, sein entstelltes Antlitz und sein Profil mit den klaren, reinen Zügen zogen vor ihrem inneren Auge vorüber. Was steckte hinter den vielen Facetten dieses Mannes? Plötzlich stieg trotzige Abwehr in ihr auf, und dann wieder wurde sie ganz matt bei der Erinnerung an die Lust, die sie in seinen Armen empfunden hatte.

Ihr seid wie für die Liebe geschaffen, Madame…

Endlich schlummerte sie ein. Im Traum erschienen ihr Joffrey de Peyracs Augen, in denen die Flammen seiner Schmelzfeuer tanzten.

Kapitel 9

Sie beschloss, auch noch den nächsten Tag in dem Schlösschen an der Garonne zu verbringen. Nach dem üblen Streich, den ihr Gatte ihr gespielt hatte, verspürte sie keine Lust, ihre ganze Sorgfalt auf den Empfang *seiner* Gäste und auf das Aufräumen *seines* Palasts zu verwenden, wo sich noch immer fröhliche Festgäste aufhielten. Eine seltsame Mattigkeit überwältigte sie, und sie schlief wieder ein.

Um die Mittagszeit wurde sie von zwei Zofen geweckt, die sie nicht kannte. Es waren junge Bauernmädchen aus einem Nachbardorf, die in dem Lustschlösschen an der Garonne zu dienen pflegten, wenn es bewohnt wurde.

Marguerite hatte ihnen Bescheid gegeben.

Madame de Peyrac ruhe sich aus, hatte sie ihnen erklärt.

Sie sollten sich zu ihrer Verfügung halten, dafür sorgen, dass sie es bequem hatte, und sich um ihr Bad und ihre Mahlzeiten kümmern. Außerdem ließ Marguerite mitteilen, die Eskorte erwarte sie, um sie per Sänfte, Kutsche oder zu Pferde nach Toulouse zurückzugeleiten, wann immer ihr das genehm sei.

Angélique seufzte zufrieden.

Sie war froh darüber, einen ganzen Tag für sich allein zu haben. Die Szene in der Laube hatte sie in eine Verwirrung gestürzt, von der sie sich noch nicht erholt hatte. Sie brauchte nur an diese goldene Stimme zu denken, die unter dem Blätterdach erklungen war, um erneut am ganzen Körper zu erbeben. Immer noch hatte sie den Eindruck, dass er ein Fremder gewesen war, dieser fahrende Sänger, dessen Ruhm ihm über Straßen und Berge vorauseilte. Sie hatte seine dicken, staubigen Schuhe gesehen und seinen groben Mantel gefühlt.

Und sie hatte ihm aufrichtig geglaubt, als er ihr diese Geschichte erzählt hatte: Wie enttäuscht er gewesen war, die schönste aller Frauen in Toulouse nicht anzutreffen, zumal ja Marguerite ihn angekündigt hatte, den berühmten Troubadour, die »Goldene Stimme des Königreichs«.

Sie hatte sich von seiner verzehrenden und doch beherrschten Inbrunst bezaubern lassen, die sie mitgerissen und in ihren Bann geschlagen hatte. Sie hatte auf seine Leidenschaft reagiert und dabei nicht vergessen, dass sie sich das erlauben konnte, da er ja nur ein flüchtiges Abenteuer war und sie ohnehin nie die Liebe kennenlernen würde.

Und dabei war er es gewesen! Ihr eigener Mann!

Als sie an diesem Punkt ihrer Überlegungen angelangt war, bedauerte Angélique, keine Geißblattranken zur Hand zu haben, die sie in ihrem Zorn hätte zerreißen können, so wie gestern in ihrer Angst und Wut. Dabei konnte das Geißblatt nichts dafür und hatte in dieser bezaubernden Nacht so gut geduftet. Und seine Stimme war so schön!

Erneut wurde sie von dieser Mattigkeit ergriffen.

Sie spürte wieder, wie sich sein eisenharter Arm um ihre Taille legte und ihr jede Möglichkeit zur Flucht nahm. Wie hatte sie jenen ersten Abend nur vergessen können? Jetzt wusste sie, dass Männerarme dazu geschaffen waren, Frauen gefangen zu halten, sie zu zerquetschen, zu zerbrechen, sie ihrem Willen zu unterwerfen.

Bei dem Gedanken daran, dass sie diesen Überfall wehrlos über sich hatte ergehen lassen, geriet Angélique in Zorn. Sie war ganz und gar willig gewesen!

Als sie nun die Stadt von fern betrachtete, sah sie dort nicht mehr diese Sanftheit, diese Milde, die sie an jenem ersten Morgen bezaubert hatte. Jetzt war diese Stadt ihre Feindin, weil er darin der Herr war.

Die Ruhe und der laue Tag beruhigten sie. Wieder schlief sie lange, als wäre sie völlig erschöpft.

Als sie erwachte, drängte es sie immer noch nicht, nach Toulouse zurückzukehren.

Sie sah sich in dem kleinen Gebäude um, das fern von dem Aufruhr und den neugierigen Augen der Stadt errichtet worden sein musste, um verschwiegenen Begegnungen Platz zu bieten. Abgesehen von dem Balkon gab es auf der ersten Etage eine kleine Terrasse, von der man über die Landschaft blickte.

Ein bequemes Ruhebett stand dort und daneben ein Tischchen, auf dem ein Imbiss aus Salaten, Obst und Getränken angerichtet war. Angélique streckte sich auf den Kissen aus und stärkte sich. Die maurischen Diener waren so diskret, dass man ihre Anwesenheit nur erahnen konnte.

Angélique schlummerte wieder ein.

Abrupt fuhr sie aus dem Schlaf hoch und fürchtete, der Unbekannte sei da und beuge sich über sie.

Als sie die Augen öffnete und in den Sternenhimmel schaute, musste sie an ihren alten Traum denken: Gern wäre sie in einem Nachen, der von den Fluten gewiegt wurde, aufs Meer hinausgefahren.

Die Erinnerung an den Sänger verblasste. An diesem Abend war es im Garten ruhig geblieben. Sie würde versuchen, ihn zu vergessen.

Angélique kam nicht über ihre Bestürzung hinweg.

Der Graf de Peyrac war abgereist.

»Und wohin?«

»Nach Paris.«

Niemand schien seinen Entschluss überstürzt zu finden. Monsieur de Peyrac hatte vor einigen Wochen die Nachricht erhalten, der Bau seines Pariser Stadthauses sei vollendet, da musste er selbstverständlich nach Paris.

Als Andijos ihr einen mit seinem Siegel verschlossenen Umschlag überreichte, rechnete sie damit, einen Brief mit einigen erklärenden Worten vorzufinden. Doch darin war nur ein Schmuckstück, eine Perle, die man auf der Stirn trug, von dieser seltenen Art, die eine etwas längliche Form aufwies wie ein schimmernder Tropfen, und mit einem Goldkettchen, mit dem sie im Haar befestigt wurde.

»Sagt mir, Andijos, es ist doch nichts Ernstes? Paris! Aber das ist ein sehr weiter, gefährlicher Weg. Erzählt man sich nicht, je weiter man nach Norden komme, umso öfter müsse man Landstriche durchqueren, in denen die Bauern die Kriege zum Vorwand genommen, zu ihren Sensen gegriffen und Steuereinnehmer massakriert haben, ja davon leben, Reisende auszurauben?«

»Gewiss … Aber wer durchkommen will, dem gelingt das auch.«

Wichtig sei es, seine Tarnung gut zu wählen, erläuterte er. Die Reisegesellschaft eines Geistlichen von hohem Rang habe bessere Aussichten als die eines Edelmanns; denn der Landmann fürchte noch immer um sein ewiges Seelenheil. Oder man trat als Straßenräuber auf, um andere Banden abzuschrecken, oder auch als Pilger, der auf dem Jakobsweg oder einem anderen

Pilgerpfad unterwegs war, denn diese waren arm und alt und wurden oft geschont. Die Frage war lediglich, in welcher Verkleidung man am wenigsten riskierte.

»Ich bin ernstlich besorgt. Hat Monsieur de Peyrac wenigstens eine gute Eskorte?«

Sie solle sich nur beruhigen! Die Gruppe hatte die richtige Tarnung gewählt. Alle waren als Straßenräuber verkleidet und ordentlich bewaffnet; und sie würden sich bei ihren Reisen von einem Landstrich in den anderen nach den Informationen richten, die sie bei der Bevölkerung einholten. Sie kannten die verschlungenen Wege und die sicheren Enklaven; schließlich sei es besser, einen Umweg zu reiten, als einen überflüssigen Kampf zu riskieren. Die üblen Winkel waren bekannt, und sie hatten überall Freunde. Sie würden ihr Ziel ungehindert erreichen.

Irgendwo jenseits der Berge und Täler, die sie überwanden, strahlte ein Stern; einmal heller und dann wieder trüber, aber nicht ohne Charme: Paris, die Hauptstadt dieses Königreichs, das aus zehn bis zwölf völlig unterschiedlichen Provinzen, zahlreichen kleinen Territorien, Fürstentümern, Grafschaften und Herzogtümern bestand, die niemandem etwas schuldig waren; wie ein bunter, zerrissener und immer wieder ausgebesserter Flickenteppich mit ebenso vielen Abgaben und Zöllen, die an den Grenzen zu entrichten waren; ohne die einander überlappenden Grenze im Gewohnheitsrecht zu zählen, in der gleichsam der unüberbrückbare Gegensatz zwischen der Latinität der glattrasierten römischen Legionen und dem Barbarentum der schnauzbärtigen Germanen fortdauerte.

»Madame, Euer Gatte möchte Euch eines Tages die Schönheiten dieser Stadt vorführen und Euch dem König vorstellen. Daher musste er sich über den Zustand Eurer Unterkunft vergewissern. Anscheinend verspricht dieses Stadthaus, dessen Pläne er selbst entworfen hat, eines der prächtigsten und elegantesten des Marais-Viertels zu werden. Im Verlauf seines Aufenthalts wird sich Monsieur de Peyrac zweifellos um die Anschaffung des Mobiliars und die Auswahl der Gobelins kümmern.«

Andijos und der Freundeskreis, den Monsieur de Peyrac beauftragt hatte, Angélique während seiner Abwesenheit Gesellschaft zu leisten, erklärten ihr, welche Anweisungen er zurückgelassen hatte.

Sie sollte nichts an ihren Lebensgewohnheiten ändern, und die anderen offenbar ebenfalls nicht. Die Stammgäste des Palastes stellten eine Art beweglichen, wechselhaften Hofstaat dar, dessen unumstrittene Königin Angélique war. Jeden Tag konnte sie an ihrem Tisch zurückhalten, wen sie wollte, oder ihre Gäste Clément Tonnel und Alfonso überlassen und sich in ihre Räume zurückziehen, um zu ruhen oder den Musikern zu lauschen. Vormittags fanden vielleicht lange Ausritte über Land statt und abends Empfänge mit einem kleinen Ballett. Sie war frei; frei, sich ihr Leben nach eigenem Belieben einzurichten.

In den ersten Tagen seiner Abwesenheit geschah es Angélique immer wieder, dass sie, wenn sie ihre Gemächer verließ, um sich zu den stets zahlreichen Gästen zu gesellen, die sie in der Galerie oder den offiziellen Salons erwarteten, die Ohren spitzte, um aus dem Summen der Gespräche Joffrey de Peyracs Stimme herauszuhören. Ihr wurde klar, dass dies eine Gewohnheit war, die sie sich zugelegt hatte und die darüber entschied, ob sie guter oder schlechter Stimmung war. Dabei hätte sie nicht genau sagen können, ob sie es vorzog, wenn er anwesend oder abwesend war.

Sie achtete auf die Worte, die ihr entgegendrangen, wenn

sie sich näherte, und stellte fest, dass der Graf de Peyrac oft im Mittelpunkt der Unterhaltungen stand. Seine Freunde diskutierten über die Schönheit und Größe seines Pariser Stadthauses, die Namen der Baumeister, die er ausgewählt hatte, und über die aufgewendeten Geldsummen. Die Frage, ob er eine gute Reise gehabt hatte und heil in der Hauptstadt angekommen war, schien niemanden zu beschäftigen.

Eines Tages fiel der Name Ninon de Lenclos.

»Ich bin mir ganz sicher, dass er sie sehen wird«, meinte einer, »oder besser gesagt, wiedersehen.«

»Glaubt Ihr wirklich, er kennt sie persönlich?«

Der Einwand kam von einer Frau.

»Paris ist groß, und so oft reist unser Herr nun doch nicht in die Hauptstadt...«

»Ein Mann wie er kann gegenüber dem Ruf einer so berühmten Kurtisane nicht gleichgültig bleiben.«

Es wurde laut, als die gegensätzlichen Meinungen über die schöne Ninon de Lenclos aufeinanderprallten.

Manche fanden, diese Bezeichnung täte ihr unrecht, denn sie sei viel mehr und Besseres als eine Kurtisane. Ein anderer, der Seneschall, sprach von ihr mit der Entschiedenheit eines Mannes, der über jede Einzelheit informiert ist, was nicht ausschloss, der er eine aufrichtige Bewunderung für sie hegte. Die Männer, die sie anfauchten, seien oft nicht einmal ihre Liebhaber; denn die Männer, die sie wirklich liebe, seien häufig arm und diese Affären ein Ergebnis ihrer leidenschaftlichen Zuneigung. Ihre Namen wisse man meist nicht genau, da sie solche Verhältnisse selten einging. Angélique begriff, dass sie Joffrey de Peyrac, den großen Hinkefuß aus dem Languedoc, zu den Männern zählten, die bei dieser schwierigen Frau möglicherweise Gefühle erweckt hatte, die nicht mit dem Interesse an einem Vermögen oder einem hohen Rang zu tun hatten.

»Auch wenn unser Freund sich nur selten in Paris aufgehalten hat, niemand kann mir erzählen, dass diese beiden sich nicht kennengelernt haben.«

Als die Klatschmäuler Angélique näher kommen sahen, unterbrachen sie das Gespräch; doch sie tat nicht so, als hätte sie nichts gehört. Um die Wahrheit zu sagen, war ihr der Name bekannt, denn er geisterte schon seit langer Zeit sogar tief in den Provinzen und den Klöstern herum. Stets wurde er genannt, wenn die Rede auf Paris und seine Salons kam, die »ruelles«, wo die affektierten Damen Kavaliere und Geistesgrößen empfingen, unter denen die Kurtisane zu den Berühmtheiten gehörte.

»Zwanzig Jahre sind es nun schon, dass Ninon de Lenclos über die Herzen der Männer regiert, die Freigeister und Freunde der Liebe sind, aber auch über die schönen Künste, den Geist und die allerfeinsten Umgangsformen.«

Man spekulierte über ihr Alter und das Geheimnis ihrer Verführungskraft, die ihr anscheinend ewige Jugend verliehen hatte.

Der Seneschall rezitierte:

»Die nachsichtige und kluge Natur
Hat Ninons Ära geschaffen
Aus der Wollust des Epikur
Und der Weisheit eines Cato.«

Auf ihren Ausritten konnte Angélique ihr Temperament ausleben. Diese Ausflüge dehnten sich durchaus über die Mittagsstunden hinweg aus. Mit ihren Freunden entdeckte sie die Städte und Dörfer der Umgebung, deren Einwohner sich über den Besuch der Adligen aus Toulouse freuten.

Auch Picknicks fanden im Schatten eines Wäldchens statt. Man ruhte sich aus und plauderte angeregt.

Einmal unternahm sie mit einigen Damen einen Spaziergang am Flussufer. Eine von ihnen machte ihr, nachdem sie sich mit einem Blick zu den anderen versichert hatte, ein Geständnis: Je mehr Zeit vergehe, umso mehr bedaure der ganze Landstrich, um nicht zu sagen, die gesamte Provinz, dass es aus dem Palast der fröhlichen Wissenschaft noch keine Nachricht über ein bevorstehendes freudiges Ereignis gebe.

Angélique begriff die Anspielung nicht sofort.

»Wir sind ein neugieriges Völkchen«, schaltete sich der Seneschall ein, der ihre Überraschung bemerkt hatte. »Das Liebesleben unserer Fürsten hat uns schon immer sehr am Herzen gelegen.«

Als Beispiel führte er die Beschwerden der Bürger von Montpellier an, die diese ihrem neuen, jungen, schönen und schneidigen Herrn, Pedro II., König von Aragón und Mallorca, hartnäckig und sogar unter Tränen vorgetragen hatten. Denn sie bestanden darauf, dass er seinen ehelichen Pflichten gegenüber ihrer Fürstin Marie de Montpellier nachkomme, die er nur geheiratet hatte, um seinen Besitzungen eine wohlhabende Stadt hinzuzufügen.

Dabei war sie eine »schöne und edle Dame« gewesen, wie es in einer Chronik aus dieser fernen Zeit hieß, und die Tochter des verstorbenen Guilhem de Montpellier und der Eudoxie von Konstantinopel.

Doch dieser Prinz war flatterhaft und reiste viel, ständig hin und her gerissen zwischen seinen zahlreichen Mätressen, Königreichen und Feldzügen; denn er führte an der Seite der anderen christlichen Monarchen von Navarra, León und Kastilien die »Reconquista« Spaniens gegen die mohamedanischen Araber an. Die Enttäuschung der Bewohner von Montpellier, die zwar froh über einen so mächtigen Beschützer waren, aber besorgt wegen der geringen Wertschätzung, die er ihrer Fürstin entgegenbrachte, hatte fast zu einer Rebellion geführt. Schließlich hatte sich Pedro II. nach nicht weniger als drei Jahren, in denen er keine Zeit dazu gefunden hatte, bereit erklärt, eine Nacht mit seiner Gattin zu verbringen.

Als das Paar sich am nächsten Morgen zeigte, hatte ihm eine jubelnde Menge Beifall gespendet. Aus dieser Begegnung ging ein Sohn hervor, der ein begehrenswerter Mann geworden sein musste, denn er sollte später Jaime der Eroberer genannt werden.

Diese Anekdote, die die Tradition des Landes beleuchtete, hatte Angélique Zeit geschenkt, sich wieder zu fassen. Sie begriff, dass sich hinter der Anspielung auf ein »freudiges Ereignis« keinerlei böse Absicht gegenüber ihrer Person verbarg; es war einfach eine indiskrete, aber banale Frage, wie sie zu allen Zeiten und in jedem Land der Welt gestellt wird. Nichts wird wohl jemals das einfache Volk davon abbringen, sich aus verschiedenen Gründen dafür zu interessieren, wie es mit der Ehe seiner Herrscher bestellt ist!

Später, als sie in Sichtweite der kleinen Stadt Muret dahingaloppierten, die vier oder fünf Meilen von Toulouse entfernt lag, erfuhr Angélique, dass dieser ruhmreiche König von Aragón bei einer der furchtbarsten Schlachten der Kreuzzüge an genau dieser Stelle gefallen war, als er seinen Vasallen im Languedoc zur Hilfe eilen wollte. Sein Sohn konnte zu dieser Zeit noch nicht älter als drei Jahre gewesen sein.

Diese vollkommen harmlosen Anspielungen stürzten Angélique in unbestimmte Ängste. In solchen Momenten fühlte sie sich immer noch fremd und verlassen, und ihre Familie fehlte ihr.

Sie bekam Lust, den Schmuck, den ihr Mann ihr geschenkt hatte, anzusehen.

Im Kloster hatte die Mutter Oberin ihnen eingeschärft, sich so zu schmücken, wie es zu den Pflichten einer Dame von Rang gehörte, wenngleich sie ihnen ausdrücklich ans Herz legte, stets Bescheidenheit zu üben, die oberste Tugend, die verhindern würde, dass sie dem vulgären Laster der Eitelkeit anheimfielen.

Zweifellos würden ihnen ihre Ehegatten, aus Aufmerksamkeit oder in dem Wunsch, dass ihre Frau ihnen Ehre machte, oder vielleicht sogar der König, Schmuck zum Geschenk machen. Damit sie dessen Wert schätzen lernten, hatte sie ihnen »zumindest in großen Umrissen«, wie sie sagte, die Wissenschaft von den Edelsteinen zugänglich machen wollen. Eine liebenswerte Wissenschaft, die ihnen, so lautete eine weitere ihrer Bemerkungen, ganz gewiss nützlicher sein würde als Griechisch, Latein und Philosophie.

Manches Mal war es bei einem Empfang vorgekommen, dass ihr Mann ihr Handgelenk umfasste, um sie an sich zu ziehen und ihr eine Bemerkung, eine Überlegung zuzuflüstern; daher hatte sie seine Ringe bemerkt. Er trug meist drei, oft auch vier von der Art, die er abzunehmen und als »Trost« zu verschenken pflegte. Diamanten, Rubine … ihr offensichtlicher Wert teilte den Damen, die sie von ihm empfingen, mit, dass er sie bewusst ausgewählt hatte. Sie überlegte, dass dieser Mann niemals etwas tat, ohne dass eine Absicht dahintersteckte.

Waren diese sehr schönen, aber ungewöhnlichen Ringe so etwas wie der Ring eines Magiers, der mit Flüchen beladen ist? Angélique nahm ihre Armbänder ab und strich auf der Suche nach der flüchtigen Empfindung über ihr rechtes Handgelenk.

Wenn er sie auf diese Weise berührte, blieb ihr gar keine Zeit, Angst zu haben. Er sprach dann in ganz natürlichem, ruhigem

Tonfall ein paar Worte zu ihr und gab sie anschließend wieder frei. So wie an dem Tag, an dem er ihr von den Zinninseln erzählt hatte. Und sie vergaß diese Berührung, die sehr rasch verflog, bis sie glaubte, sie hätte nur geträumt.

Aber er träumte nicht, sondern wusste ganz genau, was er tat und was er wollte. Und Angélique erschauerte bei dem Gedanken an diese Momente. Sie schloss die Augen.

Sie erinnerte sich an diese gebräunte Hand, die auf ihrem Handgelenk lag, an das Glitzern dieser tiefdunklen Steine, die in Gold oder Silber gefasst waren und die allein durch geringste Bewegungen der Finger oder der Hand plötzlich helle Blitze sprühten, ähnlich wie ein Blick. Einer, der größte der Steine, war von einem transparenten Schwarz, aus dessen Tiefen weinrote Reflexe aufstiegen, und in ein kleines, von einem Kreis umgebenes goldenes Kreuz eingelassen. Joffrey de Peyrac gebrauchte diesen Ring, um gewisse Briefe zu siegeln, während er üblicherweise ein anderes Siegel verwendete.

Die Mutter Oberin hatte darauf hingewiesen, dass die Steine, die sich schleifen ließen, es nicht mit den großen Fürsten unter den Edelsteinen aufnehmen konnten, deren Prinz der Diamant sei. Doch sie hatte auch erklärt, nicht allein ihre Härte entscheide über die Güte der begehrten Steine, sondern auch ihre Seltenheit. Manche namenlosen Steine wurden von den Goldschmieden bei Hofe in Säckchen aufbewahrt und zwischen Haut und Hemd auf dem Herzen getragen, und ihr Anblick verzückte diejenigen, die man »Sammler« nannte, die Liebhaber kostbarer Steine. Zu ihnen gehörten sogar weit mehr Männer als Frauen, hatte die Oberin noch hinzugefügt.

Angélique dachte über diese fernen Erinnerungen nach und staunte darüber, wie die Wunder der Natur solche Leidenschaften erweckten, dass sie sogar eine kühle Oberin zu lyrischen Ausbrüchen verleiteten.

Sie sah die kleinen kostbaren Steine in den unergründlichen Tiefen der Felsen glitzern.

Sie sind wie die Blumen der Erde, dachte sie.

Sie legte ihre Armbänder wieder an und räumte ihren Schmuck fort.

Auf ihrem Handgelenk spürte sie noch immer die Berührung seiner Finger auf ihrer Haut, so kurz diese auch gewesen war.

Wie an dem Tag ihrer Trauung, in der Kathedrale, als er ihre Hand fest umschlossen hatte, um ihr den Ring an den Finger zu stecken.

Du gehörst mir! Für alle Zeit!, schien er sagen zu wollen.

Sie musste die Abwesenheit des Grafen nutzen, um den Ausflug in die oberen Geschosse des Palasts, den sie sich vorgenommen hatte, durchzuführen.

Obwohl sie sich dagegen wehrte und sich davon befreit geglaubt hatte, bedrückte sie, je weiter sie die Treppe hinaufstieg, das schon zuvor empfundene Gefühl, etwas Verbotenes zu tun.

Und als sie das unbekannte Territorium der zweiten Etage betrat, wurde es noch schlimmer.

Sie ahnte, was sich dort oben verbarg, aber schließlich sagte sie sich, dass die Amme recht gehabt hatte, als sie davon sprach, es gebe eine Art magischer Anziehung, der man sich beugen musste.

War es nicht seine Stimme, die mit einer hassenswerten Selbstsicherheit erklärte hatte: »Ihr werdet kommen! … Sie kommen alle …«

Stellte er sich etwa vor, dass ich mich eines Tages zu seinen Füßen niederwerfen und ihn anflehen werde, »Nimm mich! Nimm mich!« wie diese Verrückte kürzlich?

Und dennoch setzte sie ihren Aufstieg in dem Gefühl fort, dass sie sich unentrinnbar auf diesen Mann zubewegte.

Vom Treppenabsatz der zweiten Etage führte eine Treppe steil nach oben, wie die Stufen eines Tempels. Die Räume dort oben mussten auf die Dachterrasse hinausgehen.

Immer wieder glitten ihre Gedanken zu dem geheimnisvollen Raum, in dem die Frauen, die sich wegen ihres schwachen Willens hatten verhexen lassen und wagten, die verbotene Schwelle zu überschreiten, dem Wahnsinn anheimfielen.

Sie erklomm den höchsten Punkt.

Und dort, in einigen Schritten Entfernung, sah sie direkt vor sich die geschlossene Tür, an der ein reich verschnörkeltes, goldenes Schloss glitzerte.

Als sie von einem ihrer Spaziergänge zurückkehrte, teilte Clément Tonnel ihr mit, er habe den Erzbischof in einen der Salons geführt, wo er sie erwarte.

Monseigneur de Fontenac hatte sich nicht gesetzt und beteuerte, er wolle nur kurz vorbeischauen. Er wolle sich nach der Reise von Monsieur de Peyrac erkundigen.

Ob er nicht eher gekommen war, um sich einen Eindruck von ihrem Verhalten während der Abwesenheit ihres Gatten zu machen?

Das Einfachste, so dachte sie, war es, ihm unverzüglich in allen Einzelheiten zu schildern, wie sie ihre Zeit verbrachte. Dann hätten sie zugleich ein Gesprächsthema. Also bat sie ihn, Platz zu nehmen, und erzählte ihm dann von den Ausritten, die sie in der Umgebung von Toulouse unternahm, von ihren Begleitern, und schilderte ihm, wie ausgezeichnet diese sie in die Geschichte des Landes einführten. Sie sprach von ihrem Ausflug nach Albi, dem entferntesten Ort, den sie bisher auf ihren

Streifzügen aufgesucht und wo sie gleichsam eine ihr unbekannte Provinz entdeckt hatte.

»Und, Monseigneur, ich freue mich sehr darüber, dass ich die Gelegenheit habe, Euch nach einer Angelegenheit zu fragen, über die ich keine zufriedenstellende Auskunft erlangen konnte. Woher stammt eigentlich der Name Albigenserkreuzzüge. Mir will nach den Schilderungen und Diskussionen, die ich mitbekommen habe, scheinen, dass diese Stadt nicht zu denen gehört, die am stärksten gelitten haben. Man hat mir sogar berichtet, Simon de Montfort habe dort Unterstützung für seine Armeen gefunden.«

Monseigneur de Fontenac sah zum Himmel auf. Bei dem Thema, zu dem sie ihn gelenkt hatte, fühlte er sich ganz und gar in seinem Element. Niemand verstand sich besser als er darauf, die verwickelten Fäden der widersprüchlichen Geschichte der Kreuzzüge zu entwirren.

Albi gehörte zum Besitz der Vicomtes von Trencavel, und nachdem die Stadt sich an die Spitze der Bewegung gestellt hatte, die der Ketzerei wohlmeinend gegenüberstand und ihr sogar den Namen gegeben hatte, hätte sie sich in der Tat unter den Städten wiederfinden müssen, welche den blutigen Weg des Kreuzzugs säumten.

Doch während dieser gesamten Unruhen hatte der Bischof von Albi, Guillaume de Peyrenetau, mit eiserner Faust geherrscht, was umso erstaunlicher war, als zu dieser Zeit der Klerus in seiner Schwerfälligkeit und Trägheit nur daran interessiert war, seinen Zehnten einzusammeln, um seinen Reichtum zu erhalten und zu mehren, und die schwere Verantwortung dafür trug, dass sich die Gläubigen von der römisch-katholischen Kirche abgewandt hatten. Dies erklärte auch, warum sich diese fehlgeleitete Religion, die aus dem Orient stammte und sich selbst als einzige Kirche und legitime Erbin Christi und seiner Apostel betrachtete, so außerordentlich leicht ausgebreitet hatte.

Zu Anfang hatte Albi die Konzile der »bogomilischen«, das heißt »bulgarischen« Bischöfe beherbergt, denn dort lag einer der Mittelpunkte der Häresie. Und so kam es auch, dass man ihnen den Namen Albigenser gab, unter dem sie in Frankreich bekannt wurden. Diese Glaubensrichtung hatte verschiedene Namen. Sie beruhte auf dem Glauben an zwei Schöpferkräfte, die beide von gleicher Bedeutung waren: Geist und Seele, die Schöpfung eines wohlwollenden Gottes, und die Materie, das Werk Satans.

»Ein infamer Dualismus!«

Der Erzbischof schäumte vor Wut und erschauerte.

»Erschreckt Euch ein so schreckliches Glaubensbekenntnis nicht, Madame?«

»Gewiss, da bin ich ganz Eurer Meinung, Monseigneur. Ich gebe ja zu, dass die Welt voller Unvollkommenheiten ist; aber wie kann man angesichts der Schönheit der Blumen auf den Gedanken kommen, sie könne eine Schöpfung des Teufels sein?«

Der Bischof verstummte einige Sekunden lang.

»Ein ausgezeichnetes Argument, um die verblendeten Massen zu bewegen«, meinte er dann.

Beide überlegten, dass die unbarmherzigen Inquisitoren des dreizehnten Jahrhunderts auf dieses Argument nicht gekommen waren. Doch Angélique hütete sich, die Debatte weiter voranzutreiben und zog es vor, dem Bischof den Vortritt zu lassen. Er hob erneut an.

»Was Euren Eindruck angeht, Euch nur wenige Meilen von Toulouse entfernt in einem fremden Land zu befinden, so ist dies, wie Ihr wisst, ein Phänomen unserer Landstriche, deren Vielfalt und Unterschiede sowohl in ihrer Landschaft als auch in ihrer Geschichte liegen, was sie praktisch zu ebenso vielen kleinen Nationen macht, die eifersüchtig über ihre Einzigartigkeit wachen. Allein die Sprache eint uns ... Und das nicht einmal vollständig. So ist doch ihre Klangfarbe überall verschieden.«

Angélique war überzeugt davon, dass der Bischof mit seinem Besuch etwas anderes im Sinn gehabt hatte.

Und richtig, er brachte das Thema zur Sprache.

»Mein Kind, habt Ihr in der Verschwiegenheit Eures Gewissens über die Verpflichtungen nachgedacht, die Ihr eingegangen seid, und die Bitte berücksichtigt, die ich gemäß meiner Pflicht als Seelenhirte an Euch gestellt habe?«

Angélique starrte ihn ratlos an; daher fuhr er fort.

»Erinnert Euch ... Ihr habt Euch dazu verpflichtet, Euren Einfluss einzusetzen, um Euren Gatten zu bewegen – ich sage nicht wieder, denn dazu hat er sich schon viel zu lange vom mütterlichen Schoß der Kirche entfernt –, nein, überhaupt erst eine treue Stütze der Religion zu werden, in der er getauft ist und die zu verteidigen er durch die beherrschende Stellung, die er sich in unserer Stadt geschaffen hat, verpflichtet ist.

Eine edle Aufgabe für eine christliche Ehefrau ...«

Angélique saß kerzengerade in ihrem Sessel, die Hände auf den Knien gefaltet, ganz in der empfohlenen Haltung für eine Dame, die sich mit einem hohen kirchlichen Würdenträger unterhält.

»Monseigneur«, sagte sie nach kurzem Überlegen, »ich weiß noch, wie Ihr bei Eurem letzten Besuch Monsieur de Peyrac als einen Menschen geschildert habt, der mit allen Begabungen gesegnet ist, von Gelehrten aus der ganzen Welt geschätzt wird und eine tiefe Kenntnis des Universums, das er bereist hat, besitzt. Diese Eigenschaften haben ihm die Freundschaft von Königen und Fürsten eingetragen, denen er begegnet ist. Außerdem schien mir, dass Ihr ihm, wenngleich widerstrebend, Achtung gezollt habt für die Energie und Hartnäckigkeit, die er in all seinen Handlungen an den Tag legt und die ihn in die Lage versetzen, nicht von seinen Zielen abzuweichen, ehe er sie erreicht hat.«

Der Bischof lauschte ihr mit düsterer Miene. Das, was sie eben über die Blumen gesagt hatte, zog in seinem Geist Kreise wie ein Stein, den man in einen Teich geworfen hat, auf der Wasseroberfläche und entwickelte sich zu theologischen Argumenten und Schlussfolgerungen. Er war zutiefst erschüttert. Zwar eröffneten sich ihm ganz neue Aussichten für seine Predigten, doch zugleich war er sehr enttäuscht. Er hatte die Erfahrung gemacht, dass eine Frau umso naiver und leichter zu lenken ist, je größer ihre Schönheit und Anziehungskraft sind. Da eine schöne Frau keine Listen und Intrigen nötig hat, um den Sieg davonzutragen, ist sie hilfloser als andere gegenüber jemandem, der sie geschickt manipuliert. Bezüglich der jungen, bezaubernden Gräfin hatte er sich erhofft, über sie mehr als zuvor über die wilden Ausschweifungen im Palast der fröhlichen Wissenschaft zu erfahren.

Doch er musste sich den Tatsachen beugen. Es gelang ihm einfach nicht, sich eine Meinung über sie zu bilden. Obwohl er große Erfahrung mit den Listen des menschlichen und besonders des weiblichen Gewissens besaß, verbarg sie vollkommen vor ihm, was ihr Geheimnis, ihr Rätsel war; und das verwirrte ihn.

»Sicherlich«, erklärte Angélique gemessen, »dank der Großzügigkeit meines Vaters habe ich bei den Ursulinen von Poitiers eine gute Ausbildung genossen. Aber glaubt Ihr wirklich, Monseigneur, ich könnte irgendeinen Einfluss auf einen Mann von der Gelehrsamkeit und dem Charakter eines Monsieur de Peyrac nehmen?«

Der Geistliche setzte jenes kalte Lächeln auf, dessen untergründige Härte auch die hartgesottensten Sünder ängstigte.

»Ja«, erklärte er, »davon bin ich überzeugt. Wenn sich die Gelegenheit ergibt, Madame, dann macht Monsieur de Peyrac doch bitte klar, dass er sich vorsehen soll.«

Mehrmals im Verlauf dieses Gesprächs, das sich glücklicherweise nicht allzu sehr in die Länge zog, hatte Angélique sich mechanisch zur Tür umgewandt; und jetzt wurde ihr klar, dass sie sich glühend gewünscht hatte, er würde dort erscheinen, mit seinem spöttischen Lächeln, das aufblitzte wie eine Schwertklinge, die zum entscheidenden Stoß ausholte.

Er sah sich nicht vor.

Aber er war stark, und er war frei.

Wann würde er endlich zurückkehren?

Dritter Teil

Die Liebe erwacht

Kapitel 10

Und plötzlich eines Morgens, als sie von ihrem Ausritt zurückkehrte und sich zur Eingangsgalerie begab, war er da. Sie sah ihn dort stehen und offensichtlich auf sie warten. In Schwarz gekleidet, mit silbernen Spitzen und feuerroten Bändern, kam er ihr größer vor als in ihrer Erinnerung.

ER WAR DA!

Er nahm den Hut ab, schwenkte ihn und verneigte sich so tief, dass die schwarzen und roten Federn über den Boden streiften.

Dann richtete er sich auf und schenkte ihr sein strahlendes Lächeln.

»Welches Abenteuer ist Euch denn in meiner Abwesenheit widerfahren, Madame, dass sich auf Eurem Gesicht ein Glück spiegelt, das Euch noch schöner macht?«

Verwirrt erkannte sie, dass sie ihn in ihrer freudigen Überraschung geradezu verzückt anstarrte.

»Nichts!«, rief sie aus. »Gar nichts!«

Sie unterdrückte das spontane Geständnis, das ihr auf der Zunge lag. Ohne Euch war mir langweilig!

»Ihr wart lange fort«, sagte sie stattdessen nur.

Und an dem Aufblitzen in seinen Augen sah sie, dass er einen Sieg für sich verbuchte.

Mit einem Mal tauchten unter Willkommensrufen und mit tausend Fragen ihre Freunde auf, und die maurischen Gärtner brachten Blumen für das Fest.

Das Leben im Palast der fröhlichen Wissenschaft begann von neuem.

Wieder spitzte Angélique, wenn sie ihren Beschäftigungen nachging, die Ohren, um aus dem Summen der Gespräche die Stimme von Joffrey de Peyrac herauszuhören.

Aha! Natürlich hatte er in Paris bei Ninon de Lenclos gesungen. »Ihr werdet sicher wissen, dass diese charmante Preziöse eine ganz ausgezeichnete Lautenspielerin ist. In ihrem Hause ist die Musik Königin!«

Er hatte ihr eine Laute aus Bologna geschenkt, da diese Instrumente, wie es hieß, den besten Klang hatten und außerdem leichter waren, sodass die Damen auf diesem stark gewölbten und unhandlichen Instrument eine größere Virtuosität entfalten konnten. Angélique fiel auch auf, dass an seiner rechten Hand einer seiner Ringe fehlte, vermutlich der, an dem das Siegel prangte. Sie war überzeugt davon, dass er ihn Ninon de Lenclos geschenkt hatte.

Es war ein besonders heißer Frühlingstag. Das hektische Zirpen der Zikaden erfüllte die Umgebung der Stadt, deren rote Bauten unter einem Himmel flammten, der so tiefblau war, dass er beinahe dunkel wirkte.

In den weitläufigen Räumen des Palastes, die durch die vorgebauten Terrassen vor der Gluthitze geschützt waren, war eine auserlesene Gesellschaft zusammengekommen. Darunter befanden sich heute mehr Männer als Frauen, denn man erwartete das Eintreffen von Fremden, Spaniern, aber auch von vielen Franzosen, die Nachrichten von den Schlachtfeldern im Norden bringen würden.

»Dieser Bürgerkrieg der Fronde nimmt wohl niemals ein Ende.«

Angélique, die von einer Gruppe zur anderen ging, blieb stehen.

»In Flandern bekämpfen sich unsere beiden bedeutendsten Generäle; der Prinz von Condé mit Don Juan José de Austria an seiner Seite.«

»Und auf der anderen Seite Monsieur de la Tour d'Auvergne, der Vicomte de Turenne, im Dienste des jungen Königs und des verhassten Kardinals.«

»Die Kämpfe waren schwer, doch es ist nichts dabei herausgekommen.«

»Man brauchte eine Entscheidungsschlacht, einen Kampf auf Leben und Tod.«

»Auf Leben und Tod! Zwischen unseren beiden größten Heerführern, Monsieur de Condé und Monsieur de Turenne.«

Angélique lauschte dem Gespräch, und Bilder stiegen in ihr auf. Sie fühlte sich wie von einem heißen Hauch gestreift; dem Atem des Krieges, der einst das Ursulinenkloster in Poitiers umweht hatte.

»Ich setze auf Condé. Er hat sein militärisches Genie schon in Rocroi und Lens bewiesen.«

»Aber damals diente er dem König von Frankreich. Inzwischen jedoch gilt er als Verräter und ist wegen Majestätsbeleidigung zum Tode verurteilt.«

»Und Turenne? … Der Treue!«

»So treu nun auch wieder nicht. Die verführerische Sirene Madame de Longueville hatte ihn eine Zeit lang auf die Seite der Frondeure gezogen.«

»Das ist vergessen! Er ist ein großer Feldherr, und der König kann sich glücklich schätzen, dass dieser Generalmarschall in seinen Diensten steht – umso mehr, als Turenne ein Enkel Wilhelms von Oranien und das Fürstentum mehr oder weniger ein

Teil des Heiligen Römischen Reichs Deutscher Nation ist. Und sowohl er selbst als auch seine engen Verwandten gehören der reformierten Religion an.«

»Ein Hugenotte! ... Umso besser. Sie sind zäh ... Wenn er im Dienste des Königs kämpft, kann dieser ihm umso mehr vertrauen. Seine Krone wird gerettet werden.«

»Obacht! Sein Gegner träumt ebenfalls von der Krone. Nachdem der Prinz darum gekämpft hatte, sie dem äußerst wankelmütigen Gaston aufzusetzen, dem Bruder des verstorbenen Ludwig XIII., möchte er sie jetzt lieber auf seinem eigenen Kopf sehen. Und er hätte sie wohl verdient!«

»Vorsicht! ... Hinter uns liegen Jahre des Krieges, Massaker ... Wer hätte geglaubt, dass diese unbedeutende Fronde so viel Schrecken nach sich ziehen könnte? Ein anderer König! Aber der König und sein Bruder leben noch.«

»Und der Kardinal, dessen Sturz der Vorwand für dieses Blutbad war, ist immer noch da.«

»Und er ist verhasster denn je! Er hat nicht gezögert, unseren allerchristlichsten König in eine Allianz mit diesem Puritaner und Königsmörder Cromwell hineinzuziehen, um die Engländer an der Nordsee ruhig zu halten. Er hat ihnen Dünkirchen versprochen.«

»Es ist ein typischer Zug der französischen Politik, eine Allianz ausgerechnet mit dem Land einzugehen, zu dem die Gegensätze nicht größer sein könnten. Die Geschichte liefert zahllose Beispiele dafür. Und doch ist diese Politik von Erfolg gekrönt!«

Die letzte Bemerkung stammte von Joffrey, der dazu die Stimme erhoben hatte, sodass man nicht recht unterscheiden konnte, ob Bewunderung oder Hohn darin lag. Wie auch immer, sein Einwurf schien die Gemüter zu beruhigen.

»Wenn es zu Friedensverhandlungen mit Spanien kommt«, meinte einer aus der Runde noch, »wird es in unseren Landen prächtige Feste geben. Der Teil Aquitaniens, der auf dieser Seite der Pyrenäen liegt, kann sich schon mal darauf einrichten, alle Granden Spaniens zu empfangen.«

»Und ihre Frauen!«

»Ich habe erzählen hören, dass manche nicht auf die Verträge warten ...«

»Madame de Mérecourt soll sich bereits in der Gegend aufhalten.«

»Werden wir sie wiedersehen, Monsieur de Peyrac?«

Die Antwort ging in Stimmengewirr und Ausrufen unter.

Angélique bemerkte, dass die kleinen Pagen durch die lauten Stimmen verunsichert waren und aufgehört hatten, die Obst- und Süßigkeitenkörbe anzubieten und Getränke nachzuschenken.

Sie ging zu ihnen und ermunterte sie, weiter zu bedienen. Sie hatte den Eindruck, dass der Boden unter ihren Füßen schwankte. Um ihr Unwohlsein zu vertreiben, trat sie an das große Fenster, das auf die Terrasse ging. Die brütende Hitze schwappte ihr ins Gesicht und betäubte sie fast. Eine Erinnerung versuchte, sich zu Wort zu melden. Vor dem tiefschwarzen Hintergrund einer feuchten Nacht sah sie den goldenen Schein eines erleuchteten Fensters, durch das sie den halbnackten, von seinem Gobelin herabgestiegenen Gott aus dem Olymp erblickt hatte: den Prinzen de Condé.

Wieder sah sie den hohen Edelmann mit dem Raubvogelprofil vor sich, wie er die grüne Ampulle zwischen den Fingern hochhielt. *Mazarin ist tot ...*

Aber nein! Kardinal Mazarin war nicht gestorben. Weil sie, Angélique, die Phiole mit dem Gift entwendet und versteckt hatte. Uns so war der Krieg zwischen dem Kardinal und den

Großen des Königreichs weitergegangen. Und die Armeen, der Hof und die Rebellen hatten dort oben im Norden weiter Unruhe verbreitet.

»Meine Liebste! Was habt Ihr?«

Die Stimme schien aus weiter Ferne zu ihr zu dringen.

»Liebste! Was ist mit Euch?«

Diese hochgewachsene, schlanke Gestalt, die vor ihr stand, wirkte in dem durchscheinenden, vibrierenden Licht, das von draußen hereinfiel, dunkel … war das der Prinz von Condé oder der Graf von Toulouse, der ihr Gatte geworden war?

Angélique trat die Flucht an und stürzte sich in die brütend heiße Luft, so wie sie sich in einem Alptraum ins Meer geworfen hätte.

Sie fand sich im Küchentrakt wieder. Die Räume waren, wie in den Häusern im Süden üblich, halb in den Boden hineingebaut und mit einer auf Pfeilern ruhenden Kuppeldecke überwölbt wie eine Krypta, sodass hier an solchen Sommertagen trotz der durch die Küchenarbeiten verursachten Wärme eine angenehm milde Temperatur herrschte. Die Öfen waren erloschen, und nur ein paar Küchenjungen waren unter der Aufsicht eines der Köche damit beschäftigt, auf großen Silberplatten himmelhohe Pyramiden aus Gebäck und Obst aufzuschichten.

Um ihren unerwarteten Besuch zu begründen, beglückwünschte Angélique sie zu dem Eifer, mit dem sie ihre Aufgaben erledigten; die Gäste seien sehr zufrieden, erklärte sie, und Monsieur de Peyrac desgleichen. Einer der Burschen fragte sie, ob sie ein Glas Mandelmilch wünsche, doch sie zog ein großes Glas Wasser vor, das aus dem Brunnen heraufgeholt wurde. In einer Loggia oberhalb des Parks sitzend, trank sie es langsam. Eine fast unmerkliche Brise bewegte die Baumkronen. Das

Wasser war kühl. Sie lehnte sich an den warmen Stein des Balkons. Der Gedanke schoss ihr durch den Kopf, dass sie auf einer Insel der Schönheit lebte, wo der Widerhall der grausamen Welt nicht zu hören war.

Wie sie dieses sonnendurchglühte Land liebte!

Wie sie diese rosafarbene Stadt liebte, in der sich rund um den Palast der fröhlichen Wissenschaft Türme und Kirchen erhoben wie in einem Blumenbouqet!

Sie versuchte sich die einschmeichelnde Stimme zu vergegenwärtigen.

Meine Liebste! Was habt Ihr?

War sie wirklich seine Liebste?! Sie mochte es noch nicht glauben … nicht zulassen!

Aber sie konnte ihm nicht erklären, was sie so erschreckt hatte. In den Worten, die heute von den Gästen des Palasts gewechselt worden waren, hatte eine Art unterschwelliger Gewalttätigkeit gelegen, als wären mit einem Mal die Schwerter gezogen und klirrend gekreuzt worden, und das rief ihr ins Gedächtnis, dass sich diese Männer zwar sämtlich schmeichelten, Poeten zu sein, aber auch und vor allem Krieger waren.

Von frühester Jugend an war ihr Leben geprägt durch die Feldzüge, an denen sie zusammen mit ihren Vätern und ihrem Lehnsherrn, dem König von Frankreich und Navarra, teilnahmen; gar nicht zu reden von den Religionskriegen, die gerade erst vorüber waren. Selbst die Frauen, die laut geworden waren, hatten sie an die hochmütigen Verfechterinnen der Fronde erinnert, die sie auf Schloss Plessis gesehen hatte und die ebenfalls an diesem entsetzlichen Bürgerkrieg schuld waren.

Glücklicherweise spielte sich das alles dort oben ab, im Nebel des spanischen Flandern, bei den Barbaren des Nordens … Sie lächelte über ihren eigenen Gedanken. Langsam legte sich ihre Aufregung.

Die Heimkehrer machten die Runde; Gläser wurden gehoben, und man stieß miteinander an.

»Es brauchte eine Entscheidungsschlacht. Der Prinz ist unschlagbar.«

»Dieser Prinz hat ein Blutbad verschuldet.«

Der Prinz mit seinem Falkengesicht war aus der Vergangenheit aufgetaucht.

Vergangen ist vergangen, sagte sie sich. Was ich getan habe, war richtig. So! Und jetzt will ich nicht mehr daran denken! Kein Grund, meine Gäste zu vernachlässigen.

Sie war erschöpft wie nach einer großen Anstrengung.

Als sie in die Empfangsräume zurückkehrte, wirkte das Haus verlassen. Die Gäste waren gegangen. In der Ferne hörte sie noch die Musiker, die die Damen bis an das Gittertor des Palasts eskortierten.

Als sie sich nach Monsieur de Peyrac erkundigte, erklärte ihr einer der Dienstboten, der mit zahlreichen Helfern begonnen hatte, Ordnung zu schaffen, der Graf habe eine Kutsche anspannen lassen und sei weggefahren.

»Eine Kutsche?«

Sie war verblüfft. Wenn Joffrey de Peyrac in Toulouse oder der Umgebung unterwegs war, bewegte er sich üblicherweise zu Pferde.

Kurz darauf erklärte Clément Tonnel, sie könne jetzt zu Tisch gehen und das Abendessen einnehmen. Der Herr Graf hatte mitgeteilt, er werde erst spät zurückkommen. Doch sie ließ sich das Essen in ihren Gemächern servieren.

Plötzlich wäre sie am liebsten wieder einmal geflüchtet!

Aber wohin? Und außerdem wünschte sie sich ebenso glühend, sie säße so wie jeden Abend Joffrey de Peyrac an der langen Tafel gegenüber. Gelegentlich nahmen einige Freunde an dem Mahl teil, doch inzwischen aßen sie meist allein. Und Angélique wurde klar, dass sie diese gemeinsam verbrachte Zeit, die ihr zu Beginn als quälender Zwang erschienen war, schätzte.

Vor den hohen Fenstern gingen die rosigen Töne des Sonnenuntergangs ins Malvenfarbene über. Wie schwarze Pfeile huschten die Mauersegler über den Himmel, diese schwalbenähnlichen Vögel, die niemals landen, sondern knapp über dem Boden dahinschießen, sich wieder erheben und unter fröhlichem Zwitschern am Himmel kreuzen.

Ein Lichtstrahl, der durch den Türspalt fiel, weckte sie.

Im Licht des dreiarmigen Kerzenleuchters, den Marguerite hochhielt, sah sie zuerst eine Gestalt, die in eine sehr lange schwarze Robe gekleidet war und eine quadratische Kopfbedeckung trug.

Sie hatte den Eindruck, dass sich hinter dieser Tür, die sich nicht ganz öffnen wollte, sehr viele Menschen drängten.

Neben der Gestalt tauchten zwei junge Burschen auf, von denen der eine einen Dreifuß trug und der andere einen kleinen Kocher, sowie eine junge Dienstmagd, die mit diversen Gerätschaften beladen war: mit Wasserkrug, Trinkschalen, Schöpfkellen und Löffeln. Nicht ohne Mühe schoben sich zwei muskulöse Träger in den Raum, die eine große lederbezogene Truhe rechts und links an Handgriffen hielten. Die Robe des Unbekannten schien mit astronomischen Zeichen übersät zu sein: mit Sonnen, Monden, Sternen und Spiralen, alle aus einem Stoff aus reinem Silber gearbeitet. Jedes Motiv spiegelte das Mondlicht wider, und die geringste Bewegung rief ein Spiel von Reflexen hervor, die aufblitzten und wieder erloschen und auf das Auge wirkten wie eine sehr sanfte musikalische Harmonie.

Die quadratische Samtkappe, wie sie vielleicht ein Ratsherr getragen hätte, war ebenfalls reich mit Silber bestickt. Nur das Glitzern seiner Kleidung verriet seine Bewegungen, denn er ging äußerst langsam, und der Saum seiner langen Robe berührte kaum die Bodenfliesen, sodass der Eindruck entstand, als schwebe er. Genauso glitt das Gespenst der Weißen Dame von Monteloup durch die Nacht.

Doch der Mann, den Marguerite hereingeführt hatte, war kein Geist.

Er trat an das Kopfende ihres Bettes, nahm seine Kappe ab und verneigte sich so tief, dass sie ihn einen Moment lang aus dem Blickfeld verlor. Nachdem er sich zu seiner vollen Größe aufgerichtet hatte, wenngleich er eine leicht gebeugte Haltung beibehielt, stellte er sich mit seinem Namen vor.

»Rodrigo Benshaprout de Toledo.«

Sein sonnengegerbtes Gesicht war von tiefen Falten durchzogen, und dennoch war er kein alter Mann. Abgesehen von der üblichen Klangfarbe des Südens sprach er ohne Akzent. Und als er Marguerite und seine Helfer ansprach, geschah dies auf Okzitanisch.

Er bedeutete ihnen, den Dreifuß in seiner Nähe abzustellen, und schüttete glühende Holzkohle darauf. Auf eine andere, weniger hohe Stütze aus geschmiedetem Eisen setzten die beiden Träger ohne weitere Umstände die große, lederbezogene Truhe ab. Dann gingen sie. Marguerite stand immer noch hinter der Gruppe und hielt den Kerzenleuchter erhoben, um ihnen Licht zu spenden.

Die geheimnisvolle Truhe zog Angéliques Blicke auf sich. Sie war ein Kunstwerk für sich. Die mit Goldfarbe betonten Motive aus gepunztem Leder zeigten die gleichen Symbolzeichen wie die Robe und der Hut des Mannes. Die Truhe stammte aus Córdoba, der berühmten Stadt, die einst über das ganze mohamedanische Spanien geherrscht hatte, bevor es in kleine unabhängige, Taifas genannte Königreiche zerfallen war.

Feierlich und unendlich bedächtig hob der Besucher den Deckel mit den kunstvoll gearbeiteten Beschlägen. Im Inneren des Deckels sah Angélique zwei Miniaturen in zarten Farben; zwei betende Männer, die ein goldener Strahlenkranz als Heilige kennzeichnete. In der Truhe befanden sich ordentlich aufgereiht Phiolen, Schachteln und Gläser und Schubladen, die auf einen leichten Fingerdruck hin aufsprangen und weitere schmale Fächer enthüllten. Darin lagen gebündelte Stängel, Blumen oder Blätter, Wurzeln und getrocknete Pflanzenteile aller Arten.

Ein ziemlich starker, aber angenehmer Duft stieg davon auf.

Angélique war fasziniert. Da waren Pflanzen, Gläser voll mit Kräutern, Pulvern in verschiedenen Farben und gehackten oder zerstoßenen Kräutern.

»Seid Ihr Medicus, Messire?«

»Ja! Ich bin Medicus.«

»Und warum bewegt Ihr Euch so langsam und behutsam?«

Er setzte die Miene eines Magisters auf.

»*Primo*, weil ich eben Arzt bin. Dieser Beruf bringt mich in Verbindung zu Menschen, die mit Angst geschlagen sind und die oft zum ersten Mal erkennen, dass das Leben, ihr Leben, vergänglich ist, und Verwundete, dass sie möglicherweise sterben werden. Sie befinden sich in einem Zustand tiefen Schreckens. Jede Bewegung, die man in ihrer Nähe macht, kann den dünnen Faden zerreißen, der sie noch unter uns festhält. Gelassenheit, Sanftheit, Langsamkeit jedoch beruhigen sie und lassen sie nach und nach erkennen, dass sie sich noch in dieser

Welt befinden. *Secondo*, weil der Herr Graf mir eingeschärft hat, Euch nicht zu erschrecken.«

Angélique hörte sich selbst fröhlich auflachen.

»Was für eine Idee! Ich bin weder verschreckt, noch liege ich im Sterben!«

Aber sie bemerkte, dass der Medicus, während er noch mit ihr sprach, ihr Handgelenk ergriffen hatte, und dies tatsächlich so zart, dass sie es nicht gespürt hatte.

»Was tut ihr da?«

Er hielt sie immer noch fest und schlug die Augen nieder, und man hätte sagen mögen, dass er etwas hörte. Dann ließ er ihre Hand mit derselben unendlichen Zartheit auf das Laken zurücksinken. Er hielt eine kleine Lupe, die anscheinend aus seinem Ärmel aufgetaucht war, zwischen Daumen und Zeigefinger und beugte sich noch weiter vor, bis er fast ihr Gesicht berührte, um verstohlen zuerst ihr linkes und dann ihr rechtes Auge zu inspizieren, die sie in ihrer Verblüffung weit aufgerissen hatte.

Schon hatte er sich wieder aufgerichtet und stellte ihr die beiden Heiligen vor, die auf die Deckelinnenseite seiner Medizinschatulle gemalt waren, als wären sie seine Begleiter.

»Dies sind Cosmas und sein Bruder Damian, die Schutzheiligen der Ärzte und Chirurgen, geboren in Arabien und christliche Märtyrer unter Kaiser Diokletian.«

Da er sah, dass sie dem Inhalt der Truhe Interesse entgegenbrachte, nannte er ihr einige Pflanzen, die aus dem Pays d'Oc stammten. Sie waren im östlichen Heideland verbreitet, dort, wo der Wind vom Mittelmeer wehte, der salziger als der des großen Ozeans war; Blumen, die anderswo selten geworden waren.

Währenddessen war das Wasser zum Sieden gelangt. Der

Medicus gab einige Prisen verschiedener Substanzen hinein und zählte Tropfen aus Flakons ab, die er nach langer Überlegung auswählte.

In ihre Kissen gelehnt trank Angélique das Gebräu. Der davon aufsteigende duftende Dampf hüllte sie ein.

Die bunten Gestalten der Heiligen Cosmas und Damian mit ihren Heiligenscheinen entschwanden ihren Blicken; entweder, weil der Deckel geschlossen worden war, oder wahrscheinlicher, weil ihre Lider mit einem Mal schwer geworden waren und ihre Augen einem unwiderstehlichen Bedürfnis nach Schlaf folgend, sich schlossen.

Sie schlummerte ein.

Als sie am nächsten Tag erwachte, stand die Sonne bereits hoch am Himmel. Sie fühlte sich wunderbar ausgeruht und erfrischt.

Sie fragte sich, ob sie den nächtlichen Besuch nur geträumt hatte. Doch der Duft der Pflanzen war noch deutlich wahrzunehmen.

Unter ihren Fenstern hörte sie, wie im Park Reiter einander anriefen. Ihre Reitgefährten mussten gekommen sein, um sie abzuholen; und man hatte ihnen wohl mitgeteilt, sie schlafe noch. Irgendwo im Palast erklang Musik. Hieß dies, dass Joffrey von seiner Ausfahrt zurückgekehrt war?

Sie begegnete ihm beinahe zufällig, und er sprach sie auf die halb ironische und halb ernste Weise an, in der er sich inzwischen meist an sie wandte.

»Was ist denn gestern geschehen? Haben Euch die zu lauten Gespräche dieser Herren gestört? Mit einem Mal stand auf Eurem bezaubernden Gesicht der gleiche Ausdruck des Entsetzens wie… damals, als Ihr mich zum ersten Mal gesehen habt!«

Angélique vermochte nur mit einem schwachen Lächeln zu

protestieren und stotterte, nichts sei gewesen. Vielleicht die übermäßige Hitze …

»Ich fand es angeraten«, fuhr der Graf fort, »diesen sehr bekannten Medicus kommen zu lassen, und ich bin selbst in den Flecken gefahren, wo er wohnt, um ihn sowie seine Medizintruhe zu holen.«

»Aber ich war nicht krank. Nicht nötig, diesen ehrenwerten Gelehrten aufzuscheuchen.«

Ihr Mann beobachtete sie scharf. Sie wusste, dass alles Leugnen sinnlos war. Er vermochte immer genauer zu erraten, was in ihr vorging.

Mit sorgenvoller Miene, die keineswegs vorgetäuscht war, sprach er dann weiter.

»Doktor Rodrigo Benshaprout hat mir die Diagnose mitgeteilt, zu der er nach der Untersuchung gekommen ist. Er hat mir anvertraut, gestern müsse Euch eine lange verblasste, vergessene Erinnerung durch den Kopf geschossen sein und Euch derart aufgewühlt haben, als wäret Ihr von einer Lanze durchbohrt worden … Solche Verletzungen müsse man sofort versorgen, hat er mir erklärt, um eine Erkrankung der Seele zu verhindern, und er war der Ansicht, ich hätte gut daran getan, ihn zu holen.«

Fassungslos starrte Angélique ihn an und wusste nicht, was sie darauf sagen sollte.

Sie verspürte das Bedürfnis, sich ihm anzuvertrauen, doch sie hatte auch das Gefühl, dass sie sich mit jedem Wort über dieses schreckliche Geheimnis in Gefahr bringen würde. Ihr Vertrauen geriet ins Wanken, und ihre Bestürzung war so offensichtlich, dass er erneut lächelte, dieses Mal nachsichtig.

»Sprechen wir von etwas anderem … Was sagt Ihr zu seinen Arzneien?«

Überglücklich, seinen Fragen entronnen zu sein, versicherte sie eilig, wie sehr sie all diese Kostbarkeiten bewundert habe, die in dieser wertvollen Truhe enthalten seien; nicht nur die Pflanzen, die man für die üblichen Krankheiten empfahl und die sie bereits kannte, sondern auch Elixiere, Zubereitungen aus Mineralien und Salzen, die, unter gewisse Wachse und Honige gemischt, sich bei den geheimnisvollen Krankheiten des Geistes und der Seele, deren Ursprung man nicht kennt, als wirkungsvoll erwiesen hatten.

Joffrey de Peyrac lauschte ihr, wie es seine Gewohnheit war, sehr aufmerksam.

Ihre Augen strahlten immer heller, und in ihrer Freude, über ihre geliebten Pflanzen zu plaudern und sich so im Gespräch an die fernen und wundersamen, mit Mélusine verbrachten Stunden ihrer Kindheit zu erinnern, bemerkte sie den leicht ironischen Glanz nicht, der in die dunklen Augen des Edelmanns trat.

»In der Tat«, bemerkte er, als sie kurz schwieg. »Der kluge Medicus hat mich auch auf Besonderheiten Eurer Person hingewiesen, von denen ich nichts wusste und die mich, wie ich gestehe, sehr erfreut haben, denn ich sehe darin weitere, zahlreiche Gründe dafür, dass wir eines Tages in der allervollkommensten liebenden Übereinstimmung zusammenfinden werden. Euer geheimes Selbst trifft sich unwiderstehlich in allen möglichen wichtigen Punkten mit dem meinigen.«

»Oh! Tatsächlich … Ich verstehe nicht … Was hat er Euch denn nur gesagt, dass Ihr …«

»Dass Ihr, was das Gebiet der Arzneien angeht, fast so bewandert seid wie er … und weit kundiger, was die Heilung und die … Magie angeht!«

Er setzte jenes Lächeln auf, das die Furchen seiner Narben vertiefte und ihm einen sardonischen Ausdruck verlieh.

»Seht Ihr nicht, dass unsere Verbindung sogar noch perfekter ist, als Molines glaubte?«

»Wie denn das?«

»Die Hexe und der Teufel!«

Angélique zuckte zusammen.

»Ihr macht Euch lustig über mich, Monsieur! Gott schütze mich! Hexen werden verbrannt!«

»Ein weiterer Scheiterhaufen für unsere südlichen Landstriche …«

Pathetisch faltete Angélique die Hände, doch sofort kam ihr die Bewegung ebenso töricht vor wie das Gebet, das ihr spontan über die Lippen gekommen war.

»Ich bitte Euch, verspottet mich nicht! …«

Er wurde ernst, und mit einem Mal fühlte sie sich wie eingehüllt von seinem Blick, der sie sanft umfing.

»Nun gut!«, sagte er. »Ich werde nicht über Euch spotten, aber nur unter einer Bedingung: Und zwar, dass Ihr mir sagt, was Euch gestern so aufgewühlt hat, was Ihr in unseren Gesprächen über militärische Angelegenheiten gehört habt, das Euch einen solchen Schrecken bereitet hat … als wäre Euch eine Vision aus alter Zeit erschienen und Ihr hättet plötzlich begriffen, was sie bedeutet … oder was sich hinter ihr verbarg wie hinter einer Maske. So hat es jedenfalls Medicus Rodrigo Benshaprout ausgedrückt.«

Unter seinem Blick wurde ihr schwach zumute.

Es war ein nie gekanntes, erregendes Gefühl zu entdecken, dass sie ihm so wichtig war.

Er habe recht, gestand sie. Sie habe schreckliche Angst.

Gestern sei ihr ein Geheimnis, das sie hüte, wieder ins Gedächtnis gekommen. Vor langer Zeit habe sie heimlich ein Gespräch über ein furchterregendes Komplott mit angehört. Doch sie sei damals noch ein Kind gewesen, und zweifellos sei dies der Grund dafür, dass der Vorfall ihr fast vollständig entfallen sei.

Er nahm ihren Arm, zog sie in einen angrenzenden kleinen Salon, setzte sie in einen Sessel und nahm neben ihr Platz.

»Sprecht, Madame«, drängte er sanft.

Angesichts seiner Eindringlichkeit gab es kein Entkommen.

Auf der Welt gab es nur noch sie beide, und er war der Einzige, dem sie vertrauen konnte. Sie erzählte ihm alles.

»Gewiss war es die Absicht des Prinzen Condé«, fügte sie abschließend hinzu, »den Kardinal zu vergiften, und vielleicht sogar den König und seinen jüngeren Bruder. Aber was ich nicht so recht verstanden habe, ist die Sache mit den Briefen, eine Art mit der Unterschrift bekräftige Absichtserklärungen, die der Prinz und andere Herren Monsieur Fouquet übergeben sollten. Wartet… Es war in diesem Sinne: ›Ich verpflichte mich, nur Monsieur Fouquet zu unterstützen und ihm meinen Besitz zur Verfügung zu stellen…‹«

Joffrey de Peyrac hatte ihr schweigend zugehört.

Als sie geendet hatte, lachte er höhnisch auf.

»Da seht Ihr, in welcher Welt wir leben! Und wenn man bedenkt, dass Monsieur Fouquet zu dieser Zeit nichts als ein bedeutungsloser Angehöriger des Parlaments war! Dennoch vermochte er es schon damals durch sein finanzielles Geschick, Fürsten in seinen Dienst zu zwingen. Und heute ist er der reichste Mann des Königreichs, neben Mazarin natürlich. Was beweist, dass unter der wohlwollenden Sonne Seiner Majestät doch Platz für beide war. Dann habt Ihr also Euren Wagemut so weit getrieben, dass Ihr Euch dieser Schatulle bemächtigt habt? Habt Ihr sie versteckt?«

»Ja, ich…«

Doch dann verschloss eine instinktive Vorsicht ihr die Lippen.

»Nein, ich habe sie in den Seerosenteich im Park geworfen.«

»Glaubt Ihr, dass Euch jemand wegen ihres Verschwindens im Verdacht hatte?«

»Ich weiß es nicht. Ich glaube nicht, dass man meiner unbedeutenden Person solche Bedeutung zugemessen hat. Allerdings habe ich es mir nicht nehmen lassen, vor dem Prinzen Condé eine Anspielung auf das Kästchen zu machen.«

»Wirklich? Aber das war Wahnsinn!«

»Ich musste unbedingt die Befreiung vom Wegezoll für die Maultiere meines Vaters erwirken. Ach, das ist wirklich eine Geschichte«, rief sie lachend aus, »und jetzt weiß ich auch, dass Ihr indirekt damit zu tun hattet. Aber ich würde gern jederzeit wieder solche Tollkühnheiten begehen, wenn ich dafür noch einmal die verdutzten Gesichter dieser arroganten Leute sehen könnte.«

Erneut erzählte sie ihm von ihrem Scharmützel mit dem Prinzen Condé.

Der Graf de Peyrac schüttelte den Kopf.

»Ich bin fast erstaunt, Euch noch lebendig an meiner Seite zu sehen. Er muss Euch tatsächlich für vollkommen harmlos gehalten haben. Aber es ist immer gefährlich, sich als Statist in Hofintrigen hineinziehen zu lassen. Wenn es darauf ankommt, sind solche Menschen sich nicht zu schade, ein kleines Mädchen zu beseitigen.«

Während er sprach, stand er auf, und Angélique sah, dass er zu einem Türvorhang in ihrer Nähe ging und ihn beiseiteriss. Mit verdrossener Miene kehrte er zurück.

»Ich bin leider nicht flink genug, um Neugierige zu ertappen.«

»Hat uns jemand belauscht?«

»Ich bin mir sicher.«

Er schien deswegen jedoch nicht besorgt zu sein.

Es läutete zum Angelus-Gebet.

Er stand auf.

»Da seid Ihr ja mit knapper Not entwischt«, meinte er in seinem üblichen ironischen Ton. »Man sollte glauben, unsere Begegnung sei vom Himmel vorherbestimmt gewesen.«

Er drückte einen leichten Kuss in ihre hohlen Hände.

»Ich lasse nicht zu, dass man Euch verbrennt, kleine Hexe.«

Kapitel 11

Einige Zeit später kehrte Angélique von ihrem morgendlichen Ausritt zurück, den sie mit einigen Freunden am Ufer der Garonne unternommen hatte.

Sie widmete dem Reiten stets einige Stunden am frühen Morgen, wenn es noch kühl war. Joffrey de Peyrac begleitete die Gruppe nur selten. Im Gegensatz zu den meisten Adligen interessierte er sich kaum für das Reiten und die Jagd. Man hätte meinen können, er schrecke vor solchen anstrengenden Leibesübungen zurück, wäre da nicht der Umstand gewesen, dass er als Fechter einen fast ebenso legendären Ruf genoss wie als Sänger. Die Hiebe, die er trotz seines lahmen Beins vollführte, waren, wie es hieß, ein wahres Wunder. Er übte jeden Tag im Waffensaal des Palastes, aber Angélique hatte ihn noch nie schießen sehen.

Es gab so vieles, was sie von ihm noch nicht wusste; und oft erinnerte sie sich mit einer plötzlichen Beklommenheit an die Worte, die ihr der Erzbischof an ihrem Hochzeitstag zugeraunt hatte. *Ganz unter uns, Madame, Ihr habt Euch einen sehr eigenartigen Gatten ausgesucht …*

Vor dem blauen Himmel hoben sich die Bauwerke der Stadt in allen nur möglichen Rosatönen ab wie noch unscharfe Erscheinungen aus einem Traum. Doch Angélique hielt sich nicht bei diesem Schauspiel auf, das sie ansonsten liebte. Sie war zerstreut und machte sich wieder Sorgen.

Nach einer Zeit der Annäherung zwischen ihr und dem Grafen schien dieser ihr gegenüber erneut die respektvolle, aber distanzierte Haltung an den Tag zu legen, die er zu Beginn gezeigt hatte. Sie sah ihn sehr selten, und wenn, dann stets in Gesellschaft von Gästen; und sie fragte sich, ob nicht die stürmische Carmencita de Mérecourt etwas mit dieser neuerlichen Entfremdung zu tun hatte. In der Tat war die Dame nach einem kurzen Aufenthalt in Paris nach Toulouse zurückgekehrt, wo ihre Exaltiertheit jedermann in Atem hielt. Dieses Mal, so hieß es allgemein, werde ihr Mann sie gewiss in einem Kloster einsperren. Wenn er seine Drohung nicht wahrmache, dann lediglich aus diplomatischen Gründen. Der Krieg gegen Spanien war noch im Gange, aber Monsieur de Mazarin, der seit langer Zeit versuchte, über einen Frieden zu verhandeln, hatte die Empfehlung ausgesprochen, alles zu unterlassen, was die Empfindsamkeit der Spanier verletzen könne. Und die schöne Carmencita gehörte einer bedeutenden Madrider Familie an. Das Auf und Ab ihres Ehelebens hatte also größere Bedeutung als die in Flandern aufmarschierten Heere, und in Madrid erfuhr man alles, denn obwohl die offiziellen diplomatischen Beziehungen abgebrochen waren, überquerten geheime Boten, als Mönche, Hausierer oder Kaufleute getarnt, ständig in beide Richtungen die Pyrenäen.

Carmencita de Mérecourt pflegte also in Toulouse ihren exzentrischen Lebensstil, und Angélique war besorgt und verletzt. Obwohl sie sich durch das Zusammenleben mit dieser glanzvollen Gesellschaft ein selbstsicheres Auftreten zugelegt hatte, war sie tief in ihrem Inneren einfach wie eine Feldblume geblieben, ursprünglich und leicht zu erschrecken. Sie fühlte sich dem Kampf gegen eine Frau wie Carmencita nicht gewachsen und sagte sich oft, von Eifersucht zerfressen, dass die Spanierin viel besser zu dem außergewöhnlichen Grafen de Peyrac passe als sie selbst.

Nur auf dem Gebiet der Wissenschaft war sich Angélique sicher, bei ihrem Mann an erster Stelle zu stehen.

Ausgerechnet an diesem Morgen erblickte sie, als sie sich mit ihrer Eskorte aus Pagen, Kavalieren und einigen jungen Mädchen, mit denen sie sich zu umgeben liebte, dem Palast näherte, erneut eine Kutsche mit dem Wappen des Erzbischofs, die vor dem Portal hielt.

Sie sah eine asketische Gestalt aussteigen, die in eine graue Kutte gekleidet war, gefolgt von einem mit Bändern geschmückten Edelmann, der ein großes Wort zu führen schien; denn seine Stimme, die Befehle oder Beleidigungen brüllte, drang sogar auf diese große Entfernung zu ihnen.

»Meiner Treu«, rief Bernard d'Andijos aus, der immer noch einer von Angéliques treuen Gefolgsleuten war, »mir scheint, da haben wir den Chevalier de Germontaz, Monseigneurs Neffen. Der Himmel schütze uns! Er ist ein Rüpel und der größte Dummkopf, den ich kenne. Auf mein Wort, Madame, lasst uns durch den Park reiten, damit wir ihm nicht begegnen.«

Die kleine Gruppe bog nach links ab. Nachdem sie die Pferde in die Ställe gebracht hatten, begaben sie sich in die Orangerie, die von Springbrunnen umgeben war und einen sehr angenehmen Aufenthalt versprach. Doch kaum saßen die Gäste vor einem Imbiss aus Obst und eisgekühlten Getränken, da teilte ein Page Angélique mit, der Graf de Peyrac verlange nach ihr.

In der Eingangsgalerie traf sie ihren Mann in Gesellschaft des Edelmanns und des Mönchs an, die sie eben gesehen hatte.

»Dies ist Abbé Bécher, der hervorragende Gelehrte, von dem Monseigneur uns bereits erzählt hat«, erklärte ihr Joffrey. »Und ich stelle Euch ebenfalls den Chevalier de Germontaz vor, Monseigneurs Neffen.«

Der Mönch war groß und dürr. Seine ziemlich eng stehenden Augen lagen unter buschigen Augenbrauen versteckt. In seinem leicht schielenden Blick brannte ein fiebriges, mystisches Licht, und ein langer, magerer Hals mit hervorspringenden Sehnen ragte aus seiner Kutte. Sein Gefährte schien da zu sein, um einen Kontrast zu ihm zu bilden. Der Chevalier de Germontaz war ebenso fröhlich und lebhaft wie der andere abgehärmt und asketisch. Sein Teint war rosig, und für seine fünfundzwanzig Jahre verfügte er bereits über eine beachtliche Leibesfülle. Die üppigen blonden Haare einer Perücke wallten auf seinen Anzug aus blauer Seide herab, der mit einer Flut rosafarbener Bänder geschmückt war. Seine Rhingrave war so weit und ihre Spitzen waren so üppig, dass sich zwischen diesen ganzen Rüschen das Schwert des Edelmanns unpassend ausnahm. Er schwenkte seinen breiten Filzhut vor Angélique, dass dessen Straußenfeder über den Boden fegte, und küsste ihr die Hand, doch als er sich aufrichtete, musterte er sie so unverschämt, dass sie empört war.

»Nun, da meine Gattin da ist, können wir uns ins Laboratorium begeben«, erklärte der Graf de Peyrac.

Der Mönch fuhr zusammen und sah erstaunt Angélique an.

»Soll ich daraus schließen, dass Madame das Heiligtum betreten und den Gesprächen und Experimenten beiwohnen wird, an denen Ihr mich freundlicherweise teilhaben lasst?«

Der Graf schnitt eine Grimasse und unterzog seinen Gast einer aufreizenden Musterung. Er wusste, wie sein Mienenspiel jeden, der ihm zum ersten Mal begegnete, beeindruckte, und machte sich ein boshaftes Vergnügen daraus.

»Pater, in meinem Brief an Monseigneur, in dem ich mich bereit erklärte, seinen mir gegenüber vielfach geäußerten Wunsch zu erfüllen und Euch zu empfangen, schrieb ich ihm, dass dies gewissermaßen nur ein Besuch sei und daher weitere Personen meiner Wahl anwesend sein könnten. Außerdem hat er Euch den Chevalier an die Seite gestellt, für den Fall, dass Eure Augen nicht alles erkennen, was Ihr zu sehen wünscht.«

»Aber Monsieur, als Gelehrter müsst Ihr doch wissen, dass die Anwesenheit einer Frau im absoluten Gegensatz zur hermetischen Tradition steht, die versichert, dass unter entgegengesetzten Fluida kein Ergebnis erreicht werden kann ...«

»Stellt Euch vor, Pater, in meiner Wissenschaft sind die Resultate stets verlässlich und hängen weder von der Stimmung, dem Rang oder dem Geschlecht der Anwesenden ab ...«

»Mir ist das sehr recht!«, rief der Chevalier mit erfreuter Miene aus. »Ich will nicht verhehlen, dass ich lieber eine hübsche Dame ansehe als Phiolen oder alte Töpfe. Doch mein Onkel hat darauf bestanden, dass ich Bécher begleite, um mich die Pflichten meines neuen Amts zu lehren. Ja, mein Onkel wird mir das Amt eines Großvikars über drei Bistümer kaufen. Aber er ist ein schrecklicher Mensch. Er gewährt mir diese Gunst nur unter einer Bedingung, nämlich dass ich die Priesterweihe empfange. Ich gestehe, dass ich mich mit den Einkünften zufrieden gegeben hätte.«

Während sie sprachen, ging die kleine Gruppe in Richtung Bibliothek, die der Graf den anderen zuvor noch zeigen wollte. Der Mönch Bécher, für den dieser Besuch eine seit langer Zeit erhoffte, glückliche Gelegenheit war, stellte Fragen über Fragen, die Joffrey de Peyrac geduldig und resigniert beantwortete.

Angélique folgte den beiden, eskortiert von dem Chevalier de Germontaz. Dieser ließ sich keine Gelegenheit entgehen, sie zu streifen und ihr provozierende Blicke zuzuwerfen.

Er ist wahrhaftig ein ungehobelter Bursche, sagte sie sich. Er ähnelt einem dicken Weihnachtsspanferkel, das mit Blumen und Rüschen geschmückt ist.

»Was ich nicht ganz verstehe«, meldete sich die junge Frau laut zu Wort, »ist, was ein Besuch im Laboratorium meines Gatten mit Eurem neuen kirchlichen Amt zu tun haben soll.«

»Ich gestehe, dass ich es ebenfalls nicht begreife, aber mein Onkel hat es mir lange erklärt. Offenbar ist die Kirche weniger reich und weniger mächtig, als es den Anschein hat und vor allem, als sie es verdient hätte. Zudem beklagt mein Onkel die Zentralisierung der königlichen Macht zum Nachteil der Rechte von Regionen wie dem Languedoc. Mehr und mehr beschneidet man die Zuständigkeiten der Kirchenversammlungen und sogar des regionalen Parlaments, dessen Präsident er, wie Ihr wisst, ist. Stattdessen wird die Autorität des Provinzintendanten und seiner Handlanger bei der Polizei, den Finanzen und der Armee gestärkt. Dieser Invasion verantwortungsloser königlicher Delegierter will er ein Bündnis hochgestellter Persönlichkeiten aus der Provinz entgegensetzen. Nun aber sieht er, dass Euer Gatte ein enormes Vermögen angesammelt hat, ohne dass die Stadt oder die Kirche daraus einen Vorteil zögen.«

»Aber Monsieur le Chevalier, wir spenden für wohltätige Werke.«

»Das reicht nicht. Er will dieses Bündnis.«

Für einen Schüler des Großinquisitors drückt er sich wenig nuanciert aus, dachte Angélique, es sei denn, es handelt sich um eine gut auswendig gelernte Lektion.

»Alles in allem«, fuhr sie fort, »ist also Monseigneur der Meinung, dass alle Vermögen der Provinz in die Hände der Kirche übergehen sollten?«

»Die Kirche muss an erster Stelle stehen.«

»Mit Monseigneur an der Spitze! Ihr versteht ausgezeichnet zu predigen, wisst Ihr! Da erstaunt es mich nicht, dass man

Euch für ein Kirchenamt bestimmt. Richtet Eurem Onkel mein Kompliment aus.«

»Das werde ich auf jeden Fall, liebenswürdige Dame. Euer Lächeln ist bezaubernd, doch ich glaube, in Euren Augen wenig Nachsicht für mich zu erkennen. Vergesst nicht, dass die Kirche immer noch die höchste Macht darstellt, insbesondere bei uns im Languedoc.«

»Ich sehe vor allem, dass Ihr ein überzeugter Lehrling der Kirche seid, trotz Eurer Bänder und Spitzen.«

»Reichtum ist ein überzeugendes Argument. Mein Onkel hat verstanden, es bei mir anzuwenden. Ich werde ihm nach besten Kräften dienen.«

Schroff klappte Angélique ihren Fächer zu. Es überraschte sie nicht mehr, dass der Erzbischof seinem fetten Neffen vertraute. Die beiden waren von grundverschiedenem Charakter, doch ihr Ehrgeiz einte sie.

In der Bibliothek, die hinter geschlossenen Fensterläden im Halbdunkel lag, bewegte sich jemand und verneigte sich bei ihrem Eintreten tief.

»Herrje, was habt Ihr denn hier zu suchen, Maître Clément?«, verlangte der Graf leicht erstaunt zu wissen. »Niemand darf sich ohne meine Erlaubnis hier aufhalten, und ich kann mich nicht erinnern, Euch den Schlüssel gegeben zu haben.«

»Monsieur le Comte möge mir vergeben; ich wollte in diesem Raum selbst sauber machen, denn ich möchte die Fürsorge für diese kostbaren Bücher keinem ungeschliffenen Dienstboten anvertrauen.«

Eilig sammelte er Staubtuch, Bürste und Trittleiter ein und zog sich unter weiteren Bücklingen zurück.

»Wahrlich«, seufzte der Mönch, »ich verstehe schon, dass ich hier äußerst seltsame Dinge sehen werde: eine Frau in einem

Laboratorium und einen Diener in einer Bibliothek, der mit seinen unreinen Händen die Grimoires berührt, die doch alle Wissenschaften enthalten! Immerhin stelle ich fest, dass Euer Ruf darum nicht weniger groß ist! Dürfte ich einmal sehen, was Ihr da habt?«

Er erkannte die kostbar eingebundenen Klassiker der Alchemie, darunter *Das Prinzip von der Erhaltung der Körper oder der Mumien* von Paracelsus, *Über die Alchemie* von Albertus Magnus, *Hermetica* von Hermann Couringus, *Explicatio* von Thomas Erastus und schließlich, was ihm außerordentlich behagte, sein eigenes Buch *Über die Transmutation* von Conan Bécher.

Heiteren Sinnes und vertrauensvoll folgte der Mönch seinem Gastgeber.

Der Graf führte seine Gäste aus dem Palast und brachte sie zu dem Gebäudeflügel, in dem sich sein Laboratorium befand.

Als die Besucher sich näherten, sahen sie auf dem Dach einen gewaltigen Kamin qualmen, gekrönt von einem gebogenen Kupferrohr, das wie der Schnabel eines apokalyptischen Vogels wirkte. Dann, als sie herantraten, drehte sich die Apparatur knarrend in ihre Richtung und zeigte ihren schwarzen Rachen, aus dem rußgeschwängerter Rauch aufstieg.

Der Mönch fuhr zurück.

»Das ist nur ein Kaminaufsatz, um durch den Wind die Öfen zum Ziehen zu bringen«, erklärte Graf de Peyrac.

»In meinem Haus ziehen sie bei Wind sehr schlecht.«

»Hier ist das Gegenteil der Fall, denn ich nutze den durch den Wind ausgelösten Unterdruck.«

»Und der Wind stellt sich in Euren Dienst?«

»Ganz genau. Ebenso, wie er eine Windmühle antreibt.«

»Bei einer Mühle, Monsieur, sorgt der Wind dafür, dass sich die Mahlsteine drehen.«

»Bei mir drehen sich die Öfen zwar nicht, aber die Luft wird angesaugt.«

»Ihr könnt doch Luft nicht ansaugen, denn sie besteht aus Leere.«

»Und dennoch werdet Ihr sehen, dass meine Öfen höllisch gut ziehen.«

Der Mönch bekreuzigte sich dreimal, ehe er hinter Angélique und dem Grafen über die Schwelle schritt. Kouassi-Ba, der Mohr, hob zum Gruß feierlich seinen Krummsäbel, den er anschließend wieder in die Scheide steckte.

Im Hintergrund des weitläufigen Raums sah man zwei rötlich glühende Öfen. In einem weiteren, der genau gleich aussah, war es dunkel. Vor den Öfen standen eigenartige Apparaturen, die aus Leder, Eisen sowie Ton- und Kupferrohren bestanden.

»Dies sind die Blasebälge für meine Öfen; für die Fälle, in denen ich das Feuer sehr stark anheizen muss, beispielsweise zum Schmelzen von Kupfer, Gold oder Silber«, erklärte Joffrey de Peyrac.

Holzregale liefen an allen Wänden des Hauptraums entlang. Sie standen voller Töpfe und Phiolen, die etikettiert und mit kabbalistischen Zeichen und Zahlen beschriftet waren.

»Ich halte eine Reihe unterschiedlicher Substanzen auf Vorrat: Schwefel, Kupfer, Eisen, Zinn, Blei, Borax, Orpiment, Realgar, Zinnober, Quecksilber, Höllenstein sowie blauen und grünen Vitriol. Gegenüber, in diesen Glasballons, habe ich rauchende Schwefelsäure, Scheidewasser und Salzsäure. Auf dem obersten Bord seht Ihr meine Rohre und Gefäße aus Glas, Eisen, Steinzeug, und ein Stück weiter Retorten und Destillieraufsätze. In dem kleinen Raum im hinteren Teil lagere ich Stein, der unsichtbares Gold enthält, wie dieses arsenische Mineral, sowie verschiedene Steine, aus denen man durch Schmelzen Silber gewinnen kann. Dies ist Hornsilber aus Mexiko. Ich habe es von einem spanischen Edelmann, der dort gewesen ist.«

»Monsieur le Comte gefällt es, über die jämmerlichen Kenntnisse eines armen Mönchs zu spotten, indem Ihr behauptet, diese wachsartige Masse sei Silber, denn ich sehe nicht die winzigste Spur davon.«

»Ich werde es Euch gleich zeigen«, gab de Peyrac zurück.

Von einem Haufen, der neben den Öfen lag, nahm er ein dickes Stück Holzkohle. Aus einem Glas, das auf einem Regalbrett stand, zog er ein Talglicht und zündete es am Feuer an. Dann bohrte er mit einer Eisenspitze ein kleines Loch in die Kohle, steckte eine kleine Menge von dem »Hornsilber« hinein, eine halb durchsichtige Substanz von einem schmutzigen Graugelb, und fügte, wie er erklärte, ein wenig Borax hinzu. Daraufhin ergriff er ein gebogenes Kupferrohr, hielt es an die Kerzenflamme und blies diese geschickt über das kleine Loch, in dem sich die beiden salzartigen Substanzen befanden. Sie schmolzen, warfen Blasen und verfärbten sich, und dann erschien eine Reihe metallischer Tröpfchen, die der Graf, indem er stärker blies, zu einer einzigen, schimmernden Linse zusammenlaufen ließ.

Er nahm die Flamme weg und hob das kleine, glitzernde Silberstück mit einer Messerspitze hoch.

»Hier ist das Silber, das ich vor Euren Augen aus diesem seltsam aussehenden Stein herausgeschmolzen habe.«

»Nehmt Ihr die Transmutation des Goldes auf die gleiche einfache Weise vor?«

»Ich nehme gar keine Transmutation vor, sondern ziehe nur die Edelmetalle aus Mineralien heraus, welche diese bereits in sich bergen, wenngleich in einem nichtmetallischen Zustand.«

Der Mönch wirkte nicht besonders überzeugt. Er hüstelte und sah sich um.

»Was sind das für Röhren und schmale Kästen?«

»Dies ist ein auf chinesische Art gefertigter Stoßheber zur Förderung von Wasser. Damit führe ich Versuche durch, um Gold aus Sand zu waschen und mittels Quecksilber zu gewinnen.«

Kopfschüttelnd trat der Priester vorsichtig an einen röhrenden Ofen heran, in dem verschiedene, teilweise rotglühende Schmelztiegel standen.

»Dies ist gewiss eine schöne Anlage«, meinte er, »doch nichts, was von fern oder von nahe einem ›Athanor‹ oder dem berühmten ›Haus für das Ei der Weisen‹ ähneln würde.«

Peyrac lachte, bis er fast keine Luft mehr bekam. Dann, als er sich etwas beruhigt hatte, entschuldigte er sich.

»Verzeiht mir, Pater, aber die letzte Sammlung dieser ehrenwerten Dummheiten ist bei der Knallgold-Explosion, deren Zeuge Monseigneur kürzlich war, zerstört worden.«

»Monseigneur hat mir in der Tat davon berichtet«, meinte Bécher mit ehrerbietiger Miene. »Ihr bringt es also immerhin fertig, ein instabiles Gold zu fertigen, das explodiert?«

»Um Euch nichts zu verhehlen: Ich bringe es sogar fertig, rauchendes Quecksilber zu erzeugen.«

»Aber das Ei der Weisen?«

»Das habe ich in meinem Kopf!«

»Ihr lästert!«, gab der Mönch erregt zurück.

»Was ist das für eine Geschichte mit dem Huhn und dem Ei?«, rief Angélique aus. »Davon habe ich noch nie gehört.«

Bécher warf ihr einen verächtlichen Blick zu. Doch da er

sah, dass der Graf de Peyrac ein Lächeln unterdrückte und der Chevalier de Germontaz unumwunden gähnte, gab er sich in Ermangelung eines besseren mit diesem bescheidenen Publikum zufrieden.

»Im Ei der Weisen wird das Große Werk vollbracht«, erklärte er und durchbohrte die weit aufgerissenen Augen der jungen Frau mit seinem fanatischen Blick. »Das Große Werk wird auf gereinigtem Gold durchgeführt, das für die Sonne steht, und auf feinem Silber, dem Mond, denen man Quecksilber, Merkur, beimischt. In einem Ei der Weisen, einem verschlossenen, eiförmigen Schmelzgefäß, unterwirft der Alchemist sie der an- und absteigenden Hitze eines wohlgeregelten Feuers, Vulkan. Dadurch entwickeln sich in der verwesenden Masse die Schöpfungskräfte der Venus, deren sichtbarer Ausdruck der Stein der Weisen ist, die regenerierende Substanz. Von diesem Moment an vollziehen sich die Reaktionen im Inneren des Schmelztiegels in einer bestimmten Reihenfolge, die der Entstehung der Materie entsprechen. Vor allem muss man auf die drei Farben achtgeben. Schwarz, Weiß und Rot stehen jeweils für die Schwärzung oder Putrefaktion, die Weißung und schließlich die Rötung. Kurz gesagt, für die Abfolge von Tod und Wiederauferstehung, die laut der alten Philosophie jede lebende Substanz durchmachen muss, um neu erstehen zu können.

Der Weltgeist, der als Mittler zwischen den universellen Geist und den universellen Körper tritt, ist der Ursprung jeder Schöpfung und verleiht den vier Elementen Leben. Dieser Geist ist im Gold enthalten, doch ach, dort bleibt er gefangen und unwirksam und muss durch den Weisen befreit werden.«

»Und was genau unternehmt Ihr, Pater, um ihn zu befreien, diesen Geist, der die Grundlage von allem ist und der im Gold eingesperrt sitzt?«, verlangte Peyrac in sanftem Ton zu wissen.

Doch der Alchemist war jeglicher Ironie gegenüber unempfänglich. Den Kopf nach hinten geworfen, gab er sich seinem alten Traum hin.

»Um ihn zu befreien, bedarf es des Steins der Weisen. Doch dies genügt noch nicht. Man muss mit einem den Vorgang auslösenden Pulver den Anstoß geben und das Phänomen auslösen, das *alles* in *pures Gold* verwandelt.«

Einen Moment lang verstummte er gedankenverloren.

»Nach Jahren und Jahren der Forschung glaube ich behaupten zu können, dass ich zu gewissen Ergebnissen gekommen bin. So habe ich Quecksilber oder Merkur, das weibliche Prinzip, mit Gold gemischt, das männlich ist, jedoch ein ausgewähltes, reines Blattgold, und diese Mischung in den Athanor oder das ›Haus des Huhns der Weisen‹ gegeben, das Heiligtum, den Tabernakel, den jedes alchemistische Laboratorium besitzen muss. Dieses Ei, eine Glasretorte von perfekter ovaler Form, die hermetisch versiegelt wird, damit nichts von der Materie daraus entweichen kann, habe ich in einen mit Asche gefüllten Napf gestellt und diesen in den Ofen gesetzt. Nun hat dieses Quecksilber durch die Hitze und den Schwefel, die in ihm wohnen, und angeregt durch das Feuer, dass ich ständig in dem jeweils notwendigem Maße aufrechterhielt, das Gold langsam aufgelöst und in seine Atome zerlegt. Nach sechs Monaten habe ich ein schwarzes Pulver erhalten, das ich kimmerisches Dunkel genannt habe. Mittels dieses Pulvers war es mir möglich, Gegenstände aus glühendem Metall teilweise in reines Gold zu verwandeln; doch leider war der Lebenskeim meines *purum aurum* noch nicht stark genug, denn bis jetzt ist es mir noch nicht gelungen, etwas bis in die Tiefe und vollständig umzuwandeln!«

»Aber Ihr habt doch gewiss versucht, diesen dahinsiechenden Keim zu kräftigen?«, fragte Joffrey de Peyrac, dessen Augen amüsiert blitzten.

»Ja, und zweimal glaubte ich schon, meinem Ziel nahe zu sein. Beim ersten Mal bin ich folgendermaßen vorgegangen: Zwölf Tage ließ ich den Saft von Bingelkraut, Portulak und Schöllkraut auf einem Misthaufen zusammen vergären. Das Ergebnis destillierte ich und erhielt einen roten Saft, den ich wieder auf den Misthaufen zurückgab. Daraus entstanden Würmer, die sich gegenseitig verschlangen, bis nur noch ein einziger übrig blieb. Diesen fütterte ich dann ausschließlich mit den drei erwähnten Pflanzen, bis er dick geworden war. Anschließend verbrannte ich ihn zu Asche und mischte dieses Pulver mit Vitriolöl und dem kimmerischen Dunkel zusammen. Doch das hat die Kraft kaum verstärkt.«

»Pfui!«, stieß der Chevalier der Germontaz angewidert aus.

Angélique warf ihrem Mann einen entgeisterten Blick zu, doch dieser wirkte vollkommen ungerührt.

»Und beim zweiten Mal?«, fragte er.

»Beim zweiten Mal hegte ich große Hoffnungen. Bei dieser Gelegenheit brachte mir ein Reisender, der an unbekannten Gestaden gestrandet war, jungfräuliche Erde mit, auf die, wie er mir versicherte, noch nie ein Mensch den Fuß gesetzt hatte. Tatsächlich enthält vollkommen jungfräuliche Erde den Samen oder Keim der Metalle, das heißt des echten Steins der Weisen. Aber zweifellos war dieses Häufchen Erde doch nicht gänzlich unberührt«, schloss der gelehrte Kirchenmann mit kläglicher Miene, »denn ich habe die erhofften Ergebnisse nicht erzielt.«

Jetzt wäre auch Angélique am liebsten herausgeplatzt. Um ihre Heiterkeit zu verbergen, wandte sie sich ein wenig überstürzt an ihren Mann.

»Habt Ihr, Joffrey, mir nicht selbst erzählt, ihr hättet einmal auf einer einsamen, von Nebel und Eis bedeckten Insel Schiffbruch erlitten?«

Der Mönch fuhr zusammen, und seine Augen leuchteten auf. Er ergriff den Grafen de Peyrac bei den Schultern.

»Ihr habt an unbekannten Ufern Schiffbruch erlitten? Ich wusste es, ich ahnte es. Dann seid Ihr es, von dem unsere hermetischen Schriften sprechen, derjenige, der ›vom äußersten Ende der Welt zurückkehrt, wo man den Donner grollen und den Wind pfeifen hört und wo Hagel und Regen fallen. An diesem Ort wird man das finden, was man sucht.‹«

»Eure Beschreibung trifft ziemlich genau zu«, meinte der Edelmann lässig. »Ich kann noch einen brennenden Berg inmitten des anscheinend ewigen Eises dazugeben. Völlig unbewohnt. Die Gegend nennt sich Feuerland. Ein portugiesischer Segler hat mich gerettet.«

»Ich würde mein Leben, ja sogar meine Seele für ein Stück von dieser jungfräulichen Erde geben«, rief Bécher.

»Herrje! Ich gestehe, Pater, dass ich leider nicht daran gedacht habe, etwas davon mitzunehmen.«

Der Mönch warf ihm einen düsteren, argwöhnischen Blick zu, und Angélique sah, dass er ihm nicht glaubte.

Die hellen Augen der jungen Frau huschten zwischen den drei Männern hin und her, die in dieser bizarren Umgebung voller Reagenzgläser und Ballonflaschen vor ihr standen. Joffrey de Peyrac, der Große Hinkefuß aus dem Languedoc, lehnte sich an den aus Backstein gemauerten Abzug eines seiner Öfen und maß seine Gesprächspartner mit einem hochfahrenden, ironischen Blick. Er fand nichts dabei, deutlich erkennen zu lassen, wie sehr er diesen alten Don Quichotte der Alchemie und seinen mit Bändern geschmückten Sancho Pansa verachtete.

Neben diesen beiden grotesken Gestalten erschien er Angélique so großartig, so frei und so außerordentlich, dass ihr vor lauter Überschwang das Herz schwoll, bis es schmerzte.

Ich habe Angst, dachte sie mit einem Mal. Ich habe Angst. Oh, wenn sie ihm nur nichts tun. Nicht, bevor er ... bevor ...

Zaghaft wagte sie ihren Wunsch nicht zu Ende zu denken: Nicht, bevor er mich wenigstens einmal in den Armen gehalten hat ...

Eines Morgens, als Angélique mit ihrem Mann in die Bibliothek des Palastes trat, trafen sie dort auf Clément Tonnel, den Haushofmeister, der dabei war, sich Buchtitel auf Wachstäfelchen zu notieren. Genau wie beim ersten Mal, als sie ihn dort erwischt hatten, war er verlegen und versuchte, seine Tafeln und seinen Griffel zu verbergen.

»Ihr naseweiser Bursche, scheint Euch doch tatsächlich für das Lateinische zu interessieren!«, rief Graf de Peyrac mehr überrascht denn verärgert.

»Ich habe mich schon immer von der Gelehrsamkeit angezogen gefühlt, Monsieur. Mein Ehrgeiz wäre gewesen, Schreiber bei einem Notar zu werden; daher ist es eine große Freude für mich, in einem Haushalt zu dienen, dessen Herr nicht nur ein großer Edelmann, sondern auch ein hervorragender Gelehrter ist.«

»Meine alchemistischen Bücher werden Euch allerdings nichts über die Juristerei lehren«, meinte Joffrey de Peyrac stirnrunzelnd, dem die durchtriebene Art des Haushofmeisters noch nie gefallen hatte. Als Einzigen unter seinen Dienstboten duzte er ihn nicht.

»An der Arbeit dieses Clément habe ich nichts auszusetzen«, meinte Angélique nachdenklich, nachdem dieser gegangen war. »Aber seine Anwesenheit bedrückt mich mehr und mehr, obwohl ich nicht weiß, warum. Wenn ich ihn ansehe, habe ich das Gefühl, dass er mich an etwas Unangenehmes erinnert; und dabei habe ich ihn selbst aus dem Poitou mitgebracht.«

»Ach was!«, meinte Joffrey achselzuckend, »er ist ein wenig neugierig; aber solange seine Wissbegierde ihn nicht dazu verleitet, in meinem Laboratorium herumzuschnüffeln ...«

Dennoch war Angélique auf unerklärliche Weise besorgt; und mehrmals während des Tages schob sich das pockennarbige Gesicht des Haushofmeisters störend in ihre Gedanken.

Kurz darauf bat Clément Tonnel um Urlaub, um zur Regelung einiger Erbschaftsangelegenheiten nach Niort zurückzukehren. Diese Erbstreitigkeiten nehmen offenbar nie ein Ende, dachte Angélique. Sie erinnerte sich, dass er schon einmal aus dem gleichen Grund eine Stellung hatte aufgeben müssen. Maître Clément versprach, im folgenden Monat zurück zu sein, doch als Angélique beobachtete, wie er sorgfältig sein Pferd anschirrte, überkam sie die Vorahnung, dass sie ihn so bald nicht wiedersehen würde.

Sie erlebte hier vieles, was so einen tiefen Eindruck auf sie machte, dass sich in ihrem Kopf alles vermischte.

Als Tonnel fort war, wurde sie von einem ganz und gar unlogischen Drang ergriffen, Monteloup und ihre alte Heimat wiederzusehen. Dabei vermisste sie ihren Vater nicht; eher hegte sie wegen der Umstände ihrer Verheiratung immer noch einen unbestimmten Groll gegen ihn. Ihre Brüder und Schwestern waren in alle Winde zerstreut. Sie vermutete, dass die Tanten noch mürrischer und schwatzhafter geworden waren und die

Amme noch herrischer. Kurz stieg die Erinnerung an Nicolas in ihr auf. Er war nach Angéliques Hochzeit aus der Gegend verschwunden.

Nach einer eingehenden Gewissenserforschung wurde Angélique klar, dass sie der Gedanke an eine Heimreise nur deswegen verfolgte, weil sie sich auf Schloss Plessis davon überzeugen wollte, ob die besagte Schatulle mit dem Gift sich immer noch in ihrem Versteck in dem Ziertürmchen befand. Doch eigentlich gab es keinen Grund, weshalb sie nicht mehr dort sein sollte. Zufällig entdecken würde man sie höchstens, wenn man das ganze Schloss abtrug.

Warum nur beunruhigte sie diese alte Geschichte mit einem Mal wieder? Die damaligen Rivalitäten waren längst beigelegt. Monsieur de Mazarin, der König und sein jüngerer Bruder lebten noch. Monsieur Fouquet war ein mächtiger Mann geworden, ohne das Verbrechen zu begehen. Und sprach man nicht davon, dass der Prinz von Condé wieder in Gnaden aufgenommen werden sollte?

Sie schob ihre Hirngespinste beiseite und vergaß sie.

Kapitel 12

An diesem Abend war der Mond ein vollkommenes Rund. Langsam ging er auf und ließ sein silbriges Licht durch das Blattwerk scheinen.

Angélique, die an den Säulen ihrer Terrasse lehnte, konnte sich nicht zum Schlafengehen entschließen, obwohl keine so übermäßige Hitze herrschte, dass man sich gedrängt gefühlt hätte, Tätigkeiten, die bei Tag zu beschwerlich waren, auf die Nacht zu verschieben.

Zu dieser Stunde lag der Palast wie eine Oase der Stille da.

Angélique und der Graf de Peyrac waren allein. Niemand sonst bewegte sich zwischen diesen Mauern, Zimmerfluchten und Treppen.

Der Tag war sehr betriebsam, ja beinahe ermüdend verlaufen. Seit einigen Wochen ging das bisher nicht bestätigte Gerücht um, bald werde im Palast der fröhlichen Wissenschaft einer der berühmten Minnehöfe abgehalten, von denen Angélique geglaubt hatte, sie gehörten den Legenden eines fernen Mittelalters an.

Nun hatte vor einigen Tagen der Graf de Peyrac am Ende einer Mahlzeit erklärt, das Fest werde stattfinden. Ein Datum wurde festgesetzt, das glücklicherweise noch einige Zeit in der Zukunft lag. Aber der Auftakt für die Vorbereitungen war gegeben.

Gerade heute waren bei einer Zusammenkunft, an der sie auf Bitte ihres Mannes teilgenommen hatte, alle möglichen Entscheidungen getroffen worden. Eine ganze Mannschaft von Sekretären, die plötzlich aufgetaucht war, hatte den Text für die Einladungen entworfen und aufgesetzt, die von einem beinahe militärischen Trupp berittener Kuriere in alle Richtungen befördert werden würden. Alle Räume des Palastes, über deren genaue Anzahl sie sich immer noch nicht klar war, würden geöffnet, gereinigt und mit prächtigen Gobelins und Vorhängen geschmückt werden. Man würde die Möbel überprüfen, und falls nötig ausbessern, um den Gästen, die während der Tage der Feierlichkeiten hier wohnen würde, behagliche Nächte zu bereiten.

Der Brauch wollte, dass alle, die zum Gelingen dieses fröhlichen Festes beitrugen, gleichgültig ob Gäste oder Dienstboten, reich belohnt wurden.

Angélique fühlte sich angesichts der großen Zahl der Gäste ein wenig besorgt und erkundigte sich bei einer Freundin, Adélaïde de Lisle, danach, wie denn ein solcher Minnehof sich gestalte.

Zu ihrem großen Erstaunen erfuhr sie, dass ihre Freundin, obwohl sie häufiger Gast im Palast der fröhlichen Wissenschaft war, noch nie an einem solchen teilgenommen hatte.

»Da kommen viel zu viele Menschen, die wir nicht kennen. Freunde von Monsieur de Peyrac, die, anders als wir, die wir in Toulouse leben, nicht häufig Gelegenheit haben, sich seiner Gegenwart zu erfreuen. Lieber überlassen wir denen, die tief in ihrer Provinz und fern von Vergnügungen leben, unseren Platz; denn für viele ist dies so etwas wie eine Reise nach Kythera. Je weniger sie erkannt werden, umso glücklicher sind sie.

Zum großen Eröffnungsfest am ersten Abend erscheinen diejenigen, die dies wünschen, maskiert. Und die Gäste werden einander nicht vorgestellt. Nur wer möchte, nennt seinen Namen.«

Adélaïde fügte hinzu, es werde viel Musik und Tanz geben, Gesangs- und Dichterwettbewerbe, galante Diskussionen und sogar eine Art von Kolloquium über die Liebe.

Angélique zeigte sich verblüfft.

»Ihr beschreibt den Reiz dieser Feste ganz ausgezeichnet, und dennoch sagt Ihr, Ihr hättet noch nie an einem teilgenommen?«

»Ich bin schüchtern«, gestand die junge Frau zögernd. »Und außerdem bin ich meinem Beichtvater sehr zugetan. Er ist ein strenger Mann, aber er wacht über meine Seele. Lieber möchte ich sterben, als ihm eines Tages bekennen zu müssen, ich hätte einem dieser Minnehöfe beigewohnt; auch wenn es dabei nur darum geht, sich unter guten Freunden zu zerstreuen. Denn er sieht darin verdächtige Zusammenkünfte von Eingeweihten.«

Eine andere Freundin, Maude de Mazabran, eine Preziöse, flüchtete sich hinter die Meinung ihres Gatten, eines der Ratsherren. Er war der Ansicht, sein Ruf als Standesperson, ja sogar seine Stellung könnten leiden, wenn sich die Nachricht von seiner Teilnahme an einem solchen Fest verbreite und höheren Ortes ruchbar würde.

»Und wo würdet Ihr diesen höheren Ort sehen?«, fragte Angélique.

Maude de Mazabran gab zu, das wisse sie nicht, und ihr Mann, der Ratsherr, zweifellos ebenso wenig.

Alles in diesem Königreich befand sich in rascher Veränderung.

Sollte man versuchen, sich einen guten Stand in der Umgebung des schwachen Königs zu sichern – es hieß, die Regentin sei sehr fromm – oder sich lieber auf die Seite von des Königs Onkel stellen, des ewigen Rebellen Gaston d'Orléans, der aber Gouverneur des Languedoc war?

Doch wenn man recht überlegte, war das alles nichts im Vergleich zu den Vergnügungen, die sich ankündigten. Auch Madame de Mazabran lieferte eine überschwängliche Schilderung der zu erwartenden Festivitäten.

Inmitten des allgemeinen Kommens und Gehens hatte der Graf de Peyrac Angélique einmal im Vorübergehen angehalten.

»Ihr wirkt besorgt. Macht Euch keine Gedanken! Alles wird gut verlaufen. Der Palast ist es gewöhnt, allen, welche die Freude lieben, seine Tore zu öffnen; und bei dieser Gelegenheit wird er ausschließlich diese Freunde empfangen. Es geht nur darum, zu feiern und einander in Liebe zu begegnen.«

»Ich habe Gerüchte gehört, manche Leute sähen darin Zusammenkünfte von Eingeweihten.«

Sie sah, wie er die Augenbrauen runzelte und amüsiert das Gesicht verzog.

»Eingeweihte? Und was soll das Eurer Meinung nach heißen?«

»Ich habe keine Ahnung«, gestand Angélique, »aber … ich fürchte um Euch!«

Ein ganzes Feuerwerk spöttischer Funken sprühte aus den Augen des Grafen.

»Gott im Himmel! Ich liebe es, wenn Ihr um mich fürchtet!«

Er musterte sie mit einem warmen Blick.

»Habt keine Angst! Ihr werdet sehr schön sein. Ihr werdet die Königin des Festes sein. Und Eure prüden Freundinnen …«, rief er.

»… werden eben maskiert kommen!«, endete er, und ging lachend davon.

Dieser Vorfall erinnerte sie daran, dass sie während ihrer ersten Monate im Languedoc viel mutiger gewesen war und sich viel wohler gefühlt hatte als heute.

Gern wäre sie zu dieser Zeit der Leichtigkeit zurückgekehrt, zu der schwindelerregenden Aufregung, die sie während der ersten Monate empfunden hatte. Sie hatte sich in ihr neues Leben gestürzt, als hätte sie es aus freien Stücken erwählt. Und jetzt ließ sie sich, fasziniert und magisch angezogen, von allem überraschen, was er vor ihr verbarg, was sein Blick verhieß, wenn er dem ihren begegnete, von dem Ausdruck seiner Augen, wenn er sie ansah.

Erneut wurde sie in seinen Bann gezogen. Aber war sie ihm während seiner Abwesenheit überhaupt entkommen?

Und jetzt herrschte einsame Nacht.

Er war dort oben.

Er war allein, und er war stark.

Sie erriet, dass er unsichtbare Welten erforschte. Er entfleuchte durch Räume voller überwältigender Erkenntnisse, in die sich nur Männer wagen durften, die anders als die anderen waren; doch sie zog er mit sich, band sie durch einen Lichtstrahl an sich wie mit einem unwiderstehlichen goldenen Faden, denn sie war seine Gefangene.

Sie dachte an alles, was in der Fantasie der Amme an diesem Ort umging.

Sie hatte von Leichen und von einem Familiendämon gesprochen, der ihm zu Diensten ist, die Frauen zu sich zu locken. So ein dummes Zeug!

Aber etwas war immer noch übrig von der Angst, die der Verdacht einer Verbindung mit dem Teufel erzeugt, die bloße Andeutung unbekannter Verbrechen, deren gewalttätiger Nachhall unsichtbar an dem Ort verharrt, wo sie begangen wurden.

Es war Zeit, endlich diese albernen Vorstellungen zu vertreiben.

Dies war ihr Haus.

Angélique wollte alles wissen.

Sie stieg die Treppe hinauf.

Sie erklomm die schönen, harmonischen Stufen, die durch das Mondlicht, das von überallher einfiel, durch die Fenster, Loggien und die Galerien mit ihren Reihen kleiner Bögen, mit Silber übergossen wurden.

Drei Etagen, vier.

Und oben stand, wie sie es erwartet hatte, die Tür der geheimnisvollen Kammer offen.

Aus dem Inneren schien blaues Licht zu dringen.

Angélique trat an die Türschwelle.

Der weitläufige Raum, der so hoch war, dass man die Decke die im Dunkel, nicht erkennen konnte, setzte sich in einer Terrasse fort, die einen Teil des Palastdachs darstellte.

Erkennen konnte man sie nicht. Denn in der weit offenen Glastür, durch die man hinausgelangte, stand nur der Himmel, an dem der Mond so hell leuchtete, dass das tiefe Blau der Nacht noch intensiver erschien. Im Gegensatz zu dem Dunkel, das im Inneren des Gebäudes herrschte, entsprang die einzige Beleuchtung der Nacht aus ihrer grenzenlosen Tiefe selbst, die wie eine dichte, samtige Substanz wirkte und von allen Sonnen des Universums durchdrungen wurde.

Die Nacht herrschte, die schützende, schweigsame Göttin, die zu den Menschen herabgestiegen war.

Nur der Mond, das nahe, vertraute Gestirn, zerstreute, mit seinem Schein die Dunkelheit und hob mit einem schimmernden Pinselstrich den Umriss der Möbel hervor. Einige von denen,

Lesepulte und Tische voller Bücher, waren ganz gewöhnlich und andere waren seltsamer, entworfen und aufgebaut nach kabbalistischen Berechnungen, oder zarte Rädchen, die pulsierten wie ein Herz im Inneren des Körpers: Astrolabien, Drehscheiben für astronomische Berechnungen …

Ein einziger Mensch befand sich in diesem Raum, der Herr dieses ungewöhnlichen Ortes.

So, wie es ihr schon einige Male widerfahren war, erkannte Angélique Joffrey de Peyrac zunächst nicht und glaubte, jemand anderen vor sich zu haben.

Denn er stand hinter einem großen Teleskop, und sie sah ihn nur im Profil. Diese Seite seines Gesichts, bis zu der die Narben nicht reichten und die im Mondlicht wie gemeißelt wirkte, hob sich ganz deutlich ab, in präzisen Linien, welche die Energie, die es ausstrahlte, betonten, die Kühnheit der breiten Stirn und der geraden Nase, die kräftigen Lippen, die im Moment der Konzentration auf das Studium geschlossen waren. Das zurückgeschobene Haar ließ ihn durch jene Nachlässigkeit, wie sie oft junge Menschen an den Tag legen, jugendlicher wirken. Die Wange mit den betonten Wangenknochen und die breiten, freien Schläfen waren im Halbdunkel blass zu erkennen.

Doch als er den Kopf drehte, verschwand die gelassene Heiterkeit, die dieses Profil ausgestrahlt hatte, und an ihre Stelle trat die schroffe Persönlichkeit, die sein entstelltes Gesicht ausstrahlte. Sein Blick, der glühend oder auch nur einfach strahlend sein konnte, je nachdem, welches Gefühl er ausdrücken wollte, Zorn oder Fröhlichkeit, zwang seinen Gesprächspartner, ihm ins Gesicht zu sehen. Und dieses Gesicht wurde vollkommen undurchdringlich, wenn er verbergen wollte, was er dachte oder empfand.

Mit einem solchen Blick bedachte er Angélique, als er sie im Türrahmen stehen sah.

Sie erstarrte auf der Schwelle und konnte keinen Schritt mehr tun.

Endlich ergriff er mit seiner schönen, volltönenden und wohl artikulierten Stimme das Wort.

»Ihr seid gekommen, Madame!«

Seine Worte waren eine selbstsichere Feststellung.

Und ihr Widerhall verbreitete sich durch den Raum.

Angélique stützte sich gegen den Türrahmen. Sie fürchtete, angezogen zu werden wie ein Vogel von der Stimme des Vogelfängers.

»Was habt Ihr in diesem Raum zu finden geglaubt?«

Angéliques Augen nahmen den Anblick dieses prachtvollen Ortes auf, der losgelöst vom Rest der Welt im Schoße der Nacht lag, voller Schätze, den wissenschaftlichen Instrumenten, die mit ihrem lackierten Holz und ihren kostbaren Verzierungen im Mondlicht schimmerten.

»Den Geist des Galilei«, antwortete sie.

Wenn sie ihn in diesem Moment angesehen hätte, dann hätte sie ihn bei diesem halb amüsierten und halb verblüfften Lächeln ertappt, das er ihr so oft schenkte.

Doch Joffreys Miene war schnell wieder undurchdringlich.

Nicht nur aus schlichter Neugier, sondern auch entzückt, war er dem prüfenden Blick ihrer bewunderungswürdigen Augen gefolgt, der vom Sternenhimmel zu der märchenhaften Ausstattung des Raumes, in dem er arbeitete, glitt.

Er bemerkte, dass sie sich weigerte, ihn anzuschauen, doch in diesem Moment machte ihm das kaum etwas aus. Denn er war vollkommen überwältigt von der Leidenschaft, die ihre Erscheinung, diese berauschende Anmut und Weiblichkeit, in ihm auslöste. Er musste sich Gewalt antun, um reglos zu bleiben.

Als er erneut das Wort ergriff, klang seine Stimme verhaltener.

»Was wünscht Ihr? Was wollt Ihr von mir?«

»In dieses Instrument schauen, mit dessen Hilfe der große Gelehrte Galileo gesehen hat, dass es Berge auf dem Mond gibt.«

Während sie ihre Bitte vorbrachte, hatte sie ihn mutig angeschaut, und die Härte, die in seinen dunklen Augen stand, ließ sie zu Eis erstarren. Doch als er ihr antwortete, lagen weder Spott noch Bosheit in seiner Stimme.

»Nein. *Noch nicht!* Denn zuvor muss ich Euch eine noch herrlichere Welt zeigen, die noch unendlicher ist als das Mysterium des Mondes und der Sterne.«

»Welche Entdeckung könnte denn wunderbarer sein als die Erforschung dieses Firmaments?«

»DIE LIEBE.«

Bei diesen Worten, die er mit sanfter, zärtlicher Stimme aussprach, spürte sie ein Erschrecken und eine unaussprechliche Verwirrung und meinte, sie müsse ohnmächtig werden. Beinahe wäre sie auf ihn zugelaufen.

Dies war die Magie der Kammer mit dem goldenen Schlüssel.

Aber sie weigerte sich immer noch, seiner beharrlichen Forderung nachzugeben, sie zu gewinnen … Und sie trat zurück und wandte sich ab.

Langsam stieg sie die schöne Treppe hinab, denn sie fühlte sich unsicher auf den Beinen.

Mit weit aufgerissenen Augen ertappte sie ihr Spiegelbild dabei, wie es eine Hand aufs Herz presste; einer dieser affektierten Gesten, die man empfahl, um auf vornehme Weise Aufruhr oder Überraschung auszudrücken und die sie lächerlich fand. Auch Furcht brachte die Geste zum Ausdruck, obwohl Damen von Rang sich niemals in eine Lage bringen durften, in der sie derart von Angst beherrscht wurden, dass sie sich zu vulgären Gebärden hinreißen ließen.

Die Gattin des Hausherrn, der ebenso wie er selbst für die Verteidigung und den Schutz ihrer Leute verantwortlich war, musste sogar die Gefühle der gemeinen Angst ausmerzen. Ihre adlige Abstammung ließ ihr nur den Mut übrig.

Aber war es nicht die Furcht – immer noch die Furcht –, die ihr Herz unregelmäßig schlagen ließ?

Doch jetzt war ihr Schrecken von anderer Art.

Mit geweiteten Augen und zu jeder Bewegung unfähig ließ sie sich von einer Flut widerstreitender und neuer Empfindungen überschwemmen. Sie erinnerte sich an diesen schrecklich harten Blick, den er ihr zugeworfen hatte, und spürte eine neue, unsinnige Angst in sich aufsteigen. Würde sie ihn verlieren, ohne ihn jemals gewonnen zu haben? Ihre Rollen hatten sich verkehrt.

Nein! Das war doch nicht möglich!

Das, was zwischen ihnen war, konnte nicht mehr zerstört werden!

Und sie stellte sich den unendlichen Himmel vor, der sie aufnehmen würde und wo sie im Schwindel der Unterwerfung und eines köstlichen Schwebens, das dem Tod ähneln würde, unterging. Seine Hände, sein Mund, seine Umarmung und die Kraft seiner Umschlingung würden ihn ihr schenken.

Die Gewissheit der Wahrheit, die sie erkannt hatte, durchfuhr sie und trug sie besiegt davon.

»Wenn das die Liebe ist… Wenn es DAS ist… Ja, dann LIEBE ICH IHN!«

Kapitel 13

»Die Liebe«, erklärte Joffrey de Peyrac, »die Kunst der Liebe ist die edelste Eigenschaft unseres Volkes. Ich habe viele Länder bereist, und überall war man sich darüber einig. Freuen wir uns darüber, Messieurs, und ihr, Mesdames, frohlockt; aber geben wir alle Obacht. Denn nichts ist flüchtiger als dieser Ruf, wenn nicht ein feinsinniges Herz und ein erfahrener Körper ihn stützen.«

Er neigte das Gesicht, das hinter einer Maske aus tiefschwarzem Samt von seinem üppigen Haar umrahmt wurde, und man sah sein Lächeln aufblitzen.

»Aus diesem Grunde sind wir hier im Palast der fröhlichen Wissenschaft zusammengekommen. Doch ich fordere euch nicht auf, in die Vergangenheit zurückzukehren. Gewiss, ich werde von unserem Meister der Kunst des Liebens sprechen, der einst die Herzen der Menschen für das Gefühl der Liebe erweckte; doch wir wollen auch das nicht vernachlässigen, was die darauf folgenden Jahrhunderte zu unserer Vervollkommnung beigetragen haben: die Kunst der Konversation, der Erheiterung, der Vorführung eines brillanten Geistes, oder auch ein einfaches Vergnügen, das dennoch seine Berechtigung hat, nämlich gutes Essen und Trinken, um die Bereitschaft für die Liebe zu fördern.«

»Ah! Das gefällt mir schon besser«, dröhnte der Chevalier de Germontaz. »Gefühle, puh! Ich für meinen Teil kann ein halbes Wildschwein essen, drei Rebhühner und sechs Hühnchen. Dazu trinke ich eine Flasche Champagner, und dann ab ins Bettchen, mein schönes Kind!«

»Wenn Ihr mit dem schönen Kind Madame de Montmaure meint, so erzählt sie, Ihr verstündet sehr schön und laut zu schnarchen; doch das sei alles, was Ihr im Bett fertigbrächtet.«

»Das erzählt sie? Oh, die Verräterin! Es ist wahr, eines Abends hatte ich einen etwas schweren Kopf, und …«

Allgemeines Gelächter unterbrach den dicken Chevalier, der gute Miene zum bösen Spiel machte, den silbernen Deckel von einer der Platten hob und mit zwei Fingern den Flügel eines gebratenen Vogels ergriff.

»Wenn ich esse, dann esse ich. Darin bin ich nicht wie Ihr, der Ihr alles miteinander vermengt und versucht, Raffinesse in etwas hineinzubringen, das sie gar nicht nötig hat.«

»Ihr grobschlächtiger Schweinekerl«, sagte der Graf de Peyrac bedächtig, »mit welchem Vergnügen ich Euch betrachte! Ihr personifiziert so wunderbar alles, was wir aus unseren Sitten verbannen, alles, was wir hassen. Seht, Messieurs, und ihr, Mesdames, diesen Kreuzritter, diesen Abkömmling von Barbaren, die im Schatten ihrer Bischöfe gekommen sind, um zwischen Albi, Toulouse und Pau Tausende von Scheiterhaufen anzuzünden. Sie waren so furchtbar neidisch auf dieses bezaubernde Land, in dem man die Liebe zu den Frauen besang, dass sie es in Flammen haben aufgehen lassen und Toulouse zu einer intoleranten, argwöhnischen Stadt mit den harten Augen der Fanatiker gemacht haben. Lasst uns das nicht vergessen …«

Er sollte nicht so reden, dachte Angélique.

Zwar wurde gelacht, doch sie sah in manchen Augen Erbitterung aufblitzen.

Man hätte meinen können, Joffrey de Peyrac wolle an diesem Abend bewusst diesen Groll anstacheln; weniger aus fanatischer Heimatliebe, sondern weil er einen Abscheu gegenüber Kleingeistigkeit, Grobheit und Dummheit hegte.

Angélique, die am anderen Ende der gewaltigen Tafel saß, betrachtete ihn in seinem Anzug aus karmesinrotem Samt, der mit Diamanten übersät war. Seine Gesichtsmaske und sein dunkles Haar betonten das Weiß seines hohen Kragens aus flandrischen Spitzen, seiner Manschetten und auch seine langen, in lebhafter Bewegung befindlichen Hände, an denen er an jedem Finger einen Ring trug.

Sie selbst war in Weiß gekleidet, was sie an ihren Hochzeitstag erinnerte. Genau wie an jenem Tag waren die wichtigsten Herren aus dem Languedoc und der Gascogne gekommen und schmückten die beiden großen Bankett-Tische, die man in der Galerie in der ersten Etage des Palastes aufgestellt hatte. Doch heute mischten sich weder Greise noch Kirchenmänner unter diese strahlende Gesellschaft. Nun, da Angélique mit jedem Gesicht einen Namen verband, erkannte sie, dass der größte Teil der Paare, die sie umgaben, in keiner legalen Verbindung standen. Andijos hatte seine Mätresse mitgebracht, eine temperamentvolle Pariserin. Madame de Saujac, deren Mann Magistrat in Montpellier war, beugte ihren brünetten Kopf zärtlich über die Schulter eines Hauptmanns mit goldblondem Schnurrbart. Einige Edelmänner, die allein gekommen waren, näherten sich Damen, die so mutig und unabhängig waren, dass sie sich ohne Anstandsdame zu dem berühmten Minnehof begeben hatten.

Diese luxuriös gekleideten Männer und Frauen strahlten Jugend und Schönheit aus. Gold und Edelsteine glitzerten im Licht der Fackeln und Kerzenleuchter. Die Fenster des Saals waren an diesem milden Frühlingsabend weit geöffnet. Um die Mücken zu vertreiben, verbrannte man in Kupferschalen

Zitronella-Blätter und Weihrauch, und dieser schwere Duft mischte sich unter den der Weine.

Angélique fühlte sich immer noch fehl am Platz wie eine Feldblume in einem Rosenbeet.

Doch sie war sehr schön zurechtgemacht, und in ihrer Ausstrahlung stand sie den Damen in nichts nach.

Die Hand des kleinen Herzogs de Forba des Ganges streifte ihren bloßen Arm.

»Welch ein Schmerz, Madame«, flüsterte er, »dass ein solcher Herr Euch besitzt! Denn ich habe heute Abend nur Augen für Euch.«

Mit der Spitze ihres Fächers versetzte sie ihm einen Klaps auf die Finger.

»Ihr solltet es nicht allzu eilig haben, die hier erteilten Lehren in die Tat umzusetzen. Lauscht lieber brav den Worten der Erfahrung: *Weh dem, der es zu eilig hat und sich in alle Winde dreht.* Habt Ihr nicht bemerkt, welch hübsche Stupsnase und rosige Wangen Eure Nachbarin zur Rechten hat? Ich habe mir sagen lassen, sie sei eine kleine Witwe, die sich nur danach sehnt, sich nach dem Tod ihres sehr alten und sehr mürrischen Gatten trösten zu lassen.«

»Ich danke Euch für Euren Rat, Madame.«

»*Eine neue Liebe verscheucht die alte,* sagt Maître de Chapelain.«

»Jeden Rat aus Eurem bezaubernden Mund muss man einfach befolgen. Lasst mich noch Eure Hand küssen, und ich verspreche Euch, mich um die kleine Witwe zu kümmern.«

Am anderen Ende der Tafel war eine Debatte zwischen Cerbalaud und Monsieur de Castel-Jalon im Gange.

»Ich bin bettelarm«, erklärte Letzterer, »und verhehle nicht, dass ich einen Morgen Weingärten verkauft habe, um mich anständig einkleiden und herkommen zu können. Doch ich behaupte, dass ich nicht reich zu sein brauche, damit man mich um meiner selbst willen liebt.«

»Dann werdet Ihr aber nie die feine, die raffinierte Liebe kennenlernen. Allerhöchstens wird Euer Idyll dem des Rüpels gleichen, der mit der einen Hand seine Flasche und mit der anderen sein Liebchen liebkost und traurig an die vielen, mühsam verdienten Sous denkt, mit denen er für beides bezahlen muss.«

»Ich behaupte jedoch, dass das Gefühl …«

»Das Gefühl gedeiht nicht in der Not …«

Lachend streckte Joffrey de Peyrac die Hände aus.

»Friede, Messieurs. Lauscht dem Meister aus alter Zeit, dessen humane Philosophie all unsere Diskussionen durchdringen sollte. Hört, mit welchen Worten er seine *Kunst des Liebens* eröffnet: *Die Liebe ist aristokratisch. Um sich der Liebe zu widmen, darf man keine Sorge in seinem materiellen Leben haben, und dieses darf einen nicht so beanspruchen, dass es die Zeit jeden Tages bestimmt.* Seid also reich, Messieurs, und überhäuft eure Angebeteten mit Geschmeide. Das Aufleuchten im Auge einer Frau angesichts eines Schmuckstücks kann sich rasch in ein Strahlen der Liebe verwandeln. Ich persönlich liebe den Blick, den eine mit Schmuck herausgeputzte Frau ihrem Spiegelbild zuwirft. Mesdames, erhebt jetzt keine Einwände und heuchelt nicht. Würdet ihr einen Mann schätzen, dem ihr so gleichgültig wäret, dass er nicht versucht, eure Schönheit noch strahlender erscheinen zu lassen?«

Die Damen lachten und flüsterten untereinander.

»Aber ich bin arm«, rief Castel-Jalon kläglich aus. »Sei nicht so hart, Peyrac, und gib mir die Hoffnung wieder! «

»Werde reich!«

»Leicht gesagt!«

»Für den, der es will, ist es immer leicht. Dann sei wenigstens nicht geizig. *Der Geiz ist der schlimmste Feind der Liebe.* Wenn du nun mal arm bist, zähle weder deine Zeit noch deine Taten, sondern mach tausend Dummheiten, und bringe vor allem die anderen zum Lachen. *Die Langeweile ist ein Wurm, der die Liebe zerfrisst.* Ist es nicht wahr, Mesdames, dass Ihr einen Possenreißer einem ernsten Gelehrten vorzieht? Nimm schließlich noch dies als letzten Trost: *Nur die inneren Werte machen einen Mann der Liebe würdig.*«

Wie schön seine Stimme ist, und wie wunderbar er spricht, sagte sich Angélique.

Der Kuss des kleinen Herzogs hatte eine glühende Stelle auf ihren Fingern zurückgelassen. Folgsam hatte er sich anschließend abgewandt und beugte sich jetzt über die kleine Witwe mit dem rosigen Teint. Angélique war allein; und über den langen Tisch hinweg und durch den blauen Rauch, der aus den Kupferpfannen aufstieg, ließ sie die in Rot gekleidete Gestalt des Hausherrn nicht aus den Augen. Sah er sie? Rief er hinter dieser Maske, mit der er sein Gesicht verbarg, nach ihr? Oder genoss er als vollendeter Epikureer nur entspannt und gleichmütig das raffinierte Spiel der Worte?

»Ich muss Euch sagen, dass ich sehr verwirrt bin«, rief mit einem Mal der junge Herzog de Forba des Ganges, indem er sich halb aufrichtete. »Zum ersten Mal nehme ich an einem Minnehof teil, und ich gestehe, dass ich mit einer angenehmen Freizügigkeit gerechnet hätte und nicht damit, so strenge Worte zu hören. *Nur die inneren Werte machen einen Mann der Liebe würdig.* Sollen wir denn kleine Heilige werden, um unsere Damen zu erobern?«

»Gott bewahre Euch davor, Herzog«, warf die junge Witwe lachend ein.

»Das ist ein ernsthafter Einwand«, meinte Andijos. »Würdet Ihr mich lieben, wenn ich einen Heiligenschein trüge, meine Teuerste?«

»Gewiss nicht.«

»Warum bringt ihr die inneren Werte mit dem Altar in Verbindung?«, rief Joffrey de Peyrac. »Innere Werte, das heißt, verrückt und fröhlich zu sein, polemisch, ritterlich, poetisch und vor allem – hier baue ich auf euch, Messieurs – ein geschickter und stets geneigter Liebhaber. Unsere Vorfahren haben die höfische und die körperliche Liebe gegeneinander ausgespielt. Doch ich sage euch: Lasst uns beides zu unserem täglichen Brot machen. Man muss wahrhaft und vollständig lieben, und das heißt fleischlich.«

Er verstummte und sprach kurz darauf leiser weiter.

»Doch unterschätzen wir nicht den Überschwang der Gefühle, der, ohne dem Begehren fremd zu sein, dieses überschreitet und verfeinert. Daher bin ich der Meinung, dass derjenige, der die Liebe kennenlernen will, sich dieser Disziplin des Herzens und der Sinne unterwerfen muss, die de Chapelain empfiehlt: *Ein Liebender soll nur eine einzige Geliebte haben, und eine liebende Frau nur einen einzigen Liebhaber.* Erwählt einander, liebt euch, trennt euch, wenn ihr einander überdrüssig seid, aber macht es nicht wie jene flatterhaften Liebenden, die sich der Leidenschaft hingeben wie der Trunksucht, von allen Bechern zugleich trinken und die Königshöfe in Schweineställe verwandeln.«

»Beim heiligen Severin!«, krähte Germontaz und sah von seinem Teller auf. »Mein Onkel, der Erzbischof würde den Verstand verlieren, wenn er Euch hören könnte. Was Ihr sagt, ähnelt nichts von dem, was ich je gehört habe. Solche Lehren hat mir noch niemand erteilt.«

»Man hat Euch anscheinend sehr wenige Dinge gelehrt, Monsieur le Chevalier! Was an meinen Worten erschreckt Euch denn so?«

»Alles! Ihr predigt Treue und Ausschweifung, Anstand und fleischliche Liebe zugleich. Und dann, mit einem Mal, prangert Ihr die ›Trunksucht der Leidenschaften‹ an, als stündet Ihr auf der Kanzel. Ich werde Eure Worte meinem Onkel weitersagen. Zweifellos wird er am nächsten Sonntag vor der vollbesetzten Kathedrale darauf zurückkommen.«

»Meine Worte sind von menschlicher Weisheit. Die Liebe ist die Feindin der Unmäßigkeit. Wie beim guten Essen sollten wir auch hier die Qualität über die Quantität setzen. Die Grenze des Vergnügens ist da erreicht, wo die Mühsal und der Ekel der Zügellosigkeit beginnen. Ist ein Mann, der frisst wie ein Schwein und säuft wie ein Loch, in der Lage, einen kunstvollen Kuss zu genießen?«

»Soll ich mich etwa in dieser Beschreibung wiedererkennen?«, murrte der Chevalier de Germontaz mit vollem Mund.

Angélique dachte, wenigstens habe er keinen schlechten Charakter. Doch warum schien Joffrey ihn grundlos zu reizen? Dabei war er sich durchaus im Klaren über die Gefahr, die dieser unangenehme Mensch darstellte.

»Der Erzbischof schickt uns seinen Neffen, damit er uns ausspäht«, hatte er ihr am Vorabend des Festes erklärt.

»Wir haben einander den Krieg erklärt«, hatte er leichthin hinzugefügt.

»Was ist geschehen?«

»Nichts. Aber der Erzbischof will das Geheimnis meines Reichtums ergründen und, wenn ihm das nicht gelingt, wenigstens mein Vermögen an sich bringen. Er wird mich nicht mehr aus den Klauen lassen.«

»Werdet Ihr Euch wehren, Joffrey?«

»Nach besten Kräften. Doch leider ist der Mann noch nicht geboren, der die menschliche Dummheit besiegen kann.«

Die Diener hatten die Teller abgetragen. Acht kleine Pagen, von denen einige Rosenkörbe und andere Obstpyramiden in Händen hielten, traten ein. Vor jeden Gast wurden Teller mit Gewürzpastillen und diversem Konfekt hingestellt.

»Es beruhigt mich, Euch in so einfachen Worten über die fleischliche Liebe sprechen zu hören«, meinte der junge Cerbalaud. »Stellt Euch vor, ich bin unsterblich verliebt und dennoch allein in dieser Versammlung. Ich glaube nicht, dass ich es in meinen Liebeserklärungen an Inbrunst habe fehlen lassen, und, ganz ohne Prahlerei, ich hatte manchmal den Eindruck, dass meine Glut Widerhall fand. Aber, o weh, meine Freundin ist prüde. Wage ich eine kühne Geste, finde ich mich sogleich mehrere Tage lang grausamen Blicken und großer Kälte ausgesetzt. Seit Monaten schon drehe ich mich in diesem Teufelskreis: Ich will sie erobern und ihr meine Leidenschaft beweisen; doch jedes Mal, wenn ich es versuche, verliere ich sie aufs Neue!«

Alle amüsierten sich über Cerbalauds Missgeschick. Eine Dame zog ihn energisch in die Arme und küsste ihn auf den Mund. Als das Stimmengewirr sich ein wenig gelegt hatte, ergriff Joffrey de Peyrac begütigend das Wort.

»Übe dich in Geduld, Cerbalaud, und denke daran, dass es gerade die spröden Mädchen sind, welche die allergrößte Lust erreichen. Doch sie bedürfen eines geschickten Liebhabers, um ihre inneren Skrupel aufzulösen, die sie dazu bringen, Liebe und Sünde zu verwechseln. Und misstraue auch den jungen Damen, die zu oft Liebe und Ehe durcheinanderbringen. Jetzt will ich dir einige Grundregeln aufsagen: *Wenn du dich den Vergnügungen der Liebe hingibst, überschreite nie das Begehren der Geliebten; übe stets eine gewisse zarte Zurückhaltung, ganz gleich, ob du Liebeslust schenkst oder empfängst.* Und dieses noch: *Sei stets aufmerksam gegenüber den Wünschen der Damen.*«

»Ich finde, dass Ihr den Frauen zu viel Macht zugesteht«, wandte ein Edelmann ein, der sich für seine Worte allerhand Schläge mit dem Fächer einhandelte. »So, wie Ihr es darstellt, müsste man ständig zu ihren Füßen sterben.«

»Aber das ist doch ganz richtig so«, ließ sich Bernard d'Andijos' Mätresse vernehmen. »Wisst Ihr, wie wir Preziösen in Paris die jungen Leute nennen, die uns den Hof machen? ›Sterbende Kavaliere‹.«

»Ich will aber nicht sterben«, meinte Andijos mit düsterer Miene. »Sterben sollen meine Rivalen.«

»Soll man den Damen also all ihre Launen durchgehen lassen?«

»Selbstverständlich.«

»Und sie verachten uns dafür ...«

»Betrügen uns ...«

»Soll man sich denn damit abfinden, betrogen zu werden?«

»Sicherlich nicht«, gab Joffrey de Peyrac zurück. »Duelliert euch, Messieurs, und tötet eure Rivalen. *Wer nicht eifersüchtig ist, kann nicht lieben.* Oder auch: *Ein wenig Eifersucht steigert die Leidenschaft!*«

»Dieser teuflische Chapelain hat wirklich an alles gedacht!«

Angélique führte ihr Glas an die Lippen. Ihr Blut floss schneller, und sie begann zu lachen. Sie liebte diese Tischgespräche unter den Südfranzosen, wenn sich mit einem Mal ihr Akzent Bahn brach, man sich Herausforderungen und Flunkereien an den Kopf warf und der eine Edelmann sein Schwert zog, während ein anderer seine Gitarre stimmte.

»Sing! Sing!«, kam der Ruf plötzlich auf. »Die Stimme des Königreichs.«

In der Loggia über der Galerie begannen die Musiker leise zu spielen. Angélique sah, dass die kleine Witwe den Kopf an die Schulter des Herzogs gelegt hatte. Mit leichter Hand nahm sie von den Pastillen und steckte sie ihm zwischen die Lippen.

Die beiden lächelten einander zu.

Am samtigen Himmel ging rund und klar der Mond auf.

Joffrey de Peyrac gab ein Zeichen, und ein Diener ging von Fackel zu Fackel und löschte das Licht. Es wurde sehr dunkel, und dann gewöhnten die Augen sich nach und nach an das sanfte Mondlicht; doch die Stimmen klangen jetzt gedämpft, und in der plötzlichen Stille vernahm man das Seufzen eng umschlungener Paare. Einige waren bereits vom Tisch aufgestanden und schlenderten durch den Park oder die offenen Galerien, in die der duftende Hauch der Nacht eindrang.

»Mesdames«, ließ sich Joffrey de Peyracs tiefe, volltönende Stimme erneut vernehmen, »und ihr, Messieurs, seid also willkommen im Palast der fröhlichen Wissenschaft. Wir werden nun einige Tage lang miteinander plaudern und am selben Tisch speisen. In diesem Gebäude sind Räume für euch vorbereitet. Dort findet ihr edle Weine, Gebäck und Sorbets. Und bequeme Betten. Schlaft darin allein, wenn ihr grämlicher Stimmung seid, oder empfangt dort eine Freundin oder einen Freund für eine Stunde … oder für das ganze Leben, wenn es euch beliebt. Esst, trinkt, huldigt der Liebe … doch seid diskret, denn *man soll die Liebe nicht allen kundtun, damit sie ihren Reiz nicht verliert.*

Einen Rat noch … und zwar speziell für euch, Mesdames. Wisset, dass auch die Trägheit eine der größten Feindinnen der Liebe ist. In den Ländern, in denen die Frau noch die Sklavin des Mannes ist, im Orient oder in Afrika, ist meist sie es, der es obliegt, sich zu verausgaben, um ihrem Herrn Lust zu bereiten.

In unseren zivilisierten Landen dagegen habt ihr den besseren Teil abbekommen. Oft nutzt ihr das aus, indem ihr auf unsere Glut mit einer Mattigkeit reagiert, die … ja, an Erstarrung grenzt. Lernt also, beherzt und eifrig zu geben, so wird die Wollust euch belohnen: *Ein hastiger Mann und eine müßige Frau, das ist Liebe ohne Lust.* Ich will mit einem kulinarischen Rat enden. Messieurs, denkt daran, dass der Champagner-Wein, von dem einige Flaschen an eurem Bett kalt gestellt sind, mehr Fantasie als Beständigkeit besitzt. Mit anderen Worten, man sollte ihm vorzugsweise nicht allzu sehr zusprechen, um sich auf die Schlacht vorzubereiten. Doch kein Wein ist herrlicher, um den Sieg zu feiern, in einer glücklichen Nacht zu erquicken und Glut und Kraft zu erhalten. Mesdames, ich grüße euch.«

Er schob seinen Sessel zurück, legte schroff die übereinandergeschlagenen Beine auf den Tisch, nahm seine Gitarre und begann zu singen. Sein maskiertes Gesicht wandte er dem Mond zu.

Angélique fühlte sich schrecklich einsam.

Im Schatten des Assézat-Turms stieg in dieser Nacht eine uralte Welt aus ihrer Asche auf. Das heißblütige Toulouse fand seine Seele wieder. Die Wollust genoss hier Bürgerrecht, und die von der Vitalität der Jugend erfüllte junge Frau konnte da nicht gleichgültig bleiben. Man unterhielt sich nicht ungestraft über die Liebe und ihre Genüsse, ohne einer Willenlosigkeit zu erliegen, die durch die Umstände begünstigt wurde. Inzwischen hatten fast alle Gäste den Raum verlassen. Einige standen noch mit einem Glas Rossolis-Likör in der Hand in den Fensternischen, plauderten und liebkosten einander. Madame de Saujac küsste ihren Hauptmann. Der lange, milde Abend, der durch die edlen Weine, die delikaten, mit erlesenen Gewürzen verfeinerten Gerichte, Musik und Blumen noch versüßt worden war, hatte sein Ziel erreicht und überantwortete den Palast der fröhlichen Wissenschaft dem Zauber der Liebe.

Der rote Mann sang weiter, doch auch er war allein.

Worauf wartet er denn noch?, fragte sich Angélique. Soll ich mich etwa zu seinen Füßen niederwerfen?

Bei diesem Gedanken wurde sie von einem Schauer erfasst, und sie schloss die Augen.

In ihr herrschten nichts als Aufruhr und Widersprüche. Noch gestern war sie bereit gewesen, sich zu ergeben, doch heute Abend begehrte sie gegen die Verführung auf. *Er zieht die jungen Frauen durch Gesänge an.* Aus der Ferne hatte das so schrecklich geklungen, und von Nahem war es so wunderbar. Sie ging zur Treppe und sagte sich, dass sie vor der Versuchung floh. Doch sofort kam ihr der Gedanke, dass dieser Mann vor Gott ihr Ehegatte war, und sie schüttelte verzweifelt den Kopf. Sie war verwirrt und ängstlich. Da sie streng erzogen worden war, scheute sie vor einem allzu freien Leben zurück. Sie entstammte einer Zeit, in der man jede Schwäche mit Gewissensbissen und Skrupeln bezahlte.

Eine Frau, die heute Nacht seufzend in die Arme ihres Geliebten sank, würde morgen in die Kirche laufen und tränenüberströmt in einem Beichtstuhl verzweifeln, würde nach den Gittern eines Klosters und nach dem Schleier verlangen, um ihre Sünden zu büßen. Angélique spürte genau, dass Joffrey de Peyrac sie nicht zur Ehe zwingen, sondern sie verführen wollte, ihn zu lieben.

Wenn sie mit einem anderen verheiratet gewesen wäre, hätte er genauso gehandelt, um sein Ziel zu erreichen. Er besaß einfach keine Moral. Hatte die Amme nicht doch recht gehabt, als sie sagte, dieser Mann stehe in den Diensten des Teufels?

Der parfümierte Hauch, der aus dem Park herandrang,

mischte seine berauschende Wirkung mit der des Weins. Sie hatte noch Durst, schrecklichen Durst.

Als sie die große Treppe hinunterstieg, begegnete sie einem eng umschlungenen Paar. Die Frau flüsterte sehr schnell vor sich hin, sodass es wie ein kleines, klagendes Gebet klang. In diesem Palast voller Seufzer irrte Angélique in ihrem weißen Kleid durch den Park. Sie erblickte Cerbalaud, der, ebenfalls allein, die Wege entlangschritt und zweifellos über die Worte nachdachte, die er seiner übermäßig prüden Freundin sagen würde.

Armer Cerbalaud! Wird er wohl seiner Liebsten treu bleiben, oder wird er sie für ein weniger grausames Mädchen verlassen?

Unsicheren Schrittes kam der Chevalier de Germontaz ebenfalls die Treppe herunter. Schnaubend blieb er in Angéliques Nähe stehen.

»Die Pest über diese Komödien und Geziertheiten der Leute aus dem Süden! Meine kleine Freundin, die bis jetzt ganz willig war, hat mir soeben eine Ohrfeige versetzt. Anscheinend bin ich ihr nicht mehr zartfühlend genug.«

»Ihr habt wohl die Wahl zwischen zweierlei Gebaren, dem eines Schwerenöters und dem eines Kirchenmannes. Euer Leiden ist vielleicht, dass Ihr noch nicht recht entschieden habt, welches von beidem Eure Berufung ist.«

Mit hochrotem Kopf trat er auf sie zu, und sein weingeschwängerter Atem traf sie mitten ins Gesicht.

»Woran ich leide, ist, dass ich mich von kleinen Zierpüppchen wie Euch vorführen lassen muss wie ein Stier in der Arena. Dies ist *meine* Art, mit Frauen umzugehen.«

Ehe sie eine Bewegung zu ihrer Verteidigung vollführen konnte, hatte er sie grob ergriffen und drückte seine feuchten, dicken Lippen auf ihren Mund. Voller Ekel wehrte sie sich, doch er hielt sie fest gepackt. Sie spürte seine fleischigen Finger, die am Ausschnitt ihres Mieders herumtasteten, und hatte das Gefühl, Schnecken kröchen über ihre Haut. Brutal zerrte er an der Spitze, und der Seidenstoff zerriss.

»Monsieur de Germontaz«, sagte jemand.

Erschrocken erblickte Angélique oben auf der Treppe die rote Gestalt des Grafen de Peyrac. Er griff nach seiner Maske und warf sie hinter sich. Sie sah in sein Gesicht, das, wenn er seine entstellten Züge bewusst zusammenzog, so furchtbar wirkte, dass selbst der abgebrühteste Mann zu zittern begann. Sehr langsam, indem er sein Hinken betonte, kam er die Treppe herab. Als er die letzte Stufe erreicht hatte, blitzte es auf, denn er hatte sein Schwert gezogen.

Germontaz war leicht schwankend zurückgezuckt. Hinter Joffrey de Peyrac kamen Bernard d'Andijos und Monsieur de Castel-Jalon herunter. Der Neffe des Erzbischofs warf einen Blick in Richtung Park und sah, dass Cerbalaud nähergetreten war. Er schnaubte laut.

»Das … das ist eine Falle«, stammelte er, »Ihr wollt mich töten!«

»Die Falle hast du dir selbst gestellt, Mistkerl!«, erwiderte Andijos. »Wer hat dir erlaubt, die Gattin deines Gastgebers zu belästigen?«

Zitternd versuchte Angélique, ihr zerrissenes Mieder über ihrer Brust zusammenzuhalten. Das war doch nicht möglich! Sie durften sich nicht schlagen! Sie musste eingreifen … Gegen diesen großen Burschen in der Blüte seiner Jahre riskierte Joffrey den Tod!

Joffrey de Peyrac trat näher, und mit einem Mal schien sein

langer, verwachsener Körper die Geschmeidigkeit eines Artisten angenommen zu haben. Als er vor dem Chevalier de Germontaz stand, setzte er ihm die Spitze seiner Klinge auf den Bauch.

»Wehr dich«, sagte er einfach.

Der andere zog in einem seiner militärischen Ausbildung entstammenden Reflex ebenfalls das Schwert, und die beiden kreuzten die Klingen. Einige Augenblicke lang kämpften sie heftig gegeneinander und kamen sich so nahe, dass die Körbe ihrer Waffen aneinanderstießen und die Duellanten einander aus wenigen Zollbreit Entfernung ins Gesicht sahen.

Doch jedes Mal machte der Graf de Peyrac sich energisch frei. Mit seiner Schnelligkeit glich er die Behinderung durch sein lahmes Bein aus. Als Germontaz ihn auf der Treppe so stark bedrängte, dass er ihn zwang, mehrere Stufen nach oben auszuweichen, sprang er mit einem Mal über die Balustrade und landete hinter ihm, und der Chevalier hatte gerade noch Zeit, herumzufahren und sich ihm von Neuem zu stellen. Der Jüngere ermüdete rasch. Er war mit allen Feinheiten der Fechtkunst vertraut, doch dieses allzu rasche Geplänkel verwirrte ihn. Das Schwert des Grafen riss seinen rechten Hemdsärmel auf und verwundete ihn am Arm. Die Wunde war nur oberflächlich, blutete aber stark; rasch wurde sein rechter Arm, mit dem er die Waffe führte, taub. Dem Chevalier fiel der Kampf immer schwerer. Panik trat in seine großen, hervorquellenden Augen. In denen von Joffrey de Peyrac dagegen glühten ein dunkles Feuer und keine Spur von Vergebung. Angélique las darin das Todesurteil für seinen Gegner.

Sie biss sich auf die Lippen, bis sie vor Schmerz aufschrie, wagte jedoch nicht sich zu rühren. Mit einem Mal schloss sie die Augen. Sie hörte eine Art dumpfen, tiefen Schrei wie das angestrengte Stöhnen eines Holzfällers.

Als sie wieder hinschaute, sah sie, dass der Chevalier de Germontaz der Länge nach auf dem Mosaikboden lag und das Heft eines Schwertes aus seiner Seite ragte. Der große Hinkefuß aus dem Languedoc beugte sich lächelnd über ihn.

»Komödien und Geziertheiten!«, meinte er leise.

Er griff nach dem Heft der Waffe und zog schwungvoll daran. Eine Flüssigkeit spritzte mit einem leisen Geräusch hervor, und Angélique sah Blutflecken auf ihrem weißen Kleid. Ihre Knie gaben nach, und sie musste sich gegen die Wand lehnen.

Joffrey de Peyrac wandte ihr das Gesicht zu. Es war schweißüberströmt, und unter seinem roten Samtanzug sah sie, dass seine schlanke Brust sich hob und senkte wie ein Blasebalg. Sie stürzte auf ihn zu, berührte ihn, umschlang ihn verzweifelt. Sie musste sich davon überzeugen, dass er wirklich lebte und nicht verletzt war.

Er schaute auf sie hinunter. Langsam trat ein Lächeln auf seine Lippen, als er in ihren grünen Augen, die zu ihm aufblickten, die Gefühle erkannte, die sie überwältigten.

»Komm«, sagte er gebieterisch.

Langsam folgte das Pferd dem Flussufer und wirbelte auf dem schmalen, gewundenen Weg den Sand auf. In einiger Entfernung wachten drei bewaffnete Lakaien über ihren Herrn, doch Angélique bemerkte sie gar nicht. Ihr war, als wäre sie unter dem Sternenhimmel vollkommen allein, allein in den Armen Joffrey de Peyracs, der sie vor sich in den Sattel gesetzt hatte und mit ihr zu dem Lustschlösschen an der Garonne ritt, wo sie ihre erste Liebesnacht verbringen würden.

Er trieb die Stute nicht an, sondern hielt die Zügel locker in einer Hand, während er mit dem anderen Arm die junge Frau an sich drückte. In ihrem Zustand glücklicher Hingabe spürte sie von Neuem die überwältigende Kraft, mit der er an einem gewissen Abend versucht hatte, ihre Abneigung zu überwinden und ihr einen verbotenen Kuss zu rauben. Doch all das lag lange zurück und kam ihr unwirklich vor. Jetzt war die richtige Zeit gekommen. Während sie sich rückhaltlos an ihn schmiegte, verbarg er sein Gesicht in dem raschelnden Samt seines Anzugs.

Er sah sie nicht an, sondern betrachtete stattdessen das strudelnde Gewässer. Mit halb geöffneten Lippen summte er ein Lied in der alten Sprache, dessen Worte sie kannte.

So wie der Jäger endlich seine Beute heimträgt … so bringe ich meine Liebste nach Hause, besiegt und willig meinem Begehren.

Das Licht des Mondes erhellte seine kühnen Züge.

Er hat die schönsten Augen, dachte Angélique, die schönsten Zähne und das schönste Haar der Welt. Die weichste Haut, die schönsten Hände … Wie konnte ich ihn nur jemals abstoßend finden? Ist das also die Liebe? Der Zauber der Liebe?

In dem Lustschlösschen an der Garonne waren die von ihrem anspruchvollen Herrn gut geschulten Dienstboten unsichtbar am Werk gewesen. Ihr Zimmer war vorbereitet. Auf der Terrasse stand neben einem Ruhebett ein Imbiss aus Früchten bereit, und in einer Bronzeschale waren Flaschen kühl gestellt, doch kein Mensch war zu sehen.

Angélique und ihr Gatte schwiegen. Dies war nicht die Stunde für Worte.

»Warum lächelt Ihr nicht?«, flüsterte sie dennoch, als er sie mit kaum gezügelter Ungeduld an sich zog. »Seid Ihr immer noch böse? Ich versichere Euch, dass ich diesen Zwischenfall mit Germontaz nicht gewollt habe.«

»Das weiß ich, Liebste.«

Er holte tief Luft und sprach mit tonloser Stimme weiter.

»Ich kann nicht lächeln, denn ich habe viel zu lange auf diesen Augenblick gewartet, und nun zieht sich mein Herz beinahe schmerzhaft zusammen. Ich habe noch nie eine Frau wie dich geliebt, Angélique, und mir ist, als hätte ich dich schon geliebt, noch bevor ich dir begegnet bin. Und als ich dich dann sah... Du warst alles, worauf ich je gewartet hatte. Aber du gingst vorüber, zum Greifen nah und doch unnahbar wie eine Hexe aus dem Moor. Und ich gestand dir meine Gefühle unter Scherzen, da ich fürchtete, du könntest entsetzt zurückfahren oder über mich spotten. Noch nie habe ich so lange auf eine Frau gewartet oder so viel Geduld aufgebracht. Und dabei gehörtest du rechtmäßig mir. Hundertmal war ich drauf und dran, dich mit Gewalt zu nehmen, aber ich wollte nicht nur deinen Körper, sondern ich wollte deine Liebe erobern. Und wenn ich dich jetzt so sehe, mit einem Mal endlich mein, da zürne ich dir wegen all der Qualen, die du mir bereitet hast. Ich zürne dir«, wiederholte er mit glühender Leidenschaft.

Tapfer hielt sie dem Ausdruck auf seinem Gesicht stand, den sie jetzt nicht mehr fürchtete, und lächelte.

»Räche dich doch«, murmelte sie.

Er erschauerte und erwiderte ihr Lächeln.

»Ah! Du bist noch weiblicher, als ich dachte. Fordert mich nicht heraus! Ihr werdet um Gnade bitten, schöne Feindin!«

Von diesem Moment an gehörte Angélique sich nicht mehr. Sie begegnete erneut den Lippen, die sie schon einmal trunken gemacht hatten, und stürzte wieder in diesen Strudel neuer Empfindungen, die sich ihrem Körper seither als unbestimmte Sehnsucht eingeprägt hatten. Alles erwachte in ihr, und mit der Verheißung der Hingabe, die jetzt nichts mehr aufhalten konnte, empfand sie die Lust nach und nach so intensiv, dass es sie erschreckte.

Keuchend neigte sie sich zurück und versuchte, diesen Händen zu entkommen, die ihr mit jeder Bewegung eine neue Quelle der Wollust aufzeigten, und dann sah sie, als tauche sie aus einem Schacht voll erdrückender Süße auf, wie sich der Sternenhimmel und die neblige Ebene, durch die sich die Garonne wand wie ein silbernes Band, um sie drehten.

Angélique war gesund und strahlend schön und für die Liebe wie geschaffen. Doch die völlig neuen Empfindungen, die sie in ihrem Körper spürte, verstörten sie, und sie fühlte sich bedrängt und – innerlich sogar mehr als äußerlich – einem wilden Ansturm ausgesetzt. Erst später, als sie erfahrener war, sollte sie ermessen können, wie sehr Joffrey de Peyrac sein eigenes, machtvolles Verlangen bezähmt hatte, um sie sich vollkommen zu Willen zu machen.

Fast ohne dass sie es bemerkte, kleidete er sie aus und legte sie auf das Ruhebett. Mit unermüdlicher Geduld zog er sie, die zunehmend fügsamer und erregter wurde und mit fieberglänzenden Augen leise seufzte, wieder an sich. Einmal versuchte sie, sich loszumachen, dann schmiegte sie sich wieder an ihn, doch als diese Empfindung, die sie nicht zu beherrschen versuchte, ihren Höhepunkt erreichte, entspannte sie sich plötzlich. Angélique spürte, dass sie von einem Wohlgefühl ergriffen wurde, in das sich eine köstliche, beinahe schmerzliche Erregung mischte; sie setzte sich über alles Schamgefühl hinweg und bot sich selbst den kühnsten Liebkosungen dar. Mit geschlossenen Augen ließ sie sich widerstandslos vom Strom der Wollust davonreißen. Obwohl sie den Schmerz fühlte, bäumte sie sich nicht dagegen auf, denn jede Faser ihres Körpers verlangte gebieterisch danach, dass ihr Mann sie in Besitz nahm.

Als er in sie eindrang, schrie sie nicht, sondern riss nur die Augen weit auf, und alle Sterne des Frühlingshimmels spiegelten sich in ihren grünen Augen.

»Ist es schon vorbei?«, murmelte Angélique.

Auf dem Ruhebett liegend, erwachte sie langsam wieder zum Leben. Ein weicher indischer Schal, den er über sie geworfen hatte, schützte ihren schweißnassen Körper vor dem nächtlichen Windhauch. Sie sah Joffrey de Peyrac an, der sich erhoben hatte und als dunkle Gestalt im hellen Mondlicht stand. Er goss kühlen Wein in Gläser und begann zu lachen.

»Immer langsam, mein Liebchen. Ihr seid zu neu in dieser Kunst, als dass ich meine Unterrichtsstunde zu lange ausdehnen dürfte. Die Zeit wird kommen, da wir uns diesen Freuden länger hingeben können. Unterdessen lasst uns trinken! Denn für das Werk, das wir beide heute Abend vollbracht haben, verdienen wir eine Belohnung.«

Er stützte ihren Oberkörper, während sie trank, und sie übertrieb ihre Ermattung und Schwäche, um sich mit einer Koketterie, die ihr Instinkt ihr eingab, an ihn zu lehnen. Skrupellos ergötzte sie sich an dem Gefühl, dass dieser Mann, der so übersättigt war und alles besaß, was man sich nur vorstellen konnte, dennoch das Geschenk, das sie ihm soeben gemacht hatte, in vollem Maße zu würdigen wusste. Er verbarg seine jungenhafte Seligkeit hinter scherzhaften Bemerkungen, aber die empfindsame Angélique fühlte dennoch die Macht, die sie über ihn hatte. Aber natürlich würde sie das nicht ausnutzen. Sie würde ihn leidenschaftlich lieben, ihm Kinder schenken und für alle Zeit glücklich mit ihm unter dem Himmel von Toulouse leben!

Sie hob ihr wunderschönes Gesicht zu ihm und schenkte ihm ein Lächeln, von dem sie noch nicht wusste, wie verführerisch es war; denn in nur wenigen Augenblicken war eine neue Angélique geboren worden, erblüht und befreit.

Wie geblendet schloss er die Augen. Als er sie wieder aufschlug, sah er auf ihrem bezaubernden Gesicht einen ängstlichen Ausdruck.

»Der Chevalier de Germontaz«, murmelte Angélique. »Oh Joffrey, das hatte ich ja ganz vergessen. Ihr habt den Neffen des Erzbischofs getötet.«

Er beruhigte sie mit einer Liebkosung.

»Denkt nicht mehr daran. Es gibt Zeugen dafür, dass er mich provoziert hat. Zu tadeln wäre ich eher gewesen, wenn ich darüber hinweggesehen hätte. Der Erzbischof ist selbst von adligem Blut und wird nicht anders können, als sich zu beugen. Gott, meine Liebste!«, flüsterte er, »Eure Formen sind noch perfekter, als ich dachte.«

Mit einem Finger strich er über die weiße, feste Wölbung ihres jungen Leibes. Sie lächelte und stieß einen langen Seufzer des Wohlbehagens aus. Man hatte ihr immer erzählt, nach der Liebe seien die Männer schroff oder gleichgültig…

Aber Joffrey war wahrlich nicht wie andere Männer. Er schmiegte sich auf dem Ruhebett an sie, und sie hörte ihn ganz leise lachen.

»Wenn ich daran denke, dass jetzt vielleicht der Erzbischof vom Turm seiner Bischofsresidenz auf den Palast der fröhlichen Wissenschaft hinunterschaut und mein freizügiges Leben zur Hölle wünscht! Wenn er wüsste, dass ich zur gleichen Zeit die ›verbotenen Lüste‹ mit meiner eigenen Frau genieße, obwohl er diese Ehe doch selbst gesegnet hat!«

»Ihr seid unverbesserlich. Zu Recht betrachtet er Euch mit Argwohn, denn wenn es zwei Arten gibt, etwas zu tun, so erfindet Ihr stets eine dritte dazu. So könntet Ihr zum Beispiel entweder Ehebruch begehen oder ganz artig Eure ehelichen Pflichten erfüllen. Aber nein! Ihr müsst Eure Hochzeitsnacht so inszenieren, dass ich mich in Euren Armen geradezu wie eine Sünderin fühle.«

»Ein sehr angenehmes Gefühl, nicht wahr?«

»Schweigt! Ihr seid der Teufel. Gesteht, Joffrey, dass sich die meisten Eurer Gäste von heute Abend nicht so leicht herauswinden werden! Mit welchem Geschick Ihr sie in das gestürzt hab, was Monseigneur ›moralische Unordnung‹ nennen würde ... Ich bin mir nicht ganz sicher, ob Ihr nicht doch ein ... gefährliches Wesen seid.«

»Und Ihr, Angélique, seid eine anbetungswürdige, splitternackte kleine Ordensfrau! Und ich zweifle nicht daran, dass meine Seele in Euren Händen Gnade findet. Doch klagen wir nicht über die Annehmlichkeiten des Lebens. So viele andere Völker leben nach anderen Sitten und sind darum nicht weniger großherzig oder glücklich. Angesichts der Grobheit des Herzens und der Sinne, die wir unter unseren schönen Kleidern verbergen, habe ich zu meinem Vergnügen davon geträumt, Frauen und Männer zu sehen, die ihren Umgang verfeinern, um dem Namen Frankreichs größere Ehre zu machen. Und ich erfreue mich daran, denn ich liebe die Frauen, so wie alles Schöne. Nein, Angélique, mein Kleinod, ich bereue nichts und werde nicht zur Beichte gehen!«

Erst nachdem sie zur Frau geworden war, konnte Angélique sie selbst sein. Zuvor war sie nur eine Rosenknospe gewesen und hatte sich beengt in ihrem Fleisch gefühlt, dem ein Tropfen maurischen Blutes eine Neigung zur fleischlichen Lust eingegeben hatte.

Während der folgenden Tage, in denen die Feierlichkeiten des Minnehofs weitergingen, hatte sie das Gefühl, in eine andere

Welt versetzt worden zu sein, in eine Welt der Fülle und zauberhafter Entdeckungen. Ihr war, als wäre der Rest der Welt versunken und das Leben hätte in seinem Lauf angehalten.

Sie verliebte sich immer mehr. Ihr Teint wurde rosig, und zu ihrem Lachen erklang eine neue Kühnheit. Jede Nacht fand Joffrey sie begieriger, drängender, und sie verweigerte sich nicht mehr schroff wie eine junge Diana, wenn er sie in neue Liebesspiele einführen wollte, sondern ergab sich ihm rasch und hemmungslos.

Ihre Gäste schienen ihre entspannte, leichte Stimmung zu teilen.

Und dafür hatten sie auch einem Wunderwerk an Organisation zu danken, denn der Graf de Peyrac vergaß in seinem Genie nicht das kleinste Detail, das der Bequemlichkeit und dem Wohlgefühl seiner Gäste diente. Ungezwungen hielt er sich überall auf; und doch hatte Angélique den Eindruck, dass er nur an sie dachte und nur für sie sang. Oft stieg ein Anflug von Eifersucht in ihr auf, wenn sie sah, wie er einer koketten Dame, die ihn um Rat wegen einer Spitzfindigkeit auf der Karte des Landes Tendre bat, tief in die Augen sah. Sie spitzte dann die Ohren, doch sie musste zugeben, dass ihr Gatte ihr treu blieb und sich elegant mit einer seiner geschickt als Kompliment verhüllten Spitzen, auf die er sich wie kein anderer verstand, aus der Affäre zog.

Mit einer Mischung aus Erleichterung und Enttäuschung sah sie nach acht Tagen zu, wie die schweren, mit Wappen geschmückten Kutschen auf dem Hof des Palasts wendeten und wieder den Weg zu fernen Adelsgütern antraten, während schöne, reich mit Spitzen geschmückte Hände sich aus den Fenstern streckten und winkten und die Reiter mit ihren federbesetzten Hüten grüßten. Angélique stand auf dem Balkon und winkte ihnen zum Abschied fröhlich zu.

Sie hatte nichts dagegen, dass es wieder ein wenig ruhiger zuging und sie ihren Mann ganz für sich allein hatte. Doch insgeheim war sie betrübt darüber, dass diese wunderbaren Tage zu Ende gingen. Solche Glücksmomente erlebt man wohl nur einmal. Niemals, das ahnte Angélique plötzlich, niemals würden diese berauschenden Wochen wiederkehren ...

Gleich am ersten Abend sperrte Joffrey de Peyrac sich in seinem Laboratorium ein, das er seit dem Beginn des Minnehofs nicht mehr betreten hatte.

Angélique warf sich in ihrem großen Bett, in dem sie auf ihn wartete, enttäuscht von einer Seite auf die andere.

So sind die Männer!, sagte sie sich verbittert. Sie lassen sich gnädig herab, uns im Vorübergehen ein wenig Zeit zu schenken, aber nichts hält sie zurück, wenn es um ihre kleinen Steckenpferde geht. Für die einen ist es das Duell und für die anderen der Krieg. Für Joffrey sind es seine Retorten. Früher hat es mich interessiert, wenn er davon sprach, weil es mir schien, als empfinde er nur dann Zuneigung zu mir; doch jetzt hasse ich dieses Laboratorium!

Schmollend schlief sie irgendwann ein.

Sie erwachte von der plötzlichen Helligkeit einer Kerze und sah Joffrey an ihrem Bett, der sich soeben ausgekleidet hatte. Sie setzte sich abrupt auf und schlang die Arme um die Knie.

»Ist das wirklich nötig?«, verlangte sie zu wissen. »Ich höre schon, wie die Vögel im Park erwachen. Tätet Ihr nicht besser daran, diese Nacht, die so gut begonnen hat, in Euren Räumen zu verbringen und eine hübsch dickbäuchige Retorte ans Herz zu drücken?«

Er lachte und wirkte überhaupt nicht zerknirscht.

»Ich bin untröstlich, meine Kleine, aber ich steckte mitten

in einem Experiment, das ich nicht im Stich lassen konnte. In gewisser Weise hat unser abscheulicher Erzbischof damit zu tun. Immerhin hat er den Tod seines Neffen sehr würdevoll hingenommen. Aber Vorsicht ist dennoch geboten; es ist bei Todesstrafe untersagt, sich zu duellieren. Noch ein Trumpf für ihn in diesem Spiel. Er hat mir ein Ultimatum gestellt, seinem idiotischen Mönch Bécher mein Geheimnis des Goldmachens zu verraten. Und da ich ihn vernünftigerweise nicht über meinen Schmuggelhandel mit Spanien aufklären kann, habe ich beschlossen, ihn mit nach Salsigne zu nehmen, wo er Zeuge der Förderung und Umwandlung des goldhaltigen Gesteins werden soll. Vorher werde ich nach Fritz Hauer, dem Sachsen, schicken, und auch einen Kurier nach Genf entsenden. Bernalli träumt schon lange davon, an diesem Experiment teilzunehmen, und wird gewiss kommen.«

»Das interessiert mich alles nicht«, unterbrach Angélique ihn verstimmt. »Ich bin müde.«

Sie war sich bewusst, dass sie mit ihrem Haar, das ihr Gesicht zur Hälfte verbarg, und dem knappen Hemd, dessen Spitzenrüsche über ihren bloßen Arm hinabgeglitten war, nicht so ernst wirkte, wie sie klang.

Er liebkoste die weiche, weiße Schulter, doch sie schlug ihm unvermittelt die spitzen Zähne in die Hand. Er versetzte ihr einen Klaps und warf sie in geheucheltem Zorn quer über das Bett. Einen Moment lang kämpften sie. Rasch unterlag Angélique Joffrey de Peyracs Kraft, die sie jedes Mal wieder mit der gleichen Verblüffung erfüllte. Doch immer noch war sie rebellischen Sinnes und zappelte in seiner Umarmung. Dann begann ihr Blut rascher zu fließen. Ein Funke der Wollust flammte tief in ihrem Inneren auf und ergriff sie ganz und gar. Sie fuhr fort, sich zu winden, doch jetzt suchte sie keuchend und neugierig nach der verblüffenden Empfindung, die sie verspürt hatte. Ihr Körper stand in Flammen. Die Wogen der Lust rissen sie in einer nie zuvor erfahrenen Ekstase von einem Gipfel zum anderen. Den Kopf auf dem Bettrand zurückgeworfen, die Lippen halb geöffnet, musste Angélique mit einem Mal an die Schatten eines Alkovens denken, der vom goldenen Schein einer Lampe erleuchtet wurde. Ein leises, durchdringendes Stöhnen drang an ihr Ohr, und ihr war, als würde es immer lauter. Dann, mit einem Mal, erkannte sie ihre eigene Stimme wieder. Über sich sah sie im grauen Licht des anbrechenden Tages das Gesicht eines Fauns, der lächelnd, mit leuchtenden, halb geschlossenen Augen dem Lied lauschte, dass er ihr entlockt hatte.

»Oh Joffrey«, seufzte Angélique, »ich glaube, ich sterbe. Warum ist es nur jedes Mal noch schöner?«

»Weil die Liebe eine Kunst ist, in der man sich vervollkommnet, meine schöne Freundin; und Ihr seid eine wunderbare Schülerin.«

Erfüllt und friedlich suchte Angélique den Schlaf und schmiegte sich an ihn. Wie dunkel Joffreys Brust zwischen den Spitzen seines Hemds wirkte! Und dieser Tabakgeruch war berauschend!

Kapitel 14

Etwa zwei Wochen später mühte sich eine kleine Gruppe von Reitern, denen eine Kutsche mit dem Wappen des Grafen de Peyrac vorausfuhr, einen steilen Gebirgspfad hinauf und hielt auf die kleine Stadt Salsigne im Land Aude zu.

Es war ein schöner Tag, doch Angélique kämpfte mit einer Ungeduld, die für sie ungewöhnlich war, der gleichen Ungeduld, mit der sie darauf gewartet hatte, dass sich die Gäste des Minnehofs zerstreuten, obwohl sie Freunde waren, die sie sonst stets zum Bleiben zu überreden versuchte.

Aber ihre Welt war inzwischen eine andere.

Und als Joffrey ihr angekündigt hatte, dass sie diese Reise unternehmen mussten, hatte sie einen Ausruf der Enttäuschung kaum unterdrücken können. Doch mit einer neuen Beherrschung, die sie zu üben gelernt hatte, gelang es ihr, sich nichts anmerken zu lassen. Je tiefer und unsichtbarer sie dieses Geheimnis in ihrem Herzen verschloss, umso weniger Gefahr lief sie, seine Köstlichkeit zu verderben.

Denn für die anderen ging das Leben weiter, während die flammende Sonne der Liebe sie mit ihrem Licht übergoss, als hätte die Hand eines siegreichen Josua das Tagesgestirn angehalten. In den Augen der anderen gab es keine Veränderung im Leben des Ehepaars, zu dem die Stadt und ihre Bewohner aufsahen, um an ihnen die Lebenskunst zu bewundern, die ihrem zugleich fröhlichen und stets nach Dramen dürstenden Wesen entsprach. Hätten die beiden sich plötzlich zurückgezogen, und ihr Gesellschaftsleben eingestellt und nicht länger ihre Freunde, Nachbarn und Reisende aus allen Ecken der Welt empfangen, hätte sie das nicht nur betrübt, sondern sie auch eine verborgene Tragödie argwöhnen lassen; und sie hätten nicht geruht, ehe sie nicht alle Einzelheiten darüber erfahren hätten.

Und schließlich hatte Joffrey dem Bischof, dessen Neffe durch sein Schwert gestorben war, versprochen, ihm beziehungsweise seinem geistlichen Alchemisten das wissenschaftliche Phänomen der Ausschmelzung unsichtbaren Goldes vorzuführen.

Angélique hatte begriffen, dass diese Buße keinen Aufschub duldete, und sich mit Sorgfalt und Eifer den Vorbereitungen für den Geleitzug gewidmet, der sie bis zu diesem Bergwerk in Salsigne bringen sollte.

Der Ort lag tief im Gebirge; daher mussten sie Zelte mitführen, Möbel, die man am Abend ausklappen konnte, Lebensmittel und vor allem Waffen, denn wenn sie gute Jagdgründe fanden, konnten sie ihre Kost durch Wildbret – Reh oder Wildschwein – aufbessern. Natürlich viel Geschirr, denn die Zahl der Reisenden und Dienstboten war groß. Und selbstverständlich einige Fässer Wein.

Wenn sie sich nicht anmerken lassen wollte, wie sehr es sie verdross, nicht mit Joffrey allein zu sein, widmete sie sich am besten energisch ihren Pflichten. Doch das fiel ihr schwer! Tagsüber war sie oft zerstreut, sehnte sich nach IHM, sorgte sich, wenn sie IHN nicht sah. Und sie wartete auf die Nacht, in der sie nichts anderes zu tun hatte, als den Rausch auszukosten, sich von ihm geliebt zu wissen, in der er sie in den Armen halten, nur an sie allein denken und sie glücklich machen würde.

An diesem äußerst heißen und staubigen Tag gab sie sich Mühe, ihre Aufmerksamkeit auf kleine Details zu lenken und nicht allzu sehr den Tagträumen zu verfallen, zu denen sie der gleichmäßige Schritt ihres Pferdes anregte.

Zunächst hatte sie missmutig Conan Bécher, den Mönch, beobachtet, der auf einem Maultier saß und seine langen, mageren Beine und mit Sandalen bekleideten Füße baumeln ließ. Dann hatte sie über die Folgen nachgedacht, die der verstockte Groll des Erzbischofs für sie haben könnte. Schließlich hatte der Gedanke an Salsigne sie an die knochige Gestalt von Fritz Hauer erinnert, und dieser wiederum an den Brief ihres Vaters, den der Sachse ihr übergeben hatte, als er mit seinem Karren in Toulouse eingetroffen war; zusammen mit seiner Frau und ihren drei blonden Kindern, die, obwohl sie schon so lange im Poitou lebten, nur einen derben deutschen Dialekt sprachen.

Angélique hatte beim Lesen dieses Briefs sehr geweint, denn darin teilte ihr Vater ihr mit, dass der alte Guillaume Lützen gestorben war. Sie hatte sich in einem dunklen Winkel versteckt und stundenlang geschluchzt. Nicht einmal Joffrey hatte sie erklären können, was sie empfand und warum ihr das Herz brach, wenn sie sich das bärtige Gesicht des Alten mit seinen hellen, streng blickenden Augen vorstellte, die dennoch einst die kleine Angélique so sanft angeschaut hatten. Doch als am Abend ihr Gatte sie zärtlich gestreichelt und liebkost hatte, ohne ihr Fragen zu stellen, war ihr das Herz ein wenig leichter geworden. Das Vergangene war eben vergangen. Aber Baron Armands Brief hatte in ihr kleine Gespenster aufsteigen lassen, die mit nackten Füßen und Strohhalmen im Haar durch die eiskalten Gänge des alten Schlosses von Monteloup rannten, in denen im Sommer die Hühner Schatten suchten.

Der Baron klagte. Das Leben war immer noch schwer, obwohl dank dem Maultierhandel und der Großzügigkeit des Grafen de Peyrac alle das Nötigste zum Leben besaßen. Doch das Land hatte eine schreckliche Hungersnot erlebt, und zusammen mit den Nachstellungen der Steuereintreiber gegen die Salzschmuggler hatte das die Einwohner der Sümpfe in den Aufstand getrieben. Unerwartet waren sie aus ihrem Schilf aufgetaucht, hatten mehrere Städte geplündert, die Zahlung ihrer Abgaben verweigert und Steuereintreiber und Finanzbeamte umgebracht. Man hatte die Soldaten des Königs gegen sie einsetzen und sie verfolgen müssen, indem man »sich wie die Aale durch die Kanäle« schlängelte, wie ihr Vater schrieb. Die Straßenkreuzungen seien voller Gehängter gewesen.

Mit einem Mal wurde Angélique klar, was es bedeutete, eines der größten Vermögen der Provinz zu besitzen. Sie hatte diese beklemmende Welt ganz vergessen, die von der Furcht vor der Steuer und den willkürlichen Eintreibungen beherrscht wurde. War sie, geblendet von Glück und Luxus, nicht schrecklich egoistisch geworden? Vielleicht hätte der Erzbischof sie nicht so bedrängt, wenn sie sich um seine wohltätigen Werke gekümmert und ihn damit für sich eingenommen hätte?

Sie hörte den armen Professor Bernalli stöhnen.

»Was für eine Straße! Das ist ja schlimmer als bei uns in den Abruzzen! Und Eure schöne Kutsche mittendrin. Von der werden nur noch Holzspäne übrig bleiben. Ein richtiges Verbrechen ist das!«

»Ich habe Euch doch schon gebeten, darin zu fahren«, meinte Angélique. »Dann wäre sie wenigstens zu etwas nütze.«

Doch der galante Italiener protestierte, rieb sich dabei allerdings den schmerzenden Rücken.

»Pfui, Signorina, ein Mann, der dieser Bezeichnung würdig ist, wird sich doch nicht in einer Kutsche lümmeln, während eine junge Dame zu Pferd reist.«

»Eure Bedenken sind altmodisch, mein armer Bernalli. Heutzutage macht man nicht mehr solch ein Gewese darum. Außerdem kenne ich Euch inzwischen ein wenig besser und bin mir sicher, dass Ihr nur unsere hydraulische Apparatur zu sehen braucht, die hin und her wippt und Wasser spritzt, damit Ihr von all Euren Beschwerden kuriert seid.«

Die Miene des Gelehrten leuchtete auf.

»Erinnert Ihr Euch tatsächlich noch an meine kindliche Leidenschaft für die Wissenschaft, die ich Hydraulik nenne, Madame? Euer Gatte hat es sich natürlich nicht entgehen lassen, mich zu ködern, indem er mir erklärt hat, er habe in Salsigne eine Maschine erbaut, die das Wasser aus einem Bach, der durch eine tiefe Schlucht fließt, hochpumpt. Mehr bedurfte es nicht, um mich wieder auf die Landstraße zu jagen. Ich frage mich, ob er da nicht das Perpetuum mobile entdeckt hat.«

»Da täuscht Ihr Euch, mein Guter«, ließ sich hinter ihnen Joffrey de Peyracs Stimme vernehmen, »es handelt sich nur um einen Nachbau der hydraulischen Stoßheber, die ich in China gesehen habe und die Wasser aus mehr als einhundertfünfzig Klafter Tiefe fördern können. Seht doch. Wir sind da.«

Bald hatten sie das Ufer eines kleinen Wildbachs erreicht und konnten eine Art Wippkasten erkennen, der sich in regelmäßigen Abständen plötzlich um seine eigene Achse drehte und in einer eleganten Kurve einen hohen Wasserstrahl hervorstieß.

Dieses Wasser wiederum ging in einer Art höher gelegenem Becken nieder, wo es von hölzernen Leitungen aufgenommen wurde und langsam abfloss. Ein künstlicher Regenbogen warf sein schillerndes Licht über die Maschine, und Angélique fand den hydraulischen Stoßheber sehr hübsch. Bernalli allerdings schien enttäuscht zu sein.

»Ihr verliert da ja neunzehn Zwanzigstel des Bachwassers«, meinte er grollend. »Das hat absolut nichts mit einem Perpetuum mobile zu tun!«

»Es ist mir vollkommen gleichgültig, ob ich Wasser und Kraft verliere«, erwiderte der Graf. »Mir kommt es nur darauf an, dort oben Wasser zu haben, und die kleine Menge reicht mir aus, um mein goldhaltiges Geröll einzuschmelzen.«

Sie verschoben den Besuch im Bergwerk auf den folgenden Tag. Der Dorfschulze hatte einfache, aber ausreichende Unterkünfte für sie vorbereitet. Ein Karren hatte Betten und Koffer gebracht. Doch Peyrac überließ die Häuser Bernalli, dem Mönch Bécher sowie Andijos, der natürlich ebenfalls mit von der Partie war.

Er selbst zog es vor, in einem großen Zelt mit doppeltem Dach zu nächtigen, das er aus dem Orient mitgebracht hatte.

»Ich glaube, wir haben von den Kreuzfahrern des Orients die Gewohnheit ererbt, unser Lager im Freien aufzuschlagen. Bei dieser Hitze und in diesem Landstrich, dem trockensten von ganz Frankreich, werdet Ihr sehen, Angélique, dass man es dort viel angenehmer hat als in einem Gebäude aus Stein und gestampfter Erde.«

In der Tat, als es Abend geworden war, genoss sie die frische Luft, die von den Bergen herunterwehte. Die Zeltbahnen waren hochgeschlagen, sodass sie den von der untergehenden Sonne rosig überhauchten Himmel sehen konnte; und vom Bachufer drangen die traurigen, getragenen Lieder der sächsischen Bergleute zu ihr herüber.

Joffrey de Peyrac machte, ganz gegen seine Gewohnheit, einen sorgenvollen Eindruck.

»Ich kann diesen Mönch nicht ausstehen!«, rief er plötzlich heftig aus. »Er wird nicht nur rein gar nichts begreifen, sondern auch noch alles nach seinem verdrehten Geist auslegen. Da hätte ich mich noch lieber dem Erzbischof erklärt, aber der will ja unbedingt einen ›wissenschaftlichen Zeugen‹. Ah, ah, was für ein Witz! Alles wäre besser als dieser Paternosterquäler.«

»Immerhin«, wandte Angélique ein, da sie die Spannung, die durch die Anwesenheit des ›wissenschaftlichen Zeugen‹ entstanden war, mildern wollte, »heißt es nicht, viele hervorragende Wissenschaftler seien auch Kirchenmänner?«

Mühsam unterdrückte der Graf eine gereizte Handbewegung.

»Das streite ich ja gar nicht ab und gehe sogar noch weiter. Ich behaupte, dass die Kirche jahrhundertelang das kulturelle Erbe der Welt zusammengetragen und erhalten hat. Aber im Moment verdorrt sie in ihrer Scholastik. Die Wissenschaft bleibt irgendwelchen Erleuchteten überlassen, die bereit sind, schlagende Tatsachen zu leugnen, solange sie keine theologische Begründung für ein Phänomen finden können, für das es nur eine natürliche Erklärung gibt.«

Er verstummte, zog seine Frau abrupt an seine Brust und sagte etwas, das sie erst später verstehen sollte.

»Auch Ihr sollt meine Zeugin sein.«

Am nächsten Morgen stellte sich Fritz Hauer, der Sachse, ein, um die Besucher zur Goldmine zu führen.

Diese bestand aus einer weitläufigen Ausschachtung, ähnlich einem Steinbruch, am Fuß der Vorberge der Montagne Noire. Auf einem gewaltigen, ovalen Terrain von fünfzig Klafter Länge und fünfzehn Klafter Breite hatte man die oberste Erdschicht abgetragen, und die graue Gesteinsmasse wurde mit hölzernen und eisernen Keilen zu kleineren Blöcken zerteilt, anschließend auf Karren verladen und zu den Mühlsteinen transportiert.

Weitere hydraulisch betriebene Stampfer zogen besonders Bernallis Aufmerksamkeit auf sich. Sie bestanden aus mit Eisenblechen beschlagenen Hämmern, die herunterfuhren, wenn ein Kasten mit Wasser gefüllt war und das Gleichgewicht verlor.

»Was für ein Verlust an Wasserkraft«, seufzte Bernalli, »aber was für eine einfache Installation, wenn man ohne Arbeitskräfte auskommen will. Ist das auch eine Eurer Erfindungen, Graf?«

»Ich habe nur die Chinesen nachgeahmt, bei denen es solche Apparaturen, wie man mir dort versichert hat, seit drei- oder viertausend Jahren gibt. Man benutzt sie vor allem, um den Reis zu schälen, der ihre übliche Nahrung darstellt.«

»Aber wo bleibt bei alldem das Gold?«, wandte Bécher, der Mönch, ein. »Ich sehe hier nur ein graues, schweres Pulver, das Eure Arbeiter aus diesem zermahlenen graugrünen Gestein gewinnen.«

»Ich werde es Euch in der Gießhütte der Sachsen zeigen.«

Die kleine Gruppe ging ein Stück weiter, wo in einem Schuppen ohne Wände abgedeckte katalanische Schmelzöfen standen.

Blasebälge, die jeweils von zwei jungen Burschen bedient wurden, erzeugten einen heißen, erstickenden Hauch. Bleiche Flammen, die ausgesprochen stark nach Knoblauch rochen, sprangen immer wieder aus dem offenen Schlund der Öfen und hinterließen eine Art rußigen, schweren Rauch, der sich in der ganzen Umgebung als schneeweißer Belag absetzte.

Angélique nahm etwas von diesem Schnee mit den Fingerspitzen auf und wollte sie an den Mund führen, um diesem Knoblauchgeruch, der ihr Rätsel aufgab, nachzugehen.

Wie ein Gnom aus der Hölle sprang da ein Ungeheuer in menschlicher Gestalt in einer Lederschürze herbei und schlug ihr kräftig auf das Handgelenk, um sie daran zu hindern.

»Gift, gnädige Dame«, stieß der Zwerg auf Deutsch hervor, ehe sie etwas tun konnte.

Unentschlossen betrachtete Angélique das weiße Pulver, während der Mönch Bécher sie und die Umgebung eindringlich musterte.

»Bei uns«, bemerkte er leise, »tragen die Alchemisten bei der Arbeit eine Maske.«

Doch Joffrey hatte ihn ebenfalls gehört und schaltete sich ein.

»Bei uns gibt es aber eben keine Alchemie, obwohl natürlich nicht alle Zutaten essbar sind. Ja, manche sollte man nicht einmal berühren. Verteilt Ihr regelmäßig Milch an Eure ganze Mannschaft, Fritz?«, fügte er auf Deutsch hinzu.

»Die sechs Kühe waren schon da, ehe wir gekommen sind, Herr.«

»Gut, und vergesst nicht, dass sie nicht zum Verkaufen da ist, sondern um sie zu trinken.«

»Wir leiden keine Not, Herr, und wir wollen auch so lange wie möglich am Leben bleiben«, gab der bucklige Werkmeister zurück.

»Darf man erfahren, Monsieur, was für eine breiige Masse ich da in diesem Höllenofen sehe?«, fragte Bécher, indem er sich bekreuzigte.

»Das ist derselbe schwere Sand, den Ihr bei seiner Förderung aus dem Bergwerk gesehen habt, gewaschen und getrocknet.«

»Das graue Pulver, von dem Ihr behauptet, es enthalte

Gold? Ich habe nicht das kleinste Körnchen darin schimmern sehen, nicht einmal gerade eben, als es im Wasser gewaschen wurde.«

»Und dennoch ist es goldhaltiges Gestein. Bring uns mal eine Schaufelvoll davon her, Fritz.«

Der Arbeiter stieß seine Schaufel in einen großen Haufen graugrünen, körnigen Sandes, der einen vage metallischen Glanz hatte.

Behutsam strich Bécher etwas davon in seiner Hand aus, roch daran, kostete und spie es sofort wieder aus.

»Arsen. Ein starkes Gift. Aber mit Gold hat es nichts zu tun. Außerdem kommt Gold in Kieselstein vor und niemals in Felsgestein. Und in dem Steinbruch, den wir eben gesehen haben, gibt es nicht einen Kiesel.«

»Ganz genau, verehrter Kollege«, bestätigte Joffrey de Peyrac, um dann den sächsischen Werkmeister anzusprechen.

»Wenn es so weit ist, gib dein Blei hinein!«

Sie mussten jedoch noch eine ganze Weile warten. Die Masse im Ofen glühte immer stärker, schmolz zusammen und warf Blasen. Immer noch stiegen die schweren, weißen Dämpfe auf und schlugen sich überall, sogar auf den Kleidern der Umstehenden, als weißer, pulvriger Rückstand nieder.

Dann brachten, als die Dampfbildung fast zum Erliegen kam und die Flammen herabsanken, zwei Sachsen in Lederschürzen auf einem Karren mehrere Bleibarren heran und ließen sie in die zähe Masse fallen.

Die Schmelze verflüssigte und beruhigte sich. Der Sachse rührte sie mit einem langen Stock aus grünem Holz um.

Blasen stiegen auf; dann bildete sich Schaum. Fritz Hauer nahm ihn mehrmals mit gewaltigen Sieben und eisernen Greifern ab und rührte dann weiter.

Schließlich bückte der Werkmeister sich zu einem Abfluss, der im unteren Teil des Eisenbottichs angebracht war. Er zog den Stopfen aus Steingut heraus, der ihn verschloss, und ein silbriges Rinnsal begann in zuvor vorbereitete Barrenformen zu fließen.

Neugierig trat der Mönch näher.

»Das kann unmöglich etwas anderes als Blei sein.«

»Wir sind immer noch einer Meinung«, bestätigte Monsieur de Peyrac.

Doch mit einem Mal stieß der Mönch einen schrillen Schrei aus.

»Ich sehe die drei Farben!«

Keuchend wies er auf das schillernde Farbenspiel des erkaltenden Barrens. Seine Hände zitterten.

»Das Große Werk, ich habe das Große Werk gesehen!«, stammelte er.

»Der gute Mönch wird verrückt«, bemerkte Andijos ohne jeden Respekt vor dem Vertrauensmann des Erzbischofs.

»Die Alchemisten legen, wo es um die Erzeugung des Steins der Weisen oder die Transmutation der Metalle geht, stets großen Wert auf das Erscheinen der ›drei Farben‹«, erklärte Joffrey de Peyrac lächelnd. »Doch dieses Phänomen hat keine große Bedeutung, sondern es ist von ähnlicher Art wie ein Regenbogen.«

Plötzlich fiel der Mönch vor Angéliques Mann auf die Knie. Stammelnd dankte er ihm dafür, dass er ihn an diesem »Werk seines Lebens« habe teilhaben lassen.

»Erhebt Euch, Pater«, sagte der Graf, den diese lächerliche Bekundung verdross, trocken. »Ihr werdet Euch selbst davon überzeugen können, dass Ihr eigentlich noch gar nichts gesehen habt. Es tut mir leid für Euch, doch hier gibt es keinen Stein der Weisen.«

Fritz Hauer, der Sachse, hatte die Szene mit einem störrischen Ausdruck auf seinem seltsamen, vom Staub und von Gesteinssplittern fleckigen Gesicht verfolgt.

»Soll ich wirklich vor all diesen Herrschaften das Blei ausschmelzen?«, fragte er wieder auf Deutsch.

»Tu einfach so, als wären wir beide allein.«

Angélique sah, wie die Helfer den noch warmen Barren mit feuchten Tüchern hochnahmen und auf einen Karren legten. Sie schoben ihn zu einem kleinen, bereits rot glühenden Ofen.

Der Innenraum, der eine Art offenen Schmelztiegel darstellte, war aus einem grellweißen, leichten und porösen Material gemauert: Tierknochen. Von den in der Nähe übereinandergeworfenen Kadavern stieg ein starker Verwesungsgestank auf, zu dem noch die Knoblauch- und Schwefelgerüche kamen, so dass man die Luft kaum atmen konnte.

Bécher, der Mönch, dessen Gesicht zunächst vor Hitze und Aufregung hochrot geworden war, erbleichte, als er die Gebeine erblickte. Er begann sich zu bekreuzigen und Beschwörungen gegen den Teufel zu murmeln.

Der Graf vermochte seine Heiterkeit nicht zu verbergen.

»Schaut Euch an, welche Wirkung unsere Arbeit auf diesen modernen Gelehrten ausübt«, meinte er zu Bernalli. »Wenn ich daran denke, dass die Kupellierung über Knochenasche schon bei den alten Römern und Griechen eine der leichtesten Übungen war!«

Doch Bécher hielt dem Schauspiel stand. Sehr blass und seinen Rosenkranz herunterleiernd, verfolgte er starren Blickes die Vorbereitungen des alten Sachsen und seiner Gehilfen.

Einer von ihnen kippte glühende Kohlen in den Schmelzofen, und der andere betätigte den mit einem Pedal betriebenen Blasebalg, während das Blei rasch zu schmelzen begann und sich in der Mitte der runden Höhlung sammelte, die durch die Knochenziegel gebildet wurde.

Als alles geschmolzen war, fachten die Männer das Feuer noch weiter an, und das Blei begann zu rauchen.

Auf ein Zeichen des alten Fritz hin tauchte ein Knabe mit einem Blasebalg auf, dessen Ende mit einem Stück Rohr aus Schamottstein verstärkt war. Er setzte diese Spitze an den Rand des Schmelztiegels und begann, kühle Luft über die dunkelrote Oberfläche des flüssigen Bleis zu blasen.

Plötzlich hellte sich unter einem pfeifenden Geräusch die Stelle, an der die Luft auf das geschmolzene Metall traf, auf und breitete sich aus. Der helle Fleck leuchtete greller und schlug in strahlendes Weiß um, das sich über das gesamte Metall ausbreitete.

Eilig entfernten die jungen Helfer die grelle Glut unter dem Schmelztiegel. Auch die großen Blasebälge wurden angehalten.

Der Vorgang der Kupellierung vollzog sich dann von ganz allein: Das brodelnde Metall schillerte und glitzerte. Von Zeit zu Zeit schien sich ein trüber Schleier darüberzulegen, der dann zerriss und dunkle Flecke hinterließ, die auf der Oberfläche der von innen leuchtenden Flüssigkeit tanzten. Wenn eine dieser treibenden Inseln den Rand des Beckens berührte, wurde sie wie durch Zauberkraft von den Knochen, die es begrenzten, aufgesogen, und jedes Mal wirkte die Oberfläche klarer und leuchtender als zuvor.

Gleichzeitig schrumpfte der Metallspiegel zusehends zusammen, bis er nur noch die Ausmaße eines größeren Pfannkuchens hatte, verdunkelte sich und blitzte dann grell auf. In diesem Moment sah Angélique ganz deutlich, dass das verbliebene Metall heftig erzitterte, um dann zu erstarren und sich zu verdunkeln.

»Dies ist das Phänomen des Aufblitzens, wie es bei der Beschreibung des Vorgangs der Kupellierung erläutert wird«, meinte Bernalli. »Aber ich bin sehr froh, einem metallurgischen Vorgang beigewohnt zu haben, den ich bisher nur aus Büchern kannte.«

Der Alchemist sagte kein Wort. Sein Blick wirkte abwesend und leer.

Währenddessen packte Fritz den Klumpen mit einer Zange, tauchte ihn in Wasser und zeigte ihn dann goldglänzend seinem Herrn.

»Pures Gold«, murmelte der alchemistische Mönch ehrfurchtsvoll.

»Vollständig rein ist es jedoch nicht«, warf Peyrac ein. »Ansonsten hätten wir das Phänomen des Aufblitzens nicht erlebt, das auf eine Beimischung von Silber hinweist.«

»Ich wäre neugierig darauf, ob dieses Gold Salpetersäure oder Salzsäure widersteht.«

»Selbstverständlich, denn es ist echtes Gold!«

Nachdem der Kirchenmann sich von seiner Aufregung erholt hatte, erbat er sich eine kleine Probe dieses Erzeugnisses, um es seinem Wohltäter, dem Erzbischof, vorzulegen.

»Bringt ihm ruhig diesen ganzen Brocken rohen Goldes aus dem Schoß unserer Berge«, sagte der Graf de Peyrac. »Erklärt ihm aber unmissverständlich, dass dieses Gold aus Gestein stammt, in dem es bereits enthalten war, und dass es an ihm ist, auf seinen Ländereien Lagerstätten davon zu entdecken, die ihn reich machen werden.«

Sorgfältig wickelte Conan Bécher den kostbaren Klumpen, der mindestens zwei Pfund wog, in ein Tuch und erwiderte nichts.

Auf ihrer Heimreise begab sich ein anscheinend unbedeutender Zwischenfall, der jedoch später eine gewisse Rolle im Leben Angéliques und ihres Gatten spielen sollte.

Am zweiten Reisetag begann auf halber Strecke nach Toulouse der Braune, den Angélique ritt, zu lahmen, nachdem er sich auf der Straße einen scharfen Stein eingetreten hatte. Ein Pferd zum Wechseln führten sie nicht mit, daher nahm Angélique Zuflucht in der Kutsche, in der bereits Bernalli, der ein schlechter Reiter war, saß. Als Angélique ihn nach dem kurzen Ritt so vollständig erschöpft sah, bewunderte sie ihn umso mehr dafür, dass er solche langen Reisen unternahm, um einen Stoßheber zu betrachten oder mit jemandem über die Schwerkraft zu diskutieren. Außerdem war der Italiener, der aus mehreren Ländern verbannt war, arm und reiste ohne Diener und auf gemieteten Pferden. Obwohl der Wagen heftig schwankte, war er begeistert über den, wie er sagte, »bemerkenswerten Komfort«; und als Angélique ihn lachend um ein kleines Plätzchen ersuchte, zog er verwirrt seine Beine an, die er auf der Sitzbank ausgestreckt hatte.

Der Graf und Bernard d'Andijos ritten einige Zeit neben der Kutsche her, doch dann wurde die Straße schmaler, und sie mussten in einiger Entfernung folgen, da der Wagen, dem zwei Diener vorausritten, viel Staub aufwirbelte.

Immer enger und kurvenreicher wurde der Weg. Als sie eine Biegung umrundeten, kam die Kutsche knarrend zum Stehen und die Passagiere erblickten eine Gruppe von Reitern, die ihnen den Weg zu versperren schienen.

»Keine Sorge, Madame«, meinte Bernalli, indem er den Kopf aus dem Fenster steckte, »das sind nur die Lakaien einer anderen Kutsche, die uns entgegenkommt.«

»Aber auf diesem engen Gebirgspfad können wir einander unmöglich passieren«, rief Angélique.

Die Dienstboten der beiden Parteien schimpften ausgiebig. Überaus dreist versuchten die Neuankömmlinge, Monsieur de Peyracs Kutsche zum Zurückweichen zu bewegen; und um zu bekräftigen, dass ihnen ihrer Ansicht nach die Vorfahrt zustand, begann einer der Lakaien aufs Geratewohl mit der Peitsche um sich zu schlagen und traf das Pferdegespann. Die Pferde bäumten sich auf, der Wagen geriet ins Wanken, und Angélique glaubte schon, sie würden in die Schlucht stürzen. Unwillkürlich entfuhr ihr ein Schrei.

In diesem Moment erschien Joffrey de Peyrac, das Gesicht zu einer furchteinflößenden Grimasse verzogen. Er trat auf den Mann mit der Peitsche zu und zog ihm seine Reitgerte mitten übers Gesicht. Die zweite Kutsche kam, polterte näher und dann mit knarrenden Bremsen zum Halten. Ihr entstieg ein beleibter Mann, der aussah, als wolle ihn jeden Augenblick der Schlagfluss treffen, und dessen mit Spitzen und Bändern geschmückter Jabot mit ebenso viel Puder wie Straßenstaub bedeckt war. Seine feine Aufmachung und der Reiseschmutz gaben eine seltsame Mischung ab. Er schwenkte einen Stock mit Elfenbeinknauf, um den eine Seidenrosette gebunden war.

»Wer wagt es, meine Leute zu schlagen?«, rief er. »Wisst Ihr Rüpel von einem Chevalier denn nicht, dass Ihr es mit dem Präsidenten des Parlaments von Toulouse zu tun habt, Baron de Massenau, dem Herrn von Pouillac und anderen Besitzungen? Und nun entfernt Euch bitte, und lasst uns vorbei.«

Der Graf wandte sich um und entbot ihm einen übertriebenen Gruß.

»Ich bin überaus erfreut. Seid Ihr vielleicht verwandt mit einem Sieur Massenau, einem Notariatsschreiber, von dem ich gehört habe?«

»Monsieur de Peyrac!«, rief der andere ein wenig verwirrt aus.

Doch sein Zorn, der durch die heiße Mittagssonne noch verstärkt wurde, legte sich deswegen noch lange nicht; im Gegenteil, seine Gesichtsfarbe wurde fast violett.

»Ich weise Euch darauf hin, Graf, dass mein Adel zwar noch frisch, aber genauso echt ist wie der Eure! Ihr dürft gern die Urkunde der königlichen Kammer ansehen, die meine Erhebung in den Adelsstand bestätigt.«

»Ich glaube Euch, Messire Massenau. Die gute Gesellschaft stöhnt ja heute noch darüber, dass sie Euch so hoch hinaufbefördert hat.«

»Für diese Anspielung verlange ich Rechenschaft von Euch. Was werft Ihr mir vor?«

»Findet Ihr nicht, dass der Ort für ein solches Gespräch schlecht gewählt ist?«, wollte Joffrey de Peyrac wissen, der große Mühe hatte, sein Pferd zu beherrschen, das durch die Hitze und den dicken Mann, der mit einem Stock vor ihm herumfuchtelte, nervös geworden war.

Aber der Baron de Massenau gab sich noch nicht geschlagen.

»Es steht Euch schlecht an, von Staatsangelegenheiten zu reden, Monsieur de Peyrac. Ihr lasst Euch ja nicht einmal mehr dazu herab, zu den Sitzungen des Parlaments zu erscheinen.«

»Ich interessiere mich nicht mehr für ein Parlament, das nichts zu sagen hat. Dort würde ich ja nur Karrieristen und Parvenüs begegnen, die es nicht abwarten können, bei Monsieur Fouquet oder Kardinal Mazarin ihre Adelstitel zu kaufen und dabei die letzten regionalen Freiheiten des Languedoc hergeben.«

»Monsieur, ich bin einer der höchsten Beamten der königlichen Justiz. Das Languedoc ist schon lange ein Teil des französischen Staats und mit der Krone verbunden. Es schickt sich nicht, ausgerechnet mir etwas von regionalen Freiheiten zu erzählen.«

»Im Gegenteil, die Freiheit selbst würde sich schämen, würde ich ihren Namen vor Euch aussprechen, denn Ihr seid unfähig, die Bedeutung dieses Wortes zu begreifen. Ihr seid nur dazu nütze, von den Zuwendungen des Königs zu leben, und behauptet auch noch, ihm dadurch zu dienen.«

»Immerhin eine Art, dies zu tun, während Ihr …«

»Ich verlange nichts von ihm, sondern schicke ihm ohne jeden Verzug die Steuern, die ich für meine Leute schuldig bin; und ich begleiche sie mit gutem Gold, das ich auf meinem Land gefördert oder durch Handel erworben habe. Wisst Ihr, Monsieur Massenau, eigentlich, dass ich an der Million Livres, die das Languedoc jährlich an Steuern aufbringt, mit einem Viertel beteiligt bin? Dies zur Kenntnis der viertausendfünfhundert Edelmänner und elftausend Bürgerlichen, die unsere Provinz zählt.«

Doch der Parlamentspräsident hatte von dem Ganzen nur eine Sache gehört.

»Durch Handel erworben!«, rief er empört aus. »Dann stimmt es also, dass Ihr Handel treibt!«

»Ich treibe Handel, und ich stelle Waren her. Und ich bin stolz darauf, denn es ist nicht meine Art, beim König die Hand aufzuhalten.«

»Oh, Ihr spielt den Herablassenden, Monsieur de Peyrac! Doch vergesst nicht, dass es das Bürgertum und der neu geschaffene Amtsadel sind, welche die Zukunft und die Kraft des Königreichs ausmachen.«

»Ich bin entzückt«, erwiderte der Graf, der seinen spöttischen Ton wiedergefunden hatte, ironisch. »Dann möge aber der neue Adel auch seine Lektion lernen und so höflich sein, beiseitezugehen und diese Kutsche vorbeizulassen, in der Madame de Peyrac ungeduldig wartet.«

Doch der frisch gebackene Baron stampfte eigensinnig in den Staub und den Pferdemist.

»Ich habe nicht den geringsten Grund, Euch den Vortritt zu lassen. Noch einmal, mein Adel ist ebenso viel wert wie der Eure.«

»Aber ich bin vermögender als Ihr, Ihr fetter Geldsack«, brüllte Joffrey. »Und da für die Bürgerlichen nur das Geld zählt, geht beiseite, Monsieur Massenau, und lasst den Reichtum vorüber.«

Er trieb sein Pferd an und sprengte zwischen den Bediensteten des Staatsbeamten hindurch. Dieser hatte gerade noch Zeit, sich zur Seite zu werfen, um nicht von dem Wagen mit dem Wappen des Grafen überrollt zu werden. Der Kutscher hatte auf ein Zeichen seines Herrn gewartet und war nur allzu glücklich, über die dahergelaufenen Dienstboten eines Bürgerlichen zu obsiegen.

Im Vorbeifahren erblickte Angélique kurz das puterrot gewordene Gesicht des Sieur de Massenau, der seinen bekränzten Stock schwenkte.

»Ich werde einen Bericht schreiben!«, kreischte er. »Ich werde zwei Berichte schreiben! Monsieur d'Orléans, der Gouverneur des Languedoc, wird davon hören … und der Ministerrat des Königs ebenfalls!«

Zum Ausgleich für diesen unangenehmen Zwischenfall auf ihrer Heimreise aus der Montagne Noire schenkte Joffrey de Peyrac Angélique und auch sich selbst das, was sie beide sich ersehnten: eine Zeit der Zurückgezogenheit von der gewohnten Anspannung und Aufregung. Würde die Welt, die eifersüchtig auf seine Forschungen und seine Reichtümer schielte, sie in Ruhe lassen?

Es war wie ein Moment des Schweigens, der Stille zwischen zwei Schlachten. Zwischen sich und ihrer Umgebung hatten sie eine Distanz geschaffen, durch die sie endlich allein auf der Welt waren. Sie sprachen über alles, was sie während der kurzen Jahre ihrer Ehe gemeinsam erlebt hatten.

Nach dem langen Zweikampf, den sie einander geliefert hatten, standen sie jetzt verblüfft, überrascht und staunend davor, dass sie gegen alle Erwartung schließlich doch aufeinander zugegangen waren, sich getroffen und zueinandergefunden hatten. Die Etappen, die Einzelheiten und Nuancen dieser langsamen Annäherung kamen ihnen wieder ins Gedächtnis, und sie wurden es nicht müde, immer wieder ihre Qualen und ihre hellen Momente heraufzubeschwören, die Augenblicke, in denen der eine oder der andere zutiefst niedergeschlagen oder voller Hoffnung gewesen war.

An vielen Abenden, wenn sie in dem Lustschlösschen an der Garonne auf dem Ruhebett auf der Terrasse lagen, kam es vor, dass sie davon sprachen, wie der Troubadour unter Angéliques Balkon gesungen hatte.

Angélique konnte immer noch nicht fassen, wie sie sich derart hatte narren lassen. Die bescheidene Kleidung des fahrenden Sängers hatte sie getäuscht.

»Wie hätte ich denn einen solchen Betrug ahnen können? Mir waren seine groben, schmutzigen Schuhe aufgefallen, seine

Kleider aus billigem Serge. Ihr, Joffrey, seid dagegen so elegant…«

»Ich musste in der Tat besondere Sorgfalt auf meine Verkleidung verwenden, denn ich misstraute Eurem scharfen Blick, dem nichts entgeht, weil Ihr so begierig seid, alles aufzunehmen, alles zu verstehen… Es hat mir durchaus nicht missfallen, dass Ihr lieber dem Zauber einer Melodie und dem Charme eines Sängers aus einfachen Verhältnissen erliegen wolltet.«

»Was habt Ihr Euch nur von diesem überaus schlechten Scherz erwartet?«

»Genau das, was auch geschehen ist! Euch näherzukommen und Euch einen Kuss zu rauben!«

»Das ist schändlich, und ich werde Euch nie verzeihen!«

Er erklärte ihr auch, warum er anschließend beschlossen hatte, nach Paris zu reisen, ohne sie noch einmal wiederzusehen.

»Ich hatte Euch in den Armen gehalten… Ich hatte die Schätze, die Ihr mir verweigertet, aus nächster Nähe erblickt… Und ich hegte nicht den Wunsch, noch länger in der Hölle der Verdammten zu schmoren, die um ihre Sehnsucht geprellt werden. Da habe ich mich lieber zurückgezogen.

Und nein, meine unschuldige Liebste, ich habe keinen Trost bei Ninon de Lenclos gesucht. Da verkennt Ihr die Natur eines Mannes, wenn er von diesem Liebesschmerz geschlagen ist, von dem die Dichter singen und den doch so wenige erfahren… Nur die Eroberung des Gegenstands seiner Begierde kann ihn erfüllen. Jede andere Affäre stößt ihn ab… Ihr wart es, die ich begehrte. Viele Geheimnisse der Kunst des Liebens, die mir noch verborgen waren, haben sich mir enthüllt…«

Und dieser Mann, der es nicht gewöhnt war, Bekenntnisse über sich selbst abzulegen, sprach zu ihr von jenem ersten Moment, dem ersten Blick, als er sie damals gesehen hatte, wie sie aus der Kutsche stieg und aufrecht im Sonnenschein stand, im Straßenstaub und unter den Kapriolen der Tänzer, dem Geschrei und dem Lärmen der vom Rhythmus der Tamburine untermalten Musik.

»So seid Ihr mir erschienen, am Rande von Toulouse und inmitten des Getöses von Tanz und Musik … Ich ahnte schon, dass man Euch Angst vor mir gemacht hatte … Und vielleicht habe ich mich im Voraus darüber belustigt … Doch dann geschah etwas, mit dem ich nicht gerechnet hatte: Vor mir stand die wunderbarste und verführerischste Frau! Die mit dem allergrößten Herz. Die Mutigste. Ein Wunder von einer Frau!

Und Euch hatte man dem bösartigsten und scheußlichsten aller Männer überantwortet!

Ich spürte eine Erschütterung, wie ich sie bis zu diesem Tage nicht gekannt hatte! War es das, was die Poeten den ›Blitzschlag‹ nennen, die ›Liebe auf den ersten Blick‹? Eine Mischung aus Ekstase, Gewissheit und Schmerz. Der unerbittliche Pfeil des kleinen Gottes Eros.

Zorn ergriff mich gegen diejenigen, die Euch geopfert hatten, ohne daran zu denken, dass ich selbst ohne Gewissensbisse daran mitgewirkt hatte. Als ich dann neben Euch in der Kutsche Platz nahm und Ihr in Eurer Ablehnung und Eurem Entsetzen weder die Blumen, die ich Euch brachte, noch mich selbst anzusehen vermochtet, da habe ich mir geschworen, Euch zu erobern … und Euch bis in alle Ewigkeit zu lieben.«

Er zog sie in die Arme und bedeckte sie mit Küssen.

Dann schwiegen sie lange und kosteten die freundliche Sternennacht aus.

Sie ruhte an seinem Herzen.

Sie hätte sterben mögen, so köstlich und grenzenlos war das Glück, das sie in diesem Moment empfand.

Vierter Teil

Das kleine Schloss im Bêarn

Kapitel 15

Eitel Freude herrschte in Angéliques Haus und im ganzen Königreich. Der Erzbischof von Toulouse hatte für den Moment an Wichtigeres zu denken und stellte die argwöhnische Überwachung seines Rivalen, des Grafen de Peyrac, ein.

In der Tat war Monseigneur de Fontenac zusammen mit dem Erzbischof von Bayonne eingeladen, Kardinal Mazarin auf seiner Reise in die Pyrenäen zu begleiten.

Gewiss würde von dort die Nachricht kommen, die man bis jetzt sorgsam zurückgehalten hatte; denn es war zu außerordentlich, unvorstellbar!

Nach der zweiten Schlacht in den Dünen, bei der Monsieur de Turenne seinen Gegnern, dem Prinzen von Condé und Juan José de Austria, eine schwere Niederlage beibrachte, hatte es zum ersten Mal so ausgesehen, als sei der spanische König Philipp IV. Friedensverhandlungen nicht abgeneigt. Ein zaghafter Beginn, doch Kardinal Mazarin hatte sich sofort in die Bresche geworfen und den Plan vorgestellt, den er seit langem hegte und von dem er sich sicher war, dass er der Welt endlich Frieden bringen werde: die Heirat zwischen dem jungen König Ludwig XIV. und der Tochter des Königs von Spanien, Infantin Maria Theresia.

Welche andere Prinzessin hätte eine bessere Gattin für diesen jungen, zwanzigjährigen König abgegeben, der die Hoffnung einer der größten Nationen war, hätte ihm den Schutz so vieler Verbindungen beim Adel und so vorteilhafte Bündnisse einbringen können? Jahrelang hatte Monsieur de Lionne, der Staatssekretär für auswärtige Angelegenheiten, mit wachsender Ratlosigkeit die Porträts aller Prinzessinnen der Christenheit betrachtet, die im heiratsfähigen Alter waren.

Kurze Zeit war die Frau im Gespräch gewesen, die man die »Grande Mademoiselle« nannte, eine Cousine des Königs, die fast zehn Jahre älter war als er, sich aber ihrer Sache sehr sicher war und als einzige Kandidatin über eine prachtvolle Mitgift verfügte. Doch mit den Kanonenschüssen, die diese glühende Anhängerin der Fronde am Tag der Schlacht von Faubourg Saint-Antoine auf die königlichen Truppen hatte abfeuern lassen, hatte sie diesem schönen Plan ein abruptes Ende bereitet.

Allein die Infantin von Spanien konnte das Faustpfand des Friedens für das erschöpfte Europa sein.

Abgesehen von dieser Heirat wusste Mazarin, dass der Friedensvertrag, der die französischen Siege in Flandern festschreiben sollte, nicht wie die anderen Verträge ein Ergebnis unverbindlicher Plaudereien sein würde, bei denen man einander halbe Provinzen entriss, um sie bei der nächsten Schlacht wieder an sich zu bringen.

Dem König von Spanien war das ebenfalls klar, doch er war wie sein Ahnherr Philipp II. detailversessen und machtbewusst und wusste auch, dass dies das Ende der spanischen Vorherrschaft in Europa bedeuten würde. Er ließ alle möglichen Vorschläge betreffend der einzugehenden Verpflichtungen oder der abzutretenden Städte unterbreiten und verwarf sie wieder, und dann, mit einem Mal, zog er die Bremse an.

Niemals könne er seine Tochter in die Ehe mit dem König von Frankreich geben, erklärte er, denn diese sei ein Kind aus erster Ehe und werde die spanischen Niederlande erben; und in dem Fall, dass beim Tode Philipps IV. kein männlicher Erbe da sein würde, wäre sie die Alleinerbin Spaniens und seiner sämtlichen Besitzungen. Zwar hatte seine zweite Frau ihm einen Sohn geschenkt, ja, zwei sogar. Doch es hieß, die Knaben seien kränklich und würden nicht lange leben.

Mazarin war zum Verhandeln wie geboren. Er hatte nie damit gerechnet, dass alles reibungslos ablaufen würde. Daher hatte er eine Finte vorbereitet.

Am Hof von Savoyen, einem hochrangigen Adelshaus, das im 11. Jahrhundert von einem Fürsten namens Humbert Weißhand begründet worden war, gab es eine sehr charmante Prinzessin im heiratsfähigen Alter, Magarita-Yolanda. Sie war die Schwester des gegenwärtigen Herzogs von Savoyen, Karl-Emmanuel II. Man hatte ihrer Mutter, Madame Royale, die lange Regentin gewesen war und immer noch die Zügel der Macht in der Hand hielt, ordentlich zugesetzt.

Inzwischen war es Oktober, und es war kalt. Der französische und der savoyische Hof kamen in Lyon zusammen.

Während man dort tanzte und sich auf prachtvollen Festen, für die die savoyischen Herrscher seit alter Zeit berühmt waren, aufwärmte, tauchte an einer Geheimtür ein Bote auf. Sein Name war Alfonso Pimentelli.

Er wurde von Monsieur Colbert, dem Intendanten des Kardinals, in einem dunklen Winkel empfangen und dann auf heimlichen Wegen in ein abgelegenes Kabinett geführt.

Der Kardinal kam dazu, und die drei flüsterten lange miteinander.

Schließlich kehrte Mazarin zu Königin Anna von Österreich zurück.

»Die Infantin ist unser«, raunte er ihr im Glanz der Kronleuchter ins Ohr. »Wir brauchen nicht länger zu suchen.«

Nachdem sich die aufgeregten Gemüter der savoyischen Fürstenfamilie beruhigt hatten, kehrte der französische Hof nach Paris zurück.

Ausgestattet mit neuen Anweisungen des spanischen Königs nahm Pimentelli – den man inzwischen vertraulich Pimentel rief – sein Kommen und Gehen erneut auf und versteckte sich in einigen kleinen Städten in der Umgebung wie Montargis oder Montereau, von wo aus er beim ersten Anzeichen einer Veränderung maskiert und in einen steingrauen Mantel gehüllt nach Paris stürzte. Die Verhandlungen mussten absolut geheim bleiben.

Tief in seinem Escorial-Palast brachte Philipp IV. es nicht fertig, endgültig seinen persönlichen Traum aufzugeben, nämlich seine Tochter mit Leopold von Österreich zu verheiraten, dem Oberhaupt des jüngeren Zweigs der Habsburger, der soeben zum Kaiser des Heiligen Römischen Reichs Deutscher Nation gekrönt worden war.

Bei dieser Vorstellung standen Mazarin unter seinem Kardinalshut die Haare zu Berge.

Wenn das eintraf, wäre das Erbe des großen Kaisers Karl V. wieder hergestellt! Frankreich wäre eingekreist und würde eines Tages von den unersättlichen Sprösslingen des Hauses Habsburg verschlungen werden.

Er kämpfte um jeden Fußbreit Boden.

Ein weiteres Hindernis tat sich auf.

Der junge König zerfloss heimlich vor Tränen, denn er hatte sich unsterblich in eine Freundin aus Kindertagen verliebt, die dunkelhaarige Marie Mancini, eine Nichte des Kardinals.

Wahrhaftig, bei diesem schwierigen Unterfangen, Europa eine Ära des Friedens zu bescheren, türmten sich die Widerstände nur so auf.

Ausgerechnet auf der Reise nach Lyon hatten die beiden

jungen Leute einander ihre Liebe gestanden. Dabei kannte der König Marie Mancini, die jüngste unter den vielen Nichten des Kardinals, schon lange; doch er hatte einst ihrer Schwester Olympia den Vorzug gegeben und sie sogar zu seiner Mätresse gemacht.

Aber als er aus Calais zurückkehrte, wo er fast an einer geheimnisvollen Krankheit gestorben wäre, hatte Ludwig XIV. erfahren, dass Olympia, die sich vor kurzem mit dem Grafen de Soissons vermählt hatte, nur Gleichgültigkeit an den Tag gelegt hatte, während Marie sich die Augen um ihn ausgeweint hatte. Zum ersten Mal begegnete er einer Frau, die ihn inbrünstig liebte und diesem Gefühl durch aufrichtige Worte und beredte Augen Ausdruck verlieh. In Lyon dann war nach und nach im Verlauf der Festlichkeiten, die anlässlich des vorgeblichen Heiratsansinnens an die Prinzessin von Savoyen ausgerichtet wurden, zwischen ihnen das Feuer einer leidenschaftlichen Liebe aufgelodert, als wollten die Götter aufzeigen, wie gefährlich es ist, mit Allianzen zu spielen, bei denen das Schicksal ganzer Nationen von der Verbindung zwischen einem Mann und einer Frau abhängt, ohne dass dabei die Liebe eine Rolle spielt.

Und Mazarin hatte zusätzlich zu seinen Sorgen als Unterhändler noch die Aufgabe, die Fäden dieser Leidenschaft zu lösen, die alle Bemühungen seiner genialen Diplomatie zum Scheitern zu bringen drohte. Denn dieser zwanzigjährige König hieß Ludwig XIV. und wollte Marie Mancini heiraten und sie zur Königin Frankreichs krönen.

Doch dem stand die Staatsräson entgegen. Und in diesem Fall zeigte Kardinal Giulio Mazarini auf sehr augenfällige Weise, dass für ihn der Ruhm seines königlichen Schülers und das Wohl des Königreichs über alles gingen.

Er wollte Frieden. Für Frankreich, für Europa und für die Welt!

Und wenn die Intrigen, die der Italiener seit Jahren gesponnen hatte, Erfolg haben sollten, dann hieß es: Jetzt oder nie! Unbarmherzig schob er seine Nichte beiseite, und Ludwig XIV. begehrte zwar auf, beugte sich aber schließlich. Er würde die Infantin heiraten.

Nun war es so weit.

In Frankreich verbreitete sich die Nachricht wie ein Lauffeuer.

Unter einer Prachtentfaltung, die die Welt erzittern ließ, begab sich der Kardinal zu einer Insel im Bidassoa-Fluss im Baskenland, um dort mit den Spaniern über den Frieden zu verhandeln.

Also würde der ewige Krieg ein Ende nehmen, der jedes Jahr zusammen mit den Frühlingsblumen wiederkehrte. Doch mehr noch als diese so heiß ersehnte Nachricht erfüllte ein unglaublicher Plan sogar den einfachsten Handwerker des Königreichs mit Freude: Als Pfand für den Frieden stimmte das stolze Spanien zu, dem jungen König von Frankreich seine Infantin als Gattin zuzuführen. Und trotz Vorbehalten und eifersüchtiger Blicke blähte auf beiden Seiten der Pyrenäen jedermann stolz die Brust, denn so wie Europa heute dastand – mit einem England, das sich in Aufruhr befand, den kleinen deutschen und italienischen Fürstentümern und den bürgerlichen Völkern, die man »Seefahrer-Nationen« nannte, nämlich den Flamen und Holländern –, waren einzig diese beiden Königskinder einander ebenbürtig.

Der Kardinal näherte sich mit acht Kutschen für seine eigene Person sowie zehn Wagen für sein Gepäck, vierundzwanzig Maultieren, einhundertfünfzig livrierten Dienern, hundert Reitern und zweihundert Infanteristen den smaragdgrünen Ufern von Saint-Jean-de-Luz am Atlantischen Ozean.

Unterwegs forderte er die Erzbischöfe von Bayonne und

Toulouse auf, ihn mit ihrem gesamten Gefolge zu begleiten, damit die Delegation noch beeindruckender ausfiel.

Währenddessen durchquerte auf der anderen Seite des Gebirges Don Luis de Haro, der Repräsentant Seiner Allerkatholischsten Majestät, der einem solchen Prunk stolze Schlichtheit entgegensetzte, die Hochebene von Kastilien und führte in seinen Reisetruhen nichts als Tapisserien mit sich, deren Szenen daran erinnerten, wem von Rechts wegen der Ruhm des alten Reichs Karls V. zustand.

Niemand legte große Eile an den Tag, denn keiner der beiden Diplomaten mochte als Erster ans Ziel kommen und sich der Demütigung aussetzen, auf den anderen warten zu müssen. Am Ende rückte man Meter für Meter vor, und durch ein Wunder der Etikette erreichten der Italiener und der Spanier am selben Tag und zur selben Stunde die Ufer des Bidassoa. Nun verstrich die Zeit, und niemand vermochte sich zu entschließen. Wer würde als Erster den Fuß ins Boot setzen, um zu der kleinen Fasaneninsel in der Mitte des Flusses zu fahren, auf der das Zusammentreffen stattfinden sollte? Jeder fand, so meinte er, eine Lösung, die seinen Stolz besänftigte. Der Kardinal und Don Luis de Haro ließen einander gleichzeitig ausrichten, sie seien erkrankt. Nachdem die List durch diese zu große Übereinstimmung gescheitert war, musste man schicklicherweise abwarten, bis diese »Krankheiten« geheilt waren; doch keiner der beiden wollte genesen.

Die Welt scharrte mit den Füßen. Würde es Frieden geben? Würde diese Hochzeit stattfinden? Die kleinste Veränderung wurde mit Kommentaren bedacht.

In Toulouse verfolgte Angélique die Ereignisse nur aus der Ferne. Sie war ganz mit der Freude über ein persönliches Ereignis beschäftigt, das ihr weit bedeutender vorkam als die Hochzeit des Königs.

Ihr Einvernehmen mit Joffrey wurde mit jedem Tag inniger, und in letzter Zeit hatte sie festgestellt, dass sie sich leidenschaftlich ein Kind von ihm wünschte.

Im Verlauf dieses Jahres hatte sie ihn häufig bei Ausritten über Land begleitet, und ihre Gedanken, ihre Träume hatten sie in ihre früheste Kindheit zurückgeführt, die ihr unendlich weit zurückzuliegen schien und nichts mehr mit ihr zu tun hatte.

Mehrmals hatte sich dieses Bild vor den goldenen Schleier geschoben, der sie zu umschweben schien, seit Joffrey sie in die Liebe eingeführt und sie entdeckt hatte, dass sie ihn wahrhaft liebte, und seinen Zauber zerstört.

Sie sah sich wieder in der Höhle der Hexe Mélusine sitzen und hörte, wie die alte Frau dem kleinen Mädchen ihr Geheimnis zuflüsterte. »Ich werde dich lehren, was es braucht, damit die Liebe dir nicht zum Feind wird!« … Ein schreckliches Versprechen. Weil man Mélusine als Hexe verdächtigte, um dieses Geheimnis zu wissen, hatte man sie gequält, bis der Mob sie schließlich getötet hatte, weil man sie verdächtigte, Kinder entführt zu haben.

Die Liebe war eine überwältigende Macht wie der Ozean; aber Angélique erinnerte sich vor allem an die Angst, die ihr ihre unvermeidlichen Folgen eingeflößt hatten und die oft schlimmer als der Tod waren. Nur Hexen kannten die Rettung vor den schrecklichen Auswirkungen, die eine Begegnung mit der Liebe zeitigen konnte. Und deren schrecklichste und doch unausweichlichste war die Geburt eines unerwünschten Kindes, das immer verflucht war, ganz gleich, ob es nur außerhalb der Ehe gezeugt oder die Frucht einer Vergewaltigung war. Vor ihrem inneren Auge stieg die Gestalt des schweigsamen Jean-la-Cuirasse auf, den die Amme nicht ansehen konnte, ohne sich daran zu erinnern, wie die Armeen Kardinal Richelieus und

Ludwig XIII. das Poitou durchquert hatten, um die Protestanten von La Rochelle niederzuwerfen.

Was sie in Mélusines Höhle im Flüsterton erfahren hatte, war das Geheimnis, das die Frauen unter sich bewahrten und immer bewahren würden: Wie man verhinderte, dass unerwünschte Kinder zur Welt kamen … Ein geheimes, ausgefeiltes Ritual, eine untergründige, geniale und wirkungsvolle Methode, zusammengetragen aus tausend Quellen; niemals laut benannt, nur angedeutet und im Verborgenen übermittelt, um »das Unglück zu verhüten«. Kostbares Wissen und ein Schutz der Frau vor dem Mann und den Gefahren, denen er sie aussetzte.

Warum war es nötig, dass man sich dieses Geheimnis nur in der Höhle der Hexen zuflüsterte?, fragte sich Angélique, wenn sie auf einem ihrer Ausflüge in sonnenbeschienene Landschaften aus ihren Erinnerungen zurückkehrte.

Um sich vor dem Teufel zu schützen? Oder vor dem Großinquisitor, dem Hüter der Kirche und ihrer Moral?

Doch wie durch ein Wunder war für sie alles anders gekommen. Es war, als hätte sie ein Land düsterer Tragödien verlassen, um an hellen Ufern zu landen. Und noch immer hatte sie die Sprache dieses Landes nicht ganz gedeutet.

Sie hatte den Eindruck, dass es Joffrey nicht allzu eilig damit hatte, Vater zu werden. Sie hatte nicht gewagt, mit ihm darüber zu sprechen, und zog es vor, es dabei zu belassen.

Sie wusste ja, dass er sie nicht geheiratet hatte, um einen Erben zu bekommen, sondern um die Mine in Argentières in seinen Besitz zu bringen. Nachdem ihm diese sicher war, hatte er sich anscheinend vorgenommen, die Anforderungen zu erfüllen, welche die Ehe stellte, diese »Institution, die die Liebe tötet«, wie er zu Fabricius gesagt hatte. Doch er hatte nicht damit gerechnet, sich zu verlieben. Wollte er jetzt ein Kind? Oder wartete er darauf, dass sie diesen Wunsch äußerte?

Sie hätte die Frage nicht beantworten können.

Denn es gab eine Wissenschaft, in der er gewiss bewanderter war als sie und zweifellos die arme Mélusine, nämlich die der Liebesfreuden, die er ihr zu bereiten wusste, indem er sie davon überzeugte, dass sie die einzige Frau auf der Welt war, die ihn bezauberte.

Der Mann, den sie liebte, war für sie noch in vielerlei Hinsicht ein Unbekannter. Eigentlich war sie es, die sich nicht ganz von dem Misstrauen freimachen konnte, das eine lange Zeit der Furcht tief in ihr verankert hatte. Nachdem sie die Leidenschaft, die sie bei ihm auslöste, gefürchtet hatte, nachdem sie sich ihr dann in einem Rausch der Entdeckungen hingegeben hatte, wurde sie jetzt oft plötzlich von Bangigkeit ergriffen. Von ihm geliebt zu werden schien ihr ein so außergewöhnliches, so märchenhaftes Schicksal zu sein, dass sie sich fragte, ob das, was sie erlebte, nicht vielleicht ein Traum war, aus dem sie erwachen würde, um festzustellen, dass die düsteren Prophezeiungen Wahrheit geworden waren und sie bestraft werden würde.

Hatte sie das Recht, so leidenschaftlich zu lieben, so glücklich zu sein? Würde er sie plötzlich verstoßen und zu anderen Eroberungen laufen? Da konnte er ihr ruhig versichern, er habe noch nie eine Frau so sehr geliebt, um sie in sein Laboratorium mitzunehmen und mit ihr über Mathematik zu sprechen, sie blieb skeptisch und erging sich in gleichsam nachträglichen Eifersuchtsausbrüchen, die ihn zum Lachen reizten und insgeheim bezauberten.

Doch auch dies verflog nach und nach. Sie nahm die Erkenntnis, dass er sie aufrichtig liebte, wie einen Gnadenakt entgegen, den zu verweigern eine Sünde gewesen wäre.

Sie waren ein Fleisch, und das war kein leeres Wort.

Sie hatte den sensiblen Charakter kennengelernt, der sich hinter seinem kühnen Wesen verbarg, und vermochte zu ermessen, welchen Mut es ihn gekostet hatte, sich über seine Entstellung und seine Behinderung hinwegzusetzen. Für diese Leistung bewunderte sie ihn. Ihr war, als hätte sie ihn niemals so leidenschaftlich lieben können, wäre er schön und unverwundbar gewesen. Und jetzt wollte sie ihm ein Kind schenken, um ihn glücklich zu machen.

Doch die Zeit verging, und sie fürchtete schon, sie könne unfruchtbar sein.

Daher weinte sie vor Glück, als sie sich zu Beginn des Winters 1658 schwanger fühlte.

Joffrey hielt mit seiner Begeisterung und seinem Stolz nicht hinter dem Berg. Während sich in diesem Winter alles aufgeregt in die Vorbereitungen für die königliche Hochzeit stürzte, über die noch nicht entschieden war, zu der jedoch alle Edelleute der Provinz eingeladen zu werden hofften, kehrte im Palast der fröhlichen Wissenschaft ein sehr ruhiges Leben ein.

Der Graf de Peyrac widmete sich seinen Forschungen und seiner jungen Frau und stellte das rege gesellschaftliche Leben ein, das er bisher in seinem Palast geführt hatte. Außerdem nutzte er, ohne darüber mit Angélique zu sprechen, die Abwesenheit des Erzbischofs, um zur großen Zufriedenheit eines Teils der Ratsherren und der Bevölkerung das öffentliche Leben in Toulouse wieder zu gestalten.

Für die Geburt begaben sie sich in ein kleines Schloss, das der Graf im Béarn, in den Ausläufern der Pyrenäen, besaß.

Während der hochsommerlichen Hitze in Toulouse herrschte weiter westlich ein kühleres, von den Meeresbrisen des Atlantischen Ozeans beeinflusstes Klima.

In der Nachbarschaft des Schlosses im Béarn lebte eine Hebamme von gutem Ruf. Dieser wollte der Graf Angélique anvertrauen.

Man nannte sie Dame Isaura. Ihr Vater, der »jurat«, also Dorfschulze eines kleinen Fleckens in den Bergen war, hatte ihr diesen Namen gegeben, um sie unter den Schutz von Clémence Isaure zu stellen, der legendären Dichterin und Begründerin der Blumenspiele. Sie war berühmt für ihre Kenntnisse, ihr Geschick und ihren Einfluss, auf Grund dessen man sie oft sogar in die Hauptstadt dieser Provinz, Pau, rief. Doch sie reiste nicht gern. Häufiger kam es vor, dass man sie aufsuchte, denn sie gehörte zu den ganz wenigen Frauen, denen erlaubt worden war, Medizin zu studieren. Das war allerdings an der Universität von Montpellier gewesen, die sich seit ihrer Gründung durch die Araber ihren unabhängigen Geist bewahrt hatte. Der Graf de Peyrac kannte sie seit seiner Jugend und unterhielt sich gern mit ihr.

Angélique erkundigte sich bei Marguerite, der Kammerfrau, nach ihr.

»Ich verstehe schon! Wahrscheinlich noch eine seiner Milchschwestern?«

»Nein, da gibt es nur mich«, gab Marguerite lachend zurück.

Aber sie gestand zu, dass Dame Isaura ihr in vielem sehr ähnlich sei, weswegen ein längeres Zusammenleben der beiden sich als schwierig erweisen könne. Doch das war nicht der Grund, weshalb Marguerite das Ehepaar nicht zur Geburt ins Béarn begleitete.

Angélique bedauerte das. Sie war daran gewöhnt, dass Marguerite sich um sie kümmerte, und hätte sie gern auch bei dieser Gelegenheit bei sich gehabt. Die Erklärungen, die sie ihr gab, waren eher Informationen über das Land und hatten nichts mit der Persönlichkeit oder dem Charakter der Menschen zu tun, die dort lebten oder sich dorthin begaben.

Béarn hatte vom Beginn seiner Existenz an stets versucht, ein Land für sich zu sein.

Das Schloss der Familie des Grafen lag in einem von drei Tälern, die sich ebenfalls als weder zu Frankreich noch zu Spanien gehörend betrachteten und, was das Problem noch verstärkte, weder zu Aquitanien noch zum Béarn.

Es gab einige solcher zwischen Gletscher, See und Wald hingeschmiegten oder hoch auf den Ufern brodelnder Gebirgsbäche gelegenen Gegenden, die sich wie in der Antike »kleine Republiken« nannten.

Dort angekommen, sagte Marguerite, würde Angélique begreifen, dass es für »Ausländer« stets ein langes, verwickeltes Procedere sei, auf ihr Gebiet vorzudringen. Doch Monsieur de Peyrac sei ja Herr einer Domäne, daher war er einerseits dort zu Hause und wurde außerdem gut geschützt.

Angélique liebte spontan alles, was sie entdeckte. Zum ersten Mal befand sie sich im richtigen Hochgebirge, dessen Gipfel von der Ebene aus gesehen nicht nur unzugänglich, sondern auch verlassen wirkten.

In Etappen ging es auf dem Rücken einheimischer Pferde, die klein und kräftig waren, immer höher hinauf. Das Gepäck wurde von Maultieren getragen. Bei jeder Biegung ihres Aufstiegs wartete Angélique gespannt auf das Unbekannte, das sich stets dahinter zu verbergen schien.

An den Berghang gelehnt, war das kleine Schloss solide auf einem Vorsprung errichtet, der über den Rand eines Abgrunds hinausreichte. Die Reisenden kamen über die linke Flanke näher und drangen in einen vollständig von Schutzmauern umbauten Hof vor. Der mittlere Teil des Bauwerks lag zwischen zwei Türmen, deren höheren man »Donjon« oder Bergfried nannte, und hatte zwei Etagen mit Wohnräumen. Das Erdgeschoss war, wie es in dieser Gegend üblich war, den Haustieren vorbehalten. Doch dort standen nur noch ein paar Schafe und zwei Kühe; die übrige Herde hatte man auf die Sommerweiden getrieben, jenseits des dichten Waldes, in dem sich Bären tummelten.

Die raue, abweisende Natur dieser dicht bevölkerten Landschaft wurde durch den offenen, mitteilsamen Charakter ihrer Bewohner ausgeglichen, die sich ständig in Bewegung befanden.

Man hätte behaupten können, dass das Leben in diesen Tälern von einer reibungslosen Verständigung abhing, und zwar sowohl, was die Verbreitung von Nachrichten anging als auch die gemeinsamen Arbeiten, den Auf- und Abtrieb der Herden, die Käserei, die Beförderung von Waren …

Bei Dame Isaura, die in dem kleinen Dorf unterhalb des Schlosses wohnte, liefen die verschiedenen Strömungen zusammen. Sie wahrte gleichsam die Harmonie zwischen einem starken protestantischen Gerüst und dem notwendigen katholischen Anschein.

Wenn man den abends am Kamin erzählten Geschichten glauben wollte, schrieb man den Truppen von Monsieur de Montmorency ebenso viele heldenhafte Schlachten zu wie denen Monsieur de Rohans. In den Zeiten der glücklicherweise vergangenen Religionskriege hatten alle gleichermaßen den Mut der ersten Christen und eine schändliche Grausamkeit an den Tag gelegt. Versöhnung war nur möglich, wenn die Menschen es fertigbrachten, von den hohen, oft verschneiten Gipfeln bis zu den glücklichen Ebenen friedlich zusammenzuleben.

Hoch oben in diesem Gebirge erschloss sich Angélique der Sinn des Spruchs, den sie einmal bei frommen Exerzitien gehört oder gelesen hatte: Ich habe dich davongehoben und an einen besseren Ort gebracht.

Angesichts des bevorstehenden Ereignisses wäre sie nirgendwo besser aufgehoben gewesen. Joffrey hatte recht gehabt, sie hierherzubringen.

Über eine schmale Wendeltreppe, wie es sie auch in Monteloup gab, stieg sie oft auf den Bergfried, um dort oben die belebende Luft zu atmen. Ihr Blick verlor sich in den fernen Weiten, wo die Adler dahinglitten. Hier hatten sie beide den Eindruck, dass ihre Beziehung vollkommener, unbeschwerter war. Erneut fanden sie Zeit für lange Gespräche, entweder oben auf dem Turm oder abends am Kamin.

Nachdem Dame Isaura sie in Augenschein genommen hatte, stellte sie ihr einige junge Bäuerinnen vor, aus denen sich der »Haushalt« des jungen Herrn zusammensetzen sollte. Denn ganz offensichtlich würde es ein Junge werden. Sie selbst würde sich eine erfahrene Hebamme als Gehilfin verpflichten. Alle kamen und begrüßten Angélique mit dem quer über den Kopf gelegten roten Seidentuch, das zu ihrer Sonntagstracht gehörte.

In den letzten Wochen lebten die Frauen auf dem Schloss und unterhielten Angélique während der Wartezeit, die ihr lang zu werden begann, mit vielen Gesprächen über die Vergangenheit und Gegenwart dieses Landstrichs, wie sie sie zu hören liebte.

Einst war Aquitanien, das »Land der Wasser«, die schönste und am meisten geschätzte Provinz der Römer gewesen, die ihm diesen Namen wegen seiner Flüsse und der zahlreichen heißen Quellen verliehen. Außerdem war in der ganzen Welt bekannt, dass unter dem Himmel des Languedoc und Aquitaniens die Frauen ewig schön, ewig jung und ewig anziehend sind. In diesem Zusammenhang kamen sie auf das ungewöhnliche Leben der großen Herzogin Eleonore zu sprechen, die Erbin von Aquitanien und nacheinander Königin von Frankreich und von England gewesen war und mit fast fünfundvierzig Jahren ihr achtes Kind zur Welt gebracht hatte – das zehnte, wenn man die beiden Töchter mitrechnete, die sie dem französischen König Ludwig VII. geschenkt hatte. Außerdem bewies dies, dass ihr zweiter Mann, König Heinrich II. aus der englischen Dynastie der Plantagenets, sie mit ihren fünfundvierzig Jahren immer noch schön und begehrenswert fand, obwohl er selbst zehn Jahre jünger war als sie.

Erstaunt vernahm Angélique, dass Poitiers Eleonores Lieblingsstadt und die Hauptstadt ihres Herzogtums gewesen war. Ihr dortiger Hof, so berichteten die Chroniken, war ein Ort der Begegnung von Schriftstellern und Poeten gewesen, die sich in den unterschiedlichsten Sprachen ausdrückten, Langue d'oc, Langue d'oïl, Bretonisch, Kastilisch, Baskisch oder Arabisch, wie es hieß. Angélique war verblüfft, denn sie hatte ein ganz anderes Bild von Poitiers. Veränderten denn auch Provinzen und Städte durch die Zeit und ihre Schicksalsschläge ihr Gesicht?

Poitiers kam ihr vor wie eine Frau, die den Glanz der Liebe, ihre Freunde und die Anbetung ihres Volkes verloren hat und nun verblasst, die Freude an einem glanzvollen Leben verliert und die Ruhe, das Vergessen wählt und nicht mehr als ein gewöhnliches Maß an Aufmerksamkeit verlangt. Auch Poitiers hatte sich in sich selbst zurückgezogen, in das verborgene, wenn auch inbrünstige Leben seiner Klöster, Kirchen und Schulen.

Doch Eleonores Glanz war niemals verblasst.

Sie war immer noch wunderschön, scharfsichtig und faszinierend gewesen, als sie mit achtzig Jahren zu einer ihrer Töchter nach Spanien gereist war, die König Alfonso VIII. von Kastilien geheiratet hatte. Sie wurde von der Sorge umgetrieben, was aus ihrem geliebten Herzogtum Aquitanien werden sollte, wenn sie einmal nicht mehr lebte. Daher wollte sie eine ihrer Enkelinnen als zukünftige Frau für den Sohn des Königs von Frankreich aussuchen, dem sie auf diese Weise ihr Herzogtum hinterlassen wollte. Damals verstand man nicht, warum sie die kleine Blanca wählte, die erst elf Jahre alt war. Den Grund sollte man erst später erkennen.

Dies war der eine Punkt, an dem die Südfranzosen sie von ihrer Bewunderung ausnahmen.

Denn dies war dieselbe Blanca von Kastilien, die sich später als Regentin für ihren Sohn Ludwig den IX., den man den »Heiligen« nennen sollte, an die Spitze der religiösen Verfolgung der Albigenser setzte und im Jahre 1244 in Montségur zweihundert Perfecti, Männer und Frauen, auf dem Scheiterhaufen verbrennen ließ, weil sie ihrer Ketzerei nicht abschwören wollten.

»Man muss das Haupt des Drachen abschlagen!«, hatte Königin Blanca von Kastilien mit der gleichen Entschlusskraft wie ihre Großmutter Eleonore von Aquitanien erklärt, die in ihr die Eigenschaften einer großen Herrscherin erkannt hatte.

Kapitel 16

April 1659

Im Béarn kam die Zeit der Geburt immer näher. Natürlich hatten die Eltern schon lange zuvor über den Vornamen diskutiert, den dieser Sohn, der Erbe der Grafen von Toulouse, erhalten sollte. Joffrey wollte ihn Cantor nennen, nach Cantor de Marmont, dem berühmten Troubadour aus dem Languedoc; doch schließlich bekam er zu Ehren der Blumenspiele den Namen Florimond.

Sie brachte einen kleinen Jungen von kräftiger Hautfarbe und dichtem schwarzen Haar zur Welt. Einige Tage lang grollte Angélique ihm wegen der Angst und der Schmerzen, die sie bei der Geburt ausgestanden hatte, noch ein wenig. Die Hebamme allerdings versicherte ihr, »dafür, dass es das erste Mal war«, sei die Sache sehr gut verlaufen. Aber Angélique war in ihrem Leben kaum jemals krank gewesen und hatte bisher körperlichen Schmerz gar nicht gekannt. Während der langen Stunden des Wartens hatte sie sich allmählich von der Urkraft dieser Qual überwältigt gefühlt, und ihr Stolz hatte sich dagegen aufgebäumt. Sie befand sich allein auf einem Weg, auf dem ihr weder Liebe noch Freundschaft helfen konnten, und wurde beherrscht von diesem Kind, das sie schon jetzt vollkommen beanspruchte. Sie hatte das Gefühl gehabt, von fremden Gesichtern umgeben zu sein.

Diese Stunden waren wie eine Vorahnung der furchtbaren

Einsamkeit, die sie eines Tages würde durchleben müssen. Sie wusste es noch nicht, doch tief im Inneren spürte sie die Warnung; und während der ersten Tage nach der Geburt bereiteten ihre Blässe, Wortkargheit und ihr gezwungenes Lächeln Joffrey de Peyrac große Sorgen.

Dann, als Angélique sich am Abend des dritten Tages neugierig über die Wiege beugte, in der ihr Sohn schlummerte, erkannte sie in seinem Gesicht die fein geschnittenen Züge wieder, die sie so oft erblickt hatte, wenn sie Joffreys Gesicht von der unverwundeten Seite her ansah. Sie stellte sich vor, wie ein grausamer Säbel auf dieses Engelsgesichtchen niederfuhr, und meinte zu sehen, wie der zarte Körper aus einem Fenster geworfen wurde und im Schnee, auf den Flammen herniederregneten, zerschellte.

Der Eindruck war so deutlich, dass sie vor Entsetzen aufschrie. Sie ergriff das Neugeborene und presste es an sich. Ihre Brüste schmerzten, denn die Milch schoss ein, und die Hebamme hatte sie fest eingebunden. Adlige Damen stillten damals ihre Kinder nicht. Eine junge Amme, drall und gesund, sollte Florimond mit in ihr Dorf im Gebirge nehmen, wo er die ersten Jahre seines Lebens verbringen würde.

Doch als Dame Isaura an diesem Abend in das Zimmer der Wöchnerin trat, rang sie die Hände, denn Florimond trank vergnügt an der Brust seiner eigenen Mutter.

»Ihr seid verrückt, Madame! Wie sollen wir jetzt Eure Milch unterdrücken? Ihr werdet Fieber bekommen, und Eure Brüste werden sich verhärten.«

»Ich werde ihn selbst stillen«, erwiderte Angélique heftig. »Mein Sohn soll nicht aus dem Fenster geworfen werden.«

Alles entrüstete sich über diese Edelfrau, die sich wie eine Bäuerin aufführte. Schließlich kam man überein, dass die Amme trotzdem in Madame de Peyracs Haushalt verbleiben sollte. Sie würde Florimond, der einen überaus kräftigen Appetit an den Tag legte, zusätzlich die Brust geben.

Während die Milchfrage in dem kleinen Béarnaiser Dorf, das zum Schloss gehörte, noch von jedermann bis zu den Honoratioren heftig debattiert wurde, traf Bernard d'Andijos ein. Der Graf de Peyrac hatte ihn zu seinem Stellvertreter ernannt und ihn vor kurzem nach Paris geschickt, um sich vom Zustand seines dortigen Stadthauses zu überzeugen.

Sein Rückweg hatte Andijos direkt nach Toulouse geführt, wo er den Grafen bei den Blumenspielen vertreten sollte.

Im Béarn erwartete man ihn jedenfalls nicht.

Er schien sehr aufgeregt zu sein. Nachdem er einem Lakaien die Zügel seines Pferdes zugeworfen hatte, sprang er, immer vier Stufen auf einmal nehmend, die Treppe hinauf und stürzte in Angéliques Zimmer. Sie lag auf ihrem Bett, während Joffrey de Peyrac auf der Fensterbank saß, auf seiner Gitarre spielte und vor sich hin summte. Da der Abend kühl war, brannte im Kamin ein Feuer. Die Amme, die auf einem »carreau«, einem quadratischen Sitzkissen, an der Wiege des Kindes saß, rollte Stoffbänder auf, mit denen sie später das Neugeborene so fest wie möglich einwickeln würde, bis es einer Saubohne glich, die man als winziges Ebenbild des Jesuskindes in den Dreikönigskuchen steckte.

Andijos hatte keinen Blick für diese reizende Familienszene übrig.

»Der König ist unterwegs!«, rief er keuchend aus.

»Wohin denn?«

»Zu Euch nach Toulouse, zum Palast der fröhlichen Wissenschaft!«

Dann ließ er sich in einen Sessel fallen und wischte sich den Schweiß ab.

»Nun denn«, meinte Joffrey de Peyrac, nachdem er eine kleine Melodie auf seiner Gitarre gespielt hatte, um den Neuankömmling zu Atem kommen zu lassen, »lasst uns nicht in Panik geraten. Ich hatte wohl gehört, dass der König, seine Mutter und der Hof sich auf den Weg zum Kardinal nach Saint-Jean-de-Luz gemacht hätten; aber warum sollten sie über Toulouse reisen?«

»Das ist eine lange Geschichte! Anscheinend sind Don Luis de Haro und Kardinal Mazarin vor lauter Höflichkeitsbezeugungen noch nicht dazu gekommen, über die Heirat zu sprechen. Außerdem heißt es, ihre Beziehungen hätten sich verschlechtert. Monsieur de Condé ist der Zankapfel. Spanien will, dass Frankreich ihn wieder mit offenen Armen aufnimmt und nicht nur den Verrat der Fronde vergisst, sondern auch den Umstand, dass dieser französische Prinz von Geblüt Spanien jahrelang als General gedient hat. Die Pille ist bitter und schwer zu schlucken, denn dieser große Held hat sich nicht eben zartfühlend verhalten. Bei der Besetzung von Paris hat er die Ratsherren im Rathaus massakrieren und das Gebäude in Brand setzen lassen.«

»Warum legt denn Philipp IV. so großen Wert darauf, dass diesem großen Krieger, der fast acht Jahre lang an der Spitze seiner Armeen stand, alles vergeben wird? Er hat sich zu diesen Verhandlungen bereit gefunden; was geht es ihn jetzt an, was aus Condé wird?«

»Er hat das Gefühl, das seine Ehre verletzt würde, wenn er seine Tochter Leuten gibt, die einen Mann, der ihm einmal gedient hat, seinem Schicksal überlassen; wenngleich er damals gut für diese Dienste bezahlt wurde. Die französische Seite ist der Meinung, das Ganze sei eine Familienangelegenheit, und man sieht nicht ein, dass man sich vom König von Spanien eine Lektion in Großmut erteilen lässt. Wenn in dieser Lage der gesamte Hof am Verhandlungsort eintreffen würde, wäre das grotesk. Mazarin hat zum Aufbruch geraten, also reist man. Der Hof begibt sich nach Aix, wo die Anwesenheit des Königs zweifellos den Aufruhr, der dort ausgebrochen ist, schlichten wird. Aber diese ganze Gesellschaft will, nachdem sie Bordeaux verlassen hat, über Toulouse reisen. Und Ihr seid nicht da! Der Erzbischof ebenfalls nicht! Die Ratsherren sind völlig aus dem Häuschen!«

»Es ist doch nicht das erste Mal, dass sie eine hochstehende Persönlichkeit empfangen! Der König hat der Stadt schon vor sechs oder sieben Jahren einen Besuch abgestattet.«

»Ihr müsst einfach kommen«, flehte d'Andijos. »Ich bin in höchsteigener Person hergeritten, um Euch zu holen. Als man dem König mitteilte, er würde nach Toulouse gehen, soll er gesagt haben: ›Endlich werde ich den Großen Hinkefuß aus dem Languedoc kennenlernen, mit dem man mir unablässig in den Ohren liegt!‹«

»Oh, wie gern würde ich nach Toulouse reisen!«, rief Angélique und setzte sich auf.

Doch sogleich sank sie mit schmerzverzerrtem Gesicht zurück. Sie war wirklich noch zu steif und geschwächt, um auf diesen schlechten Straßen im Gebirge zu reisen und die Anstrengungen eines königlichen Empfangs durchzustehen. Tränen der Enttäuschung stiegen ihr in die Augen.

»Der König in Toulouse! Der König besucht den Palast der fröhlichen Wissenschaft, und ich bin nicht dabei!«

»Nicht weinen, meine Liebste«, sagte Joffrey. »Ich verspreche Euch, dass ich mich so zuvorkommend und liebenswürdig geben werde, dass man gar nicht anders kann, als uns zur Hochzeit einzuladen. Dann werdet Ihr den König in Saint-

Jean-de-Luz sehen, und noch dazu nicht als staubbedeckten Reisenden, sondern im vollen Glanz seines Sieges.«

Während der Graf hinausging, um Anweisungen für seine Abreise zu geben, die am nächsten Morgen in aller Frühe stattfinden sollte, bemühte sich der brave Andijos, sie zu trösten.

»Euer Gatte hat recht, meine Schöne! Was heißt das schon, der Hof, der König! Pah! Ich würde jederzeit ein einziges Mahl im Palast der fröhlichen Wissenschaft gegen ein Fest im Louvre tauschen. Glaubt mir, ich bin im Louvre gewesen, und mir war im Vorzimmer des Ministerrats derart kalt, dass mir Eiszapfen an der Nase hingen. Als hätte der König von Frankreich keine Wälder, um dort Feuerholz schlagen zu lassen! Und die Offiziere des königlichen Hauses habe ich in zerrissenen Hosen umhergehen sehen, sodass sogar die Hofdamen der Königin, die wahrlich nicht schüchtern sind, die Augen niedergeschlagen haben.«

»Ich habe oft sagen hören, der Kardinal habe als Erzieher des Königs seinen Schüler nicht an einen Luxus gewöhnen wollen, der in keinem Verhältnis zu den Mitteln des Landes stehe.«

»Keine Ahnung, was die Absichten des Kardinals gewesen sein mögen; er selbst hat es sich jedenfalls nie versagt, rohe oder geschliffene Diamanten, Gemälde, Bibliotheken, Wandteppiche oder Stiche zu erwerben. Aber ich glaube, dass der König es, obwohl er so schüchtern auftritt, nicht erwarten kann, diese Bevormundung abzuschütteln. Er hat genug von Bohnensuppe und den Vorhaltungen seiner Mutter. Er ist es leid, das Unglück des ausgeplünderten Frankreich auf sich zu nehmen, und das kann man auch verstehen, denn er ist ein hübscher Bursche und König noch dazu. Nicht mehr lange, und er wird seine Löwenmähne schütteln.«

»Wie ist er denn? Beschreibt ihn mir doch!«, bat Angélique ungeduldig.

»Nicht übel, gar nicht übel! Eine stattliche Erscheinung von majestätischer Ausstrahlung. Aber nachdem er zur Zeit der Fronde so viel von einer Stadt in die andere gereist ist, heißt es, er sei ungebildeter als ein Knecht. Und wenn er nicht der König wäre, würde ich sagen, er sei ein wenig verschlagen. Außerdem hat er die Blattern gehabt, und sein Gesicht ist ganz pockennarbig.«

»Ach, Ihr versucht mich doch nur abzuschrecken«, rief Angélique, »und redet wie einer dieser Burschen aus der Gascogne, aus dem Béarn oder Albi, die immer noch nicht richtig begriffen haben, dass Aquitanien kein Königreich mehr und außerdem unabhängig von Frankreich ist. Für Euch gibt es nur Toulouse und Euer sonniges Land. Aber ich komme um vor Begierde, nach Paris zu reisen und den König von Frankreich zu sehen.«

»Ihr werdet ihn bei seiner Hochzeit sehen. Vielleicht ist diese Zeremonie ja ein Zeichen dafür, dass unser Monarch wirklich mündig wird. Doch wenn Ihr nach Paris geht, macht in Vaux Station und macht Monsieur Fouquet Eure Aufwartung. Er ist der wahre König der Stunde. Welch ein Luxus, meine Freunde! Was für eine Pracht!«

»Dann hast auch du bei diesem zwielichtigen, ungebildeten Finanzier gekatzbuckelt?«, fragte der Graf de Peyrac, der soeben zurückkehrte.

»Anders geht es nicht, mein Lieber. Nicht nur, um überall in Paris empfangen zu werden, denn die Fürsten huldigen ihm; aber ich gestehe auch, dass ich von der Neugier zerfressen war, diesen großen Geldgeber des Königreichs, der inzwischen, hinter Mazarin natürlich, der erste Mann im Lande ist, in seinem eigenen Rahmen zu sehen.«

»Traut Euch doch, und habt keine Angst davor, ›vor Mazarin‹ zu sagen. Jeder weiß, dass der Kardinal bei den Geldverleihern keinen Kredit hat, selbst wenn es um das Wohl des Landes geht; während Fouquet überall Vertrauen genießt.«

»Aber der gerissene Italiener ist nicht neidisch. Fouquet bringt Geld in die königliche Kriegskasse, und das ist alles, was man von ihm will... im Moment jedenfalls. Es ist ihm gleichgültig, dass dieses Geld zu Zinsen von fünfundzwanzig und sogar fünfzig Prozent von Wucherern entliehen ist. Der Hof, der König und der Kardinal leben von diesen Machenschaften. So bald wird man ihm keinen Einhalt gebieten! Und er wird weiter nach Belieben sein Emblem, das Eichhörnchen, und sein Motto *Quo non ascendet?* – Wo kommt es nicht hinauf? – zur Schau stellen.«

Joffrey de Peyrac und Bernard d'Andijos debattierten noch ein Weilchen über die unerhörte Prachtentfaltung Fouquets, der als Berichterstatter über Bittschriften begonnen hatte und dann Mitglied des Pariser Parlaments wurde, aber deshalb trotzdem noch der Sohn eines einfachen bretonischen Beamten war. Angélique war nachdenklich geworden, denn wenn die Sprache auf Fouquet kam, fiel ihr das Giftkästchen wieder ein, und diese Erinnerung war ihr jedes Mal unangenehm.

Das Gespräch wurde durch einen Dienstboten unterbrochen, der auf einem Tablett eine Stärkung für den Marquis brachte.

»Hmmpf!«, stieß dieser hervor, als er sich die Finger an den heißen Brioches verbrannte, die erstaunlicherweise mit einem Stückchen gefrorener Gänseleber gefüllt waren, »so wundersame Dinge bekommt man wirklich nur hier zu kosten. Genauer gesagt, hier und in Vaux. Fouquet hat einen ganz außerordentlichen Koch, einen gewissen Vatel.«

Dann rief er plötzlich: »Oh! Das erinnert mich an ein... eigenartiges Zusammentreffen. Dreimal dürft Ihr raten, wen ich dort tief in ein Gespräch mit dem Sieur Fouquet, dem Herrn von Belle-Isle und anderen Besitzungen und quasi Vizekönig der Bretagne, versunken angetroffen habe? Könnt Ihr es erraten?«

»Das ist schwierig. Er kennt sicher viele Menschen.«

»Versucht es trotzdem. Es handelt sich um jemanden aus Eurem Hause… sozusagen.«

Nach einigem Überlegen meinte Angélique, dass diese Person vielleicht ihr Schwager gewesen sei, der Gatte ihrer Schwester Hortense, der königlicher Prokurator am Pariser Gericht war, so wie einstmals der berühmte Oberintendant.

Doch Andijos schüttelte den Kopf.

»Ach, wenn ich nicht solche Furcht vor Eurem Gatten hätte, würde ich Euch meine Information nur gegen einen Kuss offenbaren, denn Ihr werdet es nie erraten.«

»Nun gut, dann holt Euch doch Euren Kuss, der ja wohl statthaft ist, wenn man zum ersten Mal eine junge Wöchnerin besucht, und sagt es mir dann, denn Ihr spannt mich auf die Folter.«

»Also denn: Ich habe Euren alten Haushofmeister, diesen Clément Tonnel, den Ihr in Toulouse mehrere Jahre in Euren Diensten hattet, angetroffen, wie er und der Oberintendant die Köpfe zusammensteckten.«

»Ihr müsst Euch geirrt haben. Er ist doch ins Poitou gereist«, warf Angélique hastig ein. »Es gibt gar keinen Grund dafür, dass er Umgang mit hochstehenden Persönlichkeiten pflegen sollte. Außer vielleicht, er versucht, eine Stellung in Vaux zu bekommen.«

»Genau das meinte ich aus ihrem Gespräch herauszuhören. Sie unterhielten sich über Vatel, den Koch des Oberintendanten.«

»Seht Ihr«, sagte Angélique mit einer Erleichterung, die sie sich selbst nicht erklären konnte. »Er wollte einfach für diesen Vatel arbeiten, von dem es heißt, er sei ein Genie.«

Sie war nur ein wenig enttäuscht, weil Tonnel Poiteviner war und mehrere Jahre bei ihnen im Palast der fröhlichen Wissenschaft gelebt hatte. Er hatte sie immer an ihre Heimat erinnert.

»Ja, sicher«, meinte Andijos, der zerstreut wirkte, »aber da war trotzdem etwas, das mir eigenartig vorkam. Ich bin ganz unversehens in den Raum hineingestolpert, in dem der Oberintendant sich mit dem berühmten Clément unterhielt. Ich war mit einer Gruppe von mehr oder weniger vom Wein beschwingten Edelleuten unterwegs. Wir haben uns beim Oberintendanten entschuldigt, aber ich hatte noch Zeit, zu bemerken, dass unser Mann ganz vertraut mit Fouquet gesprochen, dann aber bei unserem Eintreten eine demütigere Haltung eingenommen hatte. Er hat mich erkannt, und als wir hinausgingen, sah ich, wie er Fouquet hastig etwas zuflüsterte. Dieser richtete seinen kalten Schlangenblick auf mich und sagte dann: ›Ich glaube nicht, dass das etwas zu bedeuten hat.‹«

»Man hat dich also für bedeutungslos gehalten, mein Freund?«, fragte Peyrac und zupfte lässig an seiner Gitarre.

»Mir schien …«

»Was für ein verständiges Urteil!«

Andijos tat, als wolle er sein Schwert ziehen, und unter großem Gelächter plauderten sie weiter.

Kapitel 17

Ich muss mich unbedingt auf diese Sache besinnen, sagte sich Angélique. Sie ist in meinem Kopf, liegt irgendwo tief in meinen Erinnerungen begraben. Aber ich weiß, dass sie wichtig ist. Ich muss mich einfach erinnern!

Sie legte die Hände auf ihr Gesicht, schloss die Augen und konzentrierte sich. Es war lange her. Auf Schloss Plessis war das gewesen, da war sie sich ganz sicher, aber der Rest verschwamm im Nebel.

Das Kaminfeuer wärmte ihr die Stirn. Sie schob einen Ofenschirm aus bemalter Seide davor und fächelte sich mit dem Fächer Luft zu. Draußen in der Nacht tobte der Sturm. Eines der üblichen Frühjahrsunwetter im Gebirge, das Schwaden von Hagelkörnern vor sich hertrieb, die manchmal bedrohlich gegen die Fenster prasselten. Da Angélique nicht schlafen konnte, hatte sie sich im Wohnraum des Bergfrieds vor den Kamin gesetzt. Sie hatte Rückenschmerzen und war ärgerlich auf sich selbst, weil sie nicht rascher wieder zu Kräften kam. Die Hebamme hielt ihr immer wieder vor, sie sei selbst an ihrer Schwäche schuld, da sie so starrsinnig darauf bestand, selbst zu stillen, aber Angélique stellte sich taub. Jedes Mal, wenn sie ihr Kind an sich drückte und ihm beim Trinken zusah, empfand sie eine tiefere Freude. Sie strahlte und spürte, wie ihr ganz feierlich und zärtlich zumute wurde. Schon sah sie sich als würdevolle, nachsichtige, von Kleinkindern auf unsicheren Beinen umgebene Matrone. Warum dachte sie jetzt so oft an ihre Kindheit, obwohl in ihr selbst die kleine Angélique langsam verschwand?

Nach einer Weile war ihr Unbehagen nicht mehr dumpf und unerklärlich, und es gab einen Grund dafür. Die Frage nahm immer klarere Formen an. *Da ist etwas, auf das ich mich unbedingt besinnen muss!*

Ab und zu stand sie auf, um sich an das schmale Turmfenster zu stellen. Dieser runde Raum in der ersten Etage war die ehemalige Wachstube des Bergfrieds, die man zu einem bequemen, intimen Wohnraum umgestaltet hatte. An den Wänden hingen wunderschöne Gobelins, die dazu beitrugen, die Wärme zu bewahren. Dann waren da ein großer Lehnstuhl, etwas abgewetzt, aber mit Kissen geschmückt, der von einem kleinen Tisch flankiert wurde, sowie einige Stühle im gleichen Stil. Schemel und viereckige, mit Gobelin bezogene Sitzkissen komplettierten die Einrichtung. Auf einer Anrichte standen ein Imbiss, den Angélique hatte zubereiten lassen, Obst und einige kleine Flaschen.

Durch eine halb geöffnete Tür fiel das Licht aus einem großen Zimmer herein, das im Hauptteil des Gebäudes lag, und man hörte leise Frauenstimmen. Dort lag Florimonds Reich, wo alle drei, seine Amme, seine Wiegefrau und Dame Isaura, mit flinkem Daumen ihre Spindeln kreisen ließen und sich in ihrer gascognischen Sprache austauschten, die sich von der in der Ebene gesprochenen Sprache in einigem unterschied.

Heute Abend hatte Angélique eigentlich ihren Mann zurückerwartet.

Er hatte einen Kurier geschickt, um sich anzukündigen, aber bestimmt hatte der Sturm ihn aufgehalten, sodass er erst morgen kommen würde.

Sie war darüber zu Tränen enttäuscht gewesen. Wenn er nicht bei ihr war, neigte sie dazu, melancholisch zu werden.

Von dem Boten hatte sie schon einiges über die Festlichkeiten anlässlich des königlichen Besuchs im Palast der fröhlichen Wissenschaft gehört. Von der Empfangszeremonie über das Festmahl bis zum abschließenden Ball war alles glänzend und prachtvoll verlaufen. Wie schade, dass sie nicht dabei gewesen war! Stattdessen zerbrach sie sich hier allein den Kopf, um einen Erinnerungsfetzen auszugraben, eine Einzelheit, die zweifellos überhaupt keine Bedeutung hatte. Da war einfach nichts! Sie musste sich von dieser fixen Idee, die ihr im Kopf herumging, ablenken. Wenn er da wäre, würde alles gut sein. Sie würde sich in seine Arme schmiegen, und er würde ihr fröhlich, auf seine spezielle Art, von seinen Eindrücken berichten. Er würde ihr neue Nachrichten über die Friedensverhandlungen und die Hochzeit des Königs bringen …

Draußen krachte der Donner, und durch das kleine Turmfenster, an dem sie stand, sah sie, wie die Baumkronen in dem Moment, in dem der Blitz zuckte, gespenstisch weiß aufleuchteten. Dann versank erneut alles in der nächtlichen Finsternis …

Morgen würde er da sein.

Aber bis dahin dauerte es noch so lange! Heute Nacht würde sie nicht schlafen können. Sie schüttelte den Kopf, um ihre Sorgen zu verscheuchen, doch dann war ihr, als hätten ihre Gedanken ihr Ziel gefunden.

Es war auf Schloss Plessis. Im Zimmer des Prinzen von Condé … Als ich durch das Fenster geschaut habe. Von diesem Moment an muss ich mir alles ins Gedächtnis rufen, eine Einzelheit nach der anderen …

Eine Tür fiel zu, und in der Eingangshalle des kleinen Schlosses waren Stimmen zu vernehmen.

Angélique sprang auf und lief aus dem Zimmer. Sie hatte Joffreys Stimme erkannt.

»Oh, mein Liebster! Ihr seid endlich gekommen! Ich bin ja so glücklich!«

Sie rannte die Treppe hinunter, und er fing sie in seinen Armen auf.

»Ihr seid leicht wie eine Elfe, meine schöne Fee!«

»Und Ihr seid völlig durchnässt. Ihr hättet im letzten Dorf haltmachen sollen.«

»Aber ich hatte Euch doch versprochen, heute Abend zurück zu sein.«

»Ich habe mich so nach Euch gesehnt.«

Wie gut er war, so aufmerksam ihr gegenüber!

Er hatte erraten, wie drückend ihr der stürmische, düstere Abend mit dem beständig herabprasselnden Regen, der die Mauern des kleinen Schlosses in den Pyrenäen peitschte, erscheinen musste, und hatte sich den Unbilden des Wetters ausgesetzt, um heute Abend bei ihr zu sein! Sie betete ihn an! Er war da! Alles wurde hell.

Sie hörte die Stimme des alten Stallknechts aus dem Gebirge, der gekommen war, um sich um die Pferde zu kümmern und sie in den Stall zu führen. Der Mann murrte über die Unvorsichtigkeit seines Herrn. Nur er würde die Gefahren eines solchen Aufstiegs bei Sturm und rutschigen Wegen auf sich nehmen.

Ja! Joffrey war einzigartig und wunderbar!

Sie führte ihn in das Zimmer, wo es warm und wohlig war, und rief einen Diener, der ihm die nassen Stiefel ausziehen sollte, während Kouassi-Ba und seine Gehilfen das Gepäck hochbrachten.

Rasch kleidete der Graf sich um und trank ein Glas Rotwein; doch er erklärte, unterwegs gegessen zu haben. Außerdem habe er in den vergangenen Tagen derartig geschlemmt, dass er es nicht habe abwarten können, heil und gesund in den Béarn zurückzukehren, um sich hier von Brotkanten und Knoblauchzehen zu ernähren.

»Und wie geht es Florimond? Hat er schon gelernt, Knoblauch und den Wein aus dem Jurançon zu lieben, so wie der gute König Heinrich IV., dem sein Großvater Heinrich d'Albret, der König von Navarra, schon kurz nach seiner Geburt beides nahebrachte?«

»Ich habe versucht, ihm die Lippen damit einzureiben, wie es König Heinrichs Großvater tat, aber das hat ihm nicht gefallen.«

»Ist er immer noch so schön, unser Florimond?«

»Er wird mit jedem Tag schöner.«

Sichtlich zufrieden nahm Joffrey de Peyrac in dem Sessel Platz. Angélique trat mit einer kleinen Schüssel Weintrauben näher, die sie auf einem Bord abstellte.

Sie setzte sich zu seinen Füßen auf ein Kissen und schmiegte sich an ihn.

»Erzählt.«

»Es ist alles ganz ausgezeichnet verlaufen«, erklärte Joffrey de Peyrac, während er ein paar Weinbeeren abzupfte. »Die Stadt hat allerhand aufgeboten; aber ohne mich brüsten zu wollen, glaube ich doch, dass der Empfang im Palast der fröhlichen Wissenschaft alles andere übertroffen hat. Es ist mir gelungen, rechtzeitig einen Meister der Mechanik aus Lyon kommen zu lassen, der uns ein sehr schönes Fest mit Theater und Feuerwerk ausgerichtet hat.«

»Und der König? Der KÖNIG?«

»Der König, ja, der ist ein gut aussehender junger Mann,

der die Ehren, die man ihm erweist, zu genießen scheint. Er hat volle Wangen, gefühlvolle braune Augen und strahlt sehr viel Würde aus. Ich nehme ihm sein Herzeleid ab. Die kleine Mancini hat ihm eine Liebeswunde beigebracht, die sich so bald nicht wieder schließen wird; doch da er seine Pflichten als König über alles stellt, beugt er sich der Staatsräson. Ich habe die Königinmutter gesehen; sie ist schön, traurig und sehr zurückhaltend. Ich habe gehört, wie die große Mademoiselle und der kleine Monsieur sich über Fragen der Etikette gestritten haben. Was soll ich Euch noch sagen? Es waren viel zu viele schöne Namen und hässliche Gesichter! … Das größte Vergnügen hat mir ehrlich gesagt das Wiedersehen mit Péguilin bereitet, wisst Ihr noch, der Graf de Lauzun, der Neffe des Herzogs de Gramont, des Gouverneurs des Béarn. Er hat bei mir in Toulouse gelebt, ehe er nach Paris ging. Ich sehe noch sein schelmisches Katzengesicht vor mir; damals, als wir uns dieselben Mätressen geteilt haben.«

»Joffrey!«

»Aber er hat sein Versprechen gehalten und die Lehren unserer Minnehöfe in die Praxis umgesetzt. Denn ich konnte feststellen, dass er bei den Damen der Hahn im Korb war. Und sein sprühender Witz hat ihm die Freundschaft des Königs eingetragen, der ohne seine Possen gar nicht mehr auskommt.«

»Und der König? Erzählt mir doch vom König! Hat er sich zufrieden über den Empfang gezeigt, den Ihr ihm bereitet habt?«

»Sehr huldvoll. Und er hat wiederholt Eure Abwesenheit bedauert. Ja, der König war zufrieden … allzu zufrieden vielleicht sogar.«

»Wie kann man denn ›allzu zufrieden‹ sein? Warum sagt Ihr das mit Eurem leisen, galligen Lächeln?«

»Weil man mir Folgendes zugetragen hat: Als der König in seine Kutsche stieg, bemerkte ein Höfling zu ihm, unser Fest hätte sich an Pracht mit den von Fouquet veranstalteten messen können. Darauf antwortete der König: ›Ja, in der Tat, und ich frage mich, ob es nicht bald an der Zeit ist, diesen Leuten ihr unrecht erworbenes Gut abzufordern!‹ Die gute Königin stieß einen Aufschrei aus. ›Was für ein Gedanke, mein Sohn, und das inmitten einer Lustbarkeit, die zu Eurem Vergnügen gegeben wird!‹

›Ich bin es überdrüssig‹, hat der König erwidert, ›dass meine eigenen Untertanen mich mit ihrer Pracht übertrumpfen.‹«

»So etwas! Was für ein missgünstiger Bursche!«, rief Angélique empört aus. »Ich kann das nicht glauben. Seid Ihr Euch ganz sicher, dass dies seine Worte waren?«

»Mein getreuer Alfonso war derjenige, der ihm den Wagenschlag aufgehalten und mir davon berichtet hat.«

»Von allein kommt doch der König nicht auf so kleinliche Gedanken. Bestimmt haben seine Höflinge ihm diese bitteren Gefühle eingeflüstert und ihn gegen uns aufgehetzt. Seid Ihr ganz sicher, dass Ihr Euch nicht einem von ihnen gegenüber allzu herausfordernd verhalten habt?«

»Ich versichere Euch, dass ich zuckersüß war. Ich habe sie so zuvorkommend behandelt, wie es nur möglich ist, und habe sogar in das Zimmer jedes der Edelleute, die im Schloss logierten, eine Börse voller Goldstücke legen lassen. Und ich versichere Euch, dass keiner der Herren vergessen hat, sie einzustecken.«

»Ihr schmeichelt ihnen, doch insgeheim verachtet Ihr sie, und das spüren sie«, meinte Angélique und schüttelte nachdenklich den Kopf.

Sie erhob sich, setzte sich auf den Schoß ihres Mannes und schmiegte sich an ihn. Draußen tobte das Unwetter weiter.

»Ich zittere jedes Mal, wenn ich den Namen Fouquet höre«, flüsterte Angélique. »Dann sehe ich wieder das Giftkästchen vor mir, dessen Existenz mir so lange entfallen war, und der Gedanke lässt mich nicht mehr los.«

»Ihr seid aber empfindsam, meine Kleine! Bekomme ich jetzt eine Frau, die sich beim leisesten Windhauch ängstigt?«

»Da ist etwas, an das ich mich unbedingt erinnern muss«, seufzte die junge Frau und schloss die Augen.

Sie rieb ihre Wange an dem warmen, nach Veilchenwasser duftenden Haar ihres Mannes, dessen feuchte Locken sich zu kräuseln begannen.

»Wenn Ihr mir nur helfen könntet, mich darauf zu besinnen … Aber das ist unmöglich. Ich habe das Gefühl, wenn ich mich erinnern könnte, würde ich erkennen, woher die Gefahr für Euch droht.«

»Es gibt keine Gefahr, meine Hübsche. Florimonds Geburt hat Euch aus dem Gleichgewicht gebracht.«

»Ich sehe das Zimmer …«, fuhr Angélique mit geschlossenen Augen fort. »Der Prinz von Condé ist aus dem Bett gesprungen, weil es an der Tür geklopft hat … Aber ich hatte es nicht hören können. Der Prinz hat seinen Schlafrock übergeworfen und gerufen: ›Ich bin in Gesellschaft der Herzogin von Beaufort.‹ Dann hat ein Diener den Mönch mit der Kapuze eingelassen … Der Mönch hieß Exili …«

Sie unterbrach sich und schaute mit einem so starren Blick vor sich hin, dass der Graf erschrak.

»Angélique!«, rief er.

»Jetzt erinnere ich mich«, sagte sie mit ausdrucksloser Stimme. »Joffrey, ich erinnere mich … Der Diener des Prinzen Condé war … *Clément Tonnel.*«

»Ihr seid ja von Sinnen, Liebste«, erwiderte er lachend. »Dieser Mann hat mehrere Jahre in unseren Diensten gestanden, und diese Ähnlichkeit soll Euch erst jetzt aufgefallen sein?«

»Ich hatte ihn ja nur kurz im Halbdunkel gesehen. Aber dieses pockennarbige Gesicht, diese durchtriebene Art … Ja, Joffrey, ich bin mir sicher, dass er es war. Nun verstehe ich auch, warum ich, während er in Toulouse war, oft ein Unbehagen empfunden habe, das ich mir nicht erklären konnte. Erinnert Euch, wie Ihr eines Tages gesagt habt: ›Der gefährlichste Spion ist derjenige, den niemand verdächtigt.‹ Ihr habt ja auch gespürt, dass jemand im Haus herumschleicht. Er war der unerkannte Spion.«

»Für eine Frau, die sich für die Wissenschaften interessiert, denkt Ihr Euch ziemliche Romane aus.«

Er strich über ihre Stirn.

»Habt Ihr nicht vielleicht ein wenig Fieber?«

Sie schüttelte den Kopf.

»Macht Euch nicht über mich lustig. Mir wird ganz bang bei der Vorstellung, dass dieser Mann mich seit Jahren ausgespäht hat. Für wen hat er wohl gearbeitet? Für Monsieur de Condé? Oder für Fouquet?«

»Und Ihr habt nie jemandem von dieser Sache erzählt?«

»Euch … einmal, und es ist möglich, dass er uns dabei belauscht hat.«

»All das liegt doch schon so lange zurück. Beruhigt Euch, mein Schatz, ich glaube, Ihr steigert Euch da in etwas hinein.«

Lange sprach er in diesem begütigenden Ton zu ihr, und nach und nach löste sich bei seinen Liebkosungen und zärtlichen Worten ihre Anspannung, bis sie schließlich lächelte.

Die wohltönende Stimme wiegte sie und hüllte sie in ihren magischen Zauber.

Heute Abend war er hier. Jetzt war alles einfach. Alles

schenkte ihr ein Gefühl von Geborgenheit. Sie war überglücklich. Bei dem bloßen Gedanken, sie hätte womöglich bis zum nächsten Tag auf ihn warten müssen, fühlte sie sich wie von einer unermesslich schweren Last niedergedrückt. Nie, niemals würde sie ohne ihn leben können!

Doch auch er spürte dieses Bedürfnis. Er sagte, er habe sie sehr vermisst.

Ohne sie verlor der Palast der fröhlichen Wissenschaft sein Licht und seine Schönheit, die durch ihre Anwesenheit dort herrschten, sagte er. Er scherzte darüber, dass er es gar nicht habe abwarten können, zu ihr zurückzukehren. In seinem strahlenden Blick erkannte sie seine Freude und sein Vergnügen darüber, sie wiederzusehen.

Draußen heulte der Sturm.

Doch die beiden, die durch dieses Getöse von der Welt abgeschnitten waren, empfanden dadurch das Glück nur noch tiefer, einander umarmen zu können und zu wissen, dass sie einander liebten.

Anne Golons unvergleichliche Angélique-Serie endlich wieder bei blanvalet

Die junge Marquise

Roman · 352 Seiten

Man schreibt das Jahr 1646. Angélique, die Tochter eines veramten Barons wächst auf dem Schloss ihres Vaters zu einer schönen, selbstbewussten jungen Frau heran. Doch ihre unbeschwerte Jugend ist dahin, als die finanzielle Situation ihres Vaters ihn in die Hände seines Gläubigers spielt. Und dieser fordert seinen Preis – Angélique. Er hat ihre Hochzeit mit einem der reichsten Grafen im Süden Frankreichs bereits arrangiert...

Hochzeit wider Willen

Roman · 336 Seiten

Angélique wird mit dem Grafen Joffrey de Peynac vermählt. Ihr anfängliches Entsetzen über dessen von Narben entstelltes Gesicht weicht tiefer Liebe und Hochachtung. Doch es ist ihnen nur eine kurze Zeit des Glücks beschieden. Joffrey de Peynac hat einen verschlagenen Widersacher, der seine Macht zu Nutzen weiß...

Am Hof des Königs

Roman · 416 Seiten

Joffrey und Angélique haben mächtige Männer gegen sich, die vor Entführungen und Mordanschlägen nicht zurückschrecken. Wegen angeblicher Ketzerei und Gotteslästerung wird Joffrey in der Bastille gefangen gehalten. Nur der König kann ihn noch retten. Angélique setzt ihre ganze Hoffnung auf sein befreiendes Wort...

Fortsetzung folgt...

Dunkelstes Mittelalter, wilde Normannen – die fesselnde Geschichte der jungen Heilerin Ima von Lindisfarne!

416 Seiten. ISBN 978-3-442-37584-4

Salerno im Jahre 1085. Die Nachrichten aus dem byzantinischen Kriegsgebiet sind schlecht: Herzog Robert Guiscard liegt im Sterben. Die junge Heilerin Ima von Lindisfarne wird gebeten, die Herzogin zu Robert zu begleiten. Auch Gérard de Hauteville begibt sich auf die gefährliche Reise, um die heimlich verehrte Ima zu beschützen. Als sie Roberts Heerlager erreichen, geraten Ima und Gérard jedoch in eine unfassbare Intrige. Unter barbarischen Kriegern auf sich gestellt, muss Ima bald das gewagteste Spiel ihres Lebens spielen ...

Lesen Sie mehr unter: **www.blanvalet.de**